金陵全書

乙編·史料類

建康實録（二）

（唐）許嵩　撰

南京出版社

建康實録卷第十二

宋中

太祖文皇帝

太祖文皇帝諱義隆小字車兒武帝第三子也晉義熙三年生於京口十一年封彭城縣公永初元年封宜都郡王鎮西將軍荆州刺史加都督時年十四長七尺五寸博涉經史善隸書是歲來朝會武帝當聽訟乃遣上訊獄因辯斷稱旨武帝甚悦景平初有黑龍見西方上蔭五色雲隨之二年江陵城上有紫雲望氣者以爲帝王之符當在西方其年少帝廢百官議所立徐羡之傅亮等以上[illegible]符所集備法駕奉迎入承皇統立行臺於江陵尚書令傅亮奉表進璽紱州

府佐吏並稱臣請題榜諸門一依宮省上皆不許教州府國綱紀宥所統內見刑是時司空徐羡之等新有弑害及鑾駕西迎人懷疑懼唯長史王曇首司馬王華南蠻校尉劉彥之共明朝臣豈有異志帝曰諸公受遺不容背貳且勞臣舊府內外充滿今兵力足以制物夫何所疑甲戌乃發江陵命王華知州府留後事令劉彥之監襄陽車駕在道有黑龍負上所乘之舟左右失色上謂王曇首曰此乃夏禹所以受天命我何德以堪之及至都群臣迎拜於新亭先謁初寧陵次入中堂百官奉璽紱沖讓未受勸請數四乃從之景平二年秋八月丁酉皇帝即位于太極殿詔

曰朕閔凶在疚遭家不造崇基景業將墜于地永賴
太后深鑒安危股肱忠臣協謀同力用集大命于予
一人兢兢夤懼罔識攸濟思與萬國更茲惟新其大
赦天下改元為
元嘉元年文武各進位二等逋租宿調一切放免戊
戌追復廬陵王國庚子詔撫軍將軍領護南蠻校尉
武陵公謝晦為荊州刺史京師精甲多割賜之將行
色自矜過辭叔父瞻瞻問以年曰三十有五瞻曰
昔荀中郎二十七為北府都督卿今三十老矣晦有慚
色癸亥以徐羨之為侍中司徒南平郡公王弘司空建
安公檀道濟征北將軍武陵公傅亮加散騎常侍左光

禄大夫開府儀同三司始興公食邑各四千户甲辰封皇第三弟義恭爲江夏王第六弟義宣爲竟陵王第七弟義季爲衡陽王各食邑五千户丙午徐羨之遜位不許九月辛酉給彭城王義康謝晦檀道濟鼓吹各一部丙寅追尊所生胡婕妤曰章皇太后陵曰熙寧丙子立皇后袁氏冬十一月己丑以王華爲侍中壬戌追贈后父袁湛爲侍中左光禄大夫開府儀同三司是歲大旱置竹林寺案寺記元嘉元年外國僧毗舍闍造又置且下定林寺東去縣城一十五里僧監造在蔣山陵里也

二年春正月丁酉朔范泰上疏曰元凡正改律品物惟始頃旱魃爲虐元陽愆度通川澁流異井同竭故孔

子春秋貶不雨之旨傳曰歷時而天下不雨文公不
憂雨也尋春秋之意察洪範之言王澤不流於四方
伏願推忠恕之仁矜不逮之獄遊心民瘼歷意幽冥
如此則包桑可係危哉無兆而災害自消也故夏禁
引百姓之罪郡湯自萬方之過天高聽卑吉凶在人
修弊俗者難爲[illegible]雅書奏乃棄官如
東陽丙寅徐羨之[illegible]上疏[illegible]自上入禮告終鑽
璲三改大明行[illegible]書三上帝又入辭
羨亮重請曰伏願以宗廟[illegible]爲心弘大業以
嗣先軌墜聖慈以[illegible]情盡哀斯帝乃
許之於是徐羨之[illegible]第[illegible]王謐之因說趣復

攝職素之累尚雅古之儀意識器學術而局亮堅正

沉密少言喜慍不形於色及居室輔雅允朝望

裴子野曰昔王鳳擅權杜欽說而起之終於漢室中

興王氏覆族王敦□□□矜公夢速三家之禍人之多

言鮮有不敗其□蓋害之為人謀也外審治亂內

定枉直主於忠儉□□篤識故其詞寡而利傳道大

而義明愚難變□觀風流振乎百世豈唯喋喋矜

耳悅色而已哉以□□之交諂於亂惜矣辛未拜郊大

赦天下二月乙巳策秀才于中堂庚子御戴顒為國

子博士不就顒父逵高尚不仕顒兄勃又隱桐廬山

害久病顒慨然曰本謂隨兄得閑非有心語默至於

窮困顒之罪也請行千祿之事以爲藥石之資可乎求爲海虞令事未行而勃卒顒亦止衡陽王義季鎮京口常與顒會竹林寺野服鼓琴談宴終日帝聞其好樂贈正聲一部昔韋玄隱於關中高祖初平姚秦召之不起及赫連勃勃陷關中召玄父華爲太常銜玄爲太子中庶子玄出就職勃勃怒曰昔劉公辟之而不至吾召玄而玄來豈謂吾曹不識出處遂殺之丁亥加左衛將軍殷景仁爲侍中時同居門下者王華王曇首劉湛殷景仁皆以爲風力楨幹一時冠冕内侍之美近世莫及是春有江鷗百許頭集太極殿階六月丙午吴郡大風山水湧出五丈殺居人秋八

月甲申以三輔流人出漢中者置扶風馮翊二郡冬十月乙卯中散大夫徐廣卒廣世篤學爲時儒所宗年過八十猶歲讀五經一遍世禮法皆取决焉十二月戊申蔡廓卒贈太常初劉穆之當朝士畢集唯謝混郗僧施謝方明蔡廓等數人不至穆之爲憾謝混等既誅蔡廓方明始就穆之並稱於高祖曰鼎才世廓嘗器其小子謂有已風與親故書曰小兒四歲器似可不入非類之室不共小人之遊故以興宗爲名興宗爲之字也置清園寺東北去縣二里案塔寺記駙馬王景琛爲母范氏宋元嘉二年以王坦之祠堂地與比丘尼業首爲精舍十五年潘淑儀施西營地以足之起殿又有七佛殿二間泥素精絶後代希有及者置嚴林寺西北去縣四十五里元嘉二年僧招賢二法師造

三年春三月丙寅詔曰徐羨之傅亮謝晦等三人以廢立殺戮事曰廬陵王英秀明遠徽風播發曾衛之寄朝野屬情羨之等暴蔑專求忌賢畏逼（今上御名）造貝錦成此無端罔主蒙上橫加流貶矯誣先旨致茲禍害寄以國命而翦若仇讎旬月之間再肆凶毒痛感二靈怨結人鬼自書契已來棄常安忍反易天命未有如斯之甚者也命司寇肅明刑典與晦據有上流或不即罪朕親御六師爲其防遏氛霧既祛庶幾止道思與億兆勵精其理大赦天下帝去秋使命修舟艦以備北征傅亮書與謝晦曰薄伐河朔事猶未已朝野之慮所懼者多謝晦不悟帝召檀道濟使西討王華

以爲不可帝曰道濟從人者也曩非創謀撫而使之必將無慮遣召羨之亮等入省亮將至謝晦弟皭爲給事黄門侍郎直門下使人送亮書曰殿中有異處分亮辭嫂疾暫還遣報羨之羨之乘内人問訊車出南郭步走新林縊于陶竈舁屍付獄亮至兄迪墓拜辭告罪追擒廷尉上亦使以詔謂曰以公江陵之誠當使諸子無恙羨之子喬晦子百世休並賜死因謝皭于東宮流亮妻子于建安郡初亮父瑗與郗超善嘗見二子焉亮年五歲超使人解衣持去曾無吝色起曰季乃才流位望逾遠於兄然保御家業其在迪也亮早知名才學強贍爲晉給事黄門侍郎直西省

高祖欲以爲東陽郡告其兄迪迪還語亮通夜不寐旣旦入見高祖曰昨承賜敎東陽以徇私計然亮本願附鳳翼攀龍鱗以成宿昔至於飢寒未敢慼慼高祖悅之用爲從事中郎委任文議及貴幸兄迪每誡之而不卽從也

裴子野曰夫萬邦思治故言歸君長豈一夫行其辛螫彼蒼有情爰惡治而好亂就其無情故用群心所事以奪天下爲家非常安之道顛覆厥德何世無之道遭聖可爲高陽之遇賢歸於伊尹蓋前王已然之規矩後世立事之憲章伊尹之廢太甲廢之也霍光之廢昌邑已去之也事同主異是以殊途自斯已後抑

有百慮晉景則除巳之害桓溫即藉巳之威提挈自
我無辯逆順如徐傅之徒非覬覦者也求其忠順非
忘身者也身既未忘不能脱屣權柄誠二君矣何以
取信嚴君惡不足信權由震主危巳之機疾於激箭
高位厚味何其久乎若景平既終奉身成退滅身之
禍庶幾可逃夫賢人君子受六尺之孤任尺寸之命
推權變臨大節繫乎存存難乎存亡矣追贈廬陵王
侍中大將軍謚曰孝獻王丁卯徙驃騎將軍義康爲
荆州刺史壬申内外戒嚴閏月乙卯遣中領軍劉彥
之北征檀道濟爲前驅西伐帝問策於道濟道濟對
曰昔與謝晦同從北征入關十策晦有其九謀略

明練殆難與敵然未嘗孤軍決勝恐非所長臣悉晦
智晦悉臣勇今奉王命以討不戰而可擒也江夏太
守程道惠遣追報謝晦晦以徐傅誅憂恐與南蠻校尉
何承天計發兵決戰以南蠻司馬周超爲行軍以司
馬庾登爲長史先舉徐傅哀次發子弟問既而發軍
旅二三日間得精兵三萬戊申大風折木會稽太守
謝方明卒曾爲南郡至歲暮囚無輕重皆縱歸家與
期三日如期無不至者丙寅以豫章太守鄭鮮之爲
尚書左僕射以范泰爲侍中泰時脚疾賜轝以升殿
庚申帝御舟丙戌以彭城王義康及王弘殷景仁居
守癸亥謝晦發荆州軍容甚偉自江陵至于破冢旌

旗相亞晦撫巡軍慿流歎曰恨不以爲勤王之師造夏口劉彦之次彭城丁卯竹林監蕭欽反謝晦中兵參軍孔延秀戰欽敗績于彭城洲彦之退保隱磯謝晦至彭城上疏罪王弘弄威權而責帝忘義負德蕭欽敗而檀道濟次于薄磯謝晦令其黨曰檀公已誅死及聞道濟來師人皆恐懼戊辰檀到等幷軍併艦泝江俄而便風楊帆俱濟謝晦軍莫能戰皆登岸走晦單舸歸江陵初劉彦之退道濟軍至沙橋爲周超所破死者過半及晦還退棄衆歸降謝晦與弟姪北走至延頭戍主晦故吏也乃轞晦送京師丙午帝自蕪湖班師車駕西至丙戌太白晝見癸未斬謝晦于

建康市及弟曠兄子世基居超等晦有風姿鬚鬢如畫兄瞻五歲能屬文十歲善言玄理風華蕭藻獨步當時爲給事黃門侍郎見晦勢傾朝廷乃堅籬隔其庭曰吾不忍見禍之至也先晦而卒夏五月下檀道濟于獄以沙橋之敗也乙未徙檀道濟爲征南將軍開府儀同三司江州刺史劉彥之右將軍豫州刺史己巳使使兼散騎常侍巡行天下將命方國同行封畿親使刺史二千石等觀長史申述至誠廣詢治體觀察吏政切求民瘼旌舉操行存問所疾禮俗得失一依周典每事名爲書其條件奏俾朕昭然有如親覽大夫君子其各悉心敬事無墮乃力其有深謀遠圖

讜言忠誠之士使者以聞丙午聽訟于延賢堂自是
每歲三訊八月左光禄大夫阮韶之卒韶之嘗爲司
馬道子太傅主簿蓬首散帶不綜其職自永初已後
不復朝請閑門養志以終其身是歲秋旱且蝗詔使
捕之范泰上疏曰陛下昧旦丕顯求民之瘼明斷庶
獄無倦政事理出群心澤布萬里小小災變何以致
之宗宰之臣所不能究上天之譴民所不敢誣有蝗
去處而縣官訊鬧捕之無益於枯苗有傷於殺害臣
聞桑穀時成無假斤斧因請宥謝晦婦女囚尚方者
皆從之冬十二月丁卯前吴郡太守徐佩之羨之兄
子以不自安將圖來年春正月謀反伏誅白雀見

京師太清里
四年春正月丁亥曲赦京師百里内辛巳郊二月乙
卯幸丹徒車府令請易輦箠欲用紫皮緣輦席上以
竹箠未至於壞紫色貴並不聽三月丙子宴丹徒宫
帝鄉父老咸與焉蠲今年租布原五歲巳下刑丁亥
車駕至自丹徒戊子尚書左僕射鄭鮮之卒鮮之自
大司馬録事參軍遷御史中丞爲人亮直時號格佚
壬寅採富陽令諸葛闡議禁斷夏至日五絲命縷之
屬讃曰夫歲時有利害之收而農桑有經常之告機
杼有不輟之勤而用度有奢儉之異是以愛民者節
其費用務本者躬其女工一月得四十五日明其以

夜繼晝匪勤則遺者飾章太奢修有自來矣然不出奉
生送死之誠令著民人夏至有五色雲命縷之服以
爲無用之費愽矣謹率愚管謂宜禁革從之河南秦
綿性至孝母葬塋墓留不忍歸鄉人於墓所爲築室
三年吳逵家疫父母兄嫂并亡逵夫妻行賃力負土
成七墳十二棺皆儉而合禮去至是孔邈等並表薦
之帝各表其門閭戊辰甘露降于京師五月癸酉散
騎常侍袁瑜薦會稽郭世道詔改所居曰孝行里蠲
復三世世道事繼母至孝貧產子不舉謂妻曰傷茲
以終孝吾無恨也母亡負土成墳親近來助初皆不
許墓畢傭力報焉是月京師疾疫使使巡問給醫藥

死無家者賜以棺𣩵六月癸卯朔日有蝕之丙辰青黑虹見東西經天劉懷敬劉懷肅懷慎皆高祖姨兄也高祖生夕穆后殂從母乃斷懷敬乳而養高祖因以寄奴爲小字也王弘之曾栢譙衛將軍廬郡仲文往南州傾都餞送譙邀弘弘曰凡登高送遠貴在有情下官與郡風馬不接未敢㲉從譙敬其方直也魯國孔淳之隱于上虞謝方明爲會稽固延不致謂曰苟不入吾郡何爲入吾山淳之笑曰潜游者未謝其水巢栖者非辯其林飛沉所至何問其主八月詔曰乃者權臣釁亂吉陽令張約抗疏至誠事盈群醜隕命遐荒衆述前蹤贈以一郡賜錢十萬布百疋散齊

常侍郄道鑒為梓桐張楚母年一百四歲危疾楚祈
禱懇惻焼二七日精誠神母蒙愈十一月辛未甘露降初
寧陵散騎常侍陸子真薦豫章雷次宗尋陽陶潛南
郡劉凝之並隱者也潛苦貧求仕為彭澤令不屈督
郵棄官而去及其亡也顏延之傷而誄之其序曰夫
璿玉致美不為池隍之寶椒桂信芳且非園林之飾
豈其深而致遠哉蓋去殊性而已矣若乃巢由之雅
行夷皓之峻節故以父老堯禹錙銖周漢綿世遐遠
光靈不屬菁華隱沒流芳歇絕不其惜乎雖今之作
者人自為量道路同塵輟塗殊軌者多矣豈所以昭
末景泛餘波有晉徵士弱不好弄長實素心學匪稱

師文取指達處言逾見其凞在衆不失其直後爲彭澤令道不偶物棄官從好遂乃解體世紛結志區外謚曰靜節徵士又有劉凝之率己自任以老萊嚴遵爲師友妻富於財散之親故丘園而居非績不衣非耕不食吏有租布一歲三輸荆州刺史衡陽王餉錢十萬凝之甚悅負出市門付與餓人一旦俱盡其年飢也吳興沈道虔好老易居縣北與人裾拾推已所得以釋爭者尋陽翟法賜四代隱居皆有高德法賜親亡後不食五穀結草爲衣不衣布帛置水豐寺去縣七十里案塔寺記元嘉四年謝方明造本名長樂寺爲同郡延陵有之改焉畢置南林寺建康■三里元嘉四年司馬梁王妃捨宅爲晉陵公主造在中興里陳亡廢

五年正月庚午朔大風司徒王弘遜位不許乙亥詔曰恭承洪業臨饗四海風化未弘治道多昧求人之事鑒寐惟憂加頃陰陽違序旱疫之患仰惟災戒責深在予思所以側身尅己審詳刑獄上答天譴下卹民責群后百司其各獻讜言直指陳失勿有所諱甲申閱武于北郊戊子京師大水使使賑賜夏四月河南上白麞五月己巳太白經天以張邵爲征虜將軍雍州刺史邵爲太祖西中郎司馬王華爲録事參軍二人共府不穆及華在朝多爲之懼邵謂所知曰子陵方以至公允天下必不以私隙害正義邵是任也先舉焉六月庚戌都下大水乙卯遣使檢行賑贍秋七

月巳丑大風八月壬戌侍中特進左光祿大夫陽遂鄉侯范泰卒贈車騎將軍謚曰宣侯初議贈開府殷景仁曰范伯倫素望非重不可擬議台鼎章不行既葬王弘撫棺哭曰君平生重殷鐵今以此爲報九月癸酉夜有黑氣如流星出奎婁沒羽林壬戌散騎常侍荀伯子上言曰伏見百官位次陳留王在零陵王上臣愚以爲疑昔武王克殷封神農後於焦黄帝後於祝帝堯後於薊帝舜後於陳夏之後於杞殷之後於宋宋杞陳並爲列國薊焦蕞爾無聞斯則褒異所承優於遠代之顯驗也逮以春秋次序宋居杞陳之上臣請零陵位宜升陳留王宜降爵十二月天竺毗黎國遣使貢

獻平原令河南成粲貽書於王弘曰僕聞執物設教隨時制宜世代盈虛與時消息夫勢之所處非親不居是以周之宗盟異姓爲後權軸之重任歸二南斯前代之良謨今世之顯轍明公位極台鼎四海具瞻劬勞夙夜義同吐握名實重盛莫之與儔天道福謙宜存損挹驃騎彭城王道德昭備上之懿弟宜入秉朝政翊贊皇猷竟陵衡陽春秋已長又宜出授列藩齊光魯衛明公高枕道德燮理陰陽則天地和平災害不生矣初范泰將死亦謂王弘曰天下務廣權要難居卿弟兄太盛而彭城王久居南楚安身之道其未足乎弘累求退及是又上疏曰臣聞異姓爲後宗

周之明義親不在外有國之所同故魯曾長滕君春秋所美楚出棄疾前史垂誡驃騎臣義康徽猷淵邈明德彌劭宜入揔朝務以允民望昔叔孫不進楚人所哂展季在下臧文貽譏臣於古人無能爲役負乘竊位物將謂何乞解揚州録事優詔答不聽是歲索虜拓跋燾滅西魯赫連氏盡有關中地

六年春正月己丑祀南郊癸巳徵彭城王義康爲侍中司徒録尚書事平北將軍南徐州刺史入知朝政以江夏王義恭爲撫軍將軍荆州刺史以侍中劉湛剛正用法爲南蠻校尉撫軍長史行荆州事勑書誡義恭曰禮賢下士聖人垂訓驕奢矜尚先哲所去豁

達大度漢主之德猜忌褊急魏武之累西楚殷廣宜勤接對府舍池堂無求改作訊罪決獄擇善從之不可專意自決凡左右所白不可泄漏或相譏謗勿輕信受每有此事宜善察之官爵賜予尤宜裁量供奉一身皆令有度奇服異器愼不可興宜與寮吏相見爲數不數則不親不親則視聽不博於言事者又得自盡皆急務也爾其愼諸劉湛旣西意甚怏怏永初末諸王居憂多曠士禮湛爲廬陵王從事禁膳魚肉嘗在王座廚人進車螯及酒湛怒曰旣不以禮自處又不以禮處人趨出三月丁巳立皇子劭爲皇太子大赦天下文武賜位一等五月壬辰朔日有蝕之七

月壬寅會稽晉陵吳郡大風折木庚寅裴松之上書
言曰智周則萬里自賓鑒遠則物無遺照雖盡性窮
微深不可覩至於餘緒所寄則接乎塵跡臣前被詔
使將三國異同注陳壽國志壽書銓簡可觀事多審
正誠遊覽之苑囿迺後世之嘉史然失在於略時有
所漏臣案三國雖歷年不遠而事關漢晉首尾所涉
出入百齡注記分錯年月舛互其壽所不載事宜存
録者罔不畢取以補其闕或同說一事而詞有乖雜
或出事本異疑不能判抄内以備聞謹寫封上呈帝
覽之曰裴世期爲不朽矣九月青州獻白兎十二月
己丑朔日有蝕之不盡如鉤星晝見隴西諸國使使

貢獻

七年春正月乙未康樂侯謝靈運踈孟顗謀反帝不之罪遷爲臨川内史二月壬戌雪且雷三月戊子遣右將軍劉彦之安北將軍王仲德兖州刺史竺秀靈等率師北伐索虜魏復河北以長沙王義欣監征討諸軍事去年冬殷景仁母憂去職至是起景仁爲鎮軍將軍凡在喪曰起在外曰徵遷曰徙

裴子野曰三年之喪有生之鉅痛既貫天道寔惟民極中世汙隆或行或否末世企勉還尚典刑而國之重臣多從權制因習漸染遂以成俗畓木衰麻而服冕弁匪金華而徇寇戎君子辱乎上小人逼乎下名教

倒置將安用之苟非有爲已之可也夏四月己丑有
司奏西陵縣民董陽五世同居內無異爨百濟林邑
國使使貢獻六月乙卯爵楊難當爲武都王七月丁
未侍中王曇首卒贈散騎常侍左光祿大夫謚文侯
初曇首爲西中郎長史高祖誡文帝曰王曇首沉毅
有器度宰相才也曇首與兄弘俱有盛名家世久爲
楊州彭城王心欲其所甞謂客曰神州詎可卧理而
王公久病居之弘恐辭疾終不許及曇首求爲吳郡
上曰豈有欲建大廈而棄其梁棟若賢兄謝病此卿
之席也劉彥之自淮入泗次東平須昌屬濟州刺史
庫悉告燒熇磝兖州刺史羅秩燒滑臺彥之留司徒

從事中郎朱脩之守滑臺虜將大赤歆末及荆州刺史魯軌守虎牢彦之遣揚武將軍王玄謨進逼虎牢大破虜軍斬大赤歆末等洛州刺史達奚蟬燒城走彦之使建武將軍杜驥守金墉諸軍進屯靈昌津司兗既收軍有喜色王仲德獨憂曰胡虜雖仁義不足兇狡有餘今斂戈北歸并力完聚若河冰冬合方爲三軍之憂九月河冰可涉靈昌衆軍還固冬十月乙卯并二豫復爲一州鎮壽陽戊午初置錢署鑄四銖錢戊寅虜逼金墉虎牢諸軍相繼奔走劉彦之焚舟棄甲而歸詔免彦之官壬辰以征虜大將軍檀道濟都督征討諸軍事率衆四萬北趨成臯甲午西北有赤氣中

黑如旌旗十二月丙戌太白晝見甲午斬兖州刺史
竺靈秀于彭城靈秀之歸也虜進湘陸秀謂其衆曰
湘陸民爲抄吾先爲收其穀軍徐後來與麾下前走
師皆没是以誅之己亥夜京師火延太社北垣
八年春正月庚寅置朱崖郡以爲交州丁酉道濟軍
次壽陽與虜將軍悉戰于高梁山斬之二月滑臺糧
盡城内燻鼠爲食辛酉城陷虜執朱循之以歸自是
河南復亡且道濟高梁之捷也虜來萬數道濟三十
餘戰輒尅敵滑臺既陷糧且盡退軍軍士有叛者以
飢告虜師人恐懼道濟夜頓命軍中高唱量沙散布
餘米明旦去之虜夜聞量筭壽曉見棄粟謂降者欺己

斬之道濟遂令軍而返大爲虜所懼服河畔老小常
以檀公相怖二城既陷汝陰太守王玄謨上䟽言王
途始開隨復淪塞非唯天時抑亦人事虎牢滑臺豈
惟將之不良抑亦本之不固本之不固亦由民憚遠
役自謂以西陽之魯陽襄陽之南鄉發甲卒分爲兩
道直趨崤澠征夫無遠役之思吏民有屢沐之歌若
以東國之衆經營牢落道塗既遠獨尅實難是月大
雩夏四月甲子檀道濟請罪不許辛亥太白晝見獲
白雀于左衛府六月乙丑大赦天下巳丑割江南爲
南徐州江北爲南兖州以左將軍竟陵王義宣爲兖
州刺史鎮山陽是日入雩閏月庚子詔曰頃農桑惰

業遊食者衆荒萊不開督課一時水旱便有罄匱不
源務本豐給靡斯郡守賦上千里縣宰職主親民宜
乃勸勵農桑秋七月壬戌夜白虹見于東方十二月
庚辰雷癸亥罷湘州復并荊州
九年春二月辛卯詔以先朝功臣王鎮惡劉穆之等
皆銘功天府配祭廟庭辛亥華容公王弘薨贈太保
給節羽葆鼓吹增班劍六十人謚文昭公六月甲戌
以樂陵清河平原廣川四郡爲州以司徒彭城王義
康爲楊州刺史解平北將軍開府儀同三司以兗州
刺史臨川王義恭爲平西將軍荊州刺史壬子江州
獻白麞戊辰御史中丞荀伯子奏曰臣聞烏以反哺

託體羔羊生而跪乳禮爲嘉事雖在微禽猶識學道矧與人倫而忘愁疾齊侯復九世之怨丁蘭報木母之恥取褒於春秋見列於國傳況乃分天之痛枕戈之感者哉案給事黄門侍郎郗敬叔父兄爲晉故荆州刺史殷仲堪所害仲堪息緬之永初三年除員外散騎常侍敬叔元嘉元年除中書侍郎密跡隣省經涉三載每到公庭必相瞻覩散騎在前中書在後相去之間不盈咫尺縉紳視而含哂義士聞而增嘆夫復讎禮之所許法之不禁若畏王憲僶俛苟且者宜退藏於家與之遐迴豈可接跡躡影靦然無怍以叨榮祿笑傲卒歲且中書散騎職爲同寮若使緬之不

幸敬叔當素服弔祭於鄧氏之庭乎自古悖禮無若斯之甚者也不有嚴華風教將頹案敬叔率其庸鄙乏闕與墳行與道違心與義塞息天屬之性遺顧復之思傷仁敗俗情禮都盡雖事經曠蕩非肆眚所及請免敬叔所居官禁錮終身情義之敗付之鄉論有詔理焉詔有司旴眙王彭所居曰通靈里蠲復二世彭幼喪母後父亡將營葬值天旱遠汲以泥塼泣號勤悴一旦大霧霧歇於塼竈前有水如池得以周用窆訖歸助者或亡其斧返求之至向水所則積阜楊塵塵有雉浴鄉人異焉

裴子野曰天地之大德曰生生民之至德曰孝所以報

本返始盡性窮神行莫重焉孝莫先焉夫茹藿羹藜父子和悦易衣并食兄弟怡怡所以利不寘於有餘則慈愛隆於不足承顔稟色庸淺易敦若乃貴高九五富有萬國前聆鄭衛傍侍綺羅其始也以宴褻成踈其漸也以名利爍隙由是乎恩乏天然恩輕膝下今之人互爲魚肉聖人知其若是惡其流蔓故禮以節之樂以和之朝夕安否嘗藥侍膳父子之禮也陳詩齒族糾合宴私兄弟之樂也夫然後禮樂交暢無相奪倫孝悌興於國門德教加於百姓上和三光旁穆四海先王化成天下也禍亂不作用此道也昔漢高有宇内五日一朝櫟陽之禮也魏文有天下同氣

建封若徃牢四體若仇讎當塗之制也迄于宋有不可言者焉嗚呼流弊可陳於前鑒戒無悛於後夏四月乙亥宥劉彥之爲護軍將軍巳丑太白晝見乙未雨雹傷牛馬鳥獸八月癸未封江夏王義恭子朗爲南豐王奉滎陽王祀弟五皇子紹爲廬陵王奉孝獻王祀是春司馬飛龍自仇池入寇綿竹破平陰州擊之時益州刺史劉道濟將五城入白互奴爲叅軍督護長史費謙固執不可互奴怒去詐其黨曰司馬殿下在湯泉山中五日奉之則大勳可建蜀人趙廣聚衆數千與會因費謙等貪害百姓百姓咸思亂遂入湯泉山脅沙門程道養使爲司馬飛龍推行益州牧事

車騎大將軍偕號蜀王稱太始元年圍益州刺史劉道濟於成都白氏奴號征虜將軍趙廣號鎮軍將軍衆至十萬四面圍城使告道濟曰使君若遣送費謙張熙出即解臨川内史謝靈運於廣州棄市靈運之居也雅不治職前臨川内史司馬恊之等奏拔義故靈運舍諸正寢爲居處如酣飲久而不止非隱其事諷主者以贖貨劾焉江州部從事收靈運乃從廣州勑於南海行刑靈運名八公孫少而文章秀逸聲譽流聞冠耀天下然輕肆躁塡傻不可大任世以爲文與顔延之爲江左第一縱横俊發以過之是月劉道濟大破蜀賊因而病十二日蜀賊又圍益州破外軍道濟既久

病城内以爲死也人情不安振威將軍梁俊説道濟曰將軍久病氣力微怯外有異論今軍人外敗强寇内逼一旦不虞憂禍立至宜稱小損聽侍者出外不然敗矣道濟然之呼給使四十人謂曰吾不幸久卧爾等扶侍有勞今微差矣可以休息頃召復歸給事者皆出衆問曰使君已死幾日咸曰無之傳以相告城内乃定是歲朱脩之歸自黄龍初脩之見獲遇毛脩之於桑乾毛脩之三年不敢問其家室語及國事問當軸者誰曰殷鐵毛脩歎曰吾昔在朝殷時尚少今日歸罪則巾襟詣門乎遂問其子脩之悲甚直視不能復言朱脩

因奔馮弘弘以爲天下之逆人[illegible]
折舟人大懼海師因上有飛鳥知地
船後乃將王戩而達東萊郡帝拜爲給事黄門侍郎
毛循之竟死於索虜
十年春正月侍中左衛率謝弘微卒弘微爲從父混
所知混嘗論諸子靈運博而無檢宣明納善不周雜
復功濟三才終必以此爲疾至如微子吾無間然後
咸如所言巳未大赦天下孤老久病不能自存者賜
穀五斛是月益州刺史劉道濟卒梁俊祕之不發喪
埋之於齋使書以會之遣前後軍大破賊賊乃散走
益州平六月閣婆訶羅單國遣使貢獻乙亥丹陽尹

王准之卒准之自曾祖彪之已來稱爲多識朝廷舊事問無不對彭城王每稱之曰如得王准之兩三人天下便是准之有遺抄一篋謂之青箱學秋八月置太原郡以屬青州冬十月氐賊次漢中梁州刺史甄法護棄州奔江陵下獄死

十一年三月丙申禊飲於樂遊園且爲江夏衡陽二王來朝帝有詔會者賦詩命太子中庶子顔延之爲序其大略曰有宋函夏帝圖弘遠高祖以神武定鼎規同造物皇上以觀文承曆景屬宸居隆周之卜既永宗漢之兆在焉正體流德於少陽王宰宣哲於元輔左梁巖隥右瞰湖源情深景遽談洽日斜夏四月

秦梁二州刺史橫野將軍蕭思話破氐賊於漢中漢中平思話遷都于南鄭五月青州獻白雀六月省魏郡冬十二月扶南訶諸國遣使貢獻置竹園寺西北去縣一里在今建康東尉蔣陵里檀橋案寺記宋元嘉十一年縣城東一里宋臨川公主造

十二年春正月辛酉大赦天下辛未郊癸酉爵黃龍馮弘爲燕王夏四月乙巳以殷景仁爲中書令護軍以家爲府丙辰詔曰宗周以寧寔由多士漢室之盛亦在得人朕寤寐求賢爲日久矣遺才在野管庫虛朝永懷前載慙德深矣是夜京師地震六月禁酒飲八月壬申置南晉壽北巴郡以蜀益州冬十月壬子

太白晝見江州刺史檀道濟來朝

十三年春正月癸丑朔不朝會帝疾故也三月乙未散騎常侍司空江州刺史永脩公檀道濟下獄死道濟威名甚重見忌於彭城王時帝久疾欲先爲之所言於帝諷入朝留之累月會帝有間將遣歸鎮是日帝疾動召入省止焉道濟憤怒氣盛目光如炬俄爾之間引飲一斛王遂矯詔賜死道濟投幘而語曰何故毀汝萬里長城收其妻子皆從坐義興獻白兎夏六月高麗國遣使貢獻武昌得古鼎秋七月已未零陵王太妃褚氏殂追崇爲晉皇后九月癸丑封皇子濬爲始興王第三子駿爲武陵王辛未附葬晉思恭

皇后于冲平陵備物一如晉典有司求晉除身以兼
葬職時前永嘉太守顔延之廢處于家札取延之兼
侍中延之投札於地曰顔延之未能事生焉能事鬼
遂不行
十四年正月辛夘郊大赦天下文武各賜位一等戊
戌鳳皇二見于京師有鳥隨之改其地爲鳳皇里冬
十二月辛酉初停賀雪之禮河南西河訶羅單國使
使貢獻
十五年春二月京師木連理夏四月黄龍國使使貢
獻五月征北大將軍王仲德卒仲德曾在北爲慕容
垂所逐遼水暴至不知所如有白狼來對仲德號訖

白經天六月巳酉改封吐谷渾慕容延爲河南王公月戊午太白晝見閏月戊寅復分豫州置南豫州冬十二月乙亥皇太子劭冠天下大赦劭之初生也帝往視之帽無故墜地名劭訓字以爲召刀帝甚惡之改刀爲力焉武都河内林邑並遣使貢獻置上定林寺西南去縣十八里案寺記元嘉十六年禪師竺法秀造在下定林之後法秀初止其祇洹寺移居於此也十七年春二月巳巳夜黑氣經天德夏四月戊午朔日有蝕之六月巳酉太白晝見秋七月壬子皇后王氏崩于顯陽殿八月徐兖青冀大水使使巡行賑賜辛亥葬元皇后于長寧詔史臣顔延之作筞文文成奏帝帝傷之自下筆加其二句追存悼亡感今懷昔以

致深意焉冬十一月戊午前丹陽尹劉湛有罪伏誅潁耆並死殷景仁之毀也湛不好浮華慕崔琰之爲人有經國才志善論理道言之喋喋使聽者忘疲初上爲江夏王荆州西歸日夕引見及與殷景仁嫌隙太上御名上私左右曰劉班初歸吾與言常俟日早晏慮其將出比入對之亦察日早晚慮其不出時帝疾篤彭城王義康内侍醫藥有憂色帝危殆勅義康以周公之事且令具顧命詔草義康出流涕以語湛湛曰行天下事豈幼主所堪義康不答湛私與孔胤秀等尋晉成帝崩康帝即位儀注帝既瘳微知其事未之發也及湛丁艱伏甲室中以待上臨弔謀又泄帝召湛

厲水度伸德隨之獲兔又曾夜行澤中大道每有炬
火照路後每圖白狼祀之秋七月南兗州獻白兎新
作東宮賜將作大匠布帛有差八月詔繼南郡宗炳
爲太子中庶子
裴子野曰夫動與靜天地之法也剛與柔陰陽之道
也得之以生曰人稟之爲靈曰性備之者謂聖偏之
者謂賢憭舒動靜有所麗此性分之略也戴顒奏遍
舞於山楹沈麂移大賓於子姪羊秋足不踐閭闔而
終身佩青綸白圭之操斯爲玷矣雷次宗斜遥近賢
又似避諱肖夫隱者其劉凝之乎若乃黨世位以邀
名事流俗以買譽交于貨賄冒于酒食州高縣簿無

致深意焉冬十一月戊午前丹陽尹劉湛有罪伏誅覬眷並死殷景仁之毀也湛不好浮華慕崔琰之爲人有經國才志善論理道言之喋喋使聽者忘疲初上爲江夏王荆州西歸日夕引見及與殷景仁嫌隙太上御名上私左右曰劉班初歸吾與言常候日早晏慮其將出比入對之亦察日早晚慮其不出時帝疾篤彭城王義康内侍醫藥有憂色帝危殆勅義康以周公之事且令具顧命詔草義康出流涕以語湛湛曰行天下事豈幼主所堪義康不答湛私與孔胤秀等尋晉成帝崩康帝即位儀注帝既瘳微知其事未之發迎吏湛丁艱伏甲室中以待上臨弔謀又泄帝召[illegible]

屬水度仲德隨之獲兔又曾夜行澤中大道每有炬
圖白狼祀之秋七月南兗州獻白兔新
作大匠布帛有差八月詔徵南郡宗炳
爲太子中庶子
裴子野曰夫動與靜天地之法也剛與柔陰陽之道
也得之以生曰人稟之爲靈曰性備之者謂聖偏之
者謂賢儻舒動靜有所麗此性分之略也戴顒奏遍
舞於山楹沈劇移大賚於子姪羊秋足不踐閭閻而
終身佩青綸白圭之操斯爲玷矣雷次宗斜遥近賢
又似避諱肖夫隱者其劉凝之乎若乃黨世位以邀
名事流俗以買譽交干貨賄冒于酒食州高縣簿無

不必走黌宗衢重辟擇爾後起是謂路數誇惡史人所恥論也冬十月壬子流星出太白入紫微有聲如雷是月立儒學于北郊延雷次宗修之辭入宮掖乃自華林東閤入講于延賢堂明年尚書尹何尚之立玄學著作郎何承天立史學司徒參軍謝元立文學各集門徒多就業者時上好儒雅朝臣家儉素之風鄉閭恥輕薄之行江左風俗於斯爲美帝躬親儉行寛恕被物庶政弘而不彌禁網理而不峻邦甸穆然言理政者以元嘉爲稱首焉

十六年春正月戊寅閱武于北郊癸巳復置湘州二月已丑割長沙江陵江夏四縣爲巴陵郡五月丁卯太

景仁彭城王入内省數以湛過是以大赦天下文武
賜位二等出義康爲江州刺史實幽于豫章太守義
康之敗也東府井水無故湧溢野雉江鷗集飛内寢
義康將南歎曰昔謝述唯勸吾退劉班唯勸吾進今
述存而班死吾敗宜哉甲戌以殷景仁爲楊州刺史
尚書僕射領太子詹事十一月乙酉朔甘露降于樂
遊苑己丑殷景仁卒詔曰尚書左僕射殷景仁秉德
弘正思理明遠翊亮朝端風猷允集經緯屯夷嘉猷克
舉綢繆樞秘獻替惟休方佇良圖以隆國道徽庸不
遂痛悼無深考終之禮宜存優泰可贈常侍司空謚
文成公景仁入西州疾篤就寢則見劉湛爲厲如是

數旬上爲之累息勑西州道上不得有車聲
十八年春正月甲辰以彭城王義康都督江交廣三州軍事前龍驤將軍巴東扶令育詣闕上書引漢袁盎諫孝文遷淮南王事臣聞哲王不逆切諫以博聞爲道人臣不忘纖夷之罰以盡言爲忠是故周昌極諫馮唐面折所以孝惠克固儲嗣魏尚所以復任雲中彼二臣豈好逆主于時犯顏違色者哉書奏帝怒下獄死
裴子野曰彼人臣者祿及其親榮庇其後身以之泰道以之行是故君親臨之有恩有敬綢繆繾綣義莫重焉敬之欲其尊愛之欲其報忠諫之道自此而興

名實既顛君臣交喪猜阻懸隔非近股肱上則疾釁
巳好文過而倨隅下則[illegible]悌緬邈懷憤懣而莫通憒
懣在心辭多倫矯矜倨在已易以誅殘故逆彼孋龍
自貽虀粉雖趣膚寸動及雷霆若扶令育者無位於
國挺然萬里犄明主所甚諱是欲行義古之遺直者
歟比夫全軀懷祿之人有殊間矣以太祖之含弘尚
掩耳於彭城之戮自斯已後誰易由言有宋累葉罕
聞諒直豈骨鯁之氣乃愧前古抑王之刑政使之然
乎張約隕於權臣扶育斃於哲后宋之鼎鑊吁可畏
哉三月庚子雨雹戊申置尚書刪定郎官夏四月汝
陰獻白雉五月南徐獻白鷰吳郡獻白雀彭城獻白

身甲申甘露降臨川王園河水溢泛害居民使巡行賑賜七月壬辰夜天有光通照冬十月剡縣獻白鳩氐賊楊難當僭稱秦王立后及太子置百官災異多降復自貶爲武都王傾國南寇欲王于蜀遣別將傳冲寇漢川刺史劉道眞拒破之十一月氐寇攻葭萌晉壽昌太守申恒進及涪城巴西太守劉道錫嬰城固守氐不能拔乃退中書舍人徐爰有寵於帝帝嘗命王球及殷景仁與之相知蒨王辭曰士庶區別國之章也臣不敢奉詔帝改容謝焉十二月河南肅愼高麗林邑蘇摩黎並令使貢獻

十九年春正月乙未中散大夫羊欣卒欣以晉隆安

中司馬元顯使欣書扇欣不奉命元顯取爲後軍舍
人伍衆爲恥欣淡然自若二月宣城野蠶成繭三月
乙未太白晝見壬寅帝親臨儒學衛士雷次宗以巾
構近侍王公卿士迄夕罷賜諸生帛有差詔曰將陶
鈞庶品混一殊風四月甲戌大赦天下以何尚之領
國子祭酒中散大夫裴裕之太子率更令何承天領
國子博士于時朝廷碩學推裴荀何傅傅隆長於爲
政承天病於踈曠伯子通脫率易不以鎭重自居裴
西鄉清簡恬素最以不覺爲法位不踰於三子名則
蓋焉顏延之亦號博聞而剛愎潛忌時人惡之名顏
虎五月罷楊州府佐吏京師大水使使賑賜劉道眞

征仇池自正月至此月始剋之楊難當奔于索虜僞
丞相萬壽率左右歸降難當既走以輔國司馬胡崇
之爲秦州刺史將就鎮焉秋八月甲戌晦日有蝕之
九月丙辰有客星在北斗因爲彗入于文昌貫五車
掃畢拂天節經天苑季冬乃滅冬十月蠕蠕國遣使
貢獻輔國將軍雍州刺史劉道産卒道産在州惠化
大行有歲蠻不賓若悉出居樊河村落相望百姓歌
之號曰襄陽樂及喪東還漢濱群蠻縗絰號哭送之
千餘里十一月丙申詔曰胄子始集學業方興自微
言滅絶將涉千祀懷仁感事意有慨然奉聖之緒速
議招集於先廟地特爲營造給祠直令四時享祭并

下魯郡修學舍繕墓側五戶剪除掃灑婆黃國使使
貢獻
二十年春正月辛亥郊開萬春千秋等門二月甲戌閱
武于北郊是月胡崇之末至仇池八十里遇後魏將拓拔
齊戰敗于濁水執崇之餘兵奔西鄭夏四月甲午封
弟五皇子誕爲廣陵王六月吴郡獻白龜秣陵縣言
白雀見初劉道真征仇池也郡帥掠居民盜善馬爲
有司所劾至是下獄死秋八月壬子加右衛將軍沈演
之爲侍中上曰侍中領衛皆爲宰相鴻漸江左罕授
故以此處卿演之辭謝就職其居顯要能謙約自保
上嘗賜以女樂讓不敢當冬十一月辛丑太白晝見

十二月壬午詔曰國以民爲本民以食爲命故一夫不耕飢者必及倉廪既實禮節以興頃有貧罄之家誠由政德不舉以臻斯弊抑亦耕桑未廣地利多遺其有遊食之徒咸令附業朕當親率百辟致禮甸侯庶幾素誠獎彼斯民百濟倭國使使貢獻自去秋迄乎是秋水旱傷稼民多飢詔郡國開倉賜糧種

二十一年春正月復禁酒恤飢也辛酉躬耕帝藉下詔大赦天下一切逋負自十九年已前並放免二月庚辰以沈演之爲中領軍辛卯封第七皇子宏爲建平王三月甲戌太白經天夏四月晉陵民徐耕以米千斛助恤飢民六月京師霖雨使使賑賜七月甘露

降樂遊苑案輿地志縣東北八里晉時爲藥圃盧循之築藥園壘即此處也其地舊是晉北郊宋元嘉中移郊壇出外以其地爲北苑遂更興造樓觀於覆舟山乃築堤壅水號曰後湖其山北臨湖水後改曰樂遊苑山上大設亭觀山北有冰井孝武藏冰之所至大明中又盛造正陽殿梁後景之亂悉焚毀至陳天嘉二年更加修葺於山上立甘露亭陳亡並廢八月庚辰徐湛之母會稽長公主薨主臧后所生起自布衣故見尊重彭城王既徙上嘗宴于主第酒酣主下席叩頭流涕帝自起扶之問其故答曰車子歲暮必不爲陛下所容帝揮淚指蔣山曰若其有此則負初寧陵是以畢主身義康無恙九月甲申後魏拓跋帝滅沮渠畫有河西地冬十月丙子起徐湛之本職丹陽尹於郡設喪位乙亥令之國丙子雷且電十一月湘州獻赤鸚鵡何承天上元嘉曆云君當順天以求命國爲令以相天也

堯時冬至日在須女十九度漢太初曆冬至日在牽
牛後漢四分及魏景初法同在牛二十度日以月蝕
驗之則景初冬至應在牛十七度又後漢至春分日
長秋分日短若遇半刻則二至之間而有短長誠由
春分近夏至故長秋分近冬至故短也又奏改刻漏
二十五箭帝並從之
裴子野曰夫曆以端時時以頒政政以成而民不僭晷
叶而時不違先王曆象日月欽若昊天敬授民時謂
是物也後世穿鑿拘於禁忌推步盈虛其細由已削
遠以附近毀雅以敦俗多鄙俚之說亂採索之旨由
是搢紳先生不以陰陽爲學及何承天能正累代遺

術博物君子也

二十二年春正月辛卯朔初班元嘉曆壬辰撫軍將軍武陵王駿爲雍州刺史南平王鑠爲九將將軍豫州刺史以二豫爲一州三月壬戌封第八皇子褘爲東海王第九皇子昶爲義陽王三月乙未皇太子劭釋奠于國學賜王公而下帛有差六月武昌獲古鼎豫章獲鍾秋七月遷南州群蠻四萬一千口于丹徒劉道産卒而襄陽蠻入武陵鎮主淳于坦遣中兵參軍擊破之故徙也八月甲午太白晝見是月開酒禁有年也九月己酉建宇于武帳崗上將行勅諸子且勿食至會所有饌日旰食不至皆有飢色上誡曰汝

御物

曹少長豊佚不見百姓艱難今使汝等識有飢苦知以節儉御物也

裴子野曰善乎太祖之訓也是謂宜其爲君夫爲君役興於有餘儉生於不足物之數也其欲隱約莫若窮賤縱其驕蹇莫甚尊榮自河徂亳殷宗所以克隆洽陶播稼岐周所以聿興習其險艱利以任使違其情僞易以躬臨是以居世之懿德字民之要道不可忽焉太祖若能率此訓也俾之難其志操卑其禮秩教民成德立功然後授以政事則無怠無荒可播之於九服矣初高祖思固本枝崇樹強幹後世遵守迭據方岳及乎太祖之初升明之季絶恩於衾衽者數

十人國之存亡既不是繫早肆民上非善謚也冬藉田獲嘉禾十月巳未太子詹事范曄員外散騎常侍孔熙先等奏大將軍謀反伏誅丁酉免侍中彭城王爲庶人絶屬籍幽于安城郡孔熙先者廣州刺史默之子有才略頗涉學不爲當世所知憤憤不得志且善占星言江州分野出天子文帝當見殘於骨肉因與謝綜等密謀奏大將軍反熙先謂范曄曰潛圖今上御名於表裏疾雷奮於肘腋昔毛玠竭節不容於魏武張温畢議見逐於孫權彼二人者國之信臣朝之俊乂豈瑕疵暴露言行玷缺然後至於禍辱哉且崇樹聖明至德也大業洪名美號也三王五伯所以

覆軍敗將而爭之者也一朝含垢不亦可乎曄爲彭
城王吏及王太妃殂曄爲吏部郎與司徒屬王深及
弟廣夜中酣飲開北牖聽挽歌王大怒左遷宣城太
守後因孔熙先議謀立大將軍義慶而密要徐湛之
湛之初與同及武帳之會也逆謀竊發許耀侍上持
刀以目曄曄不敢視俄而座散徐湛之以其謀聞於
上帝使採索其事始末悉得檄文於是收范曄等親
黨皆棄市曄善草隸書曰稱好著後漢書九十卷起建
武迄于延康爲一代良史然薄德淺行家禮不足見
收之日妓妾不勝珠翠老母唯有二厨盛樵薪熙先
先在獄上使使謂曰朕知卿才智如此早相器任庶

不及今日熙先乃上書言其首謀之事多言天文事讖上嚴慎骨肉又請其祖察父默集及默所撰穀梁傳乞還家上許之初謝綜交熙先也弟約不預每誡兄曰此人輕事好奇不近於道觀其嬉戲不料敵之強弱每服藥石便謂羽化可期果銳無檢未可與狎初曄方進何尚之察其意趣言於帝請出曄爲廣州刺史帝曰始誅劉湛復出曄人謂卿等不能容才但使共知如此不憂致大也

裴子野曰夫有逸群之才必思冲天擧蓋俗之量則閔常均之下其能導之以禮將之以識作而不失於義行而不犯於禮殆難爲乎若劉仁弘之剛毅才堪

上相范蔚宗之愚致名出凡庸然皆切志而貪權務才而徇逆天符所置以欲干時及罪暴刑加子父相哭累葉風素殞於一朝向之所謂智能飜為亡身之具矣有司奏徐湛之泥比匪人闕預逆黨事起積歲方始歸聞請免官削爵收付廷尉帝不許湛之懼詣闕上疏自理優詔荅之是冬浚淮起湖熟田千餘頃置延壽寺西北去縣八十里案寺記元嘉二年義陽王昶母謝太妃造隨末廢上元二年重置又名延興寺

二十三年正月庚申以孟顗為光祿大夫領太子詹事二月交州獻白鹿丁卯後魏寇兗豫青冀四州刺史申維拒破之夏四月丁未大赦天下六月癸未朔日有蝕之交州刺史檀和之安西將軍蕭景憲副將宗愨等帥師攻林

邑國破之林邑王范陽邁悉國之崑崙兵皆乘象以鬪士卒不能當宗慤曰吾聞獅子伏百獸試爲之可以逞乃削木爲首編毛爲身力士數人蒙之以振剋日又戰師乃望陣而馳其象奔迸賊軍乃潰走因滅其國納口二萬餘金五萬斤其無名之寶不可稱算慤奉以歸於其志也唯行時巾櫛衣服上聞而嘉焉擢爲太尉中兵參軍慤叔父炳荆楚高人子弟皆以琴書相尚慤獨慼激好功名慤嘗遇炳曰願乘長風破萬里浪炳歎曰汝若不富貴必敗吾宗爲江夏國上將軍十五年不改職至是始大知名乙亥以北地段英爲都督關隴諸軍事安西將軍雍州刺史後魏破之死其將河東薛安都棄衆南

之國九月乙卯上臨試諸生于國學賜學官帛有差吳郡獲野稻嘉禾秀于華林園殿甘露降于長寧陵是歲堰玄武湖于樂遊苑北興景陽山于華林園役及居民民有怨者是歲置華林園東五里案地輿志吳時舊宮苑也晉孝武更築立宮室宋元嘉二十二年重修廣之又築景陽武壯諸山鑿池名天淵造景陽樓以通天觀至孝武大明中紫雲出景陽樓因改爲景雲樓又造琴室東有雙樹連理又改爲連玉堂又造靈曜前後殿又芳香堂日觀臺元嘉中築蔬圃又築景陽東嶺又造光華殿設射棚又立鳳光殿醴泉堂花萼池又造一柱臺層城觀興光殿梁武又造重閣上名重雲殿下名興光殿及朝日明月之樓登之而階道遶樓九轉自吳晉宋齊梁陳六代至有斷名造盡古今之妙陳永初中更造聽訟殿天嘉三年又作臨政殿其山川制置多是宋將作大匠張永所作其宮殿數多舊來不用乃取華林園以爲秀陳亡悉廢失矣

二十四年春正月壬寅以徐湛之爲中書令領太子詹事甲戌大赦天下文武賜位一等孤老久疾不能自存者人賜穀五斛蠲除秣陵今年田租米籍田華

林園職掌疇量賜之三月京師木連理三月甘露降景陽山夏四月河濟俱清六月京師疾疫使使巡行給醫藥初行大錢一當細錢二是時民或盜鑄始剪古錢議其禁沈演之議龜貝行於上古泉刀興於周世所以豐財通利實國富民若以大當兩則國用難朽之貨家贏一倍之利不俟加憲巧源自絶既而錢形不一民不之便是時劉秀之爲梁州刺史初令民用錢而遂行之而江湖之南多以布米爲貨錢之所行未皆普也八月御史中丞何承天將遷廷尉且欲爲吏部郎使自擧代既受旨出爲人言之以偏勑得罪卒於家十月壬辰盜殺豫章太守桓隆之時胡藩

有十七子不遵法度第十四者曰遵世同范曄逆謀
帝以藩功臣匿其事勅江州以他罪殺之十六弟誕
世以群從秘兵二百餘人攻郡殺桓隆之將奉故彭
城王以作亂值交州刺史檀和之去官歸便道討平
之乃奪藩封邑徙其子于交州十一月甲寅封第十
皇子渾為汝陰王是歲徐兖青冀大水
二十五年春正月使使巡行四方貸糧種二月庚寅
詔曰安不忘危經世之所尚治兵教戰有國之恒典
故服訓明恥然後少長知禁頃戎政雖修而號令未
當今宣武場始成便可剋日大習衆軍校獵講武事
閏月乙酉大蒐辛亥雨雹吏部尚書庾炳之有罪免

上始臨朝任王華王曇首殷景仁謝弘微劉湛等號
曰五臣亞以范曄沈演之庾炳之庾炳之後則徐湛
又何尚之王僧綽以終元嘉之世炳之無文學性強急
輕淺既居選部好詆詈賓客且通貨賄士咸怨之是
時請急還家尚書令史諮事一人善彈一人工歌留
與宿有司以違制奏焉上以其事問何尚之尚之因
言炳罪上欲去其丹陽尹再問尚之尚之開啓對曰
臣乏賈生應對之才又乏汲黯犯顏之直至於侍坐
多不能盡庾炳之事跡異口同音咸無善聲古今未
有受貨數萬而得高官厚祿炳之者唯明主審之古
人有言無賞無罰堯舜不能為治陛下豈可坐於皇

家之重迷一凡人在可否之間臣不敢苟陳管窺令狂直明白炳然睿主哲王亥更小結帝乃可有司逐炳之歸田里以壽終幸也三月庚辰校獵宣武場夏四月新作閶闔廣莫等門改先廣莫門曰承明開陽曰津陽丁卯太白經天丁丑青龍見于玄武湖南五月乙卯罷當兩大錢戊戌黑龍見玄武湖六月庚戌零陵王司馬元瑜薨時始興王濬潘淑妃之子以母寵故出入後宮不禁遂通于第四妹海鹽公主出適丹陽尹趙伯符子倩倩入宮而怒肆罵搏擊引絶帳帶聞于上上有詔離婚罪主所生蔣美人伯符慙發疾死贈西平將軍常侍如故侍中特進太子少傅王

敬弘卒于吳興舍亭山贈開府儀同三司敬弘辭職
東歸深見禮重清簡方正子弟歲中不過一再相見
子恢之嘗爲祕書郎上將爲廬陵王納其女辭曰臣
女稚年先許孔淳之息乃使恢之求奉朝請曰祕書
有限故有覺朝請無限故無覺吾欲使汝處無覺之
地上皆許之方其在位帝嘗問得失敬弘對曰天下
有道庶人不議
裴子野曰有其位無其言君子恥之王公之談爲不
類矣居官不事以敵爲名正始元康之風中原所敗
也縱而勿檢致治難哉八月甲子封第十一皇子彧
爲淮陽王華林園嘉禾秀九月辛未以何尚之爲尚

書左僕射領汝渭之地
二十六年春正月辛巳祀南郊二月乙亥幸丹徒宫大赦復徒縣僑舊今歳租布之半所行經縣並蠲免田租之半癸亥使使祭晉故司空蕭公何無忌墓壬午婆皇國婆達國並遣使貢獻冬十月庚子改封廣陵王誕為南郡王癸卯彗星見于太微甲辰以揚州刺史始興王濬為征北將軍開府儀同三司徐兖二州刺史
二十七年春正月辛卯百濟國遣使貢獻二月魏軍攻懸瓠以軍興減百官俸禄三分之一三月乙丑淮南太守諸葛闡求減俸禄同内百官於是縣丞尉並

同減矣戊寅罷國子學秋七月庚午遣建寧將軍王玄謨拒魏軍以太尉江夏王義恭出次彭城揔統諸軍冬十一月丁未大赦十二月庚午魏太武率大衆至瓜步聲欲渡江都下震懼咸荷擔而立壬午内外戒嚴沿江六七百里艦舳相接始議北侵朝士多有不同至是帝登石城烽火樓極望不悦謂江湛曰向使檀道濟在此虜敢犯我境耶然侵北之計同議者少今日士庶勞怨豈得無慙貽士大夫之憂在予過矣甲申使使饋百牢于魏

二十八年春正月丁亥魏太武自瓜步退歸俘廣陵居人萬餘家北徙豫青冀二兗州殺戮不可勝計所

過州郡無遺矣二月甲戌降太尉領司徒江夏王義恭爲驃騎將軍開府儀同三司壬午帝幸瓜步是日戒嚴三月乙酉車駕還宫丙申拜初寧陵大旱四月癸酉婆皇國遣使貢獻己卯彗星見于昴是月都下疾疫使使給藥五月乙酉亡命司馬順則自號齊王據梁鄒城丁巳婆皇國河南國並遣使貢獻壬午彗星見太微中對帝座秋七月甲辰進安東將軍倭王綏濟爲安東大將軍八月癸酉梁鄒斬司馬順則是秋猛獸入郭爲災冬十月高麗國遣使貢獻十一月壬寅曲赦二兗徐豫青冀六州從越城流人淮南流人於姑熟合千餘家是歲魏西平元年也

二十九年春正月甲午詔經寇六州仍連水潦可量加救贍二月乙未雷且雪庚午封皇子休仁爲建安王三月壬午大風拔木都下災夏四月戊午訶羅國遣使貢獻秋七月壬辰封汝陰王渾爲武昌王淮陽王彧爲湘東王丁酉大司農太子僕廷尉監宮九月丁亥以西平將軍秦河二州刺史封河南王冬十一月壬寅揚州刺史廬陵王紹薨十二月戊申黄霧四塞辛未南兗州刺史江夏王義恭爲大將軍南徐州刺史録尚書事如故是歲魏侍中常侍宗愛（今上御名）逆大國皇子乃奉南安王余爲帝改元承平尋又廢余殺中尚書長孫竭尚書陸麗奉皇孫是爲魏武皇帝改元興安

三十年春正月丁未朔，會群臣於太極殿，有青黑氣從東南來，覆映宮上。戊寅，以司空、荊州刺史南譙王義宣爲司徒、中軍將軍、揚州刺史。壬午，以南徐州刺史始興王濬爲衛將軍、開府儀同三司。戊子，使江州刺史武陵王駿統衆軍伐西陽之蠻。二月甲子，元凶劭（今上御名）逆弑，帝崩于含章殿，時年四十七，謚曰景皇帝，廟號中宗。三月癸巳，葬長寧陵，陵在今縣東北二十里，周迴三十五步，高一丈八赤。孝武帝踐祚，追謚爲文皇帝，廟號太祖。（案帝聰明仁厚，雅重文儒，躬勤政事，孜孜無怠，加以在位日久，唯簡靜爲心，于時政平訟理，朝野悅目，自江左已來，未之有也。又性好節儉，不好奢侈，車府令嘗以輦篷故，改易之，又輦席舊欲以紫皮緣之，上皆不許，其勤儉率此類也。）

建康實録卷第十二

建康實録卷第十三　宋下·上

中宗世祖孝武皇帝　少帝子業

世祖孝武皇帝諱駿字龍休幼名道民文帝第三子六歲以元嘉十二年封武陵郡王自江左已來襄陽未有皇子鎮太祖欲經略關河故以武陵王爲雍秦荆江四州六郡諸軍事撫軍將軍雍州刺史三十年以西中郎將移鎮西陽聞元兇今上御名逆遂垂涕召沈慶之及僚佐等議初慶之統武陵軍事世祖在鎮元兇嘗密與慶之書令致世祖慶之入帝疑之稱疾不敢見慶之突入前以元兇書呈帝帝悲泣求入内與母别慶之曰下官受先帝厚命今日唯力是視殿下何

疑帝前拜曰國家安危在將軍也即日令勒兵處分
内外軍事一委慶之以主簿顔竣爲諮議掌摠文書
議定慶之即戎勒兵竣乃進曰今步兵少力薄宜待
衆軍集慶之怒曰方興大事而黄口小兒叅預此禍
至矣宜斬以徇竣懼再拜以謝慶之慶之曰君但知
筆札事庚寅使顔竣馳檄四方言劭兇異殺害君父
毒流王公卿士三月乙未建牙于軍門是日衆軍發
自西陽以寧朔將軍柳元景爲都督前鋒丁酉軍次
尋陽四方征鎮不謀同舉所在雲集是時會稽太守
隨王誕以衆兵次于西陵劉秀之充前軍來會四月
己未武陵軍次于溧洲築壘歸者相屬時帝中風暴

疾殆將數旬顏峻懼聞於衆擁王於滕上親視起居內外軍政室內經略間以文教書檄應接遐邇自舟中甲士亦不知帝之危疾也壬戌柳元景衆軍大破元凶等於新亭退至于淵劭軍人馬投淵死者不可勝數淵水爲之不流至今猶呼爲死馬淵劭走馬還臺城江夏王義恭自東堂與數十人出奔濟於治渚策馬詣新亭於馬上上𤖤勸進戊辰帝遷營于新亭巳巳百寮奉璽綬帝泣下固辭江夏王再拜三辭因設壇即帝位于營所改新亭爲中興亭下詔大赦天下進文武爵位二等賞士卒各有差孤獨不能自存者皆賜穀帛以江夏王義恭領太尉録尚書六條事給

鼓吹班劒黄鉞進顔峻爲侍中五月丙子擒元兇於太倉并庚辰臧質以甲仗百人入守朝堂辛巳車駕幸龍舟還于東府群臣請罪詔曰巨逆作亂人倫道盡王公卿士受制凶威事難勢屈無所追謝甲申尊所生路淑媛爲皇太后詔褒故太子左衛率袁淑和加殊禮贈侍中太尉謚曰忠憲公追死王事贈徐湛之散騎常侍司空謚曰忠烈公江湛散騎常侍左光禄大夫謚曰忠簡公王僧綽謚曰忠愍侯以柳元景爲前鋒軍甲午初謁長寧陵追贈卜之興龍驤將軍六月丙午謁太廟還登太極殿哭盡哀百官陪位莫不下淚初置殿門及上閤門屯兵丁亥詔諸詞犕仁爵

民去煩從簡悉宜施行辛未大紀勳行賞封南譙王義宣爲南郡王隨王誕爲竟陵王各五千戶封臧質始興郡公沈慶之南昌郡公柳元景曲江公各三千戶宗慤洮陽侯劉延孫東昌侯顏峻建武侯各二千戶徐遺寶益陽侯五百戶庚子復置南兗州丙子使使兼散騎常侍巡行天下蠲尋陽租布三年己亥立皇后王氏丙申置衛尉官詔使建平王宏迎皇太后于尋陽庚子上謚大行皇帝廟號太祖秋七月辛丑朔日有蝕之辛酉下詔任百姓捕貴戚不得競利壬戌皇太后至自尋陽八月乙亥以王僧達拜護軍將軍僧達時自負才地不稱所望遂上表陳讓曰臣有

忞於學無獨見之敏有道在身無偏監之識固不足以達言治世備辨時宜竊謂當今之務唯在先卹庶心從民之欲如使臣享厚祿居重榮衣狐望熊而無事於世者固不能安也護軍之任不敢虛書奏帝帝知其不愜志甲午以僧達爲征虜將軍吳郡太守封營道侯九月壬寅侍中謝莊上䟽宜大臣各舉所知以付尚書依分銓用若任得其才舉主延賞有不稱職宜及其坐凡所莅民之職宜遵六年之限初太祖代限年三十而仕郡縣六周及選代刺史或十餘年至是時皆易之仕者不拘長少莅民以三周爲滿故莊復表論之冬十月癸未聽訟于閱武堂鄉鄉獻白

麗高麗使貢方物十二月罷都水使者置水衡令官
孝建元年春正月乙亥朔拜南郊大赦改元壬寅立
皇子子業爲皇太子賜天下爲父後者爵一級孝悌
力田有差詔長吏勸盡地宜務農食舉孝秀凡棄産
業而竊榮位者皆禁錮還田里尚書百官之本曹局
事無巨細悉令歸諸令僕詔中書録事參軍周朗獻
讜言曰男子十三至十七皆令學經十七至二十盡
使修武女子十五不嫁冝坐家人地堪滋養悉種麻
稻巷陌悉樹桑柘列庭皆植竹栗宫掖金翠工人奇
伎淫器皆請焚之錦繡羅縠小民皆不得服帝王子
帝弟何必長史參軍但冝置賓師傅官以輔之是月

新作正光殿詔鑄四銖錢時車騎將軍江州刺史始興公臧質握疆兵據衝要輙散釣磯倉米心懈不安乃要豫州刺史魯爽兗州刺史徐遺寶司州刺史魯秀等說南郡王義宣曰夫有震主之威能全衆者蓋物係心於公聲跡已著見機不作將爲他所先今命徐魯驅西北精兵來屯江上質帥九江樓艦盤據中流爲公前驅天下已半公以八州大衆鳳翔雲動龍舟徐邁虎視川陸雖韓白更生亦不能爲建業之計少主失德天下聞之沈柳小將不足爲意夫不再至者年齒也不可失者徐魯也質常恐先朝露填溝壑不得養其膂力爲公掃除雖悔黄泉復何及也義宣

許之使使報魯爽徐竇於壽陽爽等殺長史韋處穆
登壇自進號征北大將軍戴黄標遺法物命書二札
一曰丞相劉令補爲天子名義宣二曰車騎將軍臧
令補爲丞相名質使戶曹宋興報歸江陵使使京師
誓其親屬二月己巳朔有流星大如月西行辛未丞
相荆襄二州刺史南郡王義宣舉兵反自號建平元
年乙亥曲赦司豫二州加柳元景撫軍以王玄謨爲
豫州刺史輔國將軍師次梁山三月癸亥內外戒嚴
假江東王義恭黄鉞都督衆軍辛巳柳元景爲雍州
刺史出次採石以沈慶之爲鎮軍將軍率安都西討
魯爽夏四月丙戌左將軍薛安都等大破魯爽於小

峴斬首傳京師豫州平丙子慶之等還師以益元景次于南州五月甲辰義宣至蕪湖而臧質逼梁山使謂義宣曰今日萬人次南州則梁山中絕萬人守梁山王玄謨必不敢出下官中流鼓棹直趨石頭此上策也義宣不用質計盡銳攻梁山陷其西壘王玄謨使崔勳之來救皆沒王師大懼元景聞之欲卷甲赴之柏護之諫不如分兵爲援將軍自鎮南州元景乃留老弱自守悉其精卒多張旗幟向梁山甲寅王玄謨帥衆軍與臧質大戰于梁山質敗走義宣自蕪湖赴焉玄謨縱兵苦戰薛安都繼出乘之賊等大敗船舫鱗沓柏護之命火焚之時東風急火猛延燒西屯兵

義宣單舸南走閉航而泣是日栢護之朱脩之等帥師南定遺寇乙未解嚴六月臧質走歸尋陽楚府舍盡家西向武昌無所據投於南湖摘蓮實爲食戊辰追兵至南湖質急投水中折荷蒙首軍士遥射之貫腸腹出繞蘊藻就斬之傳首京師子孫皆棄市而漆首藏於府庫甲戌大論功賞進柳元景沈慶之並大將軍儀同三司進王玄謨前將軍封曲江侯朱脩之荊州刺史西昌侯庚寅脩之入江陵殺義宣并其十子餘黨竺超民徐壽之等詔絕義宣屬籍廢爲庶人癸未分揚州浙江東五郡爲東揚州治會稽而揚州仍領十五郡又分荊襄等三州八郡爲郢州治

江夏罷南蠻校尉遷其營于京師戊子詔罷録尚書
秋七月丙申朔日有蝕之是月會稽大水平地八尺
冬十月熒惑犯進賢星戊寅襃孔子同諸侯之制寢
廟合祭祀丁丑置安陸郡屬郢州初令王侯內史相
及封內官長不臣於封君罷官不追諸王在鎮常行
不過六隊車輿不得油幢聽事不得南向施帳藩國
臣不得跣登國殿傳命不得朱服鄣扇不得雉尾十
一月癸未詔褒侍中張敷孝道淳深改其所居曰孝
張里復置郡都水使者官是月始課南徐州租甲申
甘露降長寧十二月徵宋年爲太子舍人年會稽人
也以孝行聞初母以冬亡殮衣無絮年終身不衣絮綿

隱居會稽山南以樵採爲事每束紫置路間隨取者任留價而去

二年春二月婆皇國遣使貢獻丙寅始興公沈慶之請老歸帝聽以公就第月給錢十萬米百碩使何尚之豫往累陳上意慶之笑曰沈公不學何可往而復來尚之有慙色夏四月司馬石亡命叉於淮南推立夏方進爲主改姓李名弘以欺衆豫州刺史王玄謨討平斬之懷汝閒壬午以王玄謨爲雍州刺史以交州刺史檀和之爲豫州刺史初和之在交州有威名盜賊屏跡獨出獵虎被傷而起故帝舉以鎮懷汝秋七月鎮西將軍郢州刺史蕭思話卒贈開府儀同三司

謚穆侯八月庚申征虜將軍雍州刺史武昌王渾在襄陽與左右戲造讖書自號為帝(三)號元光年置百官長史王翼之得其檄封奏之遣中書舍人戴明寶往責之有司奏廢為庶人自殺時年十七九月己巳朔齊郡廣饒縣上言嘉禾生異畝同穗丁亥閱武于宣武塲詔孝建元年巳前荊羅不放悉聽還本犯釁家子弟隨才置吏十月壬午徵江夏王義恭為揚州刺史以建平王宏為中書令十一月戊子王僧達上表自解帝以辭不遜付門下免官

三年春正月辛丑祀南郊以驃騎將軍建昌公劉彦之衛軍將軍新建文宣侯王華豫寧文侯王曇首配

食太獻壬子皇太子納妃何氏二月辛未策孝秀于東堂是月丁丑初制朔望臨西堂接群臣受奏事是月豫州刺史檀和之卒贈安北將軍謚壯侯閏三月己丑白兎見平原獲以獻癸酉鄱陽王休業薨文帝第十五子董美人生夏四月初禁民車及酒器用銅戊戌太白犯輿鬼秋八月甲午太白入心五月辛酉初令荊雍豫兗徐青冀等七州蠶馬復其賦役六月以聽訟于華林園秋八月太常顔延之卒贈特進謚獻子九月壬子[illegible]丹陽尹[illegible]竣固辭表十奏帝乃許使[illegible]輦載之郡舍賜以布衣一襲[illegible]年[illegible]改元爲大明元

年大赦賜高年孤[illegible]各[illegible]使使巡行賑貸三月壬戌初令[illegible]班劍者不得入宮城門時梁獠請內屬以寧[illegible]一丈四月京師疾疫丙申使使給醫藥死無以斂者官爲埋殯五月壬子紫氣出景陽樓狀如煙廻薄久之詔改景陽爲慶雲樓戊午嘉禾一株五莖生清暑殿鴟物中六月丁亥以顏峻爲東揚州刺史劉秀之爲丹陽尹案宋略秀之從子瀌性剛猛有才氣素輕易之時仕吳興太守聞秀之爲尹書與故人曰吾家黑面阿秀乃居劉安泉處朝廷不爲多士庚子白兎見即墨獲以獻秋七月京師獲三脊茅江夏王義恭率百官請奏封禪事奏曰陛下睿孝締基靈武纘業道溢與邵功先復禹日者河鏡海湛景曜階平祥浹郊林氣凝宮沼伏

願俯藉民心仰協乾意威風后詔百辟下齊郊掩羸
里壇集神光山稱萬歲臣生屬吉辰方待大禮帝猶
謙讓辛未以并雍二州三郡十六縣開一郡郡四縣
刺史王玄謨請斷流民當時一不願屬籍罷之或謗玄
謨反玄謨馳使白啓帝帝報曰梁山風塵初不分意
君臣之際過足相了卿復[illegible][illegible]眉頭玄謨為人性嚴
少笑眉頭嘗[illegible]伸故帝以[illegible]戲之八月甲申青州上
言嘉禾生[illegible]戊戌[illegible]年郡臺兗州冬十
月丙申詔有[illegible]失理者又謗未聞朝
聽者皆聽[illegible]改之[illegible]見等
二年春正月丙[illegible]九親祿奉三月丁

未建平王宏薨[illegible]年二十人謚曰宣簡乙
未傳太宰[illegible]辛丑地震五月戊
申吏部尚書[illegible]謚[illegible]六月戊寅
增置吏部尚書一人[illegible]五兵尚書[illegible]都官尚書謝莊
為吏部尚書[illegible]選官權重故分曹以減其勢乙卯
有司奏晉陵余齊民少俊孝行所居為孝義里秋
七月甲辰彭城民高闍自云見龍出于井中當貴謀
反為天子事覺伏誅己酉太白入東井八月丙戌帝
以高闍事詔收王僧達下獄賜死九月庚戌置武衛
將軍武騎常侍官
三年春正月夜通天薄雲四方生赤黃氣長三四尺

乍見尋皆滅二月乙亥以揚州六郡爲王畿并東揚州治會稽將置司隸以元兇嘗置故止甲子復置廷尉監官三月土守牽牛己亥司空竟陵王誕殺兖州刺史栢閬據廣陵城反己巳內外戒嚴以車騎大將軍開府儀同三司沈慶之爲南兖州刺史帥師北伐豫州刺史宗慤徐州刺史劉道隆並引軍來會司空參軍何康棄母踰城出降案宋略康時爲竟陵王府參軍聞沈慶之逼棄[illegible][illegible]母曰事必不振子將行乎義曰子不可以背君義不可以棄君人生若何康[illegible]曾不爲己遂棄母出降誕聞之殺[illegible]康母[illegible][illegible][illegible][illegible][illegible][illegible][illegible]而死辛亥誕燒郭邑驅居民於城內[illegible][illegible][illegible][illegible][illegible][illegible]兵入圍誕逆戰敗乃自登城巡師謂[illegible]之曰沈公君白首之年何苦來此慶之曰朝廷以君不足勞少壯故老夫來耳

二帝乃封送章及二朝故[illegible]一日晉陵縣使千戶
募擒劉誕二日建[illegible]縣侯[illegible]先登詔慶之立
烽於桑里苑外城[illegible]一烽魁[illegible]二烽擒誕與三
烽甲子帝[illegible]六師出宣[illegible]城侯顏峻死於
獄中七月己巳沈慶之克[illegible]誕傳首京師
殺城中男口五千餘人[illegible]實甘六刑者皆先鞭
其面乃斬其首歸淮瀆以築[illegible]誕族為留氏誕
字休文文帝第六子歷鄱脩華遷驃騎將軍都督南
兗州諸軍事以好士見疑心不自安遂據廣陵反誕
初脩武城自出巡撿功人或大呼曰大兵將至何以
為王苦百姓執而問曰廣陵人姓袁名孫去大[illegible]

至何不立六順門誕曰六順門何也答曰古語有之
禍不入六順之門誕殺之將舉兵士初夢人告之曰
取宫鬚爲稍毦既覺問如是數十人誕又經自夜坐
有光滿室誕深惡之而不自安辛未大赦天下解嚴
王畿内貧者蠲租布一年八月丙戌分淮南北復置二
豫州九月月在胃而蝕己巳詔無罪獄壬辰初築上
林苑于玄武湖北今縣北十三里見有古池南俗呼
爲飲馬塘其西見有望宫臺冬十月詔來歲可使六
宫嬪妃脩親桑之禮十一月肅慎國重譯獻楛矢石砮
西域獻舞馬十二月辛未初置謁者僕射官
四年春正月乙未祀南郊車駕籍田大赦天下逋租

宿債一切原除孝悌力田禮事鰥寡孤獨賜穀
有差三月庚申皇后杜氏崩葬于西陵夏四月癸卯以南
瑯瑘郡隷王畿五月月入太微丙申尚書左僕射褚
湛之卒贈特進謚曰敬侯庚寅以南下邳郡併入彭
城六月太白犯弁秋七月甲戌左光禄大夫開府儀
同三司何尚之薨贈司徒謚簡穆公十月流前廬陵
内史周朗于寧州道殺之朗字義利汝南人少愛奇
以江夏王太尉府參軍累遷廬陵内史因獵火逸燒
郡廨屋以私財償之初朗奏讜言忤帝銜之及丁母憂
使誣朗失喪禮遷之將行朝無送者唯侍中蔡興宗
獨往造別帝怒左遷興宗十二月戊辰改細作署令

爲左右御府令丙戌復置大司農官丁未倭國遣使
貢獻
五年春正月雪戊子花雪降江夏王衣散爲六出有
司奏以爲瑞帝悅之庚寅彭城民孫薛亡軍當斬薛
兄棘詣郡請身代弟曰棘爲家長弟之逋逃罪由棘
也且亡母遺命以薛最小爲屬令令與身代薛薛亦
請曰薛三歲喪父所恃者兄兄雖怜薛薛何忍兄弟
二人爭死未定刑獄[illegible]曰君當門户豈可委
罪季叔且死[illegible]言求活立家道君今
已有二兒死[illegible]太守張岱[illegible]而[illegible]帝詔
原薛罪加[illegible]二月閏戌

子玄武湖[illegible]太保華容公
王弘寧文[illegible]夏五月嘉
瓜生建康蔣陵里丹陽尹王僧朗表獻之癸酉初制
宗室碁親居[illegible]是月新
作明堂于丙巳之地始宗祀皇考[illegible]文皇帝於明
堂以配上帝六月赤烏見蜀郡益州刺史劉思孝獲
以獻壬子分廣陵置沛郡省東平郡併入廣陵八月戊
子封皇子爲郡王乙丑詔來歲可脩葺庠序旌延國冑
庚辰初令方鎭所假白板郡縣依臺除食祿三分之
一九月甲寅日有蝕之丁夘幸瑯瑯郡訊獄甲戌[illegible]
南豫州于淮南庚戌河濟清閏月戊子皇太子妃[illegible]

民甍丙申初築馳道自閶闔抵大航北自承天門抵玄武湖冬十一月丁酉增置少府丞一人己巳甘露降新安王第甲戌初令民戶輸布四疋是歲始壞士族雜婚者補將吏於是民多逃亡土役弟替而盜賊代起侍中沈懷文固諫不聽

六年春正月辛卯祀南郊夫置五官中郎將左右郎將官是月策秀孝于中堂揚州秀才顧法秀對制問曰源清即流深神勝則形全躬化易於上風體訓甚於草偃上覽之甚其諫也投策於地二月犯左角戊午甘露降於京師乙未復百官秩正月改豫州之南梁郡爲淮南郡以淮南故郡幷入宣城于姑孰

丁未侍中廣陵太守沈懷文以忤旨下獄死丙午青雀見華林園夏四月新作大航門淑妃殷氏卒贈貴妃諡曰寧班亞皇后丙戌初置陵寢于覆舟山修藏冰之禮六月辛酉劉延孫卒贈司徒給班劍三十人諡文穆公秋七月甲申地震有聲如雷八月辛未青冀二州刺史劉道隆表嘉禾生樂陵縣界乙亥置青臺令初武帝自永初迄于元嘉多爲經史之學自大明之代好作詞賦故置此官考其清濁冬十月壬申葬宣淑妃殷氏于龍山十一月己卯會稽太守張暢卒諡宣子初暢愛其弟子輯臨死欲與合葬論者謂張少微於是乎黷至愛莫若父子同穴可乎

七年春正月癸未詔於玄武湖大閱水軍并巡江右講武校獵時常多狎遊置酒高會酣適之間多々詬辱朝士嘗嘲王彧以其父諱吏部郎江智淵正色曰陛下進人以禮無宜此戲帝怒曰卿江僧安兒居然相惜智淵伏涕自是詬之無度智淵不堪其恥退而自殺癸巳以王畿之內郡屬南豫州二月甲寅車駕西巡濟江立行宮于歷陽蠑[illegible]詔使使祭南嶽霍山大蒐于烏江縣榜口癸[illegible]六合山庚甲分秦郡歷陽置臨江郡即所在[illegible]于行宮大赦天下行李所經免今年租布[illegible]男子賜爵一級女子百戶牛酒巡問孤老如有一介之善隨才銓用癸亥幸

尉氏縣觀温泉三月設南[illegible]蠶夏四月詔非臨軍陣不得專殺人是月大風折初寧陵華表秋七月乙酉高麗王高璉為車騎大將軍開府儀同三司八月南徐州獻白龜時大旱自四月不雨至于是月詔太官徹膳大赦天下自大明七年巳前一切放免親率秣陵訊獄囚冬十月壬寅太子子業冠于太極前殿賜王公巳下帛有差丁未車駕南巡百姓有寃屈滯皆聽自面陳訴自江寧縣南登山及陵望臺甲子館行宮于南豫州城丙寅聽政于行所十一月丙子小會行所登白紵山使使祭晉大司馬桓温毛璩等墓置守冢三十戶訊溧陽獄囚於行所戊子幸梁

山詔爲山下征元嵬軍士戰死者舉哀加賞賜三世
後除癸巳登梁山大閱水軍於中江二白雀集于華
蓋十二月立雙闕于梁
八年春正月宗祀于明堂[illegible]將軍雍州刺史劉秀
之卒贈侍中謚忠誠公二月辛丑領軍朱脩之卒贈
侍中特進如故謚貞侯時大旱七年不雨迄乎是歲
三吴尤[illegible]米有價無糴所富人賚珠玉錦繡相交枕
死於道路建康秣陵兩縣爲義冢瘞之前年會稽雨
績於一漂續初如舒麻[illegible]似絲也[illegible]是飢人將拾死
不能[illegible]積屍原野如亂麻焉是月詔公卿致祭山嶽
祈雨以務穀種付以東諸郡縣四月雨意荊州獻白

雍詔揚州立左學□□□置儒林祭酒各一人壬子以吳郡太守顧悌之為吏部尚書加給事中乙卯帝寢疾顧命江夏王義恭為中書監柳元景為尚書令事無巨細悉關二公其與師旅委沈慶之尚書事委顏師伯外監事委王玄謨五月庚申帝崩于玉燭殿秋七月丙午葬景寧陵在今上元縣南四十里巖山之陽帝年三十五即位立十一年年三十五謚曰孝武皇帝廟號世祖

少帝

少帝諱子業字法師孝武長子也元嘉二十六年月甲申生三十年元兇今上御名逆世祖討之被囚于侍中

下省江夏王義恭保護之世祖即位爲太子大明二年始出居東宫八年夏五月庚申世祖崩是日即皇帝位大赦天下文武進位有差六月有流星大如斛赤色有光照見人面尾長一丈從参北出東行直下經東井通南河没戊寅復分宣城爲淮南郡復淮南爲梁山郡七月癸酉尊皇太后爲太皇太后皇后曰皇太皇居永訓宫乙卯罷南北二馳道丙辰追崇獻妃何氏爲獻皇后己丑皇太后崩于含章殿九月乙卯祔葬孝穆皇后于景寧陵冬十月太白守房十二月乙酉復王畿爲揚州浙江已東爲東揚州

永光元年春正月乙未朔大赦改元二月己巳初減

郡縣禄秩之半戊午詔賜沈慶之親仗三望車給親信三十人甲申月入南斗庚寅初鑄二銖錢夏六月庚午熒惑入東井光禄大夫宗慤卒贈征西將軍謚肅侯秋七月己酉有星入紫微經北極八月辛酉誅越騎校尉戴法興壬戌帝始親政事狂暴益甚内外危懼柳元景顔師伯等欲廢帝而立江夏王以告沈慶之慶之與王素不叶遂發其事於帝癸酉帝自率宿衛兵殺太宰江夏王義恭於第及諸子義恭高祖第四子姿質端麗高祖特愛之帝即位封爲江夏王出爲荆湘等八州刺史性褊急朝廷爲書誡之曰抅忌褊心魏武之類豁達大度漢祖之德元嘉十六年進

位司空録尚書二十一年入爲太尉元兇今上御名遂進位太保世祖討元兇至新亭元兇殺其子十二人世祖即位拜太傅兼尚書令性嗜不恒奢侈無度曾市百姓物無錢可還有通辭求錢者輒題後作原字及帝無道柳元景等欲立王帝知自率兵殺之時年五十三使使杖出義恭睛漬於蜜中謂之鬼目召柳元景以兵殺於都街又殺顔師伯於路案宋略初世祖性急羣臣不敢妄相從既崩之後江夏王與顔柳私相賀曰無擿禍矣及山陵後王公大臣舉酒馳逐不捨晝夜及少主兇悖內外憂懼人不自安不能輔之德義而欲謀之廢立語有之曰君不君臣不臣世祖之朝見之矣

景和元年文武各進位二等乙亥詔天下秀孝遣辛

權用帝釋素服御錦衣庚辰罷東揚州以石頭城爲

長樂宮東府城爲未央宮甲戌以北邸爲建章宮南第爲長陽宮乙未復南北馳道九月丁卯幸湖熟縣始奏鼓吹甲辰廢撫軍將軍南徐州刺史新安王子鸞爲庶人又發宣貴妃殷氏墓追憾世祖將掘景寧陵太史奏於帝不利乃止案宋書新安王子鸞爲殷淑妃所生世祖盛寵貴妃素疾帝帝欲廢之故帝追恨矣是日詔收吏部尚書謝莊初貴妃薨世祖詔莊爲誄曰贊軌堯門方漢鈎弋帝在東宮怨之及此下獄謂曰卿當彼時知有東宮否戊申徐州刺史義陽王昶聞江夏王之誅恐舉兵將襲帝帝聞喜曰自我即位未曾戒令人悒悒己酉內外戒嚴徵兵北伐以沈慶之爲前驅昶聞王師來內無親附遂棄家而載愛妾出

彭城北門奔後魏戊午詔親往彭城將耀威宋野是日於白下濟江幸瓜步城初聽民私鑄錢沈慶之請也十月丙寅帝旋于京師庚辰爵宮人謝氏爲貴妃夫人加虎賁鈒戟鑾輅龍旗出警入蹕實帝姑新蔡公主也出嫁何邁帝召還宮僞稱主薨官爲殯之歸於何氏邁見公主納心不安恐禍及乃結惡少伺帝出入將執廢之謀泄十一月帝自率兵誅之案宋書于時帝室子女淫蕩率多剛躁尚高祖女廣陵長公主下獄死藻父偃初亦尚世祖少女永嘉公主公主[illegible]淫縱之庭樹時天寒夜雪噤凍久之偃兄排闥詬主得免于時貴門子弟咸[illegible]主爲憂何邁素豪俠好鬭士出入從者滿路及主被納故懼而見害癸巳始興公沈慶之薨贈侍中太保給鑾輅轀輬車前後部羽葆鼓吹謚忠信公甲戌進帝姊山陰公主主性淫泆無禮甚嘗謂帝曰

妾與陛下男女雖殊俱託體先帝陛下六宮萬數妾唯一駙馬事不均平乃何如此帝爲主置面首左右三十人朝士袁愍孫吏部褚淵等美於皃公主常請帝求十夕淵等奉詔往而終不渝帝促愍孫迫之使走愍孫雖步如常顧而言曰風雨如晦鷄鳴不已公主出就淵淵竦立主曰觀君鬚鬢乃丈夫何無男子之氣淵曰不敢以爲亂階時少主凶悖多殺害喜怒不恒于時遍官大臣曰被今上御名成朝廷危懼内外騷然東海建安湘東山陽等四王皆帝叔也嘗被拘錄號建安曰鍛王山陽曰賊王湘東尤肥曰猪王鑠而籠之湘東嘗失音帝勑左右屠猪建安王紹護之曰猪未

可殺帝曰何對曰應待太子生取其肝肺帝喜勑付廷尉壬寅立皇后路氏（案宋書路道慶女也）始用金石之樂十一月丁未太白犯哭星皇太子生是月大赦天下（案宋略太子少傅劉蒙之子也聞蒙之妻在坐召入宮既生子男將立爲太子）太史始奏湘東有天子氣帝將南巡以猒之刻取明旦誅四叔乃行諸王見幽日夕計無所出乃與阮佃夫李道兒等陰謀執帝時直閤將軍柳先世與姜產亦有此謀未知所立及聞佃夫所說遂告中書舍人戴明寶明寶饗應誣言華林後堂有鬼十一月戊午夕帝同建安王山陽王山陰公主向華林後堂自射鬼直閤將軍宗越童太一譚金乃帝腹心也並宿于外主衣壽寂之姜產乃懷刀以入

弑帝帝驚引弓射叔不中寂乃刃帝而死時年十七即位一年見殺既而殿省倉卒未知所為還安王休仁就秘書省延湘東王湘東王跣至西堂升御座召朝臣稱太皇太后令數少帝子業忍酷害大臣不堪君臨萬國以衛軍湘東王體自太祖可繼宗廟社稷庚辰葬少帝于南郊壇誅同產豫章王子尚山陰公主初王太后疾篤遣呼帝帝曰病人間多鬼那可往太后聞之語侍者曰將刀來破我腹腸那得生如此兒既居尊位凶狂非分每召諸王妃主列於前以配左右南平穆王敬猷江氏不受命帝怒殺其三

而鞭妃一百

建康實録卷第十三

建康實録卷第十四　宋下

太宗明皇帝　廢帝諱昱

順帝諱准

太宗明皇帝諱彧字休炳小字榮期文帝第十一子也元嘉十六年十月戊辰生二十五年封淮南王二十九年改封湘東王孝武踐祚累遷鎮軍將軍景和中位雍州刺史即本號開府儀同三司是歲入朝時廢帝誅戮大臣疑畏諸父皆囚之付廷尉將加禍害者數十既而上意定明旦應誅禍上先已與腹心阮佃夫至道兒等密謀廢帝左右常慮禍人人有異志唯直閤將軍宗越譚金童太一等數人爲其腹心並有幹

力在殿省莫敢動是夜賊等並外宿佃夫道兒因結壽寂之等數人廢帝於後堂時十一月二十九日也事定尚未知所爲建安王休仁便稱臣奉引上西堂登御座召見諸大臣于時事出倉卒上失履跣至西堂猶着烏帽座定休仁呼主衣以紗帽代引備羽儀雖未即位凡衆事悉稱令書己未司徒豫章王子尚山陰公主並賜死宗越譚金童太一謀反伏誅十二月庚申朔以司空東海王禕爲中書監太尉進鎮軍將軍江州刺史晉安王子勛車騎將軍開府儀同三司癸亥以新除驃騎將軍建安王休仁爲司徒尚書令揚州刺史乙丑改封安隆王子綏爲江夏王

泰始元年冬十二月丙寅皇帝即位于太極前殿大赦改元賜人爵二級辛未改封臨賀王子產爲南平王晉熙王子輿爲廬陵王壬申以尚書右僕射王景文爲尚書左僕射癸酉詔分遣大使廣求人瘼乙亥追尊所生母沈婕妤曰宣皇太后戊寅改太皇太后爲崇憲太后立皇后王氏壬戌罷二銖錢江州刺史晉安王子勛舉兵反鎮軍長史鄧琬爲其謀主雍州刺史袁顗赴之壬申謁太廟甲申郢州刺史安陸王子綏會稽太守尋陽王子房臨海王子頊並舉兵同逆

二年春正月乙未晉安王子勛僭即僞位于尋陽年號義嘉壬辰徐州刺史薛安都反甲午內外戒嚴司

徒建安王休仁都督征諸軍事統衆軍南討丙戌徐州刺史申令孫司州刺史龐孟虯豫州刺史殷琰青州刺史沈文秀冀州刺史崔道固朔州刺史行軍何慧文廣州刺史袁曇益州刺史蕭慧開梁州刺史柳元怡並同逆丙午車駕親御六軍於中興堂辛亥南豫州刺史山陽王休祐改爲豫州刺史統諸軍西討吴郡太守顧琛吴興太守王曇生義興太守劉延熙晉陵太守袁標山陽太守程天祚等並舉兵反鎮軍將軍巴陵王休若統衆軍東討壬子崇憲皇太后崩二月乙丑曲赦吴興晉陵義興山陽郡以吏部尚書蔡興宗爲右僕射以吴興太守蕭道成東討平晉陵

癸未曲赦江南五郡丁亥建武將軍吳喜公率諸軍破賊於吳興會稽平定三郡同逆皆伏誅輔國將軍蕭道成前鋒東討輔國將軍劉勔前鋒西討賊劉胡衆四萬據赭圻三月庚寅撫軍將軍殷孝祖攻赭圻死之以輔國沈攸之代爲南討前鋒賊稍盛袁顗頓鵲尾連營至蕪湖衆十餘萬丙申南徐州刺史桂陽王休範總統北討諸軍事戊戌貶尋陽王子房爵爲松滋縣侯癸卯令人入米七百碩除郡減此有差壬子斷雜錢專用古文錢癸丑原赦揚徐二州囚繫凡逋亡一無所問夏五月丁酉曲赦豫州甲寅葬崇德皇太后於脩寧陵秋七月丁酉以仇池太守楊僧嗣

爲泰州刺史封武邵王八月己酉司徒建安王休仁帥衆軍大破賊斬僞尚書僕射袁顗進討江郢荆襄雍五州平之晉安王子勛安陸王子綏臨海王子頊邵陵王子元並賜死同黨皆伏誅諸將帥封賞各有差九月乙酉曲赦江郢荆湘雍五州守宰不得離職癸巳六軍解嚴大赦賜文武爵一級戊戌以車騎將軍江州刺史王玄爲左光禄大夫開府儀同三司鎮軍將軍冬十月乙卯永嘉王子仁始安王子真淮南王子孟南平王子産廬陵王子興松滋王子房並賜死丁卯以郢州刺史沈攸之爲中領軍與張永俱北伐戊寅立皇子昱爲皇太子曲赦揚南徐二州十二

月壬辰立建平王景素子延年爲新安王薛安都要引魏軍張永沈攸之大敗於是遂失淮南北四州及豫州淮西地是歲即魏天安元年

三年春正月庚子以農役將興詔太官停宰牛癸卯曲赦揚豫二州庚午都下大雨雪遣使巡行賑貸各有差二月甲申爲戰亡將士舉哀丙子赦青兾二州夏四月丙戌詔以故丞相江夏文獻王故太尉巴東忠烈公柳元景故司空始興襄公沈慶之故征西將軍陽肅侯宗慤陪祭孝武廟庭庚子立桂陽王休範第三子德嗣爲廬江王立侍中劉韞第三子欽爲南封王以奉廬江昭王南哀王南豐哀王祀五月丙申

詔宣太后崇陵禁内墳瘞遷徙者給葬直蠲復其家
壬戌以太子詹事袁粲爲尚書僕射秋八月壬寅以中
領軍沈攸之行南兖州刺史率衆北侵癸夘大赦景
午遷吏部尚書褚彦回慰勞緣淮將帥隨宜量賜九
月戊午以皇后六宫已下雜衣千領金釵千枚賜北
伐將士甲子曲赦徐兖青兾四州冬十月壬午改封
新安王延年爲始平王戊子蠕蠕國遣使朝貢辛丑
復郡縣公田進鎮西大將軍西秦河二州刺史吐谷
渾澤拾寅爲征西大將軍十一月立建安王休仁第二
子伯仁爲江夏王高麗百濟等並遣使朝貢是歲魏
皇興元年

四年春正月丙辰朔雨草于宫己未祀南郊大赦乙亥零陵王罽薨二月乙巳光禄大夫王玄謨薨三月交州人李長仁據州叛引妖賊攻廣州殺刺史羊希龍驤將軍陳伯紹討平之夏四月己卯復減郡縣田禄之半丙申　改封東海王禕爲廬陵王山陽王休祐爲晋平王辛丑蠕蠕國河南國遣使朝貢五月乙巳曲赦廣州秋七月戊辰詔定黥刖之制有司奏自今凡劫竊執官仗拒戰邏司攻剽亭寺及傷害吏人并監司將吏自爲劫皆不限人數悉依舊制斬刑若遇赦黥頞及兩頰劫字斷去兩脚筋徙付交梁寧州戍五人已下止相逼奪者亦依黥作劫字斷去兩脚筋

徙赴遠州若遇赦原斷徙猶黥面依舊移家口應悉及
坐悉依舊結讁及上崩其例乃寢庚午上備法駕幸
東宮小會赦楊南徐兗豫四州冬十月癸酉日有蝕
之發諸州兵北伐
五年春正月癸亥親耕藉田大赦賜力田爵一級乙
丑魏克青州執刺史沈文秀三月庚申以太尉廬江
王禕爲車騎將軍開府儀同三司南豫州刺史三月
己巳河南國遣使朝貢六月辛未立晉平王休祐子
宣曜爲南平王癸酉以軍興已來百官斷奉以給生
食秋七月壬戌改輔國將軍爲輔師將軍九月甲寅
立長沙王纂子延之爲始平王冬十月丁卯朔日有

蝕之十一月丁未魏人來聘十二月庚申分荆益二
州五郡置三巴校尉
六年春正月辛未祀南郊乙亥初制二年一祭南郊
一年一祭明堂二月甲寅大赦夏四月己亥立皇子
嶷爲晉熙王六月癸卯以鎮南將軍江州刺史王景
文爲尚書左僕射楊州刺史以尚書僕射袁粲爲右
僕射己未改臨賀郡爲臨慶郡追東平王休倩爲臨
慶王秋七月丙戌臨慶王智井薨九月戊寅立摠明
觀徵學士充之置東觀祭酒訪舉各一人舉士二十
人分爲儒道文史陰陽五部學言陰陽者遂無其人
冬十月辛卯立皇子贊爲武陵王十一月高麗遣使

朝貢十二月癸巳以邊難未息制父母隔在異域者
悉使婚宦
七年春正月甲戌置散騎奏舉郎二月癸丑征西將
軍荊州刺史巴陵王休若進號征西大將軍及征南
大將軍江州刺史桂陽王休範並開府儀同三司甲
寅南徐州刺史晉平王休祐薨三月辛酉魏人來聘
壬戌蠕蠕國遣使朝貢四月辛丑減天下死罪一等
凡勑繫滯悉遣之五月戊午鴆司徒建安王休仁庚
午以袁粲爲尚書令褚彦回爲右僕射丙戌追免晉
平王休祐爲庶人秋七月丁巳罷散騎奏舉郎乙丑
江州刺史巴陵王休若賜死八月戊子以皇子躋繼

江夏文獻王義恭庚寅帝疾間大赦戊戌立皇子準
爲安誠王冬十一月戊午百濟國遣使朝貢是歲魏
獻文帝禪位于太子爲孝文皇帝改元曰延興
泰豫元年春正月甲寅朔上以疾未瘳改元丁巳巨
人跡見西池冰上會皇太子文貢計於東宮三月癸
丑朔林邑國遣使朝貢夏四月己亥上疾大漸加江
州刺史桂陽王休範位司空以中領軍劉勔爲尚書
右僕射鎮東將軍蔡興宗爲征西將軍開府儀同三
司荊州刺史郢州刺史沈攸之進號安西將軍袁粲
褚彥回劉貟蔡興宗沈攸之入問疾被顧命是日上
崩于景福殿時年三十四五月戊寅葬臨沂縣幕府

山高寧陵帝少而和令風姿端雅少失所生養於路
太后房内大明中諸弟多見猜忌唯上見親常侍太
后醫藥好讀書愛文義在藩時撰江左已來文章志
又續衛瓘所注論語行於世及即大位四方叛以
寬仁待物諸軍有父子兄弟同逆者並授以禁兵委
任不異莫不盡力及平定天下逆黨多被全宥有才
能者並見拔用如舊臣才學之士多蒙引進於華林
園芳堂講周易常自臨聽末年好鬼神多忌諱言語
文書有禍敗凶喪及疑似言應迴避者數百千品犯
者必加罪戮改騧馬字爲馬傍作瓜以騧似禍字故也
又嘗以南苑借張永云給三百年期滿更啓復命問

曰永不以爲少乎其事類如此宣陽門門聞人謂之白門上以白門之名不祥甚諱之尚書左丞江謐嘗誤犯上變色曰白汝家門謐頓首謝罪久之方釋路太后停屍漆牀移出東宮上嘗幸宮見之怒甚免中庶子職高以之坐死者數十人內外常慮所犯人不自得宮內禁忌尤甚移牀修壁必先祭神使文詞呪策如大祭饗阮佃夫楊運長王道隆皆擅威權言爲詔勑郡守令長一缺十除內外混然官以賄進王阮之家富於公室中書舍人胡母顥者亦專所通奏無不可時人語曰禾絹閉眼諾胡母大張橐禾絹謂上也及泰始泰豫之際更忍虐好殺左右失旨忤意往往

有剺斮斷截者[illegible][illegible]中凜然若踐刀劒夜夢人曰豫章太守劉愔反遣使就郡斬之經略淮泗軍旅不息荒弊積久府藏空虛内外百官並斷俸禄又令小黄門於殿後埋錢以爲私藏性嗜味以蜜漬鱁鮧一食數升噉猪肉炙嘗至二百臠奢費無度預爲服後每乃造製必爲正御三十副御次副三十須一物輒造九十枚天下搔然人不堪之其餘事跡别見衆篇

後廢帝

後廢帝諱昱字德融明帝長子也大明七年正月辛丑生於衛尉府明帝諸子在孕皆以周易筮之即以所得卦爲小字故帝小字惠震其餘皇子並如之秦

始二年立爲皇太子三年始制太子改名石山安車乗象輅六年出東宮又制太子元正朝貢兖冕九章衣泰豫元年四月己亥明帝崩庚子太子即皇帝位大赦以尚書袁粲爲護軍將軍褚彦回共輔朝政班劍依舊入殿六月壬辰詔遣大使分行四方觀採風謡問其疾苦求政善惡乙巳尊皇后曰皇太后立皇后江氏秋七月戊辰崇拜帝所生陳貴妃爲皇太妃八月戊辰新除秘書監左光祿大夫開府儀同三司蔡興宗薨冬十一月乙亥新除郢州刺史劉彦節爲尚書左僕射蠕蠕國高麗國並遣使朝貢

元徽元年春正月戊寅大赦壬寅詔自元年以前削徙

放者並聽還本土魏人來聘夏六月乙卯壽陽大水遣使賑卹秋八月都下旱庚午陳留王曹銑薨九月丁亥立衡陽王休若子偕王為南安王冬十二月癸卯朔日有蝕之乙巳進司空江州刺史桂陽王休範位太尉癸卯立前建安王世子伯融為始安王是歲利浮南遣使朝貢

二年夏五月壬午太尉江州刺史桂陽王休範舉兵反庚寅內外戒嚴以中領軍劉勔右衛將軍蕭道成為前鋒南討出屯新亭征北將軍張永屯白下前南兗州刺史沈懷明戍石頭衛將軍袁粲中軍將軍褚彥回入衛殿省壬辰賊奄至攻新亭壘蕭道成拒擊

大破之越騎校尉張欣兒斬休範黨杜黑蠡丁文豪分兵向朱雀航劉勔拒賊賊縊死之右將將軍王道隆奔走遇害張永潰于白下沈懷明自石頭奔散甲午護軍典籤蕭惕開東府納賊入屯中堂羽林監陳顯達擊大破之丙申張欣兒等又破賊進平東府城梟群賊黨賜封爵各有差丁酉詔瘞戰敗亡者大赦解嚴文武俱進位一等荆州刺史沈攸之南徐州刺史建平王景素郢州刺史晉熙王燮湘州刺史王僧虔雍州刺史張世興並舉義兵赴建業巳亥蠕蠕國遣使朝貢六月癸卯晉熙王燮遣軍尅尋陽江州平丙午改輔師將軍還爲輔國將軍秋七月庚辰立皇

弟友爲邵陵王乙酉徐州刺史建平王景素進號征北將軍開府儀同三司九月丁酉以尚書新除衛將軍袁粲爲中書監即本號開府儀同三司加護軍將軍褚彦回爲尚書令冬十一月丙戌帝加元服大赦賜人爵一級爲人後及三老孝悌力田者爵二級大酺五日賜王公已下各有差十二月癸亥立皇弟躋爲江夏王贊爲武陵王

三年春正月辛巳祠南郊及明堂三月己巳都下大水六月魏人來聘秋七月庚戌以兼司徒袁粲爲尚書令九月景辰征西大將軍河南王吐谷渾拾寅進號車騎征西大將軍是歲浮南國高麗國並遣使朝貢

四年春正月己亥耕籍田大赦賜力田爵一級六月乙亥加領軍蕭道成尚書左僕射秋七月戊子征北將軍南徐州刺史建平王景素據京城反乙亥內外纂嚴遣車騎將軍任農夫冠軍將軍黃迴北討護軍將軍蕭道成揔統衆軍曲赦南徐州始安王伯融都鄉侯伯猷並賜死乙未剋京城斬景素同逆皆伏誅是日解嚴丙申大赦封賞各有差八月丁酉立皇弟翽爲南陽王嵩爲新興王禧爲始興王九月戊子驃騎將軍高道慶有罪賜死乙丑車騎將軍楊州刺史安成王準進號驃騎大將軍開府儀同三司冬十月辛酉以吏部尚書王僧虔爲尚書左僕射是歲魏承

明元年太上獻文皇帝崩

五年春正月辛卯祠南郊夏四月甲戌豫州刺史阮佃夫步兵校尉申伯宗朱幼謀廢立事皆伏誅五月地震六月甲戌誅司徒長史沈勃散騎常侍杜幼文游擊將軍孫超之長水校尉杜叔文大赦七月戊子夜帝遇弑於仁壽殿時年十五癸丑皇太后令貶帝爲蒼梧郡王葬丹陽秣陵縣郊壇西初帝之生夕明帝夢一人乘馬馬無頭及後足有人爲明帝曰太子也及在東宮五六歲時始就書而情業好戲主師不能禁好緣漆帳竿去地丈餘如此者半食頃乃下年漸長喜怒乖節左右失旨者輒手加撲打徒跣蹲踞

以此爲常主師以白明帝帝輒勑帝所生嚴加捶訓
及嗣位内畏太后外憚諸大臣猶未得肆志自加元
服變態轉興三年秋冬閒便好出遊行太妃每乘青
犢車隨相檢攝帝漸自放逸太妃不能禁單將左右
棄部伍或十里或八市鄽遇慢罵則悦而受焉或往
營署日暮乃歸四年春夏彌數自京城尅定意志轉
驕無日不出與左右解僧智張互兒恒相馳逐夜出
開承明門夕去晨返或晨出暮還從者並執鋋矛行
人男女及犬馬牛驢逢無免者苦爲鬼神所憑人間
擾懼晝日不敢開門道上行人殆絶常着小袴未嘗
服衣冠或有忤意輒加虐害有白摇數十各有名號

鉗鑿錐鋸之類不離左右，爲擊腦搥陰刺心剖腹之誅，日有數十。常見卧屍流血，然始爲樂。嘗以鐵錐錐人陰破，左右有斂眉者，帝大怒，令此人裸形正立，以矛刺洞之。於曜靈殿上養驢數十頭，所自乘馬養於御牀側。與左右衛翼輦營女子私通，每從之遊，持數千錢爲酒肉之費。或單騎出遊，逢人婚姻葬送，輒就挽歌，與小兒同聚飲酒爲樂。阮佃夫腹心人張羊爲佃夫姦信，佃夫敗，叛走，復捕得之，帝自於承明殿前以車轢殺之。又殺杜延載、杜幼文、孫超，皆躬運矛鋋，手自臠割，刑及嬰孩。察孫超有蒜氣，剖腹視其所食。就杜幼文兄叔於玄武湖北，帝馳馬執戰矟自往刺之

又好行盜掠時吳興沈勃多寶貨帝將數十人劫之
揮刀獨前左右未至勃時居喪在廬帝望見便投鋋
不中勃知不免手搏帝耳罵之曰汝罪逾桀紂屠
戮無日尋遂見害帝自臠割肌骨腸胃莫不分割又
制露車一乘施篷轝以出入從者不過數十人羽儀
追者恒不及又各慮禍亦不敢追唯整部伍別在一
處瞻望而已凡諸鄙事過目即能鍛金銀裁衣作
帽莫不精絶嘗吹篪執管便韻天性好殺以屠爲歡
一日無事輒慘慘不樂内外百司人不自保殿省憂
懼夕不及旦領軍將軍蕭道成與直閤將軍王敬則
謀之七月戊子帝微行出湖北單馬先走羽騎禁衛

隨後追之左右張互兒馬墜湖帝怒取馬置明光亭前馳騎刺馬屠割之與左右作羌胡伎小樂又於崗寄賭跳因乘露車從者二十餘人無復鹵簿羽儀往青園尼寺新安寺偷狗就曇度道人煑之飲酒夕還先是左右楊玉夫常得意而數日忽然見憎遇輒切齒謂人曰明日當殺小子取肝肺玉夫大懼是夜七夕令玉夫伺織女度報已因與內人穿針訖大醉仁壽殿東阿氊幄中時帝出入無恒省內諸閤夜間不閉且廊下畏相逢無敢出者宿衛內外無相禁攝王敬則先結王夫及餘左右陳奉伯楊萬年等合二十五人其夕敬則出外玉夫候帝眠熟至二更與萬年

同入氈幄中取千牛刀行殺之

順帝

順皇帝諱準字仲謀小字智觀明帝第三子也泰始五年七月癸丑生七年封安城王拜撫軍將軍姿皃端華眉目如畫見者以爲神人廢帝即位加揚州刺史元徽二年加都督揚南豫二州諸軍事四年進號驃騎大將軍開府儀同三司給班劍三十人及廢帝崩蕭道成奉太后令迎王入居朝堂是歲魏太和元年

昇平元年秋七月壬辰皇帝即位大赦改元賜文武位二等甲午鎮軍蕭道成出鎮東城輔政丙申征西大將軍荆州刺史沈攸之進號車騎大將軍開府儀

同三司加蕭道成司空録尚書事以尚書令袁粲爲
中書監以司徒褚彦回爲衛軍將軍開府儀同三司
以撫軍劉彦節爲尚書令加中軍將軍辛丑以尚書
左僕射王僧虔爲尚書僕射癸卯車駕謁太廟八月
壬子遣使賑卹蠲除稅調癸亥司徒袁粲鎮石頭戊
子崇拜帝所生陳昭華爲皇太后庚午司徒蕭道成
讓職庚辰以爲驃騎大將軍開府儀同三司録尚書
如故九月己丑詔州郡搜揭幽仄乙酉廬陵王暠薨
冬十一月丁酉倭國遣使朝貢十二月丁巳荆州刺
史沈攸之舉兵不從執政丁卯蕭道成入守朝堂侍
中蕭嶷鎮東府戊辰中外纂嚴壬申司徒袁粲謀誅

蕭道成不果旋見覆滅甲戌大赦乙亥以僕射王僧
虔爲左僕射除中書令王延之爲右僕射吳郡太守
劉遐據郡不從執政輔國將軍張懷政斬之閏月辛
巳屯騎校尉王宜興貳於執政見誅癸亥沈攸之攻
圍郢城前軍長史柳世隆固守己亥中外戒嚴驃騎
大將軍蕭道成假黃鉞出新亭
二年春正月丁卯沈攸之自郢州奔散己巳華容縣
人斬攸之首送之辛未雍州刺史張敬兒剋江陵荊
州平景子戒嚴以新授侍中柳世隆爲右僕射以蕭
道成旋領東府二月庚辰以王僧虔爲尚書令右僕
射王延之爲左僕射癸未以蕭道成加授太尉以衛

將軍褚彦回爲中書監丙申曲赦荆州西武撫軍楊州刺史晉熙王燮進號中軍開府儀同三司三月乙未日有蝕之夏四月南兗州刺史黄回貳于執政賜死五月戊午以倭國王武爲安東大將軍六月丁酉以輔國將軍楊文弘爲北秦州刺史封武都王九月乙酉朔日有蝕之丙午加太尉蕭道成黄鉞都督中外諸軍事爲太傅領揚州牧賜殊禮以揚州刺史晉安王燮爲司徒冬十月壬寅立皇后謝氏降死罪巳下囚十一月壬子立故武昌太守劉琨息頒爲南豐縣王癸亥誅臨豐侯劉晃甲子改封南陽王翽爲隨郡王十二月丙戌皇后見于太廟是歲蠕蠕國高麗

倭國並遣使朝貢
三年春正月辛亥領軍蕭賾加尚書左僕射進號中
軍大將軍開府儀同三司二月丙子南豫州刺史邵陵
王友薨景申地震建陽門三月癸亥朔日有蝕之甲辰
加太傅蕭道成相國摠百揆封十郡爲齊公備九錫
之禮庚戌誅臨川王綽夏四月壬申進齊公蕭道成
爵爲王安西將軍武陵王贊薨辛卯帝禪位於齊王
壬辰遜于東邸是日王敬則以兵陳于殿庭帝猶居
於內閤之逃于佛蓋下太后懼自帥閹豎索得帝焉
扶幸板輿黃門[illegible]促之[illegible][illegible][illegible]刀[illegible]之中項而殞帝
既出宮人行哭俱[illegible][illegible][illegible][illegible][illegible][illegible][illegible]輦出東掖門問

今日何不奏鼓吹左右莫有答者及齊受命封帝為汝陰王居丹楊宮待以不臣之禮遣兵為衛建元元年五月己未有騎馬遶牆者監人懼亂作遂入殺王而以疾赴齊人德之賞之以邑六月乙酉葬于遂寧陵謚曰順帝宋之王侯無少長皆幽死矣

列傳

徐湛之　江湛　王僧綽　顏延之

臧質　魯爽　沈攸之　王僧達

顏竣　朱脩之　宗慤　柳元景

顏師伯　沈慶之　蕭思話　劉延孫

劉秀之　顧琛　顧愷之　周朗

宗越　譚金　童太一　吴喜

黄回　鄧琬　劉胡　袁顗

孔顗　謝莊　王景文　殷孝祖

劉勔　蕭惠開　殷琰　薛安都

沈文秀　袁粲　何子平　王鎮之

阮長之　江秉之　陸徽　戴顒

周續之　王弘之　劉凝之　戴法興

阮佃夫　[illegible]

徐湛之字孝源東海郯人司徒羨之兄孫祖欽之父逵之尚高祖長女會稽長公主湛之幼孤爲高祖所愛常與江夏王義恭寢食不離帝側元嘉元年東宫

始建起家補太子洗馬累遷太子詹事加侍中高祖微時自於新州伐荻有納布衫襖是敬皇后手自作也後文帝時害彭城王義康等長公主將擲殿前以示上曰汝家本貧賤此是我母為汝父作此納衣今日有一頓飽食便欲殘害我兒子上亦號哭湛之由此得全湛之服色鮮麗遊宴奢侈時安成公何勗無忌子也臨汝公孟靈休昶之子也各奢豪京師語曰安成食臨汝飾湛之二事兼美之以范曄事發出為南兗州刺史元嘉二十六年入為丹陽尹轉尚書僕射後與江湛並居權要世謂之江徐二宮巫蠱事發上將廢劭賜死上與湛之等連議不決其夕向旦劭入

殺文帝湛之趨北戸未及開而見害時年四十四世祖即位追贈司空與王僧綽江湛三家詔加優卹常給廪子恒之嗣

江湛字徽淵濟陽考城人也湘州刺史夷之子也好學善彈碁鼓琴爲著作累遷侍中吏部尚書家貧不營財利餉饋一無所受身無兼服餘食當爲上召值澣衣稱疾經日衣成然後起及元兇入殺上湛省中聞叫譟聲乃匿傍小屋劭遣收之據窻受害時年四十六五子皆見殺世祖即位贈黄門侍郎

王僧綽瑯琊臨沂人少有大成之度衆以國器許之年十三襲豫章侯尚太祖長女東陽獻公主累遷尚

書吏部郎蔡掌選職藻品人物拔才舉能咸盡其分拜侍中時年二十九太祖嘗以後事爲念大相付託朝政大小皆與蔡焉爲後元凶篡弑時文帝獨與僧綽江湛之謀議未決明旦元凶入宮害文帝而誅江徐轉僧綽爲吏部尚書尋僧綽所啓廢諸王事乃收害焉時年三十一以因此陷北第諸王侯以爲與僧綽有異志也初太社西有空地一區吳時丁奉宅孫皓流徙其家晉有江左初爲周顗蘇峻宅其後爲袁真宅又爲章武王司馬秀宅皆凶敗後給與臧燾亦頻遇喪禍世稱凶地王僧綽常以政達自居宅無吉凶請爲子始就修築未居而敗子儉嗣爲齊尚書僕射

顔延之字延年瑯琊臨沂人曾祖含父顯延之少孤居貧自負南郭數頃室甚陋好讀書無所不覽文章之美冠絶當時好飲酒不拘細行年三十猶未婚起自豫章公世子參軍累遷出爲始安太守徵入爲中書侍郎後拜祕書監太祖甚愛釋惠琳嘗外獨榻延之甚疾焉因醉白上曰昔同子參乘袁絲正色此三台之座豈可刑餘居之性直言無廻隱居身清約不求財利布衣蔬食獨酌郊野元兇立以爲光祿大夫子峻爲世祖南中郎世祖入討書檄延之與靈運詞彩齊而遲速懸絶嘗俱入命擬樂府北上篇延之立成靈運久之乃就帝問優劣於鮑照照曰謝五言如

初發芙蓉自然可愛顔詩如鋪錦列繡亦彫繢滿眼
世祖登位爲金紫光禄大夫孝建三年卒年七十三
贈特進自潘岳陸機之後文士莫及也江左稱顔延之
謝靈運爲之冠
臧質字含文東莞莒人父熹字義和敬皇后弟也嘗
與溧陽令阮崇共獵値虎直前獨射之應弦而倒質
少好鷹犬高祖即位累遷太子左衛率太祖即位魏
拓跋燾與質書曰爾不聞童謡云耶虜馬飲江水卯
年佛狸死此宜其期使然非復人事也哉苦攻城三旬
不下虜乃退後元凶踐位以爲丹陽尹後世祖時爲
車騎將軍封始興公同南郡王義宣作逆以孝建元

年爲沈慶之破於梁山軍敗南走追斬於南湖傳首
京師
魯爽小字女生扶風郿人也祖宗之晉末位至鎮北
將軍封南陽公子軌一名象齒爽之父也高祖初舉
兵因擬走北盡室入虜中虜以軌爲荊州刺史世祖
平元兇自表求歸宋元嘉二十八年軌死爽代爲荊
州刺史鎮長社幼染殊俗無華風使酒數有過失拓
拔燾怒欲誅之爽懼因從拓拔遂與次第秀南歸世
祖大悦以爽爲征虜將軍司州刺史秀爲輔國將軍
子弟過者隨才遷用即元嘉二十八年也魏虜皆毀
其墳二十九年入朝三十年元兇殺逆世祖平元兇

以爲左將軍南譙王義宣反與臧質謀舉兵稱建平
元年爽於是送所造服輿之江陵與義宣爲薛安都
破於小峴乃傳首京師
沈攸之字仲達吴興武康人也慶之從父兄子世祖
與元凶戰于新亭立功累遷左將軍晋世京邑二岸
揚州舊置都部從事分掌二縣非違孝建已來攸之
掌北岸會稽孔璪掌南岸後罷之太宗即位四方多
叛攸之與王玄謨等南上平定進至夏口便有異圖
太祖崩與蔡興宗平桂陽王休範亂進位征南大將
軍開府儀同三司廢帝崩蕭道成輔政遣其子沈元
琰進父攸之爲車騎大將軍攸之曰吾寧爲王陵死

不作賈充生又太后賜攸之燭十挺剖之得手令曰
國家之事悉以相委明日遂起兵初時有象三頭至
江陵城北數里攸之自出將殺之忽有流矢集攸之
馬鄣泥其後刺客事發廢帝殞順帝立攸之遂發兵
戰士十萬鐵馬三千匹泗州刺史張敬兒等皆響應
至夏口沙門僧粲見攸之盛江陵蹙曰必一不至京邑
及攻郢城不下而潰走向江陵閒城已爲張敬兒所
據遂自縊死村人斬首傳送京師
王僧達瑯琊臨沂人太保弘之少子太祖聞僧達早
惠召見於德陽殿嘉之妻以臨川王義慶女少好學
善屬文爲太子舍人坐屬疾而於楊烈橋觀鬪鴨爲

有司所糾乃原不問元嘉三十年元兇弑逆世祖下平元兇兇爲人所說歸世祖於鵲頭拜侍中及元兇平累爲尚書右僕射轉護軍中書令尋出爲吳郡太守使主簿劫東臺寺富沙門得財數萬造宅於吳坐免官後竟因高闍事下獄死年三十六子道琰

顔峻字士遜瑯瑘臨沂人光禄延之子太祖嘗問延之曰卿諸子誰有卿風延之對曰峻得臣筆測得臣文伯得臣義躍得臣酒何尚之嘲曰誰得卿狂延之曰不可及也峻爲世祖撫軍主簿補益悉心以平元兇功遷侍中封逹成侯轉吏部尚書留心選舉後謝莊代峻領選峻容皃嚴毅莊風姿甚美賓客諠譁常

微笑答之時人謂之語曰顔峻嗔而與人官謝莊笑而不與人官南郡王義宣反後遷領軍將軍尋代褚湛之爲丹陽尹以立議鵝眼綖環等錢加中書令後以切直諫爭又自爲恩舊莫比當務居中永執朝政而所陳多不被納遂求出爲東揚州刺史憂懼無計而每對親故言頗懷怨而說朝事違謬人主得失及王僧達被誅陳竣怨懟上遂使御史中丞庾徽之奏付廷尉治罪未即大戮且止免官後竣陳啓謝罪乞性命上愈怒以竟陵王誕逆發因此陷之言通於誕詔下獄死徙子辟強於交州道殺之

朱脩之字恭祖義陽平氏人父諶益州刺史脩之自

州主簿累遷中郎將隨到彥之征魏虜守滑臺爲虜所圍累月糧盡食救不至遂陷沒初母聞循之被圍常悲憂忽一旦乳汁驚出母號慟告家人曰我年老非復有乳今如此兒必沒矣後聞至循之果是此日城陷拓拔燾嘉其守節以爲侍中復鮮卑馮弘稱燕王於黃龍拓拔燾伐之人遂説弘令循之歸求救乃發使遂泛海未至東萊遇猛風船失柂海師慮向海北垂長索船乃正海師仰望見飛鳥知去岸近尋至東萊郡元嘉九年至京師上以爲黃門侍郎累遷江夏内史元凶弑逆孝武即位爲荆州刺史南郡王義平後以功封南昌侯治身清治身清約法令嚴明尋

徵爲左民尚書轉領軍將軍去鎮秋毫無犯在州已來不燃官燭油及牛馬食皆以私錢裨之然薄於恩情姊在鄉里饑寒不立循之貴爲刺史未嘗供贍往姊家姊爲設菜羹麤飯以激之循之曰此是貧家好食進之致飽卒贈大將軍子雍嗣

宗慤字元幹南陽涅陽人叔父炳字少文高尚不仕少時炳嘗問慤志荅曰願乘長風破萬里浪炳曰汝若不富貴必破我門户也起爲輔國將軍參軍十五年不改官後除安西參軍隨檀和之破林邑王范陽邁傾國來逆以具裝被象慤以師子威服百獸乃製其形與象相拒象見果驚奔敗賊衆潰遂剋林邑收

其珍異皆是未名之寶金銀各六萬兩太祖嘉之以爲南中郎諮議參軍領中兵世祖即位累遷西平將軍洮陽侯轉左衛將軍光禄大夫金章紫綬卒贈征西將軍子元寶嗣

柳元景字孝仁河東野人也曾祖卓自本郡遷於襄陽官至汝南太守祖恬西河太守父憑馮翊太守元景少便弓馬以朝廷北伐爲中兵參軍與薛安都破魏軍入狐關前無堅敵遷寧朔將軍又爲世祖討元兇爲前鋒宗慤薛安都等十三軍皆隸焉旣破元兇於朱雀門進侍中前將軍雍州刺史曲江公以破義宣臧質魯爽等於姑孰多張旗幟架開府改封巴東

公尋爲驃騎大將軍南兖州刺史留衛京邑世祖遺
詔遷尚書令丹陽尹元景起自將帥及當朝有弘雅
之風多事産業居南岸有菜園數十畝後爲廢帝所
害太宗即位追贈太尉
顔師伯字長淵瑯琊臨沂人東楊州刺史竣族兄也
父邵以謝晦敗服藥死師伯少孤涉獵書傳以安北
將軍入討元兇世祖即位遷黄門侍郎封平都縣子
以青州刺史大破魏虜斬河南公進吏部尚書世祖
崩受遺詔輔少主爲尚書右僕射廢帝即位居權與
柳元景同誅年四十四七子皆見殺太宗即位贈太尉
沈慶之字弘先吴興武康人也兄敞之爲趙倫之征

虜將軍慶之未冠隨鄉族擊孫恩屢捷後鄉族流散慶之歸耕年四十未知名乃往襄陽省兄敞之倫之見奇之令子伯符板爲中兵參軍後檀道濟稱於太祖言其曉兵稍得接引出入禁省遂轉爲正員將軍劉湛被收之夕召慶之慶之戎服履韎縛袴入上見驚曰卿何故乃爾急裝慶之曰夜半喚隊主不容緩服乃遣收吴興劉斌殺之後爲建威將軍遷世祖中兵參軍隨西上平定諸山賊群蠻皆稽顙慶之先患頭風好着狐皮帽群蠻惡之號曰蒼頭公每見慶之軍輒懼曰蒼頭公已復來矣元嘉二十七年太祖將北伐以慶之爲步兵校尉慶之曰治國如治家耕當

問奴織當問婢陛下今欲伐人國而與白面書生輩謀事何由濟上大笑及北伐果無功王玄謨等退虜大進後隨世祖討淮汝蠻會元凶立慶之説世祖曰蕭斌婦人不足數其餘皆易與耳遂與謀下平元凶初慶之統諸軍事擊蠻從孝武至五洲元凶密與慶之書令殺孝武慶之入孝武稱疾不見慶之突前以元凶書呈孝武孝武泣求入內與母辭慶之曰下官受先帝厚恩今日唯力是視殿下何疑帝再拜曰家國安危悉在將軍即日勒兵處分主簿顔竣曰宜待衆軍慶之曰方興大事而與黃口小兒參預此禍至矣宜斬以徇軍竣再拜慶之曰君但知筆札之事世

祖立以爲領軍將軍南兗州刺史封南昌公鎮盱眙
及魯爽等反遣慶之與薛安都等往討之斬爽進慶
之鎮北大將軍尋與柳元景俱開府儀同三司封始
興公大明三年竟陵王誕據廣陵以慶之統諸軍平
廣陵進司空給吏五十人門施行馬慶之居在西明
門外有宅四所又有園在婁湖世祖崩受遺詔廢帝
即位加几杖給三望車進太尉帝使慶之從子攸之
齎藥酒飲死之年八十贈太尉

蕭思話南蘭陵人也孝懿皇后弟子也父源琅琊太
守思話年十五未知書以遨遊爲意好騎射侵暴隣
里患之自爾折節數年遂有令譽好書史善彈琴時

高祖一見便以國器許之頗能隸書解音律年十八除大司馬參軍累遷至振威將軍青州刺史以虜南寇退鎮衡下廷尉初在青州嘗用銅斗覆在藥厨下忽於斗下得二死雀思話歎曰斗覆而雙雀殞其不祥乎既而被繫時氐帥楊難當寇漢中起爲横野將軍梁秦二州刺史遂殺難當平漢中元嘉二十三年除侍中左衛將軍嘗從太祖登鍾山北嶺中道有盤石清泉上使於石上彈琴因賜銀鍾酒而謂曰相賞有松石間意思話以去州無復事力借府庫九人太祖戲之曰文人終不爲田父於里閭何憂無人使耶元兇滅立以爲徐兗二州刺史思話率部曲歸彭城

以應世祖世祖登位徵爲中書令丹陽尹以外戚令
望歷十二州杖節監督者九焉長子惠開
劉延孫彭城呂梁人也雍州刺史道産子舉秀才累
遷世祖侍中前軍將軍封東昌侯轉尚書右僕射延
孫病不任拜起上使乘板船自溪至平昌門入尚書
明年乃卒贈司徒
劉秀之字道寂東莞莒人司徒穆之從兄子世居京
口祖爽山陰令父仲道餘姚令秀之少孤嘗與諸兒
戲廳前忽有大虵來勢甚猛皆驚呼而走秀之不動
何承天以女妻之自建康令累遷至益州刺史元兇
平復以破南譙王功封康樂侯進丹陽尹初從叔父

穆之為丹陽尹令子弟皆於廳事飲宴謂諸子弟曰爾試以栗遥擲柱孔中者後必得此郡唯秀之擲中焉後果然以廣陵王平後進尚書左僕射爲安北將軍雍州刺史卒贈司空

顧琛字弘瑋吴郡人曾祖和祖履之父球不好浮華以尚書庫部郎至常侍年八十六

顧愷之字偉仁吴郡人也高祖譚字公讓爲平原内史陸機姊夫父黃老叙之初爲郡主簿還護軍司馬時彭城王義康與劉湛等遂辭脚免之每夜於縣上行脚家人異之莫曉其意及義康徙廢朝廷多受禍愷之音免後起江陰令累遷石光禄大夫愷之之心

跡全清獨無所豫太祖甚嘉之將左將軍湘州刺史家門雍穆有五子約縝綽緝縉時綽豐財民多負債愷之召收其文契皆燒之宣言遠近負三郎債皆不須還後卒于湘州謚曰簡子

周朗字義利汝南安城人父淳官至侍中兄嶠尚高祖女宣城公主有二女妻建平王宏廬陵王禕朗少愛奇初爲江夏王義恭太尉參軍累遷廬陵内史因獵火逸燒郡廨屋以私秩償修之後坐母憂誣失孝行遷寧州道殺之

宗越南陽葉人也本河南晉亂徙南陽因爲縣人安北將軍趙倫之鎮襄陽使長史范覬之條次氏族辯

高卑因為凱之黜以役門出補郡吏父為蠻所殺後市中得讎人刺殺之世祖出鎮襄陽累用為揚武將軍領隊主元嘉二十八年啓太祖求復次門移戶屬冠軍縣許之世祖即位頻破反逆累遷司州刺史前廢帝以為游擊將軍越等並為廢帝盡心及太宗即位不自安謀作難沈攸之白帝收越下獄死之越善立營陣好殺害御衆嚴酷動用軍法時王玄謨御下亦少恩將士謂之語曰寧作五年徒不逢王玄謨玄謨猶尚可宗越更殺我

譚金南荒中傖人也常隨薛安都征伐以功共破元兇梁山遂遷屯騎校尉廢帝誅群公並為所用封平

都縣男

童太一東莞人也官至大將軍而與宗越同死

吴喜吴興臨安人也本名喜公太宗改爲喜初出身

爲領軍府白衣沈演之爲領軍將軍進爲主圖令史

世祖即位遷河東太守太宗即位以四方叛逆假建威

將軍簡羽林勇士配之喜率兵東討平定荆州遷前

將軍恣意剽虜後尋賜死於所居及死發詔賻贈極厚

黄回竟陵郡軍人也出身充郡府雜役及臧質臨郡

而討元兇回隨質有功免軍户又隨質往江州擢爲

隊主自質反梁山敗走遇赦原委任如初後累功至

太宗即位四方叛以回爲河朔將軍使募江西楚人

得八百隸劉勔西討累遷爲將校尉封葛陽侯廢帝
元徽初桂陽王休範爲逆回隸蕭道成於新亭有功
轉驍騎將軍封聞喜侯及破侯景累遷右衛將軍後
沈攸之反爲平西將軍郢州刺史未發在新亭而與
袁粲等謀攻臺城討齊王道成不果齊王撫之如舊
攸之平後率衆還遂封安陸郡公鎮北將軍南兗州刺
史尋被齊王表其罪詔誅之
鄧琬字元琰豫章南昌人父胤之光祿勳琬初爲南海
太守累遷晉安王子勛鎮軍長史尋陽內史行江州事
前廢帝狂悖景和元年十一月子勛即日戒嚴戎服出
聽事集寮佐義廢昏立明使宣告內外馳檄遠邇以謀

王室左右賛成以琬為前鋒軍掌内外及太祖殺帝定
位使子勛子勛不受命御兵四方遂會同逆宗室王公
皆會建牙於鵲尾傳檄四方及京師辭太宗舊臣侯餘
各有差琬乃稱説符瑞造輿服以泰始二年正月七日子
勛即僞位於尋陽城以景和[illegible]為義嘉元年子貪
平琬亦為張悦伏甲斬首送建業
劉胡南陽涅陽人也本名坳胡以其面坳黒似胡故
名坳胡後單名胡焉出身郡將稍至隊主口善處分
討伐諸蠻往無不捷明帝即位除越騎校尉同鄧琬
反立子勛為太子軍敗走竟陵引刀自刺蠻人至今
畏之小兒啼語曰劉胡來便止

袁顗字國章陳郡陽夏人太尉淑兄子也父珣吴郡太守顗爲太子洗馬累遷吏部尚書封新淦縣子前廢帝深重之俄而意趣乖異寵待頓衰恐禍及求出沈慶之爲言出爲雍梁四州領寧蠻校尉雍州刺史顗舅蔡興宗謂之曰襄陽星惡豈可冒邪顗曰白刃交前不救流矢今者之行本願生出虎口且天道遼遠何必皆驗如其有徵當修德以禳之於是狼狽上路恒慮見追行至尋陽曰今知免矣與鄧琬款狎每清閑必盡日窮夜顗與琬人地本殊衆知有異志矣顗遂謀與鄧琬劉胡詐被皇太后令使起兵建牙奉晉安王子勛即大位進顗爲安北將軍率樓船千艘及戰士二萬來入鵲

尾尋而劉胡叛走顗尋亦遁走至鵲頭鵲頭戍主薛
伯珍殺顗而傳首詣軍主顗年四十七太宗流其屍於
江弟子彖密致喪於石頭後嗣諸子悉誅
孔顗字思遠會稽山陰人父邈顗少骨鯁有風力以
是非爲已任早知名舉揚州秀才累遷至尋陽王子
房右軍長史太宗即位徵爲詹事時上流多叛使都
水使者孔璪入東慰勞璪旣至而説顗言廢帝侈費
國家傾危使其舉兵顗從之遂起兵檄四方以泰始
二年正月顗子弟在京者皆逃還遂顗爲前鋒度浙江
吴興太守王曇羲興太守劉延熙晉陵太守袁標等
一時響應太宗使建威將軍沈懷明巴陵王休若等

統軍東討諸軍散進大破之皆斬首京邑及蕭道成
張永繼進大破之於晋陵而顗衆散竄于山嶠爲村
人所縛詣上虞令王宴宴斬首孔璪亦被殺顗臨死
索酒曰此是平生所好死時五十一
謝莊字希逸陳郡人太常弘微子也七歳屬文長美
容儀太祖異之顧僕射殷景仁曰藍田生玉豈虚哉
爲始興王濬法曹參軍分左氏經傳隨國立篇製木
方丈圖山川土地各有分理離之則州郡殊别合之
則宇内爲一元嘉二十七年累遷太子中庶子時南
平王鑠獻赤鸚鵡普詔群臣爲賦太子左衛率袁淑
見而歎曰江東無我卿當獨秀我若無卿亦一時之

傑也初孝武嘗問顔延之曰謝希逸月賦何如延之答曰美則美矣但莊始知隔千里兮共明月帝召莊以延之答語莊莊應聲答曰延之曾作秋胡詩始知生爲久離別没爲長不歸帝撫掌竟日世祖平元凶累拜侍中右衛將軍平時以搜材路狹乃上表言之尋轉吏部尚書居選部與江夏王書固辭帝以爲吏部猶輕下詔於是置吏部尚書二人省五兵尚書莊與度支尚書顧愷之並補選部職時河南獻舞馬使莊作舞馬賦又作舞馬歌令樂府歌之遷侍中領前將軍及廢帝即位進金紫光禄大夫太宗即位轉中書令年三十六卒所著文章四百餘首長子颺晉平太守女爲順帝后

莊有五子颺朏顥嵸瀹世謂莊名子以風月景山水
初莊爲孝武殷淑妃誄而用漢昭事玄贊軌堯門發
帝在東宮銜之及即位召問謂莊曰卿昔作殷淑妃
誄頗知有東宮否將誅之留尚方太宗即位乃出之
王景文瑯琊臨沂人也名與明帝同諱景文其字也
父僧朗官至尚書右僕射景文美風姿好言玄理少
與謝莊齊名起家太子太傅主簿累遷右僕射景和
元年太宗即位平定四方徵爲左僕射領吏部爲楊
州刺史封江安侯加詹事常侍如故時東宮詹事用
人雖美職次止可比中書令又進領太子太傅常侍
僕射揚州如故景文固辭太傅上遣僕射褚淵宣旨

以古來此例大事詰難之不得已乃受拜時太子及
諸皇子並小上稍爲身後之計諸將帥吳喜壽寂之
徒慮其不能奉幼主並殺之時景文外戚貴盛求解
楊州上詔答之上既有疾慮一旦晏駕爲皇后臨朝則
景文自然成宰相門族彊盛藉元舅之重歲暮不爲
純臣泰豫元年中夜對客棊賜藥酒死
殷孝祖陳郡長平人也曾祖羨晉光祿勳父祖官並
不達孝祖少誕節好酒色有氣幹世祖即位以爲積
射將軍頻大破逆黨前廢帝景和元年遷兗州刺史
太宗即位四方叛累遷冠軍將軍督前鋒諸軍事先
有諸葛亮筩袖鎧鐵帽二十五石弩射之不能入上

悉以賜孝祖泰始二年三月三日與賊合戰於赭圻以鼓蓋自隨軍中人相謂曰劉統軍可謂死將矣今與賊交鋒而以羽儀自標顯若射者十手攢射欲不斃得乎是日中流矢死追贈建安縣侯謚曰忠

劉勔字伯猷彭城安上里人也祖懷義父頴之汝南太守勔少有志節兼好文義家貧爲廣州增城令奉使詣京都太祖引見之酬對稱旨除寧遠將軍太宗即位四方反叛征討有功拜散騎常侍中領軍太宗崩命爲尚書右僕射蒼梧加兵五百人後桂陽王休範爲亂奄至京邑加勔領軍置佐吏鎮石頭與賊戰朱雀航南衆敗臨陣死事平贈司空三子悛嗣

蕭惠開南蘭陵人也思話之子初名慧嗣後改爲惠開少
有風義涉獵文史家雖貴戚而居服簡素初爲秘書
郎累遷黃門侍郎丁父艱居喪有孝性家素事佛凡
爲父造四寺南岡下名曰禪岡寺於曲阿舊鄉宅名
曰禪鄉寺於京口墓亭名曰禪亭寺於所封邑封陽
縣名曰禪封寺尋除襲封侯妹適桂陽王休範女又
適世祖子發乃黜爲豫章內史入爲御史中丞益寧二
州刺史惠開素有大意至蜀廣樹恩德太宗即位進
號征西將軍以晉安王子勛逆事故明帝遣宗人寶
首水路慰勞六年除少府不得志寺內所住齋前種
萱草甚美惠開悉剗除別種白楊年四十九卒子濬嗣

殷琰字敬珉陳郡長平人父道鸞右軍長史琰少爲
太祖所知初爲江夏王征北參軍累遷豫州刺史時
晉安王子勛叛以琰爲司馬不與同逆而土人前將
軍杜叔寶又逼之琰不得已而同之及劉勔破諸逆
而上使王道隆齎詔宥琰罪及與琰書化令歸順云
足下明識淵見想必不候終日琰本無反心事由力
屈時杜叔寶亦有降意又進攻[illegible]長圍并用草茅
苞土本以塞塹[illegible]上以火箭[illegible]老及後土續至
塹欲滿城內以鐵珠灌之琰[illegible]入豆於是火燃
草盡及尋陽遂降諸將[illegible]土無一有之無所
誅戮後除少府卒初在[illegible]百姓懷其德

薛安都河東汾陰人也世爲彊族同姓有三千家父廣爲宗豪宋高祖定關河以爲上黨太守安都少以勇聞身長七尺八寸便弓馬爲秦雍二州都督虜主拓跋燾擊芮芮敗安都起義兵弘農歸國太祖延見之求北還扇河東招聚義衆上許之爲建武將軍弘農太守所向剋捷而在柳元景傳及世祖下平元兇除右將軍率所部騎前鋒直入殿庭殺賊數百人一見奔散以功封南鄉男初征關陝至臼口夢仰頭視天正見天門開謂左右曰天門開乃中興之象及魯爽叛上遣安都率步騎據歷陽追爽至小峴刺爽斬之爽世號驍勇生習戰陣咸言萬人敵安都單騎直

入斬之而逐時人去關羽斬顔良不之過也進爵爲侯以景和初爲平北將軍徐州刺史太宗即位安都將舉兵同晋安王子勛爲逆太宗使沈攸之張永以重兵迎之安都慮不免罪遂降魏虜魏虜遣將救之永等退虜授安都徐州刺史封河東公詔還桑乾後數年死在虜中時年六十

沈文秀字仲遠吴興武康人司空慶之之弟子父劭文秀以慶之貴後累遷青州刺史時前廢帝狂悖内外憂危文秀將之鎮部曲出屯白下乃說慶之因此衆力圖之慶之不從後廢帝果殺慶之又遣直閤江方興領兵誅文秀兵未至太宗已定亂時晋安王子勛

亥朝廷徵兵於文秀文秀遣劉彌之三軍赴朝廷時薛安都已同子勛亥遣使要文秀文秀即令彌之廻應安都彌之尋歸順則北海平原清河等並起義兵推文秀爲主進軍尋陽平定太宗遣尚書崔元孫慰勞諸義兵遣文秀弟文炳持詔赦文秀罪後破虜軍太宗進號右將軍封新城侯魏圍青州久之太宗遣兵並不敢進乃爲虜所陷文秀被圍三載外無援士卒爲之用命無敢叛者日夜戰鬭甲冑生蟣虱五年正月爲虜陷敗之日解釋戎服夜綬服命左右取所持節虜既入城兵刃交至問曰青州刺史沈文秀厲聲曰身在因囚執之出剥衣服將見白曜於城西南

角樓傴僂令拜之文秀曰各爲二國大臣無相拜禮曜命還衣服設酒食送桑乾十九年齊元明四年病死年六十一

袁粲字景倩陳郡陽夏人也太尉淑兄子父濯楊州秀才早卒祖哀其幼居名曰愍孫時伯叔並當世榮顯而愍孫飢寒不足母瑯琊王氏太尉長史誕之女躬事紡績以供朝夕愍孫少好學有清才早以立操見知初爲楊州從事及世祖即位累遷侍中吏部尚書粲嘗爲海陵太守在郡夢日墮其胷上自驚覺尋被徵管機密粲少有風操嘗著妙德先生傳以續嵇康高士傳其文略曰有妙德先生陳國人也嘗謂人

曰昔有一國國中有一水號曰狂泉國人飲此水無不狂惟國君穿井而汲獨得無恙國人既並狂反謂國主之不狂爲狂於是聚謀共執國主療其狂疾火艾針藥莫不畢具國主不任其苦於是到泉所酌水飲之飲畢便狂君臣大小其狂若一衆乃歡然我既不狂難以獨立比亦欲試飲此水矣世祖時求改名粲不許明帝時改爲粲字景倩焉後遷領軍將軍仗士三十人入六門轉尚書僕射領吏部復加中書令上於華林園茅堂講周易粲爲執經又知東宮事七年遷尚書令太宗崩與褚淵等受遺顧命加班劒給鼓吹後廢帝即位丁母憂葬畢攝令親職加衛軍將

軍不受中使相望終不至性至孝居喪毀甚及桂陽王休範爲逆粲扶曳入殿詔加兵自衛置左史及賊至掖門粲曰孤子受先帝顧託本以死報今日當與褚護軍同死社稷因命左右被馬辭色尤壯陳顯達等感激出戰賊平後授中書監即號開府領司徒以揚州廨爲府固不肯移終服乃受命時粲與蕭道成褚淵劉道遞日入直平決萬機時謂之四貴粲閑默寡言不肯當事主書每往諮決或高詠對之時立一意則衆莫能改好飲酒善諷獨酌庭中以此自適順帝即位遷中書監司徒侍中如故時齊王居東府使粲鎮石頭望氣者曰石頭氣甚凶往必有禍粲不答

又給油絡通幰車仗士五十人時齊王功高德重天命有歸粲自以身受顧命不欲事二姓密有異圖遂與丹陽尹劉秉王蘊結及諸將帥黄回等遂以昇明元年與荆州刺史沈攸之舉兵反剋日矯太后令使蘊伯興等率宿衛兵攻齊王於朝堂回等皆外來應未及夜而劉秉載婦女席卷就粲事泄王蘊聞劉秉已奔曰今年事敗矣乃為齊王所破收蘊伯興斬之使軍王戴僧靜與薛淵等攻園粲子最獨衛粲為僧靜等斬之父子俱死年五十八齊永明初詔改葬粲等初宋太宗時粲與蕭惠開周朗同車行逢大航開駐惠開自照鏡曰無年可仕朗執鏡曰視死如歸

粲最後曰當至三公而不終果各如其言
何子平廬江灊人也以元兇平後爲海虞令縣禄唯
供養母一身不以及妻子人或疑其儉薄子平曰禄
本在養親不在爲己問者慙退母亡以喪亂之年未
及葬常悲慟不絶所居屋敗不蔽風雨兄子伯與將
伐茅草爲葺之子平不肯曰我情事未申天地一罪
人耳屋何宜覆昇平初乃卒
王鎮之字伯重瑯琊臨沂人也曾祖廙父隨之鎮之
初爲剡上虞令累有清績遷廣州刺史高祖謂曰鎮
之少著清績必將繼美吳隱嶺南之弊非此人不康
後至祠部尚書

阮長之字茂景陳留尉氏人也祖思曠金紫光禄大夫父普之長之初爲臨海府參軍遷臨海太守母亡不勝憂時郡縣田禄以芒種爲斷此前去官者則一年秩禄皆入後人此後去官者則一年秩禄皆入前人始以元嘉末改此科計日分禄長之嘗爲武昌太守去郡代人未至以芒種前一日解印綬去發京師親故或以器物贈别得便緘録後歸悉還元嘉十一年卒

江秉之字玄叔濟陽考城人也祖逌晉太常父纂給事中秉之少孤宋受禪以山陰令累拜臨海太守初山陰爲劇縣人户三萬政事繁擾秉之御繁以簡常得無事及至臨海卒所得秩悉散之親故妻子等常

不免飢寒有勸營田者秉之正色荅曰食禄之家豈可與農人競利在郡作書案一枚及去官留付郡庫

陸徽字休猷吳郡人也辟令主簿累遷平越中郎將廣州刺史薦士於朝廷曰旦聞霜凌茂穎貞柯必振風漾長波清流斯挹是以袁盎揮譽於西京韓延播德於東夏伏見廣州别駕從事朱万嗣字少豫年五十治業冲夷秉操堅白行稱私庭能著官政民非世禄官無通資後丁母憂卒

戴顒字仲若譙郡銍人也父逵兄勃並隱遁有高名顒年十六遭父憂幾於毁滅以父不仕復脩其業父善琴書顒並傳之會稽剡縣多名山故世居剡下顒

及兄勃並受琴於父父没所傳之聲不忍復奏與兄勃各造新弄勃制五部顒制十五部又自制長弄一部並傳於世後遊桐廬又多名山兄弟因居焉勃病桐廬僻遠難以養疾乃出居吴下吴下居人共爲築室乃述莊周大旨著逍遥論注禮記中庸篇三吴將守要同遊野澤堪行便去不爲矯介高祖命爲太尉參軍後累徵不起元嘉初又徵爲常侍不起後衡陽王義季鎮京口長史孫劭迎顒于黄鵠山之竹林精舍林澗甚美顒因憩于此澗常爲義季彈琴其三調遊絃廣陵上息皆新聲與世異太祖每欲見之嘗謂黄門侍郎張敷曰吾東巡之日當宴於戴公山下也

自漢世始有佛像形制未工顒特善其事宋世子鑄
丈六銅像於瓦官寺既成時議面恨瘦工人不能改
顒曰非面瘦臂胛肥耳及減臂胛患即除無不歎服
元嘉十八年卒年六十四

周續之字道祖鴈門廣武人也年十二從豫章太守
范甯受業居學數年通五經五緯號曰十經名冠當
時同門稱爲顔子閑居讀易老入廬山事沙門惠遠
時彭城劉遺民遁廬山陶淵明亦居彭澤山時謂之
尋陽三隱續之終身不娶好遊名山注嵇康高士傳
高祖即位乃召之上爲開館東郭外招集生徒乘輿
臨幸後疾居鍾山卒通詩六義及禮論注公羊傳皆

行於世

王弘之字方平宣訓衛尉鎮之弟也少孤從叔獻之重焉晉隆安中爲司徒主簿性好山水㾓歸時郡仲文還姑孰祐讌要弘之送别弘之曰凡祖離送别必在有情下官與郡風馬不接無緣扈從讌貴其言冡在會稽上虞從兄敬弘爲右僕射嘗解貂裘乞弘之弘之即着以採藥性好釣上虞江有一處名三石頭弘之嘗垂綸於此經過者不識之或問漁師得魚賣不弘之曰亦自不得得亦不賣日夕載魚入上虞郭經親故門各留一兩頭置門内而去始寧沃川有佳山水弘之又依巖築室謝靈運顔延之並相欽重焉

元嘉四年卒子曇生

劉凝之字志安小名長年南郡枝江人父期公衡陽太守兄盛公高尚不仕凝之少募老萊嚴子陵爲人立屋野外非力不食妻梁氏不慕榮華夫妻共乘薄笨車出市買易周用之外輙以施人數徵不起爲村里所誣一年三輸公調求輙與之時荆州飢衡陽王義季遺錢十萬凝之得大喜將錢至市門覩有飢色者悉分與之好山水一旦泛江湖隱於衡山高嶺絶人事以元嘉二十五年卒

戴法興會稽山陰人也家貧父碩子以販紵爲業法興與二兄延壽延興並脩慕學延壽善書法興好學

山陰有陳戴者家富有錢三千萬鄉人盛云戴碩子
三男敵陳戴三千萬錢法興少賣葛於山陰市後爲
世祖征虜記室使典籤世祖即位累遷至南臺御史
同中書舍人轉給事中太子旅賁中郎將專管內
權重當時家累千金廢帝即位遷驍騎校尉時巢尚
爲始興王濬侍讀轉至中書與法興執權威行內外
帝未親萬機凡詔敕悉使法興手尚書中事無大
專斷之顏師伯江夏王義恭皆空名而已後爲閹人
華願兒鬼謀言於上云百姓以法興爲真天子帝怒
免官還田里賜死巢尚之出爲新安太守卒
阮佃夫會稽諸暨人也元嘉中出身爲 臺小吏太宗

初出閤選爲主衣景和末太宗被拘於殿內住在祕書省爲帝所疑大禍將至其夜佃夫與王道隆李道兒等謀共廢立時景和元年帝出華林堂後園射佃夫與內官侍衞連謀殺帝於華林園堂中建安王休範山陽王祐時隨帝在堂覺太宗景陽山太宗即位論功封佃夫建成侯佃夫與王道隆楊運長等並執權亞人主方於巢戴蕘如也宅舍園池諸王莫比奢侈羅錦女妓冠絕每製一衣一物京邑莫不法効焉於宅開瀆東出十許里塘岸齊整每奏女樂泛輕舟若有賓客十數時至於珍羞必備佃夫僕從附隸皆受不次之位而捉車人虎賁中郎將傍馬者員外郎太

宗崩廢帝即位佃夫權任轉重元徽初遷黄門侍郎尋拜冠軍將軍南豫州刺史仍管内任時廢帝猖狂遊走無度内外惶懼佃夫密與直閤將軍申伯宗步兵校尉朱幼于天寶等謀因帝出江乗射雉執廢之而立安成王會帝不成向江乗其事不行于天寶以其謀告帝乃收佃夫伯宗幼等賜死

晉義熙十三年嵩高山獲玉璧三十二沙門法稱曰嵩劉氏卜世之數也本志曰三十年一世三十二者二世也宋有天下實六十初零陵作官不得終爲黔首而宋氏八帝遺命者五主存命者三君往復報施如斯之疾也謂天蓋高何其察也宋高祖武皇帝以嘉

世雄才起匹夫而并六合剋國得儁奇略多於魏武施功天下盛德厚於晋宣懷荒伐叛之勞夷邉蕩險之力百戰百勝有可得而論者矣拔足行間却孫恩蟻聚之衆一朝奮臂掃桓玄盤石之宗萬軌長驅則三齊無堅壘迴戈五兵內起則丘嶺靡餘妖殘孽命孫秀高於巨海之上而番禺席卷擢朱齡石於百夫之下而庸蜀來王羌胡畏威交爲表裏董率虎旅以俟中原石門鉅野之隘指麾開闢鵲頭灞上之阻曾莫藩籬虜勇其酋豪遷其重寶登未央而灑酒過長陵而下拜盛矣哉悠悠百年未之有也於是倒載干戈休兵四水彤弓納陛肇有宋都然後請號上帝步蹋

前王零陵去之而無猜心高祖受之而無愧色古之所謂義取天下者斯之謂焉其提挈創業則魏孟何劉輔相揔持則穆之徐羨鎮惡道濟經其武傳亮謝晦緯其文長沙以家第共艱難烈武以清貪定南楚其他脅附奔走雲霏霧集若榱椽之今上御名大厦衆星之仰河漢或取之於民譽或得之於未名群材必呈智能咸効爵不妄加官不私謁晉末以荒濫混亂阿黨容縱莫不掃蕩革易與之更始君行畢而咸不爲奢民勤庶而下無怨讟品令宥密賞罰端平遠無不懷邇無不附屬爲郡縣者則南過交趾西苞劒閣北劃大河而境東海七分天下而復其四永初末歲二天子

睿褒矜懷以燕代戎幄岐梁重梗將誓六師晷桑乾而境北狄三事大夫顧相謂曰待夫振旅凱入乘轅南返請具銀繩瓊檢昭告東嶽既而洮頹不興即年厭丗滎陽狎子不訓以敗皇輿太祖寬肅宣惠大成先志表越二昆來膺寶命沉明內斷不欲由甯氏堯權逼使芒刺在躬親臨朝政率遵恭法斟酌先王之典弘宣當世之宜民樂其生鮮陷刑辟仁厚之化既以播流率土欣欣無思不悅每車駕巡幸簫鼓所聞百姓皆扶老携幼想望儀形愛之樂之孜孜如不足爾初徐傅伏誅繼求內相王弘勳之而思降彭城欲之而不違王華鄭景仁以中興帝載謝弘微王曇首

以沉密贊極機徐湛之江湛王僧綽以體國彰義正謝方明劉道產以德愛稱良能高間則王全明清貴則方續文章則顔延之謝靈運有命世之巨才儒雅則裴荀何傅爲師表之高學則徐亮骨鯁則袁粲髮子廣建言忠益則范泰何尚之其宗室藩翰帝弟帝子江夏衡陽南平廬陵隋王建平臨川新渝或倩令夷宵或文敏沾洽皆博愛以禮率士明美流譽三四十年爲多士矣上亦藴藉義文思弘儒術庠序建於國都四學分於家巷天子乃移蹕下輦以從之東皋宴語以觀之莫不敦閲詩書沐浴禮義淑慎規矩斐然向風其行脩言道者然後登朝受職威儀輕佻者

不齒於鄉閭公宮非賓羽不來庭私家非軒蓋不逾
國冠冕以之雍容如也於是文教既興武功亦慕命
將受律指日如期檀蕭薄伐則南澄象酒劉裴要塈
則四踐仇池良駒巨象充塞外廐奇琛賷貨下逮百
寮禽獸草木之瑞月有六七繩山航海之譯歲且十
餘江東已來有國有家豐功茂德未有如斯盛者也
然值北方彊周韓歲擾金墉虎牢代有得失二十七
年偏師剋復河南横挑彊胡百萬之衆匈奴遂跨彭
澤航淮浦設穹廬於瓜步請公主以和親于時精兵
猛將嬰城而不敢闘謀臣智士折撓而無所稱天子
三朝燕饗單于臨江高會於是起盡室之財軸艫千

里緣江而陣我守既嚴胡兵亦急且知大川所以限
南北也疲老而歸退我追奔之師橐弓裹足係虜之
民流離道路江淮已北蕭然矣重以含章巫蠱始自
三逆殿殺酷帝史之子聞仲尼以爲非一朝一夕之
故其所由來者漸矣由辯之不早辯也世祖率先九
牧大雪冤耻身當歷數正位震居聰明徇達博文瓊
識威可以整法智足以勝姦人君之略幾殆備矣時
之風流領袖則謝莊何偃王元長蔡興宗袁顗袁粲
鑒儁將則沈慶之柳元景宗慤朱脩之或清華以秀
拔或驍果以生類固以軌道廊廟之中方駕向時之
並二三顯儁經綸忠烈乃躬諒直雖晉之孤趙無以尚

焉帝即位二三年間方逞其欲言拒諫違天下失望而有世祖才明少以禮度自肅思武皇之節儉追太祖之寬恕則漢之文景曾何足論景和申之以淫虐太宗易之以昏縱師旅荐興邊鄙蹙迫人懷苟且朝無紀綱內寵方議其安外物已覩其敗矣世祖登遐既委璽於二戴太宗晏駕亦託孤於王阮溝近之道歸沖人之舋如一然宋祚未絕於永光重以宗之見窘水德遂亡實由彊臣之受辱且顧命群公從容自若懦伊霍之機倚靡唐虞之際於是蔚炳胄纂命就遷俯仰之間興衰易覩之矣周自平王東遷崎嶇河洛其後二十四世而赧始亡之漢自章和既降顛

覆閹豎其後百有餘載而獻始禪之何則周漢靈長如彼難拔近代脆從若此易崩非徒天時有人事矣聞鴻荒者難爲慮因成事者易爲力曹馬規模懸乎前載苟有斯會實啓英雄而況太宗爲之驅除先顛其本根既蹙枝葉自摧斯則始於人謀者昔二代將亡殷辛夏癸相去數百年間異代而復出宋自景和元徽首尾不能十載而除過於兩君斯則天之所棄於前二也天意人事其微如是雖欲勿喪其可得乎若乃極厥塗炭驅逆取欲者湯武之功也鋤當路飾揖讓之名者近代之事也豈應天從民道有優劣故宗廟社稷修短有數乎不然何則殊途緬邈如斯之遠

也夫山嶽崩頹必有朽壤之隟春秋迭代必有去故
之悲是以臨危亡而撫運不有不扼腕留連者也古
之弊化薄俗行乎宋氏宋氏成敗得失驗乎行事設
而言之載于篇藉矣繫叙其所創業垂統而懷其舊
俗遺風餘烈將不啻然建乎賢人君子英聲餘論以
附于茲子野祖宋中大夫西鄉侯以文帝十三受詔
撰起居注十六年重被詔續成何承天宋書其年終
于位書則未遑述作齊興後十餘年定之新史既行
於世子野生乎太始之季長於永明之間家有舊書
聞見交接是以不量淺深因宗之新史以為宋略二
十卷篇翦裁繁文删撮事要即其簡宣志以為名若

夫黜惡彰善臧否與奪則質以先達格言不有私也
豈以勤成一家貽之好事蓋司典之後而不敢忘焉
裴子野曰余齊末無事聊撰此書近史易行頗見傳
寫比更尋讀繁穢猶多徵重刊削尚未爲詳定

建康實録卷第十四

建康實録卷第十五　　齊上

太祖高皇帝

太祖高皇帝姓蕭諱道成字紹伯小名鬬將漢相國何二十四代孫何初居沛何孫侍中彪免官居東海蘭陵縣中都里晉元康元年乃分東海爲蘭陵郡中朝亂帝四世祖淮陰令整過江居晉陵武進縣僑置本上加以南名於是爲南蘭陵人也皇考承之字伯少有大志而才力過人初爲宋建威大將軍府參軍累遷漢中太守追破主帥楊難當於峨山乃平梁州入爲右軍將軍元嘉二十五年梁土思之爲於峨山立廟太祖以宋元嘉四年丁卯歲生姿長英異龍

顙鍾聲聾鱗文遍體年十三從雷次宗學於鷄籠山受禮及左氏春秋二十三年隨戍沔口初為左軍中兵參軍二十九年領偏軍征仇池破二壘文帝崩累遷自建康令為右將軍大破薛索兒於石梁明帝即位授南兗州刺史冠軍將軍而明帝常嫌太祖非人臣相且民間流言蕭姓當為天子明帝愈以為疑泰始七年徵赴京師拜散騎常侍太子左衛率明帝崩詔為右衛將軍加兵五百人與尚書令袁粲褚淵等共掌機事及蒼梧王立元徽二年江州刺史桂陽王休範舉兵叛於尋陽衆二萬溢口太祖議分軍屯守出鎮自新亭單車白服宋天子加太祖持節都督征討

諸軍事平南將軍築新亭城未畢賊前驅已至太祖方解衣高臥以安衆心乃索白虎幡登西垣使將軍高道慶陳顯達浮舸與賊水戰自新亭北至赤岸大破之燒其船艦賊上新亭休範乘肩輿率衆至而太祖大破之張敬兒斬休範首而賊將丁文豪伺設伏破臺軍於皂莢橋至朱雀航而太祖使陳顯達任農夫張敬兒周盤龍等散討諸賊時休範與籤許公與等許稱休範在新亭士庶惶懼詣壘期赴休範投名者千數太祖得而燒之諭遣還乃振旅凱入百姓聚觀曰全國家者此公也遷鎮軍將軍兗州刺史進爵爲公邑三千戶休範平後蒼梧王兇暴猜忌欲加大

禍陳太妃罵之曰蕭道成有功於國今若害之後誰爲汝着力也乃止太祖知憂懼後常欲以太祖膺爲射的僅得免乃與二十五人謀及與楊玉夫等同謀殺蒼梧王而迎立安成王其夜王敬則馳蒼梧首於太祖太祖夜入承明門乘所騎赤馬入殿內及太祖踐祚号此馬爲龍驤將軍世謂龍驤赤色也及沈攸之之矯太后令下都京師恐懼太祖入居朝堂命諸將西討之袁粲劉彥節等謀於石頭皆殺之彥節走額檐湖王蘊走鬬場追擒斬之粲無繼世之調而流放好酒步屧白楊郊野間道遇士大夫便呼與酣飲明日謂彼知故到門求通粲曰昨飲酒無偶聊相邀爾竟不

相見初蒼梧之廢也彥節於集議路逢弟韞曰今日之事故當歸兄耶彥節曰吾等以讓領軍矣韞自搥胷曰君肉中詎有血乎詔假太祖黃鉞率大衆出新亭中興壘以拒攸之攸之敗傳首京師進太祖太尉都督徐兖等十六州諸軍事己酉增班劒四十人甲仗百人入殿加羽葆鼓吹自大明太始已來相承奢侈百姓成俗太祖輔政罷御府省二尚方諸飾翫集無不得以金銀錦繡爲緣器等九月進位領楊州牧劒履上殿入朝不趨贊拜不名置左右長史司馬從事中郎將掾屬各四人三月甲辰詔進位相國總百揆封十郡爲齊公備九錫之禮加璽紱遠遊冠位在

諸王公上加相國綠綟綬三讓公卿敦勸乃受宋帝策命詔齊國初建給錢帛萬四月癸酉進齊公爵為王衛將軍褚淵奉策授璽紱金虎符第一至第五錫茲玄土苴以白茅改立王社丙戌命齊王冕十有二旒建天子旌旗出警入蹕一依天子儀辛卯宋帝禪位便遜位別宮詔依唐虞魏晉故事是日宋帝遜位齊郎備羽儀出東掖門曰何不進鼓吹左右無有答者壬辰策命齊王遣使持節兼太保雩都縣侯褚淵兼太尉王僧虔奉皇帝璽綬受終之禮一依唐虞故事太祖三辭宋帝王公已下固請兼太史令將作匠文建陳符命曰六九位也漢建武云土建建安二十五年一

百九十六年而禪魏魏自黄初至咸熙二年四十六
年而禪晉晉自泰始至元熙二年一百五十六年而
禪宋宋自永初元年至昇明三年九六十年咸以六
終六受右僕射王儉奏彼宋詔遜位臣等參議宜剋
日輿駕受禪撰立儀位太祖乃許之
建元元年夏四月甲午上即皇帝位於南郊設壇柴
燎告天禮畢車駕還宮臨太極前殿大赦天下改昇
明三年爲建元元年封宋帝爲汝陰王築宮丹陽故
縣行宋正朔車旗服色一如晉宋故事上書不爲表
答表不稱詔宋諸王降爲公公主爲縣君詔封降有
差有司奏除元嘉曆爲建元曆木德盛卯終未以正

月卯社十二月未臘丙辰詔遣大使巡行方巳未
汝陰王薨謚爲順帝追尊皇考曰宣皇帝妣曰孝皇
后追尊兄道度道生爲王庚辰七廟立未備法駕即
于太廟甲申立皇太子賾見刑人重者降一等立皇
太子嶷等爲王乙酉葬順帝于寧陵秋七月詔南蘭
陵桑梓本鄉長蠲租南武進王業所基復十年丙子
立彭城劉胤爲汝陰王奉宋帝後
二年三月己亥高麗吐谷渾遣使貢獻進高麗王高
璉爲樂浪公九月葬皇太子妃穆氏休安陵時議欲
立石誌不出禮典起宋元嘉中顔延之爲王球石誌
素族無銘策故以紀行自爾已來共相祖習儲妃之

擧體生毛至元徽四年沈攸之事起上以中流可以
待敵據湓口城爲戰守之備太祖聞喜曰真我子也
齊國建爲齊世子以石頭爲世子宮太祖即位爲皇
太子建元四年三月壬戌太祖崩上即位大赦征鎮
州郡令長軍屯部伍各行喪三日不得離任乙丑以
司徒褚淵録尚書事左僕射王儉爲尚書令車騎將
軍張敬兒開府儀同三司六月立皇太子長懋丙寅
立皇太子妃王氏八月褚淵薨
永明元年正月辛亥南郊大赦改元内外羣僚各舉
所知而隨分登叙下詔改[illegible]旌表孝劉士彦節褒賛前勤
而究收之得送長還[illegible]一月熒惑入太微時中書

舍人各住一省時謂之四户既總重權而勢傾天下
並象失度時史官請禳祭[illegible]王儉曰天文乖忤
此禍由君乃[illegible]長[illegible]會[illegible][illegible]專權上納而不陝
二年秋七月[illegible]幸青溪[illegible]宮[illegible]金石樂在位者賦
詩戊申幸玄武湖
三年八月乙未幸中堂聽訟
四年春正月甲申籍田禮畢車駕幸閱武堂勞酒小會
五年三月戊子幸芳林園禊宴九月九日登高飈館
館所立在孫陵崗世呼為九日臺也
六年春正月聽覽京師二百獄囚
七年五月王儉薨

八年六月大雷而有黄光竟天照地狀如金色王融
上金天頌王儉曰此發或光非金也十月桃李再花
古曰人君妃妾過制虛飾無實今則桃李再花時後
宮萬餘人宮内不容太樂内茅室皆暴露
九年十年十一年春正月丙子皇太子長懋薨夏四
月甲午立皇孫昭業爲皇太孫而妃何氏賜天下爲
父後者爵一級七月上不豫徙御延昌殿車輿始登
階而殿屋鳴咤上惡之戊寅大漸詔曰太孫進德日
茂社稷有寄子良善相毗輔尚書中務悉委王晏徐
孝嗣等軍旅捍邊委王敬則陳顯達王廣之沈文季
等又詔不得實器入梓宮是日上崩年五十四廟号

世祖謚武皇帝上剛毅有斷治教大體以富國爲先頗好遊宴九月葬景安陵初十一年秋七月入太微先是匈奴中謡言玄赤火南流喪南國於是匈奴始視爲寇帝方憲而憂之是歲果有沙門從北來齎此火而至火色赤於常火而微玄以治疾貴賤爭取之多得其驗二十餘日京師咸玄聖火詔使吏澆滅之而民亦有竊畜者治病先齋戒以火炙桃板七炷而疾愈矣興丘國賓好事士也竊還鄉邑邑人揚道慶慮疾二十年間形容骨立依法炙板一炷能坐即全瘥是月帝崩

史臣曰齊高帝基命之初武功潛用泰始開運夫拯

時艱及蒼梧暴虐釁結朝野而百姓懍懍命縣朝夕權道既行無濟天下元功振主利器難以假人群方戮力實懷尺寸之望豈惟天厭水行固已人希木德歸功與能事極乎此武帝雲雷伊始功參佐命雖爲繼體事實艱難御衮垂旒深存政典文武授任不革舊章明罰厚恩皆由己出外表無塵內朝多豫機事平理職貢有常府藏內充無人勞役宮室苑圃未足以傷財安樂延年衆庶所同幸亦有齊之良主也

廢帝鬱林王

鬱林王昭業字元尚文惠太子長子也小名法身文惠薨立昭業二十歲爲皇太孫居東宮世祖永明十

一年七月崩太孫即帝位辛酉追尊文惠爲世宗文皇帝尊太妃爲皇太后立何氏爲皇后初昭業年五歳戲高帝床前方拔白髮召問太孫曰我誰耶答曰太公高帝笑曰豈有爲人曽祖拔白髮乎即擲鏡鑷

隆昌元年春正月丁未改元大赦詔百寮陳得失各舉所知七月癸巳皇太后令廢帝爲鬱林王昭業美容止好隸書世祖勑皇孫手書不得妄出以重之出入常禁其起居節其用度昭業曽謂豫章王妃庾氏曰阿婆佛法言有福德生帝王家今日見作天王便是大罪左右主帥動見拘縶不如作市邊屠沽富兒百倍矣及即位極意賜與動百數十萬未朞之間世

祖庫儲錢億數垂盡而開主衣庫與皇后寵觀之人
人恣意所欲取之諸寶器以相擊剖破碎之以為笑
樂居常裸袒着紅縠褌雜綵袒服好鬭雞密買雞至
千價世祖御物甘草杖宮人寸斷用之與文帝幸姬
霍氏淫通迺長留宮內聲云度霍氏為尼以餘人代之
何皇后亦亂穢閨通夜洞開內外混雜西昌侯鸞屢
諫不納乃疑鸞有異志鸞懼變先謀廢帝二十二日
使蕭諶坦之等於省誅帝羽翼曹道剛朱隆之等率
兵自尚書省入雲龍門戎服加朱衣於上比入門三
朱廢帝在壽昌殿聞外變走向愛姬徐氏房放劍自
剌不中以帛縛纏頭輿接出延德殿諶初入宿衛將

士皆執弓楯相拒譙曰所取自有人卿等不須動宿衛信之及見帝出各欲自奮帝竟無言及被殺時年二十三輿屍出徐龍駒殯葬以王禮餘黨亦見誅明日乃宣令而立海陵王

廢帝海陵王

海陵王昭文字季尚文惠太子第二子也鬱林即位封爲新安王其年鬱林廢尚書令西昌侯鸞議立昭文爲帝

延興元年秋七月丁酉即皇帝位以西昌侯鸞爲録尚書事揚州刺史宣[redacted]郡公大赦天下改元九月癸未誅司徒鄱陽王鏘大將軍隨王子隆南兗州刺史

安陸王子敬江州刺史晉安王子懋於是三王遂起兵遣中護軍王玄邈討誅之巳未鸞假黄假内外纂嚴丁酉進宣城公鸞爲太傅加殊禮進爲王而盡誅諸王爲藩鎮者以宣城王輔政帝起居皆諮而後行常思蕭鸞篡大官令答無錄公命黄不獻十月辛亥皇太后令以嗣主幼冲庶政多失宗王四海藩戚外叛自非樹長君無以鎮淵器太傅宣城王胤體宜皇鍾茲太祖宜入承替命帝降海陵王建武元年詔海陵王依漢東海王故事十一月稱王有疾遣御師占視乃殞之時年十五謚曰恭王先是寶志沙門住東宫常從平昌門入忽去門限上血汚人衣褰裳走過

俄而載帝屍自此門出帝頸血流于門限

史臣曰郭璞稱永昌之占二百之象而隆昌之号亦同焉案漢靈帝中平六年四月崩辯太子十歲即位改光熹元年張讓段珪誅後改爲昭寧董卓輔政改爲永漢卓廢帝爲弘農王一百七十日鴆之九月立靈帝子協却号中平一年四号也晉惠帝太平二年長沙王乂事敗成都王穎改元爲永安穎自鄴奔河間王復改元爲永興一歲三号也隆昌延興建武亦二号故知喪亂之軌逾千載而必同之矣

高宗明皇帝

高宗明皇帝諱鸞字景栖始安貞王道生之子也小

名玄慶少孤太祖撫育過於諸子宋太豫元年爲安
吉令有嚴能之名累遷輔國將軍淮南太守太祖踐
祚遷侍中封西昌侯世祖即位爲度支尚書轉左衛
將清道而行遷左僕射海陵王立爲録尚書事鎮東
府加黃鉞班劒進爲宣城王太后廢帝海陵王以上
入纂太祖爲第三子也群臣三請乃受命冬十月癸
亥即皇帝位大赦改元
建武元年大司馬王敬則等十三人並進封邑戶詔
省尚方雕刻新林苑地悉以還百姓追尊始安貞王
爲景皇帝妃爲懿皇后戊子立皇子寶卷爲皇太子
賜天下父後者爵一級自輔政所深十八王是月復

屬籍冬封子爲侯
二年夏六月誅西陽南海邵陵等三王而殺蕭諶八
月納皇太子妃褚氏大赦王公已下賜有差十二月
詔晋宋諸陵悉加修理
三年冬十月皇太子冠賜王公已下帛有差
四年春大赦庚辰詔人産子者蠲父母役一年新婚
者蠲夫役一年
永泰元年春正月朔大赦丁未誅河東臨賀西陽永
陽南康衡陽湘東南郡巴陵桂陽等十王子皆死之
四月甲寅改元大赦丁未大司馬會稽太守王敬則
擧兵反夏五月使輔國將軍劉山陽東討斬敬則於

七月己酉帝崩于正福殿時年四十七遺詔以沈文
季爲左僕射江祐爲右僕射封江祀侍中劉暄衛尉
御軍政大事内外皆委徐孝嗣遥光蕭坦之等爲心
膂之任葬興安陵諡明皇帝廟号高宗帝明審有吏
才持法無所借制御親幸目下肅清驅使人夫存其
儉約輿輦舟乘則去金銀還主衣庫太官進食有裹
蒸帝曰我食此不盡可四片破之餘充晚食而世祖
掖庭中宫服御一無所改性多猜慮故亟行誅戮而出
入互唱南出唱北東行唱西而示簡於出入竟不南
郊上初有疾信道術身衣絳衣服飾皆赤以厭之巫
云後湖水頭經入宮内致帝有疾乃自至太官行水

溝左右啓太官若無此水則不立帝意塞之欲南引
淮流會帝崩事寢

廢帝東昏侯

東昏侯寶卷字智藏高宗第二子也本名賢高宗輔
政改爲建武元年立爲太子
永泰元年七月高宗崩太子即位改元
永元元年十一月立皇子誦爲太子賜爲父後者爵
一級丙辰楊州刺史始安王遥光據東府反遣領軍
蕭坦之討平之傳首九月壬戌以頻誅大臣大赦天
下十一月太尉江州刺史陳顯達反十二月顯達至
京師乙酉斬首餘黨盡平

二年三月詔使崔惠景討豫州刺史裴叔業及兄子植惠景時爲平西將軍於廣陵起兵反襲京師徐州刺史江夏王寶玄以京城納之乙卯帝使領軍王瑩屯北籬門惠景破之遂入京師豫州刺史蕭懿起義兵大破惠景詔曲赦京邑江夏王寶玄伏誅十月害尚書令蕭懿十一月甲寅蕭穎冑起兵於荆州十二雍州刺史梁王蕭衍起義兵於襄陽

三年二月詔羽林兵征雍州中外纂嚴三月丁未衍立南康王寶融即皇帝位於江陵癸丑遣平西將軍陳伯之西征八月以光禄張瓌鎮石頭以太子左衛率李居士摠督諸軍屯新亭是日義軍至南州李居

士敗新亭降義軍將軍徐元瑜以東府城降義軍十二月王珍國侍中張稷率兵入殿廢帝時年十九帝在東宮便好弄不喜書常夜捕鼠達旦爲樂高宗臨崩屬以隆昌爲戒曰作事不可在人故數誅大臣委任群小性訥澀少言唯親閹豎及左右自江祐始安王遥光等誅後騎馬日夜於後堂戲叫呼倡伎以五更就卧至晡方起王侯朝以節朔朝見晡後方前或時遣出臺閣奏案月數十日不報初二年元會食後方出朝賀纔竟便還西序寢自巳至申百寮陪位皆僵仆菜色比起就會忩遽便罷陳顯達平後出遊走逐居民于郊外數十里皆空家盡室巷陌懸幔高爲

東昏侯

陵晝夜入防守謂之屏除或周環京邑是時一月二十餘出三四更中鼓聲四出幡戟橫路百姓喧走士庶不辯出不言定所夜出夜返火光天鼓吹鳴鈸聒地置射雉場二百九十六所郊郭帷䍐四民皆廢業樵蘇路斷又於後宮起仙華神仙玉壽諸殿盡用雕彩以麝雜香塗壁時世祖興光樓上施青漆世謂之青樓帝曰武帝不巧何不純用瑠璃貴妃潘氏服御極選珎異主衣庫舊物不復充用琥珀釧一隻直一百七十萬京邑酒租皆折使輸金又立紫閣諸樓壁上畫男女私褻之像種好樹美竹御求民家望樹便取朝栽暮拔道路相繼又於官立市太官乃朝進酒

窃看某使宮人閹竪共爲裨見潘妃爲市令帝爲市魁將鬭者就潘氏判決苑中作土山築渠立渥以新蔡人徐世摽爲直閤將軍殺戮皆用其黨茹法珎梅虫兒等專權內外緘口及義師至近郊乃聚兵爲固守之計而信鬼神迎拜蔣子文爲相國楊州牧封鍾山王時范雲謂朱光尚曰卿是天子要近人當思諫諍光尚曰至尊不可諫正當以鬼神達意後帝馬驚光尚曰先帝瞋不許數出帝大怒乃拔刀與光尚尋覓不見乃縛草作高宗形北面斬之懸首苑門上潘妃生女百日死帝斬衰經杖群臣來吊盤地坐擧手受執級將軍席豪死於是閉城自守城內軍事一委王

王珍國而聞外鼓吹叫聲披大紅袍登景陽樓屋上望弩幾中之士卒怨之不爲致力募兵出戰至城門皆坐甲自守恐城外有伏乃燒城旁府署六門之内皆盡於西掖内相聚爲市販牛馬肉及義師至便勸太官備百日糧而惜金錢不肯賞賜茹法珍等叩頭請之帝曰賊來獨取我耶而就我求物後堂儲數百具榜板啓爲防城之具帝曰擬脩殿竟不與故王珍國張稷等見不能用計懼禍及故反率兵入殿是夜帝在含德殿吹笙歌作女兒子卧未熟聞兵入起出北戶欲還後宮關人黄泰平以刀傷其膝仆地顧曰奴反耶直後閤張齊遂斬首送梁王宣德太后令言其

兇惡追封爲東昏侯法珍等伏誅初義師築長圍帝乃着五色衣服登城望賊還輙與六宫御刀在華光殿共立單壘別制鎧仗多用金玉親自攻壘詐作戰敗被瘡板擱將去將來相對爲樂

和帝

和帝諱寶融字智昭明帝第八子也建武元年封隨郡王永元元年改封南康王出爲西中郎將荆州刺史督九州軍事二年十一月甲寅長史蕭穎胄奉王舉兵其日太白及辰星俱見西方乙卯教纂嚴景辰以雍州刺史蕭衍爲使持節都督前鋒諸軍事戊午衍表勸進十二月乙亥羣僚勸進並不許壬辰驍騎

將軍夏侯亶自建鄴至江陵稱宣德太后令西中郎將南康王宜纂承皇祚光臨億兆可且封宣城王相國荆州牧加黄鉞置僚屬三年正月乙巳王受命大赦唯梅虫兒茹法珍等不在例是日長星見竟天甲寅建牙于城南二月己巳群僚上尊號立宗廟及南北郊中興元年春三月乙巳皇帝即位大赦改永元三年爲中興文武賜位二等是夜彗星竟天以相國左長史蕭穎胄爲尚書令加雍州刺史蕭衍尚書左僕射都督征討諸軍以晉安王寶義爲司空廬陵王寶源爲車騎將軍開府儀同三司是年有司奏封庶人寶卷爲零陵侯詔不許又奏爲涪陵王詔可夏四月戊

丙

辰詔凡東討衆軍及諸向義之衆普復除五年秋七月丁卯曾山城主孫樂祖以城降巳未郢城主薛元嗣降八月景子平西將軍陳伯之降九月巳未詔假黄鉞蕭衍若定京邑得以便宜從事冬十一月壬寅尚書令鎮軍將軍蕭穎胄卒十二月景寅建康城平巳巳宣德皇太后令以征東大將軍蕭衍爲大司馬録尚書驃騎大將軍楊州刺史封建安郡公依晉武陵王遵承制故事壬申改封建安王寶寅爲鄱陽王癸酉以司徒楊州刺史晉安王寶義爲太尉領司徒乙酉以尚書右僕射王瑩爲左僕射

二年春正月戊戌宣德皇太后臨朝入居内殿壬寅

大司馬蕭衍都督中外諸軍事加殊禮己酉以大司馬長史王亮爲守尚書令甲寅加大司馬蕭衍位相國梁公備九錫禮二月壬戌誅湘東王寶晊景戌進梁公蕭衍爵爲王三月辛丑鄱陽王寶夤奔魏誅邵陵王寶攸晉熙王寶嵩庚戌車駕東歸至姑孰景辰遜位于梁丁巳廬陵王寶源薨四月辛酉禪詔至皇太后遜居外宮梁受命奉帝爲巴陵王宮于姑孰戊辰巴陵王殂年十五追尊爲齊和帝葬恭安陵初梁武帝欲以南海郡爲巴陵國邑而遷帝焉以問范雲雲俛眉未對沈約曰今古殊事魏武所云不可慕虛名而受實禍梁武頷之於是遣鄭伯禽進以生金帝

曰我死不須金醇酒足矣乃引飲一升伯禽就加揩
焉先是文惠太子與才人共賦七言詩句後輒云愁
和帝至是其言方驗又永明中望氣者云新林婁湖
青溪並有天子氣於其處大起樓苑宮觀武帝屢游
幸以厭之又起舊宮於青溪以禳其氣而明帝舊居
東府城西延興末明帝龍飛至是梁武帝衆軍城於
新林而武帝舊宅亦在征虜百姓皆著下屋白紗帽
而反裙覆頂東昏曰裙應在下今更在上不祥命斷
之於是百姓皆反裙向下此服妖也帽者首之所寄
今而向下天意若曰元首方為猥賤乎東昏又令左
右作逐鹿帽形甚窄狹後果有逐鹿之事東昏宮裏

又作散叛髮反髻根向後百姓爭學之及東昏狂惑
天下散叛矣東昏又與群小别立帽騫其口而舒兩
翅名曰鳳度三橋帬向後捴而結之名曰反縛黄麗
東昏與刀敕之徒親自著之皆用金寶鏤以辟璽璫又
作著調帽鏤以金王閃以孔翠此皆天意梁武帝舊
宅在三橋而鳳度之名鳳翔之驗也黄麗者皇離爲
日而反縛之東昏戮死之應也調者梁武帝至都而
風俗和調先是百姓及朝士皆以方帛填胷名曰假
兩此又服袄假非正名也儲兩而假之明不得真也
東昏誅其子廢爲庶人假兩之意也
史臣曰鬱林地居長嫡璵釁未彰而武皇之心一不變

周道故得保茲守器正位尊極既而衍忿鄗内作兆自
宫闈雖爲害不遠而足傾社禝郭璞稱永昌之名有
二日之象隆昌之號實亦同焉明帝越自支庶任當
負荷乗機而作大致殲夷流涕行誅非玄義舉事苟
非安能無内愧既而自樹本枝根亂孤弱貽厥所授
屬在凶愚用覆宗祊亦其理也夫名以行義往賢垂
範備而之禪術士識之東昏以卷矣藏以終之其兆
先徵蓋亦天所命矣

列傳

柳世隆　張瓌　桓崇祖　張敬兒

王敬則　陳顯達　劉懷珍　李安民

王玄載　崔思祖　劉善明　蘇侃
桓榮祖　周山圖　吕安國　周盤龍
王廣之　薛淵　戴僧静　桓康
焦度　庚杲之　高帝十九男

柳世隆字彦緒河東解人也祖憑世隆少有風器伯父元景爲宋尚書令愛賞之言於宋孝武召見帝曰此兒將來復是三公也宋累遷虎威將軍上庸守帝謂元景曰卿昔以虎威之號爲隨郡今復以授世隆使卿門世不絶公也以沈攸之敍守郢城有功事定徵爲侍中遷尚書右僕射貞陽侯齊太祖踐祚自母憂起爲平南將軍豫州刺史進爲公帝問褚淵曰向

見御世隆毀瘠過禮使人惻然淵曰世隆至性天深
喪過乎禮事陛下在危盡忠喪親居憂衣而後起立
人之本二理同極加榮增寵足以勵風俗世隆性好
書啓太祖借秘閣書上給二千卷轉尚書令常自云
馬矟第一清談第二彈琴第三在朝不干世務垂簾
鼓琴風韻清逸甚得世譽以疾遜位永明九年卒詔
給東園秘器朝服贈司空班劍鼓吹葬於倪塘著龜
經秘要二卷見行於世

張瓌字祖逸吳郡吳興人也祖裕父永爲晉左光禄
曉音律宋孝武問永太極殿前鍾聲嘶永答鍾有銅
滓乃扣鍾求其處鑿而去之聲遂清越瓌解褐江夏

王太尉府參軍以遭父喪還吴初劉彦節有異圖弟
遐爲吴郡守聚師三千太祖密遣環取遐環領兵直
入吴郡斬遐郡内莫敢動太祖以告張沖沖曰環以
百口一擲出手得盧矣即授吴郡太守封義成侯世
祖即位爲左尚書領右軍及鬱林之廢見朝廷多難
恒卧疾而居室妓妾盈房生子十餘人嘗云中應有
好者梁天監中卒
柏崇祖字敬遠下邳人也族姓豪強石季龍時自洛
陽徙鄴曾祖㪍爲慕容吏部尚書祖苗自宋武征廣
固率衆歸降仍家下邳宫龍驤將軍父詢之宋冀州
刺史崇祖年十四有幹略伯父豫州刺史護之謂門

宗曰此兒必大吾門汝等不及也太祖在淮陰崇祖時戍朐山既受都督祗奉甚至及平沈攸之復遷冠軍將軍兗州刺史初下邳見太祖謂妹夫皇甫肅曰此真吾君也太祖亦曰韓白不及太祖踐祚爲豫州刺史鎮壽春盡力奉邊建元二年虜遣劉昶馬步號二十萬寇壽春崇祖著白紗帽肩輿登城指揮大破虜軍啓至上笑曰今真得其人矣進平西將軍崇祖閑隙願達增給軍儀乃啓上求鼓吹上敕曰韓白何可不與遂給鼓吹一部世祖即位徵還爲五兵尚書永明元年詔稱與荀伯玉今上御名扇邊荒誅之時年四十四子惠隆徙番禺卒

張敬兒南陽冠軍人也本名狗兒宋明帝以其名鄙改之父醜爲蜀郡將軍敬兒年少便弓馬有膽氣射猛獸發無不中以補府將擊蠻賊累功爲南陽太守後佐太祖大破桂陽王於新亭親詐降斬休範首以功遷爲雍州刺史驍騎將軍以平沈攸之封襄陽侯太祖即位爲中軍將軍太祖崩遺詔加開府儀同三司將拜謂其妻曰我拜後府開黄閤因口自爲鼓吹聲其妻謂曰吾嘗時夢一手熱如火而君爲南陽郡元徽中夢半身熱而君得本州今復夢舉身熱矣有閹人聞之以事達世祖世祖疑有異志使收之敬兒脱冠投地曰用此物誤我於是伏誅子道慶見宥

王敬則晉陵南沙人母爲女巫敬則生而胞紫色謂人曰此兒必有鼓角相人笑曰得爲人吹角可矣及年長兩腋下生乳各長數寸夢騎五色獅子年二十餘善拍張好刀劍補刀戟跳高與虎幢等宋明帝即位爲直閤將軍封重安縣子敬則少於草中遇虵如烏豆集其身摘去乃脱其處皆流血敬則惡之詣道士卜云此封侯之瑞也果如其言出補暨陽令性倜儻不羈初屠狗商販徧於三吳嘗與暨陽縣吏鬭曰我得暨陽當鞭汝小吏背吏唾其面曰汝得暨陽我亦得司徒公矣及作暨陽召吏謂曰汝何時得司徒公邪竟善遇之及佐破桂陽王遂盡力於太祖太祖

即位以殺蒼梧功遷安東將軍吴興太守封潯陽郡
公世祖十一年累遷司空出爲會稽太守初在吴興
出行市見屠肉枅歎曰吴興昔無此枅是我少時在
此所作也海陵王立進位太尉敬則名位雖達不以
富貴自遇初爲散輩使虜於北館種楊柳後負外郎
虞長曜北使還敬則曰我昔種楊柳今若大小長曜曰
北人以爲甘棠敬則從世祖嘗宴於華林群臣各出
伎敬則脱章服袒髀以片緔紇髻奮臂拍張叫動左
右上不悦曰豈聞三公爲此對曰臣拍張故得三公
而拍張當時以爲名譽明帝即位爲大司馬臺使拜
授日而雨大洪注敬則不悦及使蕭坦之將齋仗五

百人行武進陵敬則憂惶上知使敬則世子仲雄入東安慰其父雖然愈益猜忌高宗疑焉後竟起兵反過浙江帝諸子在京者盡殺之遣將軍左興盛等討之敬則遇興盛遥告敬則曰公兒死已盡公如許作底官軍不敵欲退馬軍主胡松領馬軍突之敬則大敗興盛軍容袁文曠斬之傳首京師時年七十初敬則東起高祖疾篤朝廷倉卒東昏侯在東宫議欲叛使人上屋望見征虜亭失火謂敬則至急裝欲走或有告敬則者敬則曰檀公三十六策走是上策汝父子唯應急走耳蓋謗云檀道濟避虜也

陳顯達南彭城人宋以勞驅使累遷濮陽太守桂陽

王亙大敗賊丁豪等於杜姥宅矢中左眼拔而鏃不出
地黃村潘嫗者善禁先以釘釘柱嫗禹步作氣釘即
出乃禁顯達目中鏃出以功封彭城侯再遷王越中
郎將廣州刺史太祖即位為安西將軍益州刺史山
夷震服永明八年徵征南大將軍江州刺史給鼓吹
顯達性謙厚多智計有子十人誡之曰我本不及此
汝勿以富貴陵人高宗之世進位太尉鄱陽公常不
自安每自卑下及此[illegible]等軍圍馬
圍城四十日入豫州[illegible]十二[illegible]自至齊
軍敗顯達走以主[illegible]而[illegible]覓以為江州
刺史鎮湓城[illegible]顯達[illegible]禍十一

月遂舉兵朝廷遣胡諧等拒於我三元敬之攸軍敗
京邑震駭遂攻剋郡客盜之於虜十二月潛軍夜
渡取石頭入宮壘要宮置戰於西州顯達敗定西州
烏榜村騎官薛淵等射騎斬於朱雀門側血灑淵
籬似淳于伯之被刑也時年七十三諸子皆伏誅
劉懷珍字道玉平原人漢膠東王後伯父奉伯為宋
陳郡太守懷珍幼隨奉伯在壽陽時刺史出獵百姓
觀之懷珍獨避不視伯父異之曰此兒方興吾宗也
本州辟主簿自宋文以來數有軍功遷至將軍封中
宿侯太祖輔政以布衣之舊徵為相國左司馬建元
初改封宣城侯尋轉光祿大夫子靈哲字文明累

遷至前將軍兗州刺史母病哲躬自祈禱夢見黄衣公曰可取南山竹筍食之靈哲覺如其言乃立愈

李安民蘭陵承人也父欽之殿中將軍隨父沒虜率部曲自拔南歸累遷冠軍司馬廣陵太守初討晉安王子勛事平明帝大會新亭勞諸軍主摴蒱官賭而安民五擲皆盧帝大驚帝自謂安民曰卿面方如田封侯相也及太祖即位爲中領軍封康樂侯家國密事太祖唯與安民論議每謂曰署事有卿名我便不復細覽也世祖即位遷尚書僕射以疾辭退爲安東將軍吳興太守吳興有項羽神護郡廳事太守至必先殺鞹下牛祭安民奉佛不與牛祭而設八關齋俄

而亡死埋於廟側今呼爲李公亭塚也

王玄載字彦休下邳人也建元二年爲梁秦二州刺史兄弟同時爲方伯封河陽侯永明四年卒

崔祖思字敬元清河東武城人也魏中尉琰七世孫父僧護祖思少有志氣好讀書史爲都昌令隨青州刺史垣護之入堯廟廟有蘇侯像偶坐護之曰唐堯聖人而與雜神爲列祖思曰使君若清蕩此坐則是堯廟重去四凶之伍也遂相與除雜神太祖在淮陰祖思聞風自從之及宋初議封太祖爲梁公祖思啓太祖曰讖云金刀利刃齊刈之今宜稱齊實應天命從之太祖即位遷征虜將軍青冀二州刺史因啓陳

犬羊乎宋孝建中爲後軍參軍事太祖累遷寧國將軍東海太守榮祖善彈登西樓見海鵠群翔謂左右當生取之於是彈其兩翅毛脫盡墜地無傷養毛生後飛去其妙如此佐命勳封將樂縣子永明二年遷冠軍兗州刺史九年卒

呂安國廣陵人也宋大明末以將領見任隱重有幹局副劉勔破殷琰於壽陽以功第一封彭澤縣男累以軍功遷金紫光祿大夫[illegible]永明八年卒

周山圖字季寂義鄉人也貧微於書題之藝不事產業有氣幹以軍功累遷左中郎將與衆稱其勇呼爲武原將以從太[illegible][illegible][illegible]征有功封晉興縣男世祖即

位遷晉陵王鎮北[illegible]又疾上手熱問疾尋卒
周盤龍北蘭陵人[illegible]盤龍膽氣過人尤便弓馬隨軍
討擊隨陳荒啓累遷龍驤將軍封晉安子建元二年
助桓崇祖拒魏大破之上聞大喜送金釵二十枚與
盤龍愛妾杜氏手敕曰餉周公阿杜轉太平子敕令
助戍買與虜拒戰於淮陰角城父子二人衝突出入
縈擾數萬衆還平北將軍兗州刺史後爲光祿大夫
世祖戲之曰卿著貂蟬何如兜鍪對曰此貂蟬從兜
鍪中出病卒子奉叔勇力絕人少隨父征討得直閤
將軍善騎馬鬱林從其學騎後遷冠軍將軍青州刺
史後爲高宗所殺

王廣之字士林沛郡相人也少好弓馬有勇力初爲
馬隊主累遷左衛將軍世祖見其子珍國異之曰珍
國大堪事卿可謂老蚌卒於江州刺史進應城公
薛淵河東淮陰人也宋州刺史安都從子本名道淵
避太祖偏諱改焉安都降虜而親族皆入北太祖鎮淮
陰淵來奔委身事太祖隆昌元年封司州刺史卒
戴僧靜會稽永興人也少有膽力便弓馬初祖飾謀
亂伏法家口徙青州僧靜自歸太祖爲北徐州刺史
從高平太守卒
桓康北蘭陵承人也勇而毅果宋末隨太祖及世祖
起義爲郡所執衆皆散而康挈裝擔一頭貯穆后一頭

負文惠太子及竟陵王子良自匿山中與門客蕭欣祖四十餘人結謀破郡出世祖郡兵追急康死戰破之隨世祖起義驍悍膂力絕人所經村邑恣其行暴江南人畏之以其名怖小兒畫其形而辟瘧無不立愈建元元年封吳平縣伯後軍將軍明年大破魏虜爲持節都督青州刺史卒

焦度字文績南安平人也祖文珪避難奔襄居仇池元嘉中僑立天水郡洛陽縣乃屬焉度少有氣幹便弓馬孝武初青州刺史顏師伯出鎮滑臺差度領幢主送之後破虜有功板爲輔國府參軍孝武見而謂師伯曰真健物也補晉安王子勛夾轂隊主子勛起

兵以度爲龍驤將軍事敗逃於宮亭湖中爲賊江州刺史王景文誘降之沈攸之事起拒攸之於郢城登樓罵辱攸之攸之攻不能下至今呼此樓爲焦度樓事寧後以功爲直閤將軍封東昌縣子

庾杲之字景行新野人祖深之雍州刺史父粲司功參軍杲之幼有孝行起家奉朝請累至王儉衛軍府長史蕭緬與儉書曰盛府元僚實難其選景行汎淥水依芙蓉何其麗也世呼儉府爲芙蓉池故緬書美之也轉黃門侍郎杲之風範和潤善音吐世祖令對虜使歎其風姿之美王儉在坐曰杲之爲蟬冕所照更生光彩遷左衛率上表退蟬冕及章上不許杲之

從孫寶文家富於財狀貌豐美頤頰開張人皆以爲有
方伯之□□□凍餒之憂後江陵亂竟餓死又有都督
褚蘿云□□□宅從理入口竟不乏衣食而終
高帝十九□□□六昭皇后生武帝及豫章文獻王嶷謝貴
嬪生臨川獻□一映長沙威王晃羅太妃生武陵昭王
曄任太妃生成恭王暠高陸脩容生丹陽王鏘何太妃
生始興簡王鑑宜都王鏗歐貴人生鈞張嫩妃生江
夏王鋒河東王鉉李美人生南平王鋭第九第十二
第十四第十七皇子早亡

建康實錄卷第十五

建康實録卷第十六　齊下　列傳

王琨　何戢　王延之　阮韜

張緒　虞玩之　劉休　謝超宗

劉祥　虞琮　蕭赤斧　劉瓛弟璡

陸澄　張融　周顒　蕭坦之

謝瀹　徐孝嗣　沈文季兄子昭略　王慈

陸慧曉　王融　謝朓　孔稚珪

崔慧景　丘靈鞠　檀超

齊宗室　文諸王元道　遥光　鈞　遥欣　道生　遥昌　鳳　緬　王秀之

蔡約　蕭惠基　劉繪　王奐

張沖　文惠太子四男　明帝十一男

裴叔業　陸厥　崔慰祖　祖沖之
賈淵　傅琰　虞愿　劉懷慰
裴昭明　沈憲　孔琇之　褚伯玉
明僧紹　顧歡　臧榮緒　宗測
吴苞　杜京產　徐伯珍　邵榮
吴遠之　樂頤之　江泌　紀僧真
茹法亮　吕文顯　魏虜

王琨瑯瑘人祖薈父懌以侍婢生琨初名崑崙懌後娶南陽樂玄女無子故名琨立爲嗣少謹篤爲從伯父司徒謐愛重官至尚書初爲吏部郎不受私囑出爲建威將軍平越中郎將廣州刺史宋順帝即位遷

右光祿大夫順帝遜位百僚陪列琨攀畫輪獺尾慟泣曰人以壽爲歡老臣以壽爲戚既不能先驅螻蟻頻見此事嗚噎不自勝百官人人雨淚齊高帝即位領武陵王師加侍中時王儉爲宰相屬琨用東海郡迎吏琨使謂曰語郎三臺五省皆是郎用人外方小郡當乞寒賤省官何容復奪之遂不過其事尋解王師及高帝崩琨聞國諱牛不在宅去臺數里遂步行入宮朝士皆謂曰故宜待車有損國望琨曰今日奔赴皆自應爾遂得病卒贈左光祿大夫年八十四琨謙恭謹慎老而不渝朝會必早起簡閱衣裳料數冠幘如此數四或爲輕薄所笑

何戢字惠景廬江潛人祖尚之宋司空父偃金紫光禄大夫戢尚宋孝武山陰公主主就帝求褚淵内侍淵乃與戢同居餘終不從主意由是厚申情好累至吏部尚書戢美容儀動止與褚淵相慕時人呼爲小褚公初孝武賜戢蟬雀扇善畫人顧景秀所畫時吴郡陸探微顧彦先皆能畫嘆其巧絶戢因王晏獻之上令晏厚酬其意年三十六

王延之字希季瑯琊人父昇之宋都官尚書延之出繼伯父粲之從少静默不交人事舉秀才累至吴郡守爲左僕射宋祚衰太祖輔政朝野之情人懷彼此獨延之與王僧虔中立無所去就世人語曰二公

洛平不送不迎太祖之晉之出爲安南將軍江州刺史與阮韜俱是宗領軍劉湛外甥並有才譽湛愛之曰韜後當爲第一延之次焉延之甚不平遷中書令轉特進卒子綸之至侍中

阮韜字長明陳留人也晉散騎常侍金紫光禄大夫裕玄孫也初宋武選侍中四人須有風皃王彧謝莊一雙韜與何偃為一雙常充兼假至始興王師卒

張緒字思曼吳郡人祖茂度會稽太守父演太子中舍人緒少知名叔父[illegible]謂人曰此兒今世樂廣也舉秀才袁粲言於明帝曰臣觀思曼有正始之遺風宜爲宮職拜侍中中[illegible]齊建元元年轉中書令王儉嘗

謂人曰北都中[illegible]緒過江未有也不知陳仲弓黃
叔度能過之否初[illegible]爲益州刺史獻蜀柳數株枝
條甚長狀若絲縷[illegible]植於太昌雲和殿前因宴翫
賞咨嗟曰此柳風流[illegible]甚似思曼少年以緒爲太
常卿國子祭酒用王延之代緒爲侍中中書令世人
以此選得人比晋朝用王子敬代王季琰也世祖位
爲吏部尚書初緒每朝見太祖目送之謂王儉曰緒
以位尊我我以德貴緒緒口不言利家不蓄財不受
私囑若清淡端坐或竟日不食卒年六十八遺命作
蘆葭轜車靈床置杯水香火從弟融敬重事之如親
兄置酒於靈前酌酒慟哭曰阿兄風流頓盡子克[illegible]

虞阮之字茂瑶會稽人祖宗晉庫部郎父玫通直常侍玩之少閑刀筆涉書史官至左丞上表陳府庫錢帛器械用度處不支月太祖輔政鎮東府朝廷致敬玩之猶躡屐造席太祖取屐視之訛黑斜鋭蔑斷以芒接之問曰卿此屐已幾載玩之曰三十一年矣初拜征北行佐所買貧士未辦易之太祖善之因賜新屐不受曰著[illegible]已久弊不可捐所以不當殊賜累任驍騎將軍黄門侍郎世俗多巧僞玩之請置校籍官以防之年老有疾請退表曰四十仕進七十懸車壯即驅馳老宜休息知足不辱自知足　授命於道消之辰効節於百揆之日忠之物也慶隆於文明之初

苟以方龍飛之運命之偶也不謀巧宦而位至九卿德慚李陵而忝居門下堯舜無窮民臣亦通矣年過六十不為夭矣榮期之三樂東平之一善臣俱蓋之矣上省表許之東歸王儉不出送朝廷無祖餞者歸鄉造大宅數年後卒貟外郎孔逭就儉求會稽五官儉方與溲投皂莢於地曰卿鄉俗惡虞玩之至死煩人

劉休字弘明沛郡人父超九真太守休初為宋明帝湘東常侍轉征北參軍頗有好尚充嗜飲食休多藝能爰至鼎味問無不解遂見親賞長直殿內帝素肥痿不能御內諸王妓妾懷孕者密使獻之入宮生子乃幽其母順帝是桂陽王休範子蒼梧王亦非帝子

乃陳太妃先爲李道兒妾故後蒼梧王微行每自稱曰李將軍帝憎婦人妬忌朝官妻有妬者必爲鞭休妻王氏亦妬帝使人就宅鞭二十後令開小店王氏賣掃箒皂莢以辱之休卒豫章太守

謝超宗陳郡夏人祖靈運父鳳宋元嘉中因事徙廣州超宗元嘉末方還好學有文章與惠休道人往來孝武出策秀孝格五問並得上上作郡淑儀誄孝武見歎曰超宗殊有鳳毛靈運再出爲太祖長史坐公事免自詣東府門通謝其日風寒慘厲太祖謂四坐曰此客並使人不衣自煖矣超宗既坐飲酒數甌辭氣橫出太祖對之甚懽太祖即位轉黄門侍郎在直

省常醉上忽召見語及北方事超宗曰虜動來二十年佛出亦無奈何以失儀出爲南郡王司馬後以怨望免官十年禁錮後司徒褚淵送湘州刺史王僧虔閣道壞墜水僕射王儉牛驚跣下車超宗撫掌笑曰落水三公墜車僕射前後言請布在朝野及淵出水沾濕超宗又笑曰有天道焉天所不容地所不受投弃河伯河伯不用淵大怒曰寒士不遜超宗曰不能賣袁粲焉得免寒士以張敬兒女爲子妻帝甚疑之及收下廷尉一宿鬚盡白詔徙越州自盡

劉祥字顯徵東莞莒人父敳太宰從事祥爲宋巴陵王參軍少好學性剛疎輕言肆行不避高下建元中

司徒褚淵入朝以腰扇鄣日祥從側過曰作如是舉止羞面見人扇障何益撰宋書譏斥之爲臨川王驃騎從事初王奐爲僕射與奐子融同載行至中堂見路人驅驢祥曰驢汝好爲之如汝人才皆可爲令僕矣著連珠詞十五首以寄懷玄希世之寶違世必賤偉俗之器無聖則淪是以明璧黜於楚岫章甫窮於越人上令御史任遐奏付廷尉徙廣州不得意縱酒而卒

虞琮字景豫會稽餘姚人父秀之黄門侍郎琮有謹行初世祖始爲從事家甚貧薄琮推國士之眷數相分與行必呼帝同載上甚德之昇明中爲世祖中兵諮

議家富奴婢無游手者雖在南土而會稽滋味無不畢至及明帝即位琮乃辭疾不陪位帝使尚書令王晏賫廢立事示琮以琮舊德引參佐命琮謂晏曰主上聖明公卿戮力寧假朽老臣贊惟新乎不敢聞命徐孝嗣曰此亦古之遺直也衆議乃止稱疾篤求東歸轉光禄大夫卒

蕭赤斧南蘭陵人太祖從祖弟父始之冠軍參軍赤斧歷官謹慎爲太祖所知太祖輔政順帝遜位于丹陽故所立宮上令赤斧監送至薨乃還遷雍州刺史在官勤奉公事封南里伯永明二年卒家貧無絹爲衾上聞之轉賻錢五萬材一具布百匹子穎胄字雲長

弘厚有父風起家太子舍人從太祖登石頭烽火樓賦詩稱旨和帝出荆州以潁胄爲冠軍將軍行荆州事初雍州刺史梁王起義書與潁胄勸同舉兵潁胄未决而朝廷使巴西太守劉山陽領兵三千上荆州就潁胄謀襲雍州梁王又使王天虎等揚聲云劉山陽上并襲荆雍遂與梁王定謀斬天虎首送山陽發兵及百姓車牛往襄州山陽上就潁胄潁胄使岷山太守劉孝慶伏兵斬山陽首送梁王梁王發兵留潁胄知後事檄告京師永元三年東昏年号正月立和帝於荆州初荆州大風雨龍入栢齋中柱壁上有爪足處刺史蕭遥欣恐不敢居至是南康王寶融立爲和帝遂以

爲嘉瑞殿中興元年三月遷潁胄爲中書令領吏部監八州軍事荆州刺史八月魯休烈蕭瓚破汶陽至上明荆土尚振潁胄遣軍主蔡道弘上明拒瓚十二月潁胄憂慮發氣卒和帝密詔梁王報潁胄凶秘不發喪始年四十及平定聞者天命之有在矣梁天監元年追封巴東郡公

劉瓛字子珪沛國相人晉丹陽尹惔六世孫父惠治書御史瓛初舉秀才丹陽尹袁粲坐於後堂指庭前柳樹謂曰人謂此是劉尹時樹每想高風今復見卿清德可謂世不衰矣薦爲秘書郎太祖即位累至摠明觀祭酒會稽郡丞從學者數百人瓛姿狀纖小而

名觀當朝京師士子莫不下席受業瓛性謙下不以
高名自處居住檀橋有屋數間上皆穿漏學徒不敢
指斥呼爲清溪焉竟陵王子良親往謁之表世祖爲
立館以楊烈橋故主第給之生徒皆賀瓛曰室美豈
爲人哉華宇豈吾宅也未徙居遇疾卒年五十六瓛
有至性年四十未有婚對後娶王氏尋又出之梁天
監中武帝爲立碑謚曰貞簡先生
弟璡字子敬性方軌正直初爲武陵王曅參軍曅與
寮佐飲自割鵞炙璡曰殿下親執鑾刀下官未敢安
席因起請退嘗與友人孔徹同舟徹留目觀岸上女
子璡舉席自隔不與同坐兄瓛嘗夜隔壁呼之璡初

不應答方下床着衣行及簾外然後應之瓛恠其久璡曰向者束帶未竟恐乖禮也卒射聲校尉

陸澄字彦淵吴郡人祖劭臨海太守澄少好學行坐眠卧手不釋卷起家太學博士以評議經典遷秘書監初竟陵王子良得古器小口方腹而底平可容七八勝以問澄澄曰此名服匿昔單于以與蘇武子良復細視器底有字髣髴可識如澄所説以老疾轉光禄大夫卒年七十世稱碩學讀易三年不解文義欲撰宋書竟不成王儉戲之曰陸公書厨也

張融字思光吴郡人父暢宋會稽太守融年弱冠同郡道士陸脩靖以白鷺羽麈尾扇遺融曰此既異物

以奉異人仕宋爲封溪令被獠賊執將欲殺之融神色不動方作洛生詠賊異之而不害嘗泛海至交州於海中遇風終無懼色方詠曰乾魚自可還其本鄉肉脯復何爲者哉又作海賦還示顧愷之愷之曰此賦實超玄虛但恨不道鹽耳融即立取筆注之曰漉沙構白熬波出素積雪中春飛霜暑路此四句後足也融嘗與王僧虔書曰融天地之逸民也進不辨貴退不知賤兀然造化忽若草木每自歎曰不恨我不見古人恨古人不見我善草隸書自號其能太祖尤善之見融常笑曰此人不可無一不可有二與何戢善嘗往詣戢爲從者誤通尚書劉澄宅融入門乃曰非是人

至戶外望澄又曰非是既造席熟視澄良久曰都不是乃出其爲異如是遷司徒從事中郎假東出世祖問所住止曰臣陸居無屋舟居無水上問融從兄緒緒曰融近東出未有居處權牽小船於岸上住上大笑北虜聞融名上使融往對北使李道固曰張融是宋彭城長史張暢子否融嚬蹙久之曰先君不幸名播六夷豫章王大會賓寮融食炙始行畢行炙人便去融欲求鹽蒜口終不言方摇食指半日乃息出入朝廷皆拭目觀之性孝義母忌月三旬皆不聽音樂司馬竺超民嘗救其父暢之難後超民有孫微冬月遭母喪家貧融往弔之悉脫身上衣以縛之披牛衣而

還建武四年卒

周顒字彦倫汝南安城人晋光禄大夫顗七世孫祖虎頭員外散騎常侍父珣顒少爲族祖朗所知府臺立爲殿中郎音辭雅麗出言不窮尤長佛理著三宗論嘗於鍾山西立隱舍休沐則歸之清貧寡欲終日長蔬雖有妻子獨處山舍甚機辯衛將軍王儉謂顒曰卿山中何所食顒曰赤米白鹽緑葵紫蓼文惠太子問顒菜食何味最勝顒曰春初早韭秋末晚菘轉國子博士兼著作太學諸生慕其風爭事華辯始著四聲切韻行於時後卒於官

蕭坦之南蘭陵人也父欣有勲於世祖至武進令坦

之與蕭諶同族初爲殿中參軍以文惠見用累位侍中領軍高宗崩東昏立而始興王遥光謀反坦之自淮南岸夜踰墻科頭著裩走歸宫城假節督衆軍討遥光屯湘宫寺事平遷尚書左僕射丹陽尹進封公二十餘日帝使延明主帥黄文濟領兵圍其宅誅之坦之肥黑無鬚語聲嘶時人号蕭啞剛佷專執群小畏而憎之

謝瀹字義潔陽夏人祖弘微宋太常父莊金紫光禄大夫瀹七歲王彧見而異之言於宋孝武褚淵以女妻之初兄朏爲吴興郡瀹送别朏指瀹口曰此唯宜飲酒故建武朝專以長酣爲務方得壽終瀹拜車騎

參軍以明帝廢鬱林即位宴群臣尚書令王晏等興席瀹獨不起曰陛下受命應天從人王晏以爲己力默觴遂不見報上大笑解之及王晏初得班劍瀹謂之曰身家太傅裁得六人君亦何事一朝至此晏甚憚之謂江祏曰彼上人者難爲訓對帝起禪靈寺敕瀹爲碑文永泰元年卒

徐孝嗣字始昌東海郯人父聿之著作郎並爲宋元凶所殺初孝嗣在孕母年少欲更嫁不願有子自床投地及服藥令胎墮而更堅及生小字遺奴而挺立風儀端簡王八歲襲爵枝江縣侯尚孝武樂康公主除著作太祖建元初爲侍中王儉目之爲宰相才轉

御史中丞累至吏部尚書臺閤事悉以委之王儉卒後爲五兵尚書明帝謀廢鬱林孝嗣奉旨即還家草太后令戎服隨入殿庭於袖中出太后令明帝大悦即位後加中軍大將軍定策元勲進爵爲公孝嗣性好學器量弘雅不以權勢自居建元之世恭巳自保朝野稱之孝嗣初在率府晝卧齋北壁下夢兩童子遽去移公床驚起走數步壁尋崩壓床建武四年加開府儀同三司明帝崩受遺託輔幼主東昏即位多失德孝嗣不敢諫之江祏見誅内懷憂懼進拜司空初虎賁中郎將許準有膽力領軍隷孝嗣陳說事機勸行廢立孝嗣不能決群小返憎惡遂勸帝除之其

冬被召之華林省遣茹法珎賜藥酒孝嗣容色不變少能飲酒飲酒至斗餘卒年四十七長子尚世祖女康公主第三子尚明帝女山陰公主並同見殺中興元年元年和帝詔贈孝嗣太尉

嗣子琨字君舊仕梁湘東王嘗出軍有人將婦從役王曰才愧李陵未能先誅女子將懃孫武遂欲驅戰婦人君舊應聲曰項藉壯士猶有虞兮之歌紀信成功乃資婣人之力竟卒於官

沈文季字仲達吳興武康人父慶之宋司空孝建三年文季家辟州主簿景和之難兵人圍宅文季揮刀馳馬而去收者不敢逼遂得免明帝立遷黃門侍郎

文季飲酒至五斗妻王錫女亦飲三斗對飲竟日而視事不廢風彩稜岸善於進止昇明元年沈攸之反文季爲冠軍將軍督錢塘軍事文季殺攸之弟及宗族盡滅之衛景和之害也齊建元初爲太子右衛率封南豐侯世祖即位轉太子詹事世祖謂文季曰南土無僕射多歷年所文季對曰南風不競非復一日尤善應對能塞及彈棊塞用五少也遷中護軍以家爲府延興元年遷左僕射明帝加尚書令東昏即位多行殺戮方知世亂乃辭以老病後與徐孝嗣見害於華林省年五十八朝野冤之和帝中興追贈司空兄子昭略至冠軍將軍與文季同召入省例賜藥酒

昭略罵徐孝嗣曰廢昏立明古今令典宰相無才致有今日即以甌投其面曰使作破面鬼死時言笑自若年四十餘弟昭光亦見殺

王慈字伯寶瑯琊人司空僧虔子年八歲外祖宋江夏王義恭於內齋施寶物恣任所取慈乃取素琴古硯義恭善之累位侍中以脚疾齊武帝敕聽乘車在仗後自江左以來少比例也子觀尚世祖女吳縣長公主慈至冠軍將軍東海太守有女爲江夏王鋒妃謝鳳子超宗嘗候僧虔仍往東齋詣慈慈正學書超宗曰卿書何如虔公慈曰我不及有如鷄之比鳳超宗狼狽而退永明九年卒贈太常

陸惠曉字叔明吳郡吳人晉太尉玩之玄孫也自玩
至惠曉祖萬載世爲侍中皆有名行惠曉伯父仲元
又爲侍中時人方之金張二族父子真仕宋爲海陵
太守惠曉清介正直不雜交游張緒常曰此江東裴
秀樂廣舉秀才歷諸府參軍世祖輔政除尚書殿中
郎隣族來賀惠曉舉酒曰陸惠曉年踰三十婦父領
選始作尚書郎卿等以爲慶耶自太傅祭酒出爲武
陵王征虜將軍與劉璡行至吳璡謂人曰吾聞張融
與惠曉並宅其間有水必應異味遂命駕往酌而飲
之曰飲此水則鄙吝之萌盡矣惠曉後遷晉陵王長
史或謂曰長史貴重不宜妄自謙退答曰我性惡人

無禮不欲以無禮處人又曰貴人不可卿而賤者乃可卿人生何用立輕重於懷抱終身常呼人官位以吏部爲輔國南交州刺史何點常云陸慧曉心如照鏡遇形觸物無不朗然王思遠恒如懷冰暑月亦有霜氣世人謂之實録初欲用慧曉爲侍中以形短小乃止有三子僚任倕各有美名

王融字元長瑯琊人祖達父道琰廬陵内史融少而神明警惠博涉有文才舉秀才自晉安王參軍遷祕書監中書郎永明末世祖欲北伐使毛惠秀畫漢武北伐圖融因此上䟽開張北侵之議圖成上置瑯琊城射堂壁上遊幸輒觀焉初世祖宴芳林園禊飲令融

爲曲水詩序舉世稱之後遷中書郎嘗撫心歎曰爲爾寂寂鄧禹笑殺人及北虜動竟陵王子良拔融平朔將軍以文藻捷速子良特相友善融躁於名位自恃人地三十內望爲公輔嘗詣王僧祐遇沈昭略素未相識昭略顧眄謂主人曰是何年少融殊不平謂曰余出於扶桑入於蒙谷照耀天下何人不知而卿有此問昭略曰不知許事且食蛤蜊融曰方以類聚物以群分君長東隅居然應嗜此族其高自標置如此世祖疾篤子良侍醫藥在殿內太孫未入融乃戎服坐省閤口斷東宮仗不得進欲矯詔立子良上既蘇召太孫入殿朝事委高宗融乃去戎服坐省中歎

曰公誤我鬱林即位十數日使中丞孔稚珪奏收下
廷尉誅之年二十七文集行於世
謝朓字玄暉陳郡陽夏人祖述吴興太守父偉散騎
侍郎朓有美名文章絶世起家豫章王東閤祭酒累
至吏部郎善草隸長於五言詩沈約常云二百年來
無此作也敬皇后遷祔山陵朓撰哀策文齊世莫有
及者後江祏與弟祀及劉渢劉晏同候朓朓曰可謂
帶二江之雙流以嘲弄之祏轉不堪至是令之而害之
御名
誣暴其過惡收付廷尉又使御史中丞范岫奏收朓
下獄死時年三十六
孔稚珪字德璋會稽山陰人祖道隆位侍中父靈産

晉安太守罷歸奉道於禹井山中立館明解星文太
祖問沈攸之事言其必敗遷爲光禄大夫餉白羽扇
素隱机曰君性好古故遺古物稚珪少好學有美譽
起家太祖記室與江淹對掌辭筆初江左用晉世張
杜律二十卷稚珪刪注修改與竟陵王議務在從輕
曰仲尼有言古之聽獄者求所以生之今之聽獄者
求所以殺之與殺不辜寧失有罪則斷獄之職古所
難矣珪表上律文二十卷國學置律助教依五經例
策試上高第便擢用之稚珪風韻踈清不樂世務居
宅營小山憑机獨酌多飲七八斗旁無雜事門庭之
内草萊不剪而多蛙鳴人問之曰欲爲陳蕃乎稚珪

笑曰我以此當兩部鼓吹何必効蕃王晏嘗鳴鼓吹
候之聞群蛙鳴曰此殊聒人耳珪曰我聽鼓吹殆不
及此晏甚有慚色永元二年起爲都官尚書珪疾東
昏屏除以床輿走乃疾甚而卒
崔惠景字君山清河武城人也父系之司州別駕惠
景爲國子生仕宋至寧朔將軍齊受禪封樂安侯世
祖即位進冠軍將軍東昏立遷輔國將軍初徐世標
專權惠景備員而已及東昏誅舊臣宿將不得自安
[illegible]年裴叔業以壽陽降[illegible]即授惠景平西將軍往壽
[illegible]軍頓白下將發帝[illegible]圍屏除出琅琊城送之帝戎
[illegible]登城樓上召惠景惠景單騎進圍内繞交數言拜

慧景既出至廣陵外數十里召會諸軍頓軍廣陵
停二日便濟江將眾襲京口江夏王寶玄內應之合
二□□奉寶玄向京師軍到查硎竹坎人萬副兒
善射獵□□說慧景曰今者路皆為臺軍所斷宜
從蔣山龍尾上出其不意慧景從之遣人自西巖夜
下鼓叫中臺軍驚散帝遣將軍左興盛率軍拒北籬
門便退走慧景引軍入樂遊苑突進北掖門長圍逼
內東府而石頭白下新亭皆奔慧景使擒興盛於淮
渚荻舫中殺之燒蘭臺府署為戰場稱宣德太后令
廢帝為吳王帝密召豫州刺史蕭懿軍主胡松李居
士數千人自採石濟岸過頓越城舉火臺城中鼓叫

稱慶惠景使子覺將兵渡南岸合戰覺軍大敗赴淮死覺乃馬退皆詣城降惠景乃與腹心人潛至蠏浦爲漁人所斬以頭内鰌藍中擔送京師年六十三先是東陽女子婁逞變服詐稱丈夫粗知圍棊解文義徧遊公卿門仕至揚州議曹從事事方泄明帝令東還始作婦人服歎曰有如此伎還爲老姥豈不惜哉此人妖也陰而欲爲陽事不果故泄敧則遥光顯達惠景之應也

丘靈鞠吳興烏程人祖系祕書監靈鞠少好學善屬文舉上計爲東州辟從事累至東觀祭酒參軍掌國史靈鞠曰人居官願遷使我終身爲祭酒不恨也永

明二年爲驃騎不樂武弁改爲常侍性好酒及藏否人物在沈淵坐見王儉詩淵曰王令文章大進靈鞠曰何如我未進時也靈鞠宋時文名甚盛入齊拜車騎長史卒又著江左文章録序起元興訖元熙文集行於世

檀超字悦祖高平金鄉人祖弘宋瑯琊太守超少好文學放誕任氣解褐爲西州曹掾累至國子博士自比晋郗超言高平有二超又謂人曰猶覺我爲優也建元二年初置史官以超爲驃騎記室江淹掌史職上表立條例開元紀號不取宋年天文以建元爲始帝女體自皇宗立傳以備生舅之重又立處士列女

等傳超史功未就而卒官江淹成之撰猶不備也時豫章熊襄著齊典上起十世其序曰尚書堯典謂之古書則附所述通謂之齊書名爲河洛金櫃

衡陽王元道度太祖長兄與太祖同受業於雷次宗宣帝問二兒優劣次宗曰其兄外朗其弟内明皆良璞也爲安定太守卒於宋太祖即位追封無子以太祖第十一子鈞爲後

鈞字宣禮好學常手細字書五經一部爲一卷置之巾箱中侍讀賀玠問曰殿下家有墳素何須此蠅頭細書别藏巾箱答曰巾箱五經檢閲且易一更手寫則永不忘諸王聞而爭效之爲巾箱五經巾箱五經

自此始也

始興王道生太祖次兄宋奉朝請太祖即位追封爲王建武元年追封爲景帝妃江氏爲景皇后立寢廟於御道西陵曰脩安子鳳鸞鸞即明帝

鳳字景慈宋正直郎卒追謚始安靖王改華林鳳莊門爲望賢門

子遥光字元暉嗣生有躄疾高宗崩遺詔輔東昏爲侍中中書令明於吏事見東昏虐害乃與江祏兄弟謀自樹立弟遥欣擁兵上流死荆州還喪停東府遥光見江祏遇害憂懼遂收集二州部曲於東府門召丹陽尹告以討劉暄爲名破東冶出囚上方取器仗

謂之屍解仙化焉還葬舊墓蓮理生其側世祖語歡
諸子撰歡文義三十卷佛道二家立教無異而學者
互相非毀歡著夷夏論又著三教論注王弼易二繫
及孝經老子等
臧榮緒東莞莒人也父庸國子助教緒幼孤躬自灌
園以供祭祀純篤好學括東西二晉爲一書紀録志傳
一百一十卷隱居京口著五經序論常以宣尼生於
庚子日其日陳五經以拜之自號披褐先生初與關
康之俱隱京口四十年不出門世號京口二隱
宗測字敬微南陽人宋徵士少文之孫少靜退家甚
貧豫章王嶷徵爲參軍不起測荅府云何爲謬傷海

鳥横斤山木母喪身貧負土植松柏嶷復遣書請之辟爲參軍測荅曰性同鱗羽愛止山壑眷戀松雲輕迷人路縱宕巖流有若狂者忽不知老至而今鬢已白豈容課虛責有限魚慕鳥哉永明三年詔徵太子舍人不就欲游名山乃寫祖少文所作尚子平圖於壁上測長子賓官在都知父此旨便求祿還爲南郡丞付以家事刺史安陸王子敬長史劉寅以下皆贈送之測無所受齎老子莊子二書自隨子孫拜辭悲泣測長嘯不視遂往廬山止祖少文舊宅建武二年徵爲司徒主簿不就卒

吳苞亦隱士常以一壺自隨一旦謂弟子曰吾今夕

當死壼中大錢一千以通九泉之路臘燭一挺以照七尺之屍遂亡

杜京産字景齊吴郡錢塘人杜子恭玄孫父道鞠州從事京産好恬靜尊學黄老以潔淨爲心廉虛成性通和發於天挺敏達表於自然隱太平山徵爲員外散騎常侍京産曰莊叟持鈎豈爲白璧所回辭疾不就年六十四卒

徐伯珍東陽人少孤貧學書無紙常以竹葉及以鐵釘畫地學書兼明道術宅南九里有高山班固謂之九巖山後漢龍丘萇隱處也山多龍鬚檉栢望之五彩世人呼爲婦人巖伯珍居之兄弟四人皆白首世呼

作四皓俱年八九十卒

武陵郡榮興八世同居建武三年明帝表其門閭

義興吳逵之嫂亡無以葬自賣爲力夫以營棺墎建

元三年詔表門閭

樂頤之字文德南陽人世居南郡少性至孝養母甘

厚湘州刺史王僧虔引爲主簿聞僚佐非人棄官而

去初吏部郎庾杲之常候頤之爲設食唯枯魚菜葅

杲之曰我不能食此母聞之自出常膳魚羹數種杲

之曰卿過於茅季偉我非郭林宗仕至郢州中從事

江泌字士清濟陽考城人父亮之員外郎江泌少貧

晝日則斫𮖩爲業夜乃讀書隨月光光斜則握卷昇

屋性行仁義衣弊虱多以綿裹置壁上恐虱飢死乃復置衣中食菜不食心以其有生意也爲國子助教牽車至滦烏頭見一老公羽步行下車載之自徒步而歸建武中卒

紀僧真丹陽建康人因蕭慧開之言故請事太祖太祖用爲冠軍參軍僧真夢蒿艾生滿江驚覺以白太祖太祖曰詩人採蕭蕭艾也蕭生斷流卿勿言也其見親如此太祖初在淮陰治城得一錫趺長數尺下有篆文莫能識之僧真曰何須更辯文字久遠之物九錫之徵也太祖在淮陰令僧真視上手跡學署之至是報荅書疏皆付僧真上觀之笑曰我亦不能辯

太祖拜中書舍人封新陽縣男上臨崩令典遺詔爲人有雅士之風世祖嘗目送之笑曰人生何必計門戶紀僧真堂堂貴人所不能及於諸權要家得顧眄每葬開基得兩頭蛇五色明帝即位以僧真歷朝驅使出爲廣陵內史卒

茹法亮吳興武康人宋大明中出身爲小吏齊太祖用爲冠軍府參軍世祖即位爲中書通事舍人與呂文顯並以姦佞諂事武帝東宮立出法亮爲大司農中書勢利之職法亮不樂去固辭不受既而代人已到法亮垂涕而去卒官

呂文顯臨海人與茹法亮等迭出入爲舍人並見親

亖建武永先之世至尚書右丞少府𨜟卒

魏虜

魏虜匈奴種也姓拓拔氏披髮左袵亦呼之爲索頭虜魏自什翼圭始治平城猶逐水草無城郭未始土著立居𠭊至佛狸破凉州黄龍徙其居民大築郭邑截平城四角起樓女墻不施屋城又無壍南門外立二十一闕闕内立廟四門各隨方色凡五廟二十一間瓦屋其西立土社佛狸所居塞居等殿又立重屋居其上太子宫在城東亦開四門妃妾住土屋婢僕千餘人織綾錦販賣逐利太官八十餘窖窖貯四五千斛城郭繞宫悉築爲坊大者四五百家城西有祠

天壇立四十九本人長丈許白幘練袺壹以四月四日殺牛馬祭於城西三里刻石寫五經及國記也佛狸置三公太宰尚書令僕射侍中與太子決國事諸曹軍府悉署官負皆使通知虜漢語以爲傳譯蘭臺置中丞御史知城内事

泰始五年萬民禪位子宏自稱太上皇宏立號延興元年至六年萬民死謚獻文皇帝故號承明當此即宋元徽四年也丁巳歲以太和元年宏聞齊太祖受禪其冬使丹陽王劉昶爲太師來寇司州齊使車僧朗使北虜虜問僧朗曰齊輔宋日淺何故促登天位僧朗曰虞夏登庸親當其半禪魏晋匡輔貽厥子孫豈

二聖促促於天位兩賢謙謙以獨善事宜各異寧得
一揆荀曰事宜故以應物虜又問曰齊王有何功業
僧朗曰主上聖性寬仁天識弘遠大定兇黨戮力佐
朝三十餘年經綸夷險十五六載此功可謂極矣世
祖即位虜使李道固報聘世祖於玄武湖水步軍講
武登龍舟引見之自此歲使來疆埸無事自佛貍已
來稍漸華典平城南五十里有索千水定襄界世號
爲索十都土氣寒凝六月雨雪遂遷都洛仍使將少
遊窺京師宮殿楷式而去九年將議遷都十年世祖
使司徒叅軍范雲蕭琛北使宏在西郊祠天壇處以
繩相交結絡細水拔帳覆以青繒形製平圓下容百

人坐謂之爲繖一去百子帳於此下宴引朝臣及齊使宏皆自應接甚重齊人宏謂左右曰江南多好臣宏侍中李元凱對曰江南多好臣數歲一易主江北無好臣百年不易主宏大慙十一年宏遣露布并遣世祖書稱南入世祖廣召募會世祖崩宏聞乃退師太和十七年八月使持節安南大將軍行尚書符[illegible]詔皇師電擊旌旗南指盟言清江祲志廓衡霍謌會[illegible]代人審知彼有人故以春秋之義聞哀寢伐爰敕有司輟鑾上轄故以往不并遣使弔齊問諱隆昌元年齊遣使劉勃等聘宏宏是歲徙都洛陽改姓元氏宏聞齊高宗立非正嗣乃自率大衆分寇司徐梁豫等四州

齊建武二年春也宏入壽陽軍中有黑氈行殿坐輦
邊皆三廊揭刺有梨多白真眊鐵騎爲群前後相接
出軍皆烏漆楯槊綴以黑蝦蟆幡牛車驢騾等不
攻城登八公山賦詩而去宏納馮太后兄昌黎王馮
莚二女大者爲昭儀小者爲皇后生太子洵洵意不
樂思歸桑乾私置馬三千匹於河陰皇后召而執之
告宏宏怒徙洵於無臯城河橋北二十里辱殺之遂
立大馮爲皇后立恪爲太子
四年宏大舉向南陽將破雍州以三十六軍前後相
繼衆號百萬其諸王軍朱色鼓公侯緑色鼓伯子男
黑色鼓並有鞞角吹沸天地使咸陽王禧圍南陽自

新野皆陷之宏縛新野太守劉思忌問曰何不早降忌曰寧爲南鬼不作北臣乃殺之尋破崔惠景於鄧進樊城臨水而去宏疾崩謚孝文皇帝是年王肅在虜爲制官官司品秩一如中國凡有九品各有二肅初爲道人奔虜自説家被誅戮宏爲流涕乃以弟六妹妻之即虜彭城皇也封肅平原公爲起宅舍宏太子恪立號景明元年即齊永明二年也初佛狸之朝討反胡於長安有道人射殺虜三郎將解浴真佛狸大怒悉毁浮圖殺道人將盡及元嘉南寇獲道人以鐵籠盛之後乃感惡疾自是敬畏乃立塔寺及宏太興佛事諸蠻種類繁多言語不一咸依山谷布

在荆湘雍郢司五州界宋世封西陽蠻侯梅或丘爲高山侯田野山爲威山侯梅加羊爲扞山侯齊太祖即位數爲寇皆討平之收其部落使戍汝陽汝陽本臨淄西界二百里中水陸迂狎魚貫行水白田肥桓玄割爲都南接巴巫太祖置巴州以畏靜之蠻俗衣布徒跣或椎髻或剪髮兵仗以金銀爲飾使弩射

東夷高麗國與魏虜接界太祖建元元年進封號以高麗王璉爲驃騎大將軍樂浪公如故三年使貢方物璉年百餘歲乃卒隆昌元年高雲立爲高麗王樂浪公征東大將軍其官位加長史司馬參軍之屬拜

則中一腳坐則跪行則走以爲恭敬國有銀山採爲貨并人參貂皮重中國綵纈丈夫衣之亦重虎皮

百濟弁辰之國起晉世受蕃爵自置百濟郡在高麗東北齊建元二年其王弁都使貢方物永明二年魏虜征之大破百濟王弁都新羅國三韓種也

倭國在帶方東南大海中島上漢末以女人立爲王

南夷林邑國在交州南海行三千里北連九德郡秦朝故臨邑縣也漢末稱王晉太康五年使人貢獻宋太初元年林邑王范陽邁母初生夢天人以金藉之光色奇異夷人謂金之精者爲揚邁若中國云紫磨者故以名之王服天冠身披香纓絡國人凡麤[illegible]

吹海螺爲角人皆倮形人死焦其舍食肉以火焚其
骨粉於水中爲之水葬其大姓號婆羅門嫁娶必用
八月女先求男賤男而貴女以婆羅門引壻握手相
付呪曰吉利吉利爲成禮色黑爲上

扶南國在日南郡之南大海西灣中廣三千餘里有
江向西流入海先有女人爲王名柳葉爲激國人混
塡所破降爲妻而遂治其國子孫相傳晉末始通職
貢其後王姓憍陳如名闍耶跋摩晉惠帝永明二年
闍耶始因天竺道人那伽仙而遣使於中國奉表獻
金縷龍王座像一軀白檀像一軀牙像一軀牙塔二
軀古貝二雙瑠璃蘇鉝一口瑇瑁椰一枚詔回紫綷

地黄碧緑綾各百匹扶南人黠惠智巧居重閣以木柵爲城出大蒻葉長八九尺編此葉以蓋作屋人民亦爲閣居或爲大船長八九丈廣六七尺頭尾似魚國王行乘象婦人亦然好鬬鷄猲爲戲無牢獄有爭訟者以金指鐶投沸湯中令交取之土出芭蕉甘蔗石榴檳榔等果

蠕蠕國虜塞外雜胡也編髮左衽晋世什翼珪入塞後蠕蠕逐水草居匈奴威伏西域土氣早寒所居穹廬氊帳刻木記事無文字宋世常言南方姓名齊者當爲天子宋順帝昇明二年太祖輔正遣王洪範使剋期共伐魏虜其相國刑基祗羅回表言京房讖云

卯金十六草肅應王建元二年八月蠕蠕發四十萬
南侵平城七八里於燕然山縱獵而出後二年十三年
頻獻獅皮永明元年王洪範始還京師經途三萬餘
里後十年爲丁零胡所攻蠕蠕南徙
河南國匈奴種也漢建武中匈奴奴婢亡匿在涼州
界雜種數千人虜名奴婢爲資一謂之貲虜鮮卑慕
容廆庶兄吐谷渾與廆分爭子孫領其部落以吐渾
爲氏在益州西北亘數千里其南界龍涸城去城都
千餘里大戎有四一在青水一在赤水一在澆河一
在吐屈真川皆子弟所活其王治慕賀川初逐水草
後稍爲宮室初始受爵命河南吐谷渾拾寅爲持節

車騎大將軍秦河二州刺史齊太祖建元元年進號
驃騎大將軍卒子易度侯爲河南王卒世子休留殘
爲河南王齊使丘冠先至河南拜受爲休留殘推墜
深谷殺之丘冠先字玄通吳興人晉吏部郎傑六世
孫也王楊氏符玄同出洛陽漢世居仇池建安中有
百頃玄王晉代有楊茂搜宋令裴方明伐玄剋仇池
王楊文德加武都王兼仇池公太祖即位詔又封之
宕昌羌西羌種也各有酋豪領部落在汧隴間宋
末宕昌王梁彌機爲河涼二州刺史隴西公建元元
年太祖進號鎮西將軍卒子孫爲宕昌王使求雜書
帝以五經集論等賜之俗重虎皮以之送死國中以

爲之貧

建康實録卷第十六

建康實録卷第十七

梁帝紀上

高祖武皇帝

高祖武皇帝姓蕭名衍字叔達小字練兒蘭陵中都人漢相國何之後而與齊朝同承淮陰令整整生皇高祖鎋位濟陰太守鎋生皇曾祖副子位州治中從事副子生皇祖道賜位南臺治書侍御道賜生皇考順之字文緯齊高祖族弟參預佐命封臨湘侯累至領軍將軍丹陽内史高祖以宋大明元年甲辰歲生于秣陵縣同夏里三橋宅初皇妣張氏常夢抱日已而有孕乃生帝帝生有奇異之光兩髆胼骨狀貌殊特頂上隆起日角龍顔重嶽虎顧舌文爲八字項有浮

兊身映日無影爲兒童能蹈空而行有文在左手曰武及長博學多通好籌略有文武才幹流輩咸推許焉所居宅常若有雲氣人有遇者體輒肅然起家巴陵王叅軍遷衛軍王儉府東門祭酒王儉一見深相器異請爲戶曹屬謂廬江何憲曰此蕭郎三十內當作侍中出此則貴不可言竟陵王子良開西邸招文學之士高祖與沈約謝朓王融蕭琛范雲任昉陸倕等並遊焉號爲八友王融俊爽識鑒過人尤敬異高祖每謂所親曰宰制天下必在此人累遷隋王諮議行經牛渚逢風入泊龍濆有一老人謂曰君龍行虎步貴不可言天下將亂能安之者其在君乎以皇

考艱去職齊明帝輔政爲寧朔將軍鎮壽春服闋拜黄門侍郎入直殿省與蕭諶等定策封建陽侯建武二年虜寇司州以高祖爲冠軍討之進戰魏軍奔園走還爲太子中庶子領羽林監頃之出鎮石頭四年敗魏軍於雍州進使持節雍梁南北秦四州軍事雍州刺史其月齊明帝崩及東昏侯立而揚州刺史始安王遥光尚書令徐孝嗣右僕射江祏將軍蕭坦之侍中江祀衛尉劉暄更直内省使分日帖勑世所謂六貴高祖聞之謂從舅張弘策曰政出多門亂其階矣詩云一國三公吾誰適從況此六貴也又有御刀茹法珍梅蟲兒豐勇之等八人號爲八要及舍人三

瞻之等四十餘人皆口擅王命權行國憲今有六貴
而何得理嫌隙若成方將誅滅當今避難唯有此地
但勤行仁義可坐作西伯然諸弟在都恐不離患須
與益州圖之時高祖長兄懿罷益州還遂仍行頴州事
使弘策詣都陳計於懿去晉惠庸主諸王爭權遂內
難九興外寇三作今六貴爭權人握邦憲制王畫敕
各欲專威始安將爲趙倫形迹已見蹇人上天信無
此理且徐孝嗣才稱柱石聽人穿鼻幸圖身計不可
後人智者見機無待終日懿聞色變心不之許是歲
高祖到襄陽潛造器械伐竹木於檀溪密爲舟裝之備
所住齋常有五色氣迴轉狀若蟠龍其上紫雲騰起

形如織蓋望者莫不異焉永元二年冬懿被害信至
高祖密召長史王茂中兵呂僧珍別駕柳慶遠功曹
史吉等謀之以十一月乙巳召僚佐集之廳事謂曰
武王會孟津皆曰紂可伐今昏虐暴主誅戮朝賢生
民塗炭卿等同心嫉惡共興義舉良在兹日是日建
牙於軍門收拾甲士三萬餘人馬一千疋船三百艘高
祖謂張弘策曰夫用兵之道心戰爲上兵戰次之乃
使行人封空函以疑劉山陽而定荆土引荆州軍下
沔南立新野郡以集新附三年二月南康王寶融爲
相國以高祖爲征東大將軍封公給鼓吹一部戊申
高祖發襄陽留弟偉守城摠州府事録事郎臧知韓

漕務撤京師命長史王茂與景陵太守曹景宗爲前將軍出漢口輕兵濟江逼郢城大破刺史張冲軍於石橋追斬於九里亭高祖築漢口城以守時張冲軍復以長史程茂爲主已南康王寶融即帝位於江陵改永元二年爲中興元年遥廢東昏爲涪陵王以高祖爲左僕射假黄鉞西臺置百官司馬七月襲破上流征鎮相繼歸款八月前次蕪湖南豫州刺史申胄棄姑孰奔歸東昏又使屯破墩高祖悉大軍據姑孰使曹景宗蕭穎達領馬歩進屯江寧東昏征虜將軍李居士率馬歩迎戰擊破之進與新亭城主江道林大戰於路生擒之而次新林使王茂進據越城曹

景宗據皂莢橋鄧元起據道士墩陳伯之屯籬門李居士收散軍猶據新亭壘請東昏燒南岸邑屋以開戰場自大航以西新亭以北蕩然矣十月石頭軍主朱僧勇率水軍二千歸義東昏又遣征虜將軍王珍國率胡虎牙等列陣於航南大路珍國决死戰大敗投淮死者與航等追兵乘之以濟諸軍相望大潰追至宣陽門東府石頭白下等諸軍並降壬午高祖鎮石頭命衆軍圍城十一月東昏悉燒門内驅逼營署官府並入城有衆二十萬高祖築長圍逼之十二月丙寅旦兼衛尉張稷共徐州刺史王珍國斬東昏首送高祖遣使曉喻南徐兖及四方屯戍悉降乃分遣

宗黨鎮守而使呂僧珍勒兵封府庫及圖籍嬖女庶皃
黨王晅之巳下四十八人並誅之宣德皇后下令追
廢涪陵王爲東昏侯依漢海昏故事授高祖中書監
揚徐軍事大司馬録尚書驃騎大將軍揚州刺史封
建安公食邑萬户給班劍四十人假黄鉞依晉武陵
王司馬遵承制故事己卯高祖入屯閲武堂下令曰
皇家不造遘此昏凶禍延動植虐被人鬼社稷之危
幾於累卵吾身藉皇宗曲荷先顧受任邊疆推轂萬
里投袂受戈克殄多難凡厥負疊咸與惟新可大赦
天下唯王晅之巳下四十八人不在原例又下令曰
一切滛刑濫罰賦役並原放今明昏遞運大道公行

思治之氓來蘇茲日
二年正月齊和帝自江陵遣侍中席闡文兼黃門侍
郎樂法才慰勞京邑追贈高祖皇祖散騎常侍皇考
侍中戊申宣德皇后臨軒入內殿大司馬承制百寮
致敬如前詔進高祖劒履上殿入朝不趨贊拜不名
加前後羽葆鼓吹置左右長馬從事中郎掾屬各四
人尋進相國封十郡爲梁王備九錫之禮加璽紱遠
遊冠位在王公之上加相國綠綟綬任揔百司高祖固
辭二月府寮勸進是日焚東昏淫奢異服都六十二事
於都街乙丑南兗隊主陳文興於城內鑿井得鏤騏
驎玉璧水精環各二枚又鳳皇見建康縣桐下里宣

德皇后稱美符瑞歸于相國府丙寅詔梁國初建可
依舊選諸要職悉依天朝之制高祖上表曰臣聞以
言取士士飾其言以行取人人竭其行所謂才生於
世窮達惟期而風流遂行馳騖成俗媒孽誇衒利盡
錐刀遂使官人之門肩磨轂擊豈直暴蓋露冕不避
寒暑蕭然乃戢纓杖策風雨必至良由鄉舉里選不師
古始請自今選曹精加隱括依舊立簿使冠屨無爽
名實不違庶人識涯涘造請自息且聞中間立格甲
族以二十登仕後門以過立試吏豈所以弘奬風流
希向後進此實巨蠹尤宜刊革詔依表施行丙戌詔
進梁公爵爲王以豫州南譙益梁國并爲二十郡帝

固辭有詔斷表相國左長史王瑩等率百寮敬請正月辛卯延陵縣華陽邏主戴平興稱去十二月乙酉甘露降茅山彌蔓數里正月己酉邏將潘道益於山石穴中得毛龜一三月辛酉邏將徐靈符又於山東見白麞丙寅平旦山上雲霧四合須臾有玄黃色狀如龍形長十餘丈乍隱乍見久乃西北昇天壽張縣見騏驎一物己未夜郢城有一物如獸毛白而長攀樹而泣若將別者因投城外黃鵠磯水中庚申郢州降梁梁王曰何意罵蕭寶融不號曰明公試思桀犬何嘗不吠堯先王以爲知言丙午命王冕十有二旒建天子旌旗出警入蹕乘金根車駕六馬備五時副車置

毛頭雲罕樂舞八佾設鍾虡宮縣王妃王子王女爵命進號依舊儀丙辰齊帝禪位于梁王王即位於姑孰依唐虞晉宋故事四月辛酉宣德太后下令令歸別宮壬戌齊帝使侍中持節兼太保尚書令汝南縣開國侯侯悉奉皇帝璽紱受終之禮王其陟元后君臨萬方式傳洪業以答上天之休命高祖抗表陳讓於是齊百官豫章王綝等八百一十九人及梁臺侍中臣雲等一百一十七人並上表勸高祖高祖謙讓不受太史令蔣道秀陳天文符讖六十四條事並明著群臣等固請乃從之夏四月丙寅高祖即位南郊設壇柴燎告類于天禮畢備法駕還建康宮太極前殿

六赦天下改元中興二年爲
天監元年壬午封齊帝爲巴陵王全食一郡一依齊
典行齊正朔降宣德太后爲齊文帝妃后王氏爲巴
陵王妃詔降前代王公封爵悉皆除省唯宋汝南王
不在除例追尊皇考爲文皇帝廟號太祖皇妣張氏
爲獻皇后妃郗氏爲德皇后謚兄懿爲長沙王詔封
文武各有差以弟宏爲臨川王楊州刺史弟秀爲安
城王弟偉爲建安王弟恢爲鄱陽王弟澹爲始安王
詔後宮樂府一切放還戊巳巴陵王薨於姑孰謚爲
和送終一依宋順帝故事詔分遣內侍周省四方觀
政舉淹滯求遺隱問百年錄獄赦天下有罪許人贖

論復蘭陵武晉縣依前割屬之奏乃立公車府謗木肺石傍各置一函欲有橫議投謗木函五月江州刺史陳伯之舉兵反使王茂爲征南將軍江州刺史討平之伯之奔魏丁未詔中書監等八人參定律令林邑國干陁利國各遣使貢方物十二月乙未立小廟甲子立皇子統爲太子是歲旱米一斗五千文人多餓死立長干寺案寺記寺在秣陵縣東長干里內有阿育王舍利塔梁朝改爲阿育王寺昔佛涅槃後周敬王朝阿育王造八万四千舍利塔此其一焉又案梁書大同二年八月高祖改阿育王塔塔下舍利及佛爪髮髮青紺色衆僧以手伸之隨手長短放之則旋屈爲蠡形此塔比吳朝因孫綝亂曾毀廢之塔亦同泯平吳後諸道人於舊所建立焉晉末宋初更修飾之至簡文咸安中使沙門程安造小塔未成而亡弟子僧明繼而修立至孝武太元九年上金相輪及承露盤其後離石縣人劉薩阿因死更蘇便出家名慧達行禮次至丹陽未知阿育王塔處乃登城四望見長干里有異氣因就禮拜果見光瑞置塔所方知必有舍利乃對衆掘地一丈得三石碑各長六尺中碑下有鐵函函內有銀函函內又有金函盛三舍利及爪髮各一枚髮長數尺即還

比丘簡文所造四層十六年又使沙門僧尚加三層即高祖所開者也高祖初穿三四尺得龍甲九尺許方得石石下有石函函內有鐵壺以盛銀坩坩內有金鏤罌盛三舍利如粟粒大圓正光潔又有瑠璃椀椀得四舍利及爪髮爪有一枚爲沉香色高祖至寺大會造二刹各以金罌及罌重盛舍利爪髮內七寶塔中又以石函盛寶塔分入刹下二塔俱放光明勅鎮東將軍邵陵王綸制寺大功德碑文晉咸和中丹陽尹高悝行至張侯橋見地中有五色光長數尺不知何怪乃令人於光處剖視之得金像悝乃下車載像至長干巷首牛不肯進悝令御人任牛所之牛直牽車至寺悝因留像付僧每至中夜常放光明又聞宮中有金石之響經一歲臨安縣漁人張係世於海口忽見有銅花趺浮水上係世取以送縣縣以送臺乃施於像足宛然相當又晉簡文咸安元年交州合浦縣人董宗之採珠没水底得光焰交州押送臺以施像上又合焉自咸安歷隆安二十餘年光趺如其初高悝得像後西域有胡僧五人來詣悝曰昔於天竺得阿育王所造像來過鄴下值胡寇亂埋像於河邊尋失所在五人嘗一夜夢像語曰吾出江東爲高悝所得悝乃送五僧至寺諸僧見像歔欷流涕像便放光耀燭殿宇又瓦棺寺僧慧邃欲摸[illegible]慮虧損金色謂邃曰若能請像放光回身西向乃可相許邃[illegible]像即轉坐放光西向當便摸之又銅花趺上先有梵書莫有識者[illegible]求那跋摩識云是阿育王爲第四女所造也及[illegible]側數百[illegible]堂殿樓閣頗極輪奐莫其圖諸經變相並是張僧繇[illegible]內殿宇悉皆焚燼今見有石塔三層高一丈[illegible]非人工焉鳥雀不敢棲息西京記光福坊大興寺[illegible]數有奇異陳國亡忽西自西向雖止之還爾[illegible]置此寺寺衆以爲大像

小一不可當陽置之於[illegible]國[illegible]日[illegible]正[illegible]復置此面明還復舊南面衆乃懺謝不復更動又[illegible]寺有石像一軀高五尺亦作鹿惡甚有靈驗傳云是阿育王第四女所造[illegible]貌[illegible]多作佛像及咸皆類如此千數乃至誠祈禱忽感[illegible]遠諸像相[illegible]其父使鬼神遍散諸像於天下此石像是其一也

天監二年四月己卯尚書删定法度上梁律二十卷科四十卷扶南龜茲中天竺國各遣使貢方物交州進鸚鵡能歌不納置法王寺北去縣二十里案塔寺記武帝造其地本號新林前代苑也梁武義軍至首旅王業故以法王爲名大同九年於寺側起王遊苑尚書令沈約爲寺碑文美武功也置永建寺北去縣六十里李師利建造置佛窟寺北去縣三十里僧明慶造其寺拓山巖殊稱形勝遂因佛窟而名置永脩觀東南去縣五十里五月六日武皇帝造至貞觀六年爲數不過五人乃併入縣內

三年天下多疾疫

四年正月癸卯詔自今九流常選年未滿三十不通一經不得解褐五月建康縣定陰里生嘉禾一莖二十二穗六月立孔子廟十月大舉北伐十二月天清朗西南有電光聞雷聲者三歲大穰穀一斛三十文置敬業寺禮部侍郎盧法振造

五年正月丙午廬陵高昌之仁山獲銅劍二始豐獲八目龜一置淨居寺在去縣六十二里潁州刺史劉威造

六年詔隱淪之士皆令自陳三月有象入京師四月置左右驍衛左右游擊將軍七月甲子太白晝見丙

寅置桂州八月戊戌大風折木京師大水濤入御道
七尺乙亥改閱武堂爲德陽堂聽訟堂爲議賢堂置
光宅寺西去縣十里武帝捨宅造寺未成於小莊嚴
寺造無量寺像長一丈八尺及鑄銅不足帝又給功
德銅三千斤臺内送銅未至像處已見銅車到鑪所
於是就冶一灌便足在後臺司銅至方知向來送銅
靈感所致及開摸像以成丈九而相好不差又有大
錢二枚見衣條上育不消鑠其年九月欲移像過寺
未移前淮中估客每夜輒聞大橋上數百人修道路
往視不見人俄而像度光彩耀煥觀者莫不歸心又
東都記云秘書省内著作院後有梁武帝及名臣流

約范雲周嗣已下三公數十人銅像初梁武帝登極
乃立私宅爲寺寺内有此像後長慶中李王重爲明
堂採木使船載至東都置於省内置明慶寺後閣舍
人王曇明造去縣十八里寺内有泉水清澈陳梁已
前嘗取供御愈瘵疾寺碑太子舍人陳昭之文
七年夏四月乙卯太子納妃赦大辟已下罪五月己
亥詔復置宗正太僕大匠鴻臚等卿又增太府太舟
卿爲十二卿六月辛酉復建修二陵周迴五里改陵
監爲陵令七月壬辰置童子奉車郎置涅槃寺在縣
北二十里沙門僧寵之奉直又有棲微寺天晴日暖
望見廣陵城在目前天涯之遙蓋二百里前潤州界

今上御名因行屬城造於山寰懷上之分勒石爲銘
八年正月詔能通一經始末無差許以敘錄
九年新作緣淮塘北岸起石頭迄東南岸起後渚籬
門連于三橋三月己丑輿駕幸國子學親臨講席賜
祭酒已下帛有差四月丁巳選尚書五都令史革用
士流是歲置本業寺西去縣五十里比丘淨㓗造在
蔣山里
十年春正月親祠部南郊六月異蓮一莖三花生樂
遊苑九月丙申天西北隆隆有聲赤氣下至地冬十
二月山車見於臨城縣庚辰馬鮮卑大破魏軍斬馘
十萬後剋鰓城是歲初作宮城門三重及開二道置

解脫寺在縣西南六里武帝爲德皇后造大清里
十一年二月新昌濟陽二郡野蠶成繭癸丑齊宣帝
太妃王氏薨
十二年正月詔掩骼埋胔辛巳新作太極殿改爲十
三間六月己巳太廟增基九尺庚子太極殿成
十三年二月丁亥輿駕躬耕藉田孝悌力田增爵
級老人星見乙亥立皇子綸爲邵陵王繹爲湘東王
紀爲武陵王八月作浮山堰時都下訛言有䰫鬼取
人肝肺以祠天狗百姓大懼置勸善寺去縣西北十
八里帝爲賢志造
十四年正月乙巳皇太子冠大赦天下賜爲父後者

爵一級王公已下有差停遠近上慶禮
十五年詔以兵騶奴婢六十者皆免爲庶人
十六年春正月辛未祀南郊詔尤貧家勿收今年三
月調無田業者所在量宜賦給及優蠲産子之家恤
理寃獄并振孤老鰥寡不能自存者二月辛亥籍田
甲寅赦罪人三月景子敕太醫不得以生類爲藥公
家織官紋錦飾並斷仙人鳥獸之形以爲褻衣裁翦
有乖仁恕於是祈告天地宗廟以去殺之理欲被之
含識郊廟牲牷皆代以麪其山川諸祀則否時以宗
廟去牲則爲不復血食雖公卿異議朝野喧嘩竟不
從冬十月宗廟薦羞始用蔬果

十七年春二月癸巳雍州刺史安成王秀薨甲辰大赦三月景寅改建安郡王偉爲南平王

十八年四月丁巳大赦天下七月甲申老人星見置惠日寺案寺西南去縣二里既勸捨宅造之在建西尉定陰里舊説云大同八年丹陽尹王齡造今在縣東二里考其二跡不同此惠日寺是宋之禪林寺王脩儀爲尼淨秀立精舍新蔡公主爲佛殿泰始三年明帝助脩号曰禪林齊惠文起房如此之狀歷歷明矣隋末乱離並從毀壞皇朝杜伏威與輔公祏等共修殿内丈六金像并左右夾侍迨武德四年止六年正月十五畢功寺西廢禪林寺亦併入禪林之域其年公祏背叛七年李孝恭來討爲軍火所及貞觀七年始移乃惠日之名於此矣

十九年春正月改天監爲普通元年大赦天下丙子日有蝕之扶南高麗遣使貢獻三月丹滑國貢獻四月河南國貢獻七月江淮海三瀆並溢九月乙亥夜有日見于東方光爛如火

是歳魏明帝正光元年也置大愛敬寺西南去縣十八里武帝爲太祖文皇帝造大通四年又造一丈六尺旃檀像量之剩二尺成文八形次衣文及手足更重量又剩一尺五分至大通五年寺主僧洽重量又剩七寸即是長二丈矣大同四年移入大殿勑主書吴文寵更量又剩五寸凡五度量即長二丈七寸豈非精誠所感耶置永明寺西北去縣五十里案寺記南平襄王造大唐武德六年廢上元二年五月奉勑重造置果願寺西南去縣五十里東陽太守王均造湏陁寺去縣十七里

二年春正月辛巳祠南郊詔置獨孤園以恤孤幼戊子大赦二月辛丑祠明堂四月乙卯改作南北郊丙

辰詔曰平秩東作義不在南因徙籍田於東郊外千五里五月己卯琬琰殿火延燒後宮三千餘間八月丁亥始平郡石鼓村地自開成井方六尺六寸深一十二丈十二月百濟新羅遣使貢獻以百濟王餘隆爲寧東大將軍

三年五月詔公卿百寮各上封事連帥郡國舉賢良方正直言之士八月甲子[illegible]利白堤國遣使貢獻十一月造猛猛信尼寺西北去縣五十里後閤主書高僧猛造在鍾山西北梁紹太二年廢上元二年勑令重造福靜寺西北去縣六里定修義造

四年十二月給事三寸雲議鑄錢振牙脩國遣使

貢獻

五年六月乙酉龍鬬于曲阿陵西行至建陵所過樹木皆折地開數十丈征北將軍元瀏率衆侵魏置衆造寺西南去縣五十里後閣舍人吴慶之造置菩覺尼寺在縣東七里穆貴妃造其殿宇房廊刹置奇絶元帝繹爲寺碑

六年正月魏徐州刺史元法僧以城來降封始興郡王

七年正月詔在位郡縣各舉所知凡是清廉咸須聞奏十一月河南高麗林邑滑國並遣使貢獻

八年正月甲戌大赦改

大通元年辛未，祀南郊，詔流亡者復其宅業，蠲役五年，尤貧者勿令出今年三調，孝弟力田賜爵一級。帝創同泰寺，寺在宮後，别開一門，名大通門，對寺之南門，取返語以協同泰爲名。帝晨夕講議，多游此門。寺在縣東六里。案輿地志：在北掖門外路西，宇南與臺隔，抵廣莫門內路西。梁武普通中起，是吳之後苑，晉廷尉之地，遷於六門外，以其地爲寺，兼開左右營，置四周池塹，浮圖九層，大殿六所，小殿及堂十餘所，宮各像日月之形，禪窟禪房山林之內，東西般若臺各三層，築山構壟，亘在西北，柏殿在其中，東南有旋璣殿，殿外積石種樹爲山，有蓋天儀，激水隨滴而轉。起寺十餘年，一旦震火焚寺，唯餘瑞儀、柏殿，其餘略盡。即更加營造，而作十二層塔，未就而侯景作亂，帝爲賊幽餓而崩。帝初幸寺，捨身，改普通八年爲大通元年。五月丙寅，成景儁剋臨潼、竹邑。十一月庚戌，魏東豫州刺史元慶降。十一月丁卯，蕭藻爲都督，鎮渦口，侵魏。是歲，林邑、師子、高麗等國各遣使貢獻。置園居尼寺。

北去縣四十三里大通四年舍人表顗造
二年二月築寒山堰四月戊戌魏爾朱榮廢君殺三
胡太后臨朝時魏大亂魏三王北海臨淮汝南等並
割地來奔又郢州北青州南荆州皆以地來降十月
帝以魏北海王元顥爲魏主令東宫直閤將軍陳慶
之衛兵以送還北魏豫州刺史鄧獻以地降
三年十月改中大通元年大赦賜孝悌力田爵一級
夏四月癸巳陳慶之拔魏梁城進屠考城擒魏濟陰
王暉業五月又進剋虎牢魏莊帝出居河北元顥入
洛陽僭號建元元年稱建武皇帝六月都下疫甚帝
於重雲殿爲萬姓設救苦齋以身爲禱九月辛亥幸

同泰寺設四部無㝵大會上釋服御法衣行清淨大捨以便省爲房用素床瓦器乘小車私人執役甲午陞法座爲大衆講涅槃經癸卯群臣以錢億萬奉贖皇帝衆僧默許乙酉百辟詣寺東門奉表請還宫三請乃許帝三荅書前後並稱頓首十月己酉又大會設四部道俗五萬餘人會畢帝御金輅還宫御太極殿大赦十一月盤盤蠕蠕國並遣使朝貢置禪巖寺西北去縣三十五里大通元年嚴祛之造貞觀六年廢上元二年敕重造

二年四月癸丑幸同泰寺六月林邑扶南遣使貢獻八月幸德陽堂

三年四月己巳太子統薨諡曰昭明六月癸丑立昭明太子子歡譽並爲郡王是月丹丹國使貢獻七月乙亥立晉安王綱爲皇太子大赦賜爲父後者爵一級及忠孝文武清勤並如之庚寅皇宗族有服屬者並賜湯沐食邑九月狼牙脩國遣使貢獻是歲吳興生野稻飢者賴焉十一月幸同泰寺講般若經十二月魏渤海王高歡舉兵於信都別奉渤海太守元朗爲天子改元號中興其年二月爾朱降等已立獻文孫廣陵王元恭於洛陽改元號普泰

四年二月封諸王嫡子爲王庚子皇子邵陵王綸有罪免爲庶人是日高歡平爾朱氏廢元恭以酖殺之

謚曰節閔年三十五又中興王元朗自以疎屬遜位別邸高歡立孝文孫平陽王脩於洛陽改元永興又改永熙七月甲辰星殞如雨十月侍中領國子博士蕭子顯表置制旨孝經助教一人生十人專通上所釋孝經義十二月高麗遣使朝貢是歲魏相高歡以[illegible]孝武帝元脩爲后

[illegible]正月辛卯祠南郊忽聞異香三陵風至及行事奏樂迎拜拜畢有神光圓照滿壇上五色食頃乃滅戊申京師地震己酉長星見五月戊子京師大水御道通船海南波斯盤盤遣使朝貢置法苑寺北去縣五十里案寺記大通五年張文瓚[illegible]一名濟化寺貞觀六年廢上元二年[illegible]

六年二月親耕藉田大賜孝悌力田三月百濟遣使貢方物四月丁卯以言鄱將軍元慶和率衆北侵魏閏八月魏孝武帝西入關都長安以宇文泰爲丞相孝武又與文泰不平至十一月遇酖崩泰立孝文孫南陽王寶炬爲文帝初魏武入關高歡立孝文曾孫清河王亶世子善見都鄴改元天平號東魏魏於是始分爲兩十二月西南有雷聲止地

七年正月戊申大赦改元

大同元年高麗丹滑波斯等國朝貢壬戌上幸同泰寺鑄銀像十月黄塵如雪十二月北梁州刺史蘭欽攻漢中魏梁州刺史元羅降是歲西魏文皇帝大統

元年置頭陁寺東北去縣二十二里案寺記舍人石興造其寺在蔣山頂第一峯殿後有泉井與江淮水通隨潮水增減非常靈異累世仍舊萬福尼寺北去縣十八里吳僧暢造本願尼寺湘州刺史蕭環造巖栖觀去縣東南六十里貞觀六年併入洞玄觀

二年正月詔求讜言及令文武官舉士十一月乙亥詔大舉兵北侵魏壬午幸同泰寺設無㝵大齋十一月雨塵如雪攬之盈掬乙亥大兵班師都下地生白毛長二尺壬午魏遣使來和詔許之置慈恩寺東南去縣二十五里邵陵王綸造普光寺東南去縣八十里安豐縣令張延造化成寺東北去縣七十里江寧縣令陶道宗造福興寺東北去縣一百里袁平造善

業尼寺東北去縣五十里。蕭恪造寒林寺，西北去縣
三十五里，常侍陳景造。
三年四月辛丑夜，朱雀門災。壬寅，大雨灰，黄色。七月，
東魏遣人來聘。閏九月，使散騎常侍張皐報聘東魏。
冬，地大震。年飢。置一乘寺，西北去縣六里，邵陵王綸
造，在丹陽縣之左，隣郎舊閑東門。門對寺，梁末賊起，
遂延燒。至陳尚書令江揔捨書堂于寺，今之堂是也。
寺門遍畫凹凸花，代稱張僧繇手跡。其花乃天竺遺
法，朱及青緑所成，遠望眼暈如凹凸，就視即平，世咸
異之，乃名凹凸寺。置玉清觀，西北去縣五十八里，南
康令騷哲造。

四年三月河南蠕蠕國朝貢東魏人來聘七月散騎常侍劉孝儀聘東魏八月甲辰詔淮南十二州飢饉逋租宿債勿收九月閱武於樂遊苑十二月國子助教黄侃表上禮記疏義五十卷置洞靈觀在縣南四十里陳宣遠所造

五年春正月乙卯以禮大賜官丁巳御史中丞參禮儀事賀琛奏今南北郊籍田往還並宜御輦不復乘輅二郊請用素輦皆以侍中陪乘停大將軍及太僕詔付尚書博議施行改素輦爲大同輦八月扶南獻生犀十一月魏人來聘遣侍中柳豹聘之是時都下訛言云天子取人肝以飼天狗大小相驚日暝閉門

持刀杖數月乃止
六年二月己亥耕籍田五月乙卯河南王遣使獻馬及方物求經論十四條并請制所定涅槃經般若金光明經講疏一百三卷七月東魏人來聘九月始興太守獻嘉禾一莖十七穗
七年二月於宫城西立士林館延集學者宕昌蠕蠕各遣使貢物百濟王求涅槃經疏及醫工畫師毛詩博士並許之
八年正月安城郡劉敬躬反江州刺史湘東王繹遣中兵參軍討平擒送都下斬之十一月丙子詔所在役女丁罷之是歲交州賊李賁攻刺史蕭諮奔越州

九年正月丙申地震生毛置江潭苑去縣二十里案地誌武西門新亭鑿渠通新林浦又爲池并大洲立殿宇亦名王遊苑未成而侯景亂十年春李賁竊號交趾置百官改天德元年三月甲午幸蘭陵庚子謁建陵陵上有紫雲覆久而乃散帝望陵流涕所沾草木變色陵旁先有枯泉是時流水香潔辛丑帝哭於脩陵又於皇基寺設法會賜蘭陵老少位各一階所經縣邑放今年租調因賦還舊鄉詩己酉幸京口登北固樓因改爲北顧又幸迴賓亭宴帝鄉故老及迎候者數千人各賜錢二千文五月辛州刺史盧子雄兄弟被誅乃舉兵攻廣州刺史蕭暎討平之十一月大雪三尺

十一年正月震華林園光嚴殿帝自貶拜謝上天畢刻乃止置履道寺西北去縣二十五里案法宣集自威將軍給事後閤舍人章法護建置渴寒寺西北去縣二十五里

十二年正月改年爲

中大同元年曲阿縣建陵隧口石辟邪起舞有大蛇鬭隧中其一被傷奔走又青虫食陵樹葉俱盡癸丑交州刺史楊瞟剋交阯嘉寧城李賁走入屈獠洞交州平三月庚戌幸同泰寺講三慧經乃捨身爲奴四月皇太子已下群臣出錢億萬奉贖是夜同泰寺爲天火所燒略盡六月辛巳天有聲如雷及風水相薄之音七月甲子詔今已後有犯罪非大逆及殺父母

已下並勿坐丙寅詔通用足陌錢甲午渴盤陁國貢
方物
二年正月改
太清元年北齊高歡薨二月白虹貫日庚辰東魏司
徒濮陽王侯景率河南十三州地歸降使行臺丁和
奉表帝許之壬午以景為大將軍封河南王大行臺
承制如鄧禹故事甲辰以司州刺史羊鵶仁柏和等
率兵應接侯景乙巳帝陞光嚴殿講三惠經又捨身
群臣以億萬奉贖僧衆默許百辟詣鳳莊門上表請
帝帝三答書稱頓首丁亥服袞冕還宮辛亥太極殿如
初即位之禮是日神馬出太子獻寶馬頌六月以雍

州刺史鄱陽王範為征北將軍總督緣邊初附之州以大將軍侯景為録尚書十一月軍至寒山為後魏慕容紹宗大敗之蕭明被執置幽巖寺北去縣四十里永康公主造（案釋法論集牛頭山佛窟寺大毗曇師傳云承聖二年法師入秣陵青山始創舍名曰幽巖與佛窟相去十里毗曇所立不云永康矣）立儀香尼寺西北去縣五十里宮獲造

二年正月朔兩月相承如鉤見西方詔大臣各舉所知己亥交州刺史楊瞟司馬陳霸先破屈獠洞斬李賁傳首京師六月天裂於西北長十丈闊二丈光出若電聲動如雷七月使常侍謝珽於東魏結和八月侯景敗歸自壽陽舉兵反十月攻下馬頭破歷陽自採石臨江詔邵陵王綸討景景自横江渡于採石卒

亥至京師十一月邵陵王入援京師乙酉戰于玄武
湖東而保愛敬寺爲賊所破十二月戊申天西北裂
有光如火時栁仲禮等入援京師以仲禮爲都督置
靈隱寺西北去縣五十里炅待公所造
三年三月丁巳侯景破仲禮于青塘五年火守心乙
酉太白晝見三月乙卯景攻陷宫城縱兵大掠己巳
景自矯詔爲大丞相四月乙酉高祖以所求不供以
憂憤寢疾五月丙辰帝崩于淨居殿年八十
六辛巳遷大行皇帝於太極殿冬十一月追尊爲武
皇帝廟號高祖乙卯葬于脩陵高祖自初捨身後或
書經坐禪盡日不食又於元光殿坐師子座講金字

經文於五明殿施素牀瓦器以用性純孝年六歲獻
皇后崩水漿不入口三日哭泣哀苦有過成人及文
皇帝崩初爲齊王諮議在荆州聞問便投地絶蘖及
居宸極手不釋卷常至於夜燈燭不絶先著孝經義
周易六十四卦二繫文言序卦等義毛詩問答尚書
大義中庸講論老子疏凡二百餘卷並正先儒之迷
開古聖之旨并撰吉凶軍賓嘉五禮凡一千餘卷又
製涅槃大明三淨等經義疏數百卷又撰通史聘讚
序凡六百卷天性敏下筆成章又著文集一百卷
又撰金策三十卷明諳醫問卜筮陰陽律候並史之
善隸書解騎射弓馬莫不奇妙衣服儉素冬衣不綿

一冠二年一被三年年一五十九即斷房室六宫無錦繡之飾不飲酒不聽音樂開蕩蕩之王道革靡靡之商俗鼓扇玄風興重儒素然不能息末敦本斵雕爲樸慕名好事崇尚浮華抑揚孔墨留連釋老侯景立皇太子綱爲簡文帝

太宗簡文皇帝

簡文帝字世讚名綱武帝太子太清三年五月武帝崩侯景立帝改元

大寶元年二年八月侯景廢帝立豫章王棟使吕季略送詔令帝寫之帝書至先皇念神器之重思社稷之固越升非次遂主震方嗚咽不能自止賊衆皆爲

掩泣十一月帝遇害謚簡文帝廟號太宗年四十九豫章王棟即位其年十一月景又廢帝自稱漢案豫章王棟即昭明太子子歡之子歡三子長曰棟次曰橋小曰璆棟既禪書自亨爲漢王改太始元年立一百日而廢僭太始元年是大寶二年也六月征南將軍陳霸先發南康下贛西昌時湘東王繹遣征東將軍王僧辯督衆軍下討侯景師次湓城陳霸先率杜僧明侯安都等甲兵三萬將往會焉先遣長史沈袞奉表江陵勸湘東王進位十一月王授霸先都督東陽新安會稽臨淮永嘉五郡軍事平東將軍揚州刺史

三年正月發僧辯等諸軍自湓城與霸先會于白茅津共登洲立壇刑牲歃血盟約同心併力進討侯景

詞理悲切泣下沾衣詞曰賊臣侯景凶羯小胡逆天無狀今上御名造姦惡違背恩義掠我國家毒害生民移改宗廟我高祖聰明睿聖光宅天下劬勞兆庶五十餘年侯景以窮見歸撫之如子故我高祖於景何薄百姓於景何辜而景肆長戟以凌蹙朝廷騁鋸牙而殘害百類皇枝襁褓之上皆窮刃極爼豈有人臣忍聞此痛臣僧辯霸先荷湘東王泣血之寄摩足之恩抽腸瀝膽誓誅姦逆雪天地之怨耻報君父之仇肆同心叶咊罔有違戾若一賊負明靈殛之二月大軍進姑孰先鋒次蔡洲侯景登石頭望官軍之盛不悦密謂左右曰彼軍上有紫氣不可當也乃使盧暉略守石頭

自於石城北築數壘而據高嶺以拒霸先霸先於石城西北連營立柵至落星山左右俱進霸先謂軍吏曰善用兵者如常山蛇今其救首尾困而無暇於是不日平定侯景矣陳霸先進屯京口案梁書云王僧辯破侯景景之走也郭元建舉廣陵以歸款請降景子鑒奔清江説元建曰我曹梁氏讎豈能相活耶遂與建謀反降北齊齊使將軍辛術來援廣陵霸先將欲往廣陵納軍至歐陽聞元建已投北齊遂還軍京口

世祖孝元皇帝

元帝諱繹武帝子先封湘東王荆州刺史大寶三年即位於江陵改號承聖元年以陳霸先為司空南徐州刺史岳陽王蕭詧引西魏軍寇江陵三年十月西魏將于謹圍江陵十一月城陷帝為魏人所殺年四

敬皇帝

敬皇帝諱方智元帝第九子先封晉安王江州刺史
霸先僧辯以承聖三年十二月迎入建康即位改元
紹泰元年是月蕭詧立於江陵號大安元年稱後梁
五月北齊送蕭懿第五子貞陽侯淵歸主梁嗣七月
僧辯納之立爲帝以敬帝爲太子霸先聞之遣使四
諫不從霸先憤恚謂所親曰武皇盤石之宗遠布四
海至於剋雪讎恥寧濟艱難唯孝元而已功業茂盛
前代未聞我與王公俱受重寄聲猶在耳語未絕音
豈期一旦便有異同嗣主武皇之孫元帝之子海内

矚目天下宅心音有何辜生致廢黜遠求夷狄假立非次觀其此情亦可知矣乃密與徐慶侯安都周文育等謀夕水陸俱進襲王僧辯使周文育率勇士夜至石頭北踰垣而入霸先自引軍入南門左右告僧辯外有軍僧辯驚起未及召軍主而周文育與僧辯子頠戰於庭霸先攻南門而入僧辯大敗窘急登城南樓霸先因風縱火僧辯就擒縊而斬之遂廢貞陽侯而復方智爲帝改紹泰元年進霸先都督中外軍事車騎大將軍揚州牧司空如故班劍鼓吹時義興太守韋載震州刺史杜龕等聞僧辯之誅遂舉兵友於吳興霸先自往討之秦州刺史徐嗣徽南豫州刺史任約等聞

霸先不在密招北齊舉兵乘虛渡江掩至闕下侯安都拒之乃據石頭霸先聞之卷甲還都十一月北齊遣兵五千渡江據姑孰又遣安州刺史翟子崇劉士榮等及淮州刺史柳達摩以兵一萬於湖墅以米三萬石馬千匹潛渡據石頭霸先命侯安都水軍夜襲湖墅燒齊船舫令周鐵虎率舟師斷齊運輸霸先自領精騎出西明門以襲齊軍十二月盡命衆軍分部對冶城以船渡兵攻其水南二柵柳達摩拒淮據之霸先督衆軍疾戰縱火燒柵煙塵漲天齊人敗走使侯安都水軍追破嗣徽嗣徽單舸走達摩等合衆軍入保石頭霸先於石頭南北岸絶其汲路又壅塞城

東門城中諸井無水水一合貿米一勝米一勝貿絹一匹或炒米而食之達摩謂其衆曰我在此聞謡言云石頭擣兩襠擣青復擣黄昔侯景着青色已倒於此今吾徒衣黄豈不是謡言驗乎庚辰達摩請和霸先僞許之與城外盟約任其將士南北辛酉霸先陳兵石頭南門送齊人北歸及至皆殺之

二年三月齊將蕭軌東方老裴英洛州刺史李希光并任約徐嗣徽衆軍十萬出柵口向梁山頓軍蕪湖五月丙申齊軍至秣陵故城霸先遣周文育屯方山徐度屯馬牧霸先自率宗室王侯朝臣等立壇於司馬門外仁虎闕下刑牲告天以齊人背約食言慷慨

滯泗交流士卒觀者益加奮勇辛丑齊軍於秣陵東
跨淮上橋引兵度自方山進及倪塘游騎至城下震
恐霸先潛以兵三千配沈泰度江襲齊軍行臺趙彥深
於瓜步獲其舟粟之輜重是日天子總羽林禁兵頓
長干寺六月甲辰齊兵度鍾山龍尾據幕府山霸先
又遣錢明水軍出江乘斷齊人運糧齊人大飢殺馬
以食之壬子齊軍至玄武湖西北將逼其郊壇霸
先引軍自覆舟山東移於郊南與齊人對陣其夜大
雨雷電暴風拔木平地水深一丈餘齊軍日夜坐立
泥中懸鬲而爨足指皆爛而城中及潮溝北水退路
乾官軍常得乾地時食盡霸先慴軍人皆給麥餅兵

士甚饑會陳倩自東陽送米二千石鴨千頭霸先乃炊飯煑鴨誓軍士一戰乃兜之及旦身計裹糧肉數臠畢自率麾下於幕府山南吴明徹沈泰等衆軍首尾齊舉縱兵大戰侯安都自白下斷其後齊師大潰相藉死者不可勝計生執徐嗣徽斬之以徇追奔至江乘攝山虜蕭軌東方老裴英李希光王僧智等四十六人其餘軍士得竄至江者自蘆龍縛筏以濟中流筏壞溺死者不知幾極流屍至京口翳水彌岸唯任約王僧愔獲免丁巳霸先出南州燒賊船乙未斬徐嗣彦傳野猪于建康市誅齊將等於城下改元太平元年秋九月天子進霸先位丞相録尚書事揚

州刺史義興郡公
二年正月又加霸先班劒三十人置丞相別㨶霸先
房從悉追贈之二月廣州刺史蕭勃反沿江而下南
江州刺史余須以兵應之霸先令周文育討平之八
月甲午進霸先位太傅加黄鉞劒履上殿入朝不趨
賛拜不名給前後羽葆置皂輪九月進揔百揆封十
郡爲陳公備九錫之禮授璽紱遠遊冠位在諸侯王
上陳國置官屬一依舊式十月進爵爲王加冕旒建
旌旗出警入蹕乗金根車駕六馬備五時副車置旄
頭雲罕舞八佾設鍾簴宫懸陳臺並依齊宋故事辛
未敬帝禪位於陳王乃命 太尉王通長史王瑒奉皇

帝璽紱受終之禮一依唐虞故事敬帝遜位別
宮霸先三讓群臣固請以太平二年十月乙亥霸先
設壇于南郊即皇帝位柴燎告天禮畢輿駕還建康
宮臨太極殿大赦改永定元年奉帝爲江陰王行梁
正朔服色一依前典

史臣曰唐鄭國公魏徵曰梁太祖固天攸縱聰明稽
古道亞生知學爲博物允文允武多才多藝爰自諸
生有不羈之度屬昏兇肆虐天倫及禍糺合義旅將
雪家寃曰紂可伐不期而會龍躍樊漢電激湘郢剪
離德如振槁取獨夫如拾遺其雄武大略固無得而
稱焉旣懸白旗之首方應皇天之睠命乃布德施惠

悦近來遠大修文教盛飾禮容聲振寰區澤浸遐裔干戈載戢凡數十年濟濟焉洋洋焉魏晉已來未若斯之盛也或終夜不寢終日不食非全道以制物唯飾智以警愚卑心遺榮虛廁倉頭之位高談脫屣終戀黃屋之尊夫人之大欲在乎飲食男女至於軒冕殿宇非有切身之累高祖屏除嗜慾眷戀軒冕通於所難而滯於所易可謂神有所不逮智有所不及矣及夫精華稍竭鳳德已衰惑於聽受權在邪佞儲后百辟莫能盡言躁險之心暮年踰甚利令後動愎諫違卜開門揖盜棄好即讎釁起蕭牆禍成戎羯身殞非命災被億兆衣冠斃死於鋒鏑之下老幼粉於戎馬

之足瞻彼黍離痛深周廟不言麥秀悲甚郡墟自古以安爲危既成而敗顛覆之速書契所未聞也

僞漢侯景字萬景父標本朔方人移家於鴈門少驍勇有膽力魏末遷北鎮戍兵稍立功効魏胡太后臨朝朝政紊亂天柱將軍爾朱榮自晉陽入殺胡氏景以私衆見榮甚奇之即委之典軍事會榮南逼命景先驅以功拜定州刺史始魏相高歡微時與景相友好及歡入洛誅爾朱氏景復以衆歸之仍爲歡委用景殘虐馭軍嚴整然破掠所得財物皆頒將士故人人咸爲之用命所向多捷後爲河南道大行臺位司徒言於歡曰請兵三萬横行天下要須濟江縛取

蕭衍老公作太平寺主歡壯其言使擁衆十萬專制河南仗任若己之半體及歡疾篤謂子澄曰侯景狡猾多計反覆難知我死後必不爲汝用乃以書召之景懼禍乃以梁太清元年遣行臺郎中丁和上表請降梁武封爲河南王又遣行臺左丞王偉詣闕請立元貞爲魏主梁乃封貞咸陽王資以乘輿副御高澄又遣慕容紹宗追破景入渦陽食盡士卒散景乃收散卒得八百人奔壽陽爾後徵求稍闕表疏跋扈鄙陽王範鎮合淝司州刺史羊鴉仁表稱景有異志梁相朱异曰景數百叛虜何能爲事抑而不奏景知臨賀王正德怨望朝廷乃密使要結以爲内應八月景

發兵濟自歷陽高祖命邵陵王綸督衆軍巡江防遏蕭正德屯丹陽至是率兵與景會合景乘勢遂至闕下西豐公大春弃石頭走景遣將于子悦據之景乃立正德爲帝於儀賢堂改年曰正平正德拜景天柱將軍以女妻之又攻陷東府城城内文武百官騍身而出使交兵殺之死者三千餘人又起土山以臨臺城綸馬步三萬以據鍾山景於覆舟山列陣南安侯駿衆退軍亂敗績十二月景引玄武湖水灌臺城闕前御街並爲洪波燒劫府寺營衛市肆郭區内外居人略盡湘東王世子方矩李遷哲羊鴉仁狂尊等援軍四方雲合衆號百萬景乞和宣城王大器僕射王

建康實録卷第十八　梁下

后妃傳略

太祖獻皇后　高祖德皇后
太宗簡皇后　高祖丁貴妃
高祖阮脩容　孝元徐妃

太子諸王傳略

昭明太子　哀太子　愍懷太子

功臣

王茂　曹景宗　柳慶遠
蕭穎達　夏侯詳　蔡道恭
楊公則　鄧元起　張弘

庾域　鄭紹　吕僧珍

柳惔　韋叡　范雲

江淹

後梁

中宗宣皇帝　世　明皇帝

臣

蔡大寶　王操　宋如周

袁敞　岑善

后妃傳略

太祖獻皇后張氏諱尚柔范陽方城人祖惠宋濮陽太守母蕭氏即文帝從姑宋元嘉中嬪於ナ　皿生兵

沙宣王懿永陽昭王敷次生高祖初后嘗於室中忽見庭前菖蒲花開光紛昭灼非世所有后驚問左右左右不見后曰嘗聞見者富貴因取吞之是月生高祖將産夜后見庭中衣冠陪列焉次生衡陽王暢昭義長公主令嫕宋明帝太始七年殂於秣陵同夏里舍葬晉陵武晉縣東山天監元年五月追尊號爲獻皇后父穆之字思靖晉司空華六世孫官止交阯太守

高祖德皇后郗氏諱徽高平金鄉人祖紹宋祭酒父燁太子舍人初后之母宋文帝女尋陽公主方孕夢人告云當生貴子及生后有赤光照室后幼聰明善隸書讀史傳女工之事無不閑習高祖娉焉生永興

公主玉珧永世公主玉瓘永樂公主玉環高祖在雍州后殂於襄陽官舍年三十二高祖即位追爲德皇后后性妬忌及終化爲龍入後宮井中通夢於帝或見形光彩照灼帝體不安龍輒激水騰涌於是井上設衣服百味祠之故帝竟不立后案東京記皇城西南洛水北有分穀渠北隋朝有龍天王祠俗傳梁武帝郗后性妬忌武帝初立未冊命因忿懟乃投殿庭井中衆趨井救之已化毒龍煙焰衝天人莫敢近帝悲歎久之乃冊爲龍天王使井上立祠宗粉塗飾加以雜寶每有所御必厚祭之巡直洒掃自梁歷陳享祀不絶陳滅乃遷其祠於京城道德寺大業初又移於此地置祠祠内有星辰日月閻羅司命五岳四瀆大龍神象蔣州沙門法濟嘗住祠中以事龍天王神濟有二豎子一善吹笙一善方響每日以朝暮作樂濟爲神所感着衣鼓舞而不自覺今向北即上陽宫也

太宗簡皇后王氏諱靈賓琅琊臨沂人祖儉后幼而聰明叔父暕見曰吾家女師也天監十一年拜晉安

王妃生哀太子大器南郡王大連長沙公主妙䂮大
通三年拜太子妃太清三年二月薨於永福省年四
十五其年太宗即位追尊為后葬莊陵父褰字思叔
高祖受禪遷中書令高祖造愛敬寺褰莊在寺側有
田八十頃晉王導賜田也從求不得遂估市評田價
以還直終吴興太守
高祖丁貴妃諱令光本譙國人居襄陽妃生於樊城
有神光之異紫氣滿室故以光為名高祖臨襄州丁
氏因人聞高祖納焉時年十四貴妃生有赤誌在左
臂治之不滅至是無何忽失所在嘗於供養經案側
髣髴若見有神人心異之高祖起義初生昭明太子

貴妃與太子留在雍州京邑平乃還京師天監元年
爲貴妃位在三夫人上居顯陽殿太子定位奏備典
章言則稱令貴嬪性不好華飾仁恕褸下皆得歡心
普通七年薨年四十二太宗即位追尊穆太后父仲
還官至兖州刺史
高祖阮脩容諱令嬴本姓石會稽餘姚人初齊始安
王遥光納之敗後始入東昏宫高祖平定京師納爲
綵女天監七年八月生元帝尋拜脩容大同六年六
月薨于江州年六十七元帝追尊文宣皇后
孝元徐妃諱昭佩東江剡人祖孝嗣太尉文忠公父
緄侍中初爲湘東王妃生世子方矩益昌公主含貞

徐妃無容質帝三二年一入房妃怨之又以帝眇一目後每帝至必爲半面粧帝大怒出妃而譴死之

太子諸王傳略

昭明太子諱統字德施小字維摩高祖長子母丁貴嬪以齊中興元年生于襄陽天監元年十一月立爲太子生而聰惠三歲受孝經論語五歲徧讀諸經了義二年五月始出居東宫恒不樂高祖知之每五日一朝多便留永福省八年於壽安殿自講孝經十四年正月朔旦高祖臨軒冠太子於太極殿舊制太子着遠遊冠金蟬翠緌纓至是詔加金博太子美姿容善舉止讀書數行俱下能屬文丁筆不加點崇信三

寶遍覽衆經於宮中立慧義殿專爲注書之所召名
僧自立三諦法義及貴妃薨水漿不入口哭不輟聲
高祖使顧協宣旨戒之體素偉壯腰帶十圍至是減
削過半自加元服高祖便使省萬機內外百司奏事
太子精於廣斷纖髮必曉法多全宥天下稱仁接引
才學討論墳籍于時東宮有書三萬餘卷文學之盛
宋以來未之有也性好山水於玄圃穿渠築植更立
池亭與朝士名賢游樂其中番禺侯盛軌言此中宜
奏女樂太子不答徐詠左思招隱詩曰何必絲與竹
山水有清音軌慚而止在東宮二十九年不蓄聲樂
每雨雪使親信周行閭巷貧困之家皆有賑䘏後忽

疾恐帝憂，胥自勉力，及困篤，不許左右啓聞。四月辛巳薨，時年四十一。高祖幸東宮，臨哭盡哀，謚曰昭明。五月庚辰，葬安寧陵。（案陳書：岳陽王即位，追尊昭明皇帝，陵在建康縣北三十五里。朝廷驚惋，男女奔走宮門，號泣滿路。所著文集二十卷，古今典誥文言爲正序十卷，五言詩之美者爲英華集二十卷，又集文選三十卷，今皆行於世。）

哀太子大器，字仁宗，太宗嫡長子也。普通四年丁酉生。大通三年，封宣城王。太宗即位，六月，立爲皇太子。大寶二年八月，逆賊侯景廢太宗，并害太子，時年二十八。太子性寛和，神用端嶷，在於賊中，每不屬意。賊以太子有器度，憚之，故見害。元帝追謚爲哀太子。

愍懷太子方矩，字德規，元帝第四子也。元帝承制，拜爲太子，改名元良。承聖元年，爲皇太子。魏師陷江陵太子與元帝同被害，愍帝追謚愍懷。

陳吏部尚書姚察曰：孟軻有言，雞鳴而起，孳孳爲善者，舜之徒也。若乃布衣韋帶之士，在於隴畝之間，然曰爲之，其利亦已博矣。乎豈處重明之位，居正體之尊，克念無怠，蒸蒸以孝，大舜之德，其何遠之。

功臣

王茂字休遠，太原祁人。父天生，宋末爲將軍，尅司徒袁粲，拜爲梓桐、巴西二郡太守。茂年數歲，大父深見之，曰：此吾家千里駒也，成門戶者必此兒也。及長，身長八尺，美容質。宋昇明末，起家奉朝請，拜襄陽太守。高祖起義，私於張弘策，請立和帝。高祖義師下，每以

茂爲前驅建康平拜領軍將軍進司空加驍騎開府儀同三司 江州刺史薨年六十謚忠烈子貞嗣

曹景宗字震武新野人父欣之宋征虜將軍徐州刺史善騎射好讀史書每讀穰苴樂毅傳輒放卷歎息曰大丈夫當如此齊建武中爲游擊將軍高祖起義景宗使杜思仲勸高祖迎立南康王寶融於襄陽爲高祖前鋒累破諸城次江寧鼓譟而進至皂莢橋築壘及建康平拜右將軍天監元年進平西將軍封竟陵侯大破魏軍於鍾離封竟陵公拜侍中給鼓吹一部景宗爲人自恃性躁不能沉默出行嘗欲褰車帷幔左右輒諫以位望重人所具瞻不宜如此景宗謂

所親曰我昔在鄉里騎快馬如龍與少年輩數十騎馳騁拓弓作霹靂聲箭如餓鴟叫平澤中逐麞鹿射之渴飲血飢食肉覺耳後風生鼻頭火出此樂使人忘死不知老之將至今來揚州作貴人動靜不得路行欲閑車幔小人輒言須閑置向車中如三日新婦悒悒使人無氣也七年遷安南將軍江州刺史赴任卒於道謚壯子皎嗣

柳慶遠字文和河東解人伯父元景宋太尉慶遠累仕至齊初爲魏興太守左轉襄陽令高祖臨雍州以綱紀辟爲别駕從事慶遠謂所親曰方今天下將亂英雄必起庇人定霸其吾君乎因盡心協贊及[illegible]

起居帷幄爲謀主從軍東下身先士卒建康平入爲侍中高祖受禪封雲安侯征虜將軍雍州刺史上餞之新亭高祖謂曰卿當衣錦還鄉朕亦無西顧之憂矣卒於官子津嗣初從父兄衛將軍世隆謂慶遠曰吾夢太尉以褥席見賜吾亞台司適又夢吾以褥席與汝汝必光我門族至是慶遠亦繼世隆焉

蕭穎達蘭陵人齊光祿大夫赤斧第五子少好勇爲西中郎外兵參軍高祖起義立和帝於江陵以穎達爲冠軍隨高祖東下高祖受禪爲前將軍丹陽尹九年遷衛將軍卒年三十四詔給東園祕器

夏侯詳字叔業譙國人年十六喪父廬於墓側嘗有

三足雀來集廬戶閒不開太守殷琰召補主簿宋明帝太始年初琰以兵舉叛帝使劉勔兵圍之詳為琰出說劉勔勔退舍琰遂出降累遷至西中郎司馬新興太守高祖起義西臺建以詳為中領軍允國大事多決於詳高祖圍郢城未下詳獻策略曰量我眾力度賊糇糧竊彼人情觀之形勢若使賊眾食少故宜計月討之若食多力寡冝悉眾攻之若使糧力俱足非國守所屈便冝散金實反間使彼智者不用愚者日進此魏武所以定大業也天監元年高祖徵為侍中封豐城縣公尋進湘州刺史尚書僕射金紫光禄大夫卒年七十四先是荆州城局叅軍吉士瞻

因浚萬人仗庫火防池得侍金輦鈞隱起文曰鈞汝金鈞既公且侯士瞻妻詳之兄女乃竊與詳詳喜佩之及是革命詳果封侯而士瞻不錫茅土

蔡道恭字懷儉南陽冠軍人父郴宋益州刺史道恭累戰功爲南康王中兵參軍義兵起和帝即位遷右衛將軍天監初論功臣封漢壽侯司州刺史魏攻圍之相持百日内外相拒道恭疾篤以後事付兄子野其年五月卒魏攻陷之後詔贈其喪葬襄陽子澹嗣

楊公則字君安冀州天水人父仲懷豫州刺史公則爲宋義熙太守氐賊攻陷白馬城公則奔馬迯歸爲西中郎參軍蕭穎胄協同義舉以公則爲輔國將軍

率衆東下初荊州諸軍皆取其節度與高祖會平建康高祖立進號平南將軍封寧都縣侯假節北討至壽春疾篤卒年六十一謚曰烈侯子驃嗣

鄧元起字仲居南郡當陽人少有膽氣膂力過人性任俠好施鄉里多附之以軍功遷武寧太守大破魏軍於義陽高祖起義率衆與高祖會夏口累進破城邑至京師築壘於建陽門外及建康平封當陽侯進號左將軍益州刺史入蜀平成都送益州刺史劉季連歸京師高祖大悦進元起平西將軍元起臨軍並稱善政口不論財色性能飲酒至一斛不亂及是蜀土大治翕然稱之二年以母老乞歸徵爲左將軍封

西昌侯救漢中拒魏於南鄭魏軍大至以不憂軍事
下獄自縊死子斂嗣
張弘策字真簡范陽方城人文獻皇后之從弟弘策
幼以母憂三年不食鹽菜兄弟友愛雖各有家室皆
常同臥起不歸私室時稱爲姜肱兄弟常從高祖入
其室覺有煙雲之氣體輒肅然弘策由此時加敬異
建武中弘策因問家國吉凶高祖曰明年都邑亂死
人如麻齊之曆數自茲已矣梁楚鄧荊漢有英雄起
焉弘策曰聖人何在爲已富貴爲復在草澤中高祖
笑曰光武有言安知非僕弘策起曰今夜之言是天
意也及高祖代曹武監雍州事弘策心喜曰昔夜之

言令將驗矣高祖笑曰男勿多言乃從之雍五年齊明帝崩初詔高祖爲雍州刺史乃表弘策爲録事參軍襄陽令高祖密爲備謀獻唯弘策而已義師起以弘策爲輔國將軍主領萬人督後部事建康平高祖使與吕僧玠入清宫掖封府庫遷衛尉卿洮陽縣侯東昏餘黨因運荻入北掖門至夜亂燒神獸門揔章觀入衛尉府而害弘策年四十七高祖慟哭贈車騎將軍子恆嗣

庚域字司大新野人爲梁州録事參軍華陽太守魏攻南鄭州有空倉數十間域手自封題指目將士曰此中粟皆滿可支二年衆心乃安虜退高祖起義兵

書招域爲西臺領行選從高祖東下而和帝加高祖黄鉞天監初爲巴西梓潼二郡守封廣牧縣子卒於郡

鄭紹叔字仲明滎陽開封人少結高祖爲心腹高祖起兵爲冠軍將軍從東下平江州留紹叔督糧運無闕天監初入爲衛尉卿封東興縣侯初載陽爲魏所陷司州移鎮南鄭以紹叔爲司州刺史至郡創立城郭修兵器開田畝百姓安之入爲左衛將軍司豫大中正疾篤詔還家卒贈東園秘器子貞嗣

呂僧珍字元瑜東平范[illegible]人世居廣陵起自寒賤幼人相之曰此兒有奇聲封侯之相及長身長七尺七

寸容皃甚偉事梁文帝爲門下書佐及高祖臨雍州
命爲中兵參軍委之心膂 陰養死士歸者甚衆高
祖桉行起造多伐竹木以茅覆之若山焉僧珍獨悟
之私具櫓數千張義兵起召僧珍及張弘策定義明
旦發兵用爲步兵校尉出入卧内宣通意旨及進每
爲前鋒平京邑高祖受禪拜冠軍將軍封平固縣侯
入直中書省摠知宿衛天監四年高祖欲賞之使爲
本州持節平北將軍南兖州刺史在任不私親戚從
父兄子先以販葱爲業而欲求官僧珍曰吾荷國重
恩無以報効汝等自有常分豈可妄求叨越但當速
返葱肆姊適王氏住在市西小屋臨路僧珍常導從

函簿到其處不以爲耻在州百日徵爲領軍十年
病卒
柳惔字文通河東解人也父世隆齊司空惔仕齊爲
西戎校尉梁秦二州刺史高祖起義舉漢中應之爲
祖遷右僕射湘州刺史曲江侯卒子照嗣
韋叡字懷文京兆杜陵人漢丞相賢之後世爲三輔
著姓祖玄隱長安南山袁顗爲雍州刺史引爲主簿
累遷上庸太守高祖起義督率郡人伐竹爲栰倍道
來赴有衆二千馬二百匹高祖見之喜曰他日見君
面今日見君心吾事就矣及至郢城顧叡曰乘麒麟
而不成馬焉遑遑而更索即日拜江夏太守行郢州

事及即位遷輔國將軍豫州刺史封梁都子天監五年魏中山王元英圍北徐州吕義之於鍾離高祖召叡與曹景宗救之叡乘素木輿執白角如意以麾軍軍大破魏兵元英脱身走軍人投水死者十餘萬所獲軍資牛馬不可勝數以功封平北將軍宣武校尉雍州刺史叡初起義鄉里客陰雙光泣以止叡叡還爲本州雙光於道左祗候叡笑謂雙光曰若從公言今乞食於路矣餉牛十頭徵入爲散騎常侍入直殿省居朝廷恂恂未嘗忤視高祖甚禮敬之除護軍居家俸賜悉分親戚卒於家子於嗣

范雲字彦龍南郡舞陰人善屬文能尺牘下筆成文

父抗爲郢府參軍雲起家爲郢州西曹書佐竟陵王爲丹陽用爲主簿與高祖同遇於竟陵西邸及高祖起義定京邑東昏誅雲在城內銜命出高祖留之參帷幄拜黄門侍郎與沈約同心輔賛後遷侍中柴燎南郊還雲參乘高祖昇輦謂雲曰朕之所謂懍乎若朽索之馭六馬雲曰亦願陛下日愼一日高祖善之是日遷常侍吏部尚書以佐命功封霄城縣侯以舊恩見拔初高祖嘗與雲同宿顧暠舍暠妻産有鬼在外曰此中有王有相雲起曰王當仰屬相以見歸因是盡心高祖高祖定東昏納其妃余氏頗廢政事雲與王茂切諫之曰昔漢祖居山東貪財好色及入

闢定秦賊帛不取子女亦華范曾已爲其大今明公始定天下海内想風聲奈何襲昏亂之跡以女德爲累王茂因起拜曰范雲之言是至明公以天下爲念高祖嘿然雲便疏請以余氏賚王茂高祖意許之後遷左僕射任寄隆重書牘盈案賓客滿門雲皆應對如流無所擁滯官曹文墨遷摘如神及卒高祖臨之有集三十卷子孝才嗣

江淹字文通濟陽考城人少孤而好學沉靜少交遊善屬文起家宋南徐州從事宋建平王景素好士淹隨在南兖州廣陵令郭彦文犯罪下獄辭連淹言受金繫之淹自獄中上書曰昔者賤臣叩心飛霜擊於

燕地庶女告天振風襲於齊臺下官每讀其書未嘗
不廢卷流涕何者士有一定之論女有不易之行信
而見疑貞而爲戮是以壯士伏屍而不顧者以此也
下官聞仁不可恃善不可依始爲徒語今乃知之伏
願大王暫停左右少加矜察下官本蓬戶桑樞之人
布衣韋帶之士退不飾詩書以驚俗進不賣名聲於
天下日者謬得陞降承明之闕出入金華之殿何嘗
不局影凝嚴側身高禁者乎竊慕大王之義復爲門
下之賓備鳴盗淺術之餘豫三五賤伎之末大王惠
以恩光顧以顏色實佩荆卿黄金之賜竊感豫讓國
士之分矣常欲結纓伏劍少謝萬一剖心摩踵以報

所天不圖小人固陋坐貽謗鈌迹墜昭憲身陷幽圄履影吊心酸鼻痛骨下官聞虧名爲辱虧形次之是以每一念來忽若有遺加以涉旬月迫季秋天光沉陰左右無色身非木石與獄吏爲伍此少卿所以仰天搥心泣盡而繼之以血者也下官雖乏鄉曲之譽然嘗聞君子之行矣其上則隱於簾肆之間卧於巖石之下次則結綬金馬之庭高議雲臺之上退則虜南越之君係單于之頸俱啓丹册並圖青史寧爭分寸之末競錐刀之利哉下官聞積毁銷金積讒磨骨遠則直生取疑於盗金近則伯魚被名於不義彼之二才猶或如是況在下官焉能自免昔上將之恥絳

侯幽獄名臣之羞史遷下室至如下宮當何言哉夫以魯連之智辭禄而不反接輿之賢行歌而忘歸子陵閉關於東越仲蔚杜門於西秦亦良可知也若使下官事非其虛罪得其實亦當鉗口吞舌伏匕首以殞身何以見齊魯奇節之人燕趙悲歌之士乎方今聖歷欽明天下樂業青雲浮洛榮光塞河西洎臨洮狄道北距飛狐陽原莫不霑仁沐義照景飲醴而已下官抱痛圓門含憤獄戶一物之微有足悲者仰惟大王少垂明白則梧丘之鬼不愧於沉首鵠亭之鬼無恨於灰骨景素得書即日出之尋舉南徐州秀才對策高第少帝即位多失德景素專據上流衆咸勸

因此舉事淹每陳流言納禍二叔所以同亡秖局銜怨七國於焉俱斃景素不納後高祖輔政聞其孝名召為駕部郎中時荆州刺史沈攸之作亂兵彊帝憂悶謂淹曰天下紛紛若是君謂何如淹對曰昔項彊而劉弱袁衆而曹寡羽令諸侯卒有劒歌之辱紹跨四州竟為奔北之虜此謂在德不在鼎公何疑焉且公雄武奇略一勝寬容仁恕二勝賢能畢力三勝民望所歸四勝奉天子而伐叛逆五勝彼且志銳而器小一敗也有威而無恩二敗也士卒解體三敗也縉紳不懷四敗也懸兵數千里而無同惡相濟五敗也雖豺狼十萬而終為我獲焉帝笑曰君談過矣高帝

相國建爲記室參軍而掌詔冊表記典國史少帝即位爲御史中丞多所糾彈内外肅然明帝輔政謂淹曰自宋世已來不復有嚴明中丞今日可謂獨步矣明帝即位遷祕書監及高祖義軍入淹微服來奔高祖遷吏部尚書天監元年爲左將軍封臨沮縣伯謂弟子曰吾平生言止足之事亦已備矣功名既立只欲歸身草莽其年疾遷金紫光禄大夫卒淹以文章名顯晚年才思稍退時人謂之才盡所著述百餘篇自撰爲前後集并齊史十志並行於世淹嘗爲宣城守罷歸船泊禪靈寺渚夜夢一人稱張景陽謂曰前以一匹錦相寄今可見還淹探懷中得數尺與之此

人大恚曰那得割截都盡顧見丘遲謂曰餘此數尺既無用乞君淹自此文章躓矣又嘗宿冶亭夢一人自稱郭璞曰吾有筆在卿處可相還淹探懷得五色筆以授之爾後爲文不復麗美矣

後梁

中宗宣皇帝諱詧字理孫武帝之孫昭明太子統第三子幼好學善屬文尤長佛義特爲武帝所賞封岳陽郡王知石頭戍事昭明薨武帝捨詧兄弟而立簡文帝綱内常愧之後以會稽人物繁富一郡之會遂以詧爲東揚州刺史用慰其心詧以昆季不得爲嗣常懷不平又以武帝衰老朝夕糠粃有敗亡之漸遂

蓄聚貨財門通賓客招募輕俠折節下士有勇敢者故多歸焉中大同元年除都督雍梁五州軍事校尉詧以襄陽形勢之地又武帝創基之所時平足以樹根本戰伐可以圖霸功遂剋已勵節樹恩於百姓務修刑政志在綏養於是境内稱治太清二年武帝以詧兄河東王譽爲湘州刺史而張纘爲雍州以代詧纘恃其才望志氣輕驕輕詧少年州府迎候有闕詧銜之及至鎮乃託疾不與纘相見後聞侯景作亂頗凌蹙纘纘懼爲所擒乃輕舟夜遁將之雍部復慮詧拒之元帝時鎮江陵與纘將圖之以斃詧兄弟會元帝與譽及詧各率所部入援京師至江口屬侯景請和詔止援軍譽自江口將旋湘鎮

纘時在江陵貽梁元帝書曰河東令戴檣上水欲襲江陵岳陽在雍共謀不逞元帝甚懼乃鑿船沉米斬纜而歸令其子方等與王僧辯相繼攻譽譽告急詣詧詧大怒纘將述職至州詧遷延不授替乃以西城居之軍民之政猶歸於詧詧以全上御名其兄弟事始於纘將密圖之其將杜岸招纘出奔纘乃服婦人衣乘青布轝與親信十人出杜岸馳報詧詧遣兵討擒之乃率衆兵二萬騎千匹伐江陵以赴之元帝大闕佚乃遣參軍庾奐謂詧曰正德以亂天下崩離汝復効尤欲將謂何吾家先宮遺愛故以汝兄弟見囑今以姪伐叔道復安在詧謂奐曰家兄無罪屢見攻圍同氣之情豈可坐觀成敗大父若

顧先宫豈應若是如能追兵湘水吾便旋旆襄陽詧
攻江陵攔不剋其將杜岸懼詧不振以其屬降於江
陵詧衆大駭其夜遁歸襄陽詧既與江陵（今上御名）隙恐不
能自固時西魏恭帝二年乃遣人稱藩於西魏請爲
附庸魏相周國公宇文泰會於丞相府東閤祭酒榮
權使焉元帝使柳仲禮率衆圍襄陽詧懼乃遣其妻
王氏世子寮爲質請救周公遣開府楊忠等率兵援
之楊忠擒柳仲禮於濜頭詧乃獲安周公使詧袁嗣
位詧以未有璽命辭不敢周公令常侍鄭穆及榮權
持節册命詧於襄陽陞壇受拜置百官承制恭帝三
年三月詧留蔡大寶居守乃自襄陽朝西魏魏相周

公宇文泰薨子覺嗣十二月晦日魏恭帝禪位周王
宇文覺稱後周號元年都長安稱太周天王正月謂梁
王察此欲相見乎遂召見因說周王代江陵周乃使太
尉長孫儉萬紐于謹征江陵戕元帝乃立詧爲梁王
居江陵東城資以一州之地其襄陽之地統歸之于
周詧稱皇帝即位於江陵改年號
大定元年稱後梁追尊父統爲昭明皇帝廟號高宗
統妃蔡氏爲昭明皇后又尊其所生龔氏爲皇太后
立妻王氏爲皇后歸爲皇太子上疏於周明帝毓頻
年稱臣用其正朔爵命服色自依梁典周明帝乃使
梁王立統嗣居於東城號曰助防初平江陵詧將尹

德毅說詧請周太尉長孫儉將軍萬紐于謹等爲歡宴彼無我虞因伏武士執之於是分命果毅掩其營壘斬馘逾周俾無遺類唯江陵百姓撫而安之王僧辯之徒折簡可致然後朝服濟江入踐皇極此萬世一朝也晷刻之間大功可立詧不從之曰卿之此策非不善也然周待我甚厚未可背約若如卿計則鄧祁侯所謂人不食吾餘也既而闔城長幼被虜入關又失襄陽之地詧乃追悔深恨不用尹德毅之言以至於此又見邑居毀壞干戈日用耻其威略不振常懷憂憤乃著攺耻賦以見意詧在位八年年四十四當後周武帝保定四年薨群臣葬於平陵謚曰宣帝

廟號中宗詧少有大志不拘小節雖名猜忌而知人善任撫下將士有恩能得其死力性不飲酒安於儉素又惡見婦人雖相去之數尺遥聞其臭經御婦人之衣不復更着又惡見人鬚毛所幸者必方便以避之著文集十五卷內典華嚴般若法華金光明義疏四十六卷並行於世疆土既狹居常怏怏每誦老驥伏櫪志在千里烈士暮年壯心不已未嘗不盱衡扼腕歎吒者久之遂以憂憤發背疽而薨

世宗孝明皇帝

世宗孝明皇帝諱巋字仁遠中宗第三子大定元年立爲太子八年宣帝崩太子即位號

天保元年春正月尊祖母龔氏爲皇太后所生曹貴妃爲皇太妃至五年春正月陳湘州刺史華皎巴州刺史戴僧朔來附乃請伐陳巋乃求周師勢援大爲陳將吳明徹所破徹進逼江陵引江水灌城明帝出頓紀南王操合周軍共以擊之明徹遂退明帝乃復入江陵六年即陳光大二年陳文帝弟安城王頊廢少帝伯宗爲臨海王自立爲宣帝七年八月陳又遣司空章昭遠來寇明帝與周將陸騰同破之以華皎爲司空以僧朔爲車騎將軍九年十年使華皎入周周以基平都等數州歸於梁是歲周誅宇文護周改元建德十一年十二年周武廢佛道二教着短穿衣

十三十四十五年周高祖武帝平北齊封齊太子高緯爲温國公只得傳國璽入周明帝入周賀平鄴周武帝厚加禮送十六年周武帝崩十七年周宣帝贇禪位於太子衍衍立是爲静帝十八年十九年周静帝禪位于隋公楊堅堅封周帝爲介國公二十年是歳隋開皇二年隋朝營新都於隴首川是歳陳宣帝頊崩太子叔寶立隋文帝遣使以禮聘明帝女爲晋王廣妃又以明帝子尚隋蘭陵公主遂通好焉後使隋隋加禮相持待使謂梁主久滯荆楚未復舊都故鄉之念良軫懷抱朕當振旅長江相送旋旆耳二十一年陳之至德元年二十二年二十三年五月帝崩

在位二十三年年四十四葬顯陵謚曰孝明皇帝廟號世宗帝性機辯有文學撫御能得其下懽心孝悌仁慈有人君之量四季祭享未嘗不悲慕流涕尤儉約御下旣有方境内共言其治邦國無事所著文集及孝經周易義記及小大乘幽微並行於世

莒公諱琮字溫文性倜儻不羈博學有文義立爲皇太子天保二十三年五月帝崩即帝位改號廣運元年二年率其臣下二百餘人朝隋隋文帝留之使武鄉公崔弘度將兵攻江陵江陵不守帝叔父巖及弟獻等舉居人奔於陳隋拜琮爲柱國將軍封莒國公

自宣帝登即位大定元年乙亥至琮廣運二年丁未

凢三十三年。詧子巋、巖、岑俱爲王。巋子瓛、琮、珣、瑒、瑀並皆爲王。自後梁之興，蔡大寶爲股肱，王操爲心腹，魏益德、尹正、薛暉、許孝敬、薛寅爲爪牙，甄玄成、劉盈爲岑善方、傅準、褚珪、蔡大榮與兵衆柔弓紹以舊齒歷顯位沉重以論學蒙厚禮，自餘多所獎拔，咸盡其器任。及明帝纂業，親賢並用，爲將相，故保其疆土，安於民人。

後梁功臣

蔡大寶，字敬位，濟陽考城人。父點，梁尚書議曹郎。大寶少孤而篤學不倦，能屬文。詧初出第，徐勉之薦爲侍讀，兼管記室。詧莅襄陽，遷咨議參軍。及元帝伐湘東王譽，使大寶於江陵，元帝悅之，使注所製玄覽賦三日而畢元帝大奇之及詧爲梁王拜吏部尚書軍國之事咸委決焉及宣帝即位拜太子少傅明帝嗣位册司空卒性嚴整文學詞贍内外誥令皆掌之人云宣帝有大寶猶蜀先主之孔明著文集三十卷撰尚書義訓

王操字子高其先太原晉陽人宣帝龔太后之外弟父景休臨川内史操性敦厚有籌略博涉經史初爲帝外曹參軍及即位遷大將軍郢州刺史明帝即位授尚書僕射及陳將吳明徹爲寇帝出頓南紀操巡撫將士莫不用命江陵獲全操之力也及卒明帝舉哀流涕曰天不使吾平蕩江表何奪吾相之速也

宋如周南陽人有才學容止詳雅爲度支尚書如周面狹長宣帝嘗戲之曰卿何謂謗法華經如周踧踖自陳不謗帝又言之如周不悟而出言告蔡大寶大寶知其旨笑謂之曰君當不謗餘經止應不信法華法華云聞經隨喜面不狹長如周乃悟如周素寛雅有才子希顔最知名

袁敬陳郡人祖粲宋司空父士俊安城内史敬少大器量博涉經史以吏部尚書使於周初主者以敬班在陳使之下敬固不從命曰昔陳之祖父乃梁朝諸侯之下吏弃忠與義盜有江東今之朝宗萬國以禮若與梁之行人在陳使者之後恐彝倫失序非使臣

之所望焉周武帝乃詔敞與陳使人異日而進使還稱旨遷侍中後隨琮入隋授譙州刺史

岑善方字思遠南陽人漢征南將軍舞陰侯彭之後祖惠甫齊南彭城太守父昶梁散騎常侍善方少立志操雅重名節爲當世所許拜岳陽王記室參軍及宣帝即位累遷中書舍人與蔡大寶分典機務帝常推心焉拜吏部尚書數使於周稱旨拜驃騎大將軍儀同三司封長寧公卒有子六人元之象之利之仕隋邯鄲令文本最知名

建康實録卷第十八

建康實録卷第十九　陳上

高祖武皇帝　世祖文皇帝

高祖姓陳氏諱霸先字興國吴興長城下若里人漢太丘長寔之後太寔玄孫晉太尉準準生匡匡生達永嘉初爲丞相掾隨晉南遷拜太子洗馬出爲長城令悦其山水遂家焉常謂所親曰此地山川秀麗當有王者興焉二百年後我子孫必鍾斯運達生康康復爲丞相掾晉成帝咸和中土斷故爲長城人高祖即康之九世孫也案陳書達生康康生盱眙太守英英生尚書郎公弼公弼生步兵校尉鼎鼎生散騎侍郎高高生懷安令詠詠生安成太守猛猛生太常卿道巨道巨生皇考文讃父文讃不仕文讃以梁天監二年歲次癸未生高祖少倜儻有大志意氣雄傑

好史籍讀書長於謀策明緯候孤虛遁甲又善武藝
不事產業家貧每以捕魚爲事身長七尺五寸日角
龍顏垂手過膝聶生遭晉通中嘗遊義興館於許
氏夜夢天開數十丈有朱衣四人捧日而至納於高祖
口中驚覺腹內猶熱心獨喜之初仕鄉爲里正後逃
於義興與吳興太守蕭映過從之建業映遂用爲爽岩
吏是□轉爲油庫吏下既而映鎭廣州奏高祖爲中直兵
參軍從至廣州□□令高祖招集士馬先是武林侯蕭
諮爲交州刺史□□德士人李賁連結郡縣反而高新
二州刺史盧子雄□□等不進討賊皆伏誅雄子略與孫
冏子孫及杜天合等以兵攻廣州高祖率兵□破賊

軍虜僧明等□歲梁大同十年梁高祖聞深之遣
授直閤將軍封新枋縣子遣使圖其形貌入覽之既
而蕭暎卒高祖送暎喪至大庾嶺梁帝詔高祖爲交
州司馬領武平太守與刺史楊瞟南討李賁定交趾
初楊瞟委高祖經略衆軍發自番禺蕭勃爲定州刺
史於江西相會勃知軍士憚其遠役陰購誘之因詭
說留瞟瞟問計於高祖高祖對曰交趾叛渙罪由宗
室遂使僭亂數州彌歷年稔定州復欲昧利自前不
顧大討節下奉辭伐罪故當死生以之豈可畏憚宗
室抵拒邦憲今若奪沮其衆何必交州討賊問罪之
師迴則有所指矣於是勒兵鼓行而進梁大同十六

年六月軍次交州賁衆數萬於蘇麻江口城柵以拒官軍驃推高祖爲前鋒所向摧陷賁走曲徹湖於屈獠洞界立砦若大造船艦充塞湖中衆憚之頓於湖口不敢進高祖謂諸將曰我師已老將復疲勞歲月相持恐非良計且孤軍無援入人腹心若一戰不捷豈得生全今藉其屢奔人情未固夷獠烏合易爲摧殄只當共出百死決力取之無故停留王事去矣諸將皆默莫有應者是夜江水暴起七丈注湖中奔流迅激高祖勒所部兵衆乘流先進衆軍鼓譟隨之賊衆大潰賁竄入屈獠洞中洞中人斬賁傳首京師李賁兄天寶遁于九真因逼寇愛州深太清元年高祖討

矣寳平之除振遠將軍西江督護高要太守梁太清二年侯景作亂廣州刺史元景仲謀同侯景高祖知之擊破之殺景仲而迎定州刺史蕭勃爲廣州刺史及京師不守高祖遣杜僧明胡穎等將兵二千屯於嶺上遂厚結始興豪傑同謀義舉以救京師侯安都張偲等率衆來附將東下蕭勃聞之使鍾休悦留高祖不許度嶺言侯景驍雄天下無敵援軍前後無敢當鋒嶺北王侯又已自相屠戮君之疎外豈可暗投未若且住始興以張形勢高祖泣謂休悦曰君辱臣死誰敢愛命吾行討决矣勃既不能止因令蔡路養等以兵過高祖軍大寳元年正月庚午高祖於始興

大破蔡養譚遠軍於大庾嶺高祖進鎮南康南康今之虔州乃遣使間道往江陵禀承節度於梁湘東王蕭繹是爲元帝帝承制授高祖持節明威將軍交州刺史改封南野縣伯高祖乃修南康古城居之人常遠望見城上有紫雲氣垂覆左右深結事之尋遷南江州刺史改封長城侯大寶二年六月高祖發自南康下頓西昌案陳書南康贛石水舊有二十四灘灘多巨石行旅爲難自高祖之發水暴漲高數丈三百里間巨石皆沒時有龍見于水濱約高五丈五彩鮮明軍人觀者大歡慶焉時湘東王遣征東將軍王僧辯督衆討侯景師次湓城高祖率杜僧明侯安都等戈甲三萬將往會焉高祖聞西軍乏糧乃分三十萬斛米以資西軍案陳書高祖自下南江有軍糧五十萬石聞西軍乏糧乃分三十萬資之是年侯景廢簡文帝嗣[illegible]

月五日龍見于御路自太社至于象魏
太平二年春正月加高祖班劍三十人置丞相别掾
以近衰坐追贈高祖考侍中加金章紫綬封義興郡
公謚曰恭又追贈高祖兄道談爲散騎常侍平北將
軍封長城縣公謚曰昭烈弟休光侍中使持節驃騎
將軍南徐州刺史謚忠壯各邑二千户遣侍中僕射
陸繕策拜長城夫人章氏爲義興國夫人追贈章夫
人祖侍中追封高祖母許氏爲嘉興縣君二月廣州
刺史蕭勃反泝流而下江州刺史余孝頃起兵應之
高祖命侯安都討蕭之秋八月甲午進高祖位太傅
加黄鉞劔履上殿入朝不趨前後羽葆鼓吹皂輪車

九月進加相國封十郡爲陳公備九錫之禮十月戊辰進爵爲王加二十郡冕十有二旒建天子旌旗出警入蹕乘金根車駕六馬備副車置旄頭雲罕樂舞八佾設鍾簴宫懸陳臺百官一依舊式辛未

梁敬帝禪位于陳王策命曰惟王乃聖乃神欽明文思二儀並運四節合叙天錫勇智人挺雄傑爰初投袂日夜勤王王公卿士莫不攸屬敬從人神之願授帝位于爾躬四海困窮天禄永終王其允執厥中乃命太保王通太尉長史王瑒奉皇帝璽綬受終之禮一依唐虞故事是日梁敬帝方智遜位于别宫高祖三讓群臣固請以梁太平二年冬十月乙亥設壇於

南郊即皇帝位柴燎告天禮畢輿駕旋建康宮臨太極前殿大赦改梁太平二年爲永定元年丁丑冬十月乙亥先是氛霧雨雪晝夜晦暝至此日景氣清晏詔百官文武進位有差先繫囚徒一切釋放奉梁帝爲江陰王居晉陵行梁正朔車騎服色一依前準宮館資待務盡優假又降皇太后爲江陰國太妃丙子輿駕幸鍾山祀蔣帝廟遣使宣勞四方庚辰詔出佛牙於杜母宅集四部設無遮大齋帝出大司馬門致禮辛巳追尊皇考爲景皇帝廟號太祖皇妣董氏爲景太后追謚前夫人錢氏爲昭皇后追謚世子克爲孝懷太子立夫人章氏爲皇后癸未尊景帝陵爲瑞

陵昭后陵曰嘉陵依梁初園邑故事追封兄道談爲
始興郡王謚曰昭烈追封母弟休光爲南康郡王謚
曰忠壯乙酉立删定郎刊定律令十一月封兄子蒨
爲臨川王遥襲封昭烈王子頊爲始興王祀昭烈後
遥襲忠壯王子曇朗嗣南康王後
永定二年春正月王琳立梁永嘉王蕭莊於郢州以
奉梁後令兵向建康使招北齊爲援齊乃進兵助之
四月甲子駕親祀太廟戊辰重雲殿東鴟吻有紫煙
出屬天五月辛酉帝幸大莊嚴寺捨身壬戌王公已
下奉表請還宫六月詔司空侯瑱徐度等討王琳七
月新作太極殿欠一柱忽有樟木大十八圍長四丈

五尺自流泊陶家後渚監軍鄒子度以聞詔起部尚書蔡儔兼將作大匠取大以〔今上御名〕之〔案梁書侯景作亂王僧辯下平之縱軍士入宮探取火燒宮乃太極殿兼西堂省寺陳有天下至此復之耳〕冬十二月甲子又幸莊嚴寺設無㝵大會捨乘輿法駕群臣備禮奉迎還宮

三年春正月丁酉大雪太極殿前有龍跡見甲午廣州有仙人見於羅浮山小石樓長三丈通身潔白衣服麗楚夏四月豫章太守熊曇朗殺江州刺史周文育章宇景德義興陽羡人五月朔日有蝕之有司奏舊儀御前殿合服朱紗袍𧝓冕之服自今永可爲準丙寅扶南使貢方物乙亥周文育喪至帝素服哭于朝堂哀慟甚因發疾六月丁酉帝不和遣太宰尚書左

僕射王通以疾告太廟太宰中書令謝晳告太社及南北郊癸丑夜熒惑在心詔賜尚書令沈衆死　衆字仲監吳興武康人祖約父琁衆好學頗有文詞起家南平王參軍高祖即位遷侍中性鄙於財而不潔於己每於朝會中衣裳破裂或躬提冠履又薄於奉養在朝常服布袍芒屩以麻繩爲帶及囊麥飯食之朝士咸共笑其所爲性急於忿恨非毀朝廷高祖大怒因其休假遂賜死帝漸疾甚詔追臨川王蒨入纂大業丙午高祖崩於璇璣殿秋七月甲寅大行皇帝還殯于太極西階丙申葬于萬安陵在今縣東南三十里彭城驛側周六十步高二丈帝年五十五即位

在位三年年五十八謚武帝廟號高祖帝神武莫儔
英謀獨斷性貴儉素志賤浮華常膳進不過數品私
饗曲宴皆用瓦器蚌盤肴庶珍羞纔足而已自總軍
要及即位金帛子女悉頒將士歌鐘伎樂不列於前
末年躬儉彌篤

世祖文皇帝

帝諱蒨字子華始興昭烈王長子（案陳書昭烈王是高祖第二兄子也）少沉
敏有識量美容儀精經史高祖甚愛之常稱此兒吾
家英秀也梁太清初蒨曾夢兩日鬬一大一小大者
光滅墮地蒨取而懷之侯景之亂避地於臨安縣郭
文舉舊宅及高祖與王僧辯東下帝爲侯景所收以

幽禁之數欲加害會景敗乃免案陳書侯景初聞高祖舉義兵景怒使收世祖及衡陽獻王因之初世祖見收乃密懷一小刀冀因便而害景及至以付郎中王翻幽守故事不獲行高祖既圍石頭欲加害者數矣會景敗乃免起家爲吳興太守高祖討王僧辯先密令世祖防備僧辯腹心人震州刺史韋載杜龕等據吳興遣使掩襲龕士卒皆惶恐失色而帝獨言笑處分益明及高祖遣周文育討杜龕龕已先攻下之拜爲會稽太守高祖即位進封臨川王拜侍中安東將軍永定三年六月丙午高祖崩遺詔徵帝入纂皇儲甲寅至自南皖辭讓再三群臣内外固請其日入居中書省皇太后令曰昊天不弔上玄降禍大行皇帝奄棄萬國諸孤藐尔支國無期須立長君以寧寓縣侍中臨川王四海宅心

何膺寶篆録是日具禮儀即位於太極前殿大赦公卿百
官進位一等尊皇后爲太皇后詔封子伯茂爲始興郡
王繼昭烈之後賜爲父後者爵一級　伯茂字鬱之
初昭烈王仕梁爲東宫直後值侯景亂中流矢卒高
祖即位追贈驃騎大將軍太傅揚州牧始興郡王生
帝及安城王頊梁江陵陷安城王遷於關右高祖襲
封安城王爲始興祀及帝以本宗之饗詔改封嗣王
頊爲安城王封伯茂爲始興王以奉昭烈祀初東征
壯軍於丹徒盜發晉郗曇墓大獲晉王羲之書及諸
名賢遺跡事覺其書悉入于祕府帝以伯茂好書賜
之由是大工草隸秋七月尚書八座奏請立皇后及

諸王太子八月辛酉立皇子伯宗爲皇太子立妃沈氏爲皇后十一月乙卯王琳進寇大雷前鋒逼梁山詔太尉侯瑱禦之十二月大赦改號天嘉元年正月賜鰥寡孤獨孝悌力田粟各五斛甲寅發使宣勞四方二月辛卯老人星見丙申侯瑱大破王琳於梁山敗齊軍於博望擒王琳下將劉伯球王琳及梁王蕭莊走齊之鍾陵二月丁巳江州刺史周迪追斬賊帥熊曇朗於新塗曇朗豫章南昌人世爲郡著姓曇朗跅弛不羈有膂力容皃甚偉侯景之亂因聚少卒據豊城縣多爲劫盜梁元帝平侯景拜巴西太守江陵淪後遂劫掠隣縣縛賣人民山谷之中最爲巨患高祖

即位以曇朗南川豪帥拜飆猛將軍桂州刺史與周文育討余孝勱既而反害文育盡收其衆以應王琳乃修新塗縣城居之及王琳東下南川兵爲曇朗所梗江州刺史周迪與高州刺史黄法氍等會兵攻曇朗曇朗敗走入山村村民斬之傳首京師懸于朱雀觀於是盡收其宗黨無少長皆弃市是月驃騎將軍湘川牧衡陽王昌薨於魯山江中夏四月喪至帝親臨詔謚獻王立第七子伯信爲衡陽王奉獻王祀六月壬辰葬梁元帝於江寧舊塋車旗禮章並依梁典帝臨于太極前殿百寮陪哭秋八月戊子詔非兵器及國容所須金銀珠玉衣服雜玩悉皆禁斷九月乙

夘周將獨孤盛與賀若敦等水陸引軍趨巴湘兩道俱進太尉瑱自尋陽往破盛等於楊葉洲是歲以侍中國子祭酒周弘正使長安迎帝弟安城王頊周人并留之

天嘉二年正月高麗倭國及百濟並遣使貢方物六月齊人通好冬十月乙夘東夷遣使朝貢乙未領大著作虞荔卒　荔字山披會稽餘姚人祖權父儉荔幼而聰敏年九歲太常陸倕問五經凡十條荔隨問應答無遺設及梁末將母入臺城尋遇城陷情禮不申由是蔬食布衣不聽音樂及陳受禪世祖嗣位除太子中庶子尋領大著作荔第二弟寄寓於閩中爲

陳寶應留連不得還荔每言之流涕帝哀之曰我有弟在遠此情甚切他人豈知乃勑寶應求寄寶應終不遣荔亦感疾年五十九卒柩還鄉里世祖親送入以爲貴子世基世南並知名

寄字次安年數歲有人嘲之曰郎君姓虞必定無智寄應聲曰文字不辯豈得非愚客大慙陳寶應破後乃歸朝拜太中大夫

是歲南安將軍周迪不受徵與留異結（今上御名）謀逆

天嘉三年正月庚戌設帷於南郊告胡公以配天是月後梁蕭詧薨子巋代立二月安成王頊自後周還帝見之大喜以功進周弘正位金紫光祿大夫以安成王頊爲司空閏二月甲子改鑄五銖錢三月周迪

留異等舉兵反令司空侯安都破於桃枝嶺
四年三月甲申留異等走投閩州刺史陳寶應寶應
納之五月己巳太白晝見是日侯安都自盡　安都字成
師姑興曲江人善書能鼓琴好騎射自始興内史主
薄招集兵馬得三千人討侯景與高祖攻破蔡路養
下平侯景有功梁元帝封爲猛烈將軍隨高祖鎮京
口定計入誅王僧辯自石頭北捨舟登岸被甲帶長
刀踰城北女牆而入僧辯卧室以功授散騎常侍南
徐州刺史既而秦郡太守徐嗣徽等引北齊入寇安
都領水軍於中路斷賊糧運并收其家口騾馬鷹犬
及嗣徽所彈琵琶嗣徽大懼請和時紹泰元年也閏

年嗣徽又入丹陽至姑孰高祖使安都拒之大戰破於高橋斬徽生擒齊儀同乞伏無芳追敗於蔣山龍尾及幕府山累以戰功封曲江公給鼓吹一部世祖嗣位討留異於桃枝嶺中流矢血流至踝容色不變收其妻子人馬甲仗振旅而歸自以勳庸漸高驕恣數招文武之客陰鏗褚才張正見等每有表啓事所未盡乃開封更自書之云又啓某事及侍宴酒酣或箕倨傾倚自白帝曰何如作臨川王日帝佯不應乃再三言之帝曰此雖天命亦明公之力也或坐御牀賓客稱壽後重雲殿災安都帶甲而入帝惡之出爲江吳二州刺史征南大將軍自京口還都於石頭世

祖引安都宴于嘉福殿又集會將帥於朝堂坐上收安都囚之西省出中書舍人蔡景歷表以示於朝數安都之罪詔速刑書是日安都上表陳謝自殺六月丁未夜白虹兩道出北斗間秋七月乙未皇太子納妃朱氏在位文武賜帛有差九月辛丑周迪復寇臨川詔護軍將軍章昭達討平之十二月昭達軍次建安討陳寶應丙申大赦誅死巳下

五年四月庚子太白歲星合在奎中十一月章昭達擒陳寶應留異等　異東陽長山人少豪雄多聚惡少凌侮貧賤守宰皆患之起家爲梁朝盤浦戍主紹泰二年自安固令有應接功領東陽太守封永興縣侯

累遷散騎常侍信威將軍陳文帝長女安豐公主配異第三子貞臣徵異爲南州刺史異不進尋改東陽太守異遣長史王澌入朝還言朝廷虚弱異信之外示臣節內懷兩端遣使自鄱陽信安嶺潛通於王琳分兵戍下淮及建德以備江路帝使侯安都討之異本謂官軍自錢唐江上安都乃密由會稽諸暨步道襲之異聞兵至走桃枝嶺安都進破之異與第二子忠臣及周迪等奔陳寶應寶應晉安候官人世爲閩土四姓多變詐梁朝晉安數爲反叛屢殺守將陳寶應因官軍鄉導討平之由是一郡兵權皆自己出帝嗣位録其功命入宗室并遣使條其子女無大小並加

封爵及安都討留異寶應乃遣兵助異帝大怒命章昭達督衆軍由建安南道度嶺又命余孝頃督會稽東陽臨海永嘉等兵討之詔宗正絶其屬籍寶應遂據建安湖際逆拒王師水陸爲柵昭達至深溝高壘不與戰達命軍士伐竹木爲筏俄而水盛遂乘流放筏突其水柵而使步騎薄之寶應衆潰追擒於草中并留異等同逆者俱送建康市斬之是日詔討陳寶應將士亡者並與棺木遞還本土

六年正月乙酉皇太子加元服王公已下賜各有差六月周人來聘七月癸未大風自西南至纔廣百餘步激壞靈臺候館甲申儀賢堂前架無故自壞案儀賢堂梁[illegible]

造號爲中堂在宣陽門内路西七間亦名聽訟堂每年策孝廉秀才考學士業歲莫習元會儀於此前在鴻臚寺西南衛尉府南宗正寺太僕寺大匠署脂澤庫更南即太史署太府寺東南角過路宣陽門内過東即客省右尚方並在今縣城東一里二百步玄風觀後隔路儀賢堂更近北也丙戌臨川太守騶牙斬周迪於山穴傳首建康梟于朱雀門

迪臨川人少居山谷有膂力能挽彊弩以弋獵爲事梁元帝平侯景以功遷振遠將軍高祖秉政加江州刺史及即位王琳東下至湓城新吴洞主余孝頃相合衆二萬來趨唐連八城以逼周迪迪使周敷率兵頓臨川故郡迪自斷江口與樊猛等戰大破之屠其八城生擒李欽樊猛余孝頃遞送建康市收其器械軍實山積虜其人馬並自納之永定二年以功進迪平南將軍開府儀同三司給鼓吹一部王琳既平帝

徵迪出湓城令子入朝迪乃顧望生疑不至及帝録破熊曇朗功加周敷黄法氍等官賞迪甚不平遂陰與留異相結及王師討異迪疑恐不安乃令弟方興率衆襲周敷於豫章不利而退三年帝使章昭達討迪迪衆潰妻子悉擒乃脱身踰嶺赴晉安依陳寶應寶應使兵助之明年秋復越東興嶺世祖使程靈洗等破之迪竄山穴中日月既久遣人潜出臨川郡買鮭魚使人脚痛舍於邑子邑子告太守駱牙牙執之令取迪自効因使勇士隨入山中誘迪出獵伏兵斬於道傍傳首京師

七年春二月丙子大赦改元爲天康元年三月己卯

進司空安成王頊爲尚書令夏四月癸酉帝崩于有覺殿丙戌葬永寧陵陵在今縣東北四十里陵山之陽周四十五步高一丈九尺帝年四十即位在位八年群臣上謚曰文皇帝廟號世祖帝起自布衣知百姓艱難疾苦國家資用務在儉約常所調斂事不獲已者必咨嗟改色妙識眞僞下不容姦一夜内刺閨取外事分判者前後相續每雞人伺漏傳籤於殿中者令投之於階石上使鏘然有聲云吾雖眠寐亦令驚覺其終始自彊梗槩如此

廢皇帝

帝諱伯宗字奉業文帝嫡子梁承聖三年五月庚寅生永定二年春二月戊辰拜臨川王世子三年文帝

嗣位八月立爲皇太子自梁侯景亂離東宮焚火太子居永福省天康元年四月癸酉文帝崩是日即位於太極前殿大赦内外復職遠方悉停赴喪五月上尊皇太后爲太皇太后皇后曰皇太后以司空安成王頊爲司徒録尚書都督中外諸軍事始興公伯茂爲征東將軍袁樞爲尚書左僕射沈欽爲右僕射七月丁酉立妃王氏爲皇后后諱少姫侍中金紫光禄大夫固之女天嘉四年聘爲太子妃　固字休堅瑯琊臨沂人祖汾父林固少涉史籍以梁帝外生封莫口亭侯舉秀才起家爲尚書郎太子洗馬高祖即位累遷至侍中禮遇甚厚性信佛法嘗禪坐誦經又刻

於主言使聘魏國宴饗請救一羊羊於國前跪足而拜又宴昆明池魏朝以國南人嗜魚大設罟於水中國以佛法覘之一無所獲冬十月享于太廟十一月乙亥周人來弔

二年春正月改先天元年辛卯祠南郊大赦二月南豫州刺史余孝頃反伏誅五月湘州刺史華皎反引後周爲援六月詔征南大將軍淳于量討平之七月戊子立皇子至澤爲太子九月周將元定入郢州與華皎水陸俱進淳于量吴明徹等逆擊大破之皎單騎奔江陵擒元定送建康

二年春正月以侍中安成王頊爲太傅領司徒楊州

牧加殊禮劒履上殿入朝不趨贊拜不名庚子以導
于量爲中軍大將軍四月辛巳太白晝見五月丙辰
太傅安成王獻王璽一紐六月丁卯彗星見九月新
羅林邑狼牙脩國並使朝貢時安成王與僕射到仲
舉中書舍人劉師知等恒在禁中參决衆務而安成
王爲揚州刺史左右甲仗三百人入居尚書省十一
月劉師知到仲舉等見安成秉政惡其權重陰説於
帝矯太后令下詔安成君曰今四方無事可還東府
經治州務安成將出毛喜馳入止之曰王今出外便
受制於他人譬如曹爽願作富家翁不可得也此必
師知等矯太后之令請覆之安成大懼乃稱疾召師

知留與語遂遣毛喜入言白於太后太后曰今伯宗
年幼政事並委二郎此非我意喜出以報安成安成
因師知自入見后及帝極陳師知之過乃自草勑收
師知付廷尉獄賜死自是政事大小皆決於安成王
王以上流多反叛乃諷慈訓太后甲寅太后令廢帝
爲臨海王送之藩邸詔曰太傅安成王頊固天生德
齊聖廣深二后鍾心三靈佇眷自先朝不豫任總宅
心威惠相宣刑禮兼設且地彰靈璽天表長彗除舊
布新自祥咸顯文皇知子之鑒事甚帝堯傳弟之懷
允符太伯今可崇立賢君内外宜依舊典以輿駕奉
迎是日廢帝出居別第乙卯薨年十九帝仁弱無人

君之量世祖每虞不堪繼業既居冢嫡廢立事重是
以依違積年及將大漸召高高宗謂曰吾欲遵太伯之
事高宗初未達旨艮久方悟乃拜伏流涕固辭其後
宣太后依先帝之旨乃此廢帝焉

建康實録卷第十九

建康實録卷第二十

陳書下

高宗孝宣皇帝頊　後主長城公叔寶

高宗孝宣皇帝諱頊字紹世世祖母弟始興昭烈王第二子梁中大通二年辛酉生於鄉里産夕有赤光滿室帝少寬大多智略及長美容儀身長八尺垂手過膝有勇力善騎射高祖平侯景梁元帝使徵高祖子姪入侍帝赴江陵累官至直閤將軍中書侍郎忽酒醉假寐於室馬軍主李總見是大龍乃驚走人密奇之江陵陷帝隨例遷于關右高祖即位永定初遥襲封爲始興郡王文帝嗣位遥改安成王天嘉三年自周還累至侍中廢帝立進驃騎大將軍録尚書事

轉太傅揚州牧

光天二年十一月甲寅慈訓太后黜廢帝爲臨海王

而召帝入

三年正月甲午改元太建元年即位於太極前殿大

赦進文武位一等復太后尊號曰太皇太后退文皇

太后沈氏爲文皇后后字妙姬吳興武康人建成侯

法深之女永定元年策爲臨川王妃世祖即位爲皇

后廢帝即位尊爲皇太后及安成秉政后憂悶計無

所出乃賂宦者蔣裕令誘建安人張安國使據郡反

因此以圖安成事覺遂誅安國等及帝立乃黜

后爲文皇后（案陳書后傳陳亡入隋大業初自安東歸江南頃之卒）乙未謁太廟立妃柳

氏爲主右以嫡子叔寶爲皇太子封諸子爲郡
酉使御史出西方觀行風俗以沈欽爲左僕射
爲大僕射辛丑祀南郊七月辛卯太子納妃沈
公巳下賜帛有差十月廣州刺史歐陽紇據南海反
詔章昭達討平之　紇字奉聖長沙臨湘人父頠梁
左衛將軍紇隨蘭欽南征東獠擒陳文徹獲輜重及
獻銅鼓累代無此器高祖即位進散騎常侍封陽山
公紇有幹略天嘉四年除黄門侍郎遷安遠將軍襲
封陽山郡公都督交廣越定明新高合羅愛建宜黄
利雙石封十九州軍事廣州刺史在州十餘年威惠
著於百越帝以紇久在南方意疑之大建元年詔

徵還朝之紇懼未敢□左右乃勸令反遂舉兵攻衡州衡州刺史錢道戢告變帝遣章昭達討擒紇送京師年三十三家口籍沒案陳書江總紇之故人收其子詢撫養之及長善草隸書博學著藝言百卷皇朝位銀青光禄大夫也

大建二年春正月丙申太上太后崩於紫極殿祔葬萬安陵謚曰宣太后太后年要見幼爲章氏養因姓章氏母蘇氏嘗遇道士以龜遺之光彩五色曰三年有徵及期生后產夕紫光照室因失龜所在后少聰慧美容儀手爪長五寸紅白每有朞功之服則一爪先折后善書計能誦詩及楚詞高祖永定元年立爲皇后及高祖崩后與中書舍人蔡景歷定策秘不發

喪乃詔世祖入纂皇業世祖即位尊為太后居慈訓宮光大元年下令黜廢帝命宣帝嗣業至是崩年六十五四月乙巳太白晝見五月齊人來弔

太建三年辛卯正月癸丑以著作徐陵為尚書僕射辛酉祀南郊二月辛巳祀明堂丁酉耕藉田三月大赦五月丹丹天竺盤盤等國貢方物八月辛丑太子釋奠於太學十二月壬辰章昭達薨　昭達字伯通吳興武康人性倜儻輕財尚氣少時嘗遇相者謂達卿容皃大善須小虧損當富貴耳後因醉墜馬鬢角小傷相者曰未也及侯景亂昭達募鄉人援臺城為流矢所中眇其一目相者曰卿相善矣侯景平後

與文帝結君臣之分及王僧辯誅後杜龕反遣杜泰
攻長城世祖命昭達摠知城内兵士以拒杜龕龕等
退走追討平之累戰功拜交州刺史隨侯安都拒王
琳於沌口爲前鋒破琳冊勳爲都督巴郢武源四州
諸軍事封欣樂縣侯給鼓吹一部天嘉四年陳寶應
與周迪等寇臨川詔昭達爲都督討平之進位前將
軍開府儀同三司初世祖曾夢昭達外於台鉉及旦以
夢告之至是侍宴世祖顧昭達曰卿憶夢否何以償
之昭達謝之曰當效犬馬以盡臣節太建初討歐陽
紇於嶺南以功拜司空一年率師征蕭歸歸與周軍
大蓄舩艦於青泥中昭達分遣偏將錢道戢程文季

乘輕舟襲子焚其舟艦周兵又於峽下南岸築壘名
曰安蜀城兼令於江上引大索編葦爲橋以度軍糧
昭達命軍士爲長戟施於樓船上仰割其索索斷糧
絶因縱兵攻其城降之薨時年五十四
大建四年八月辛未周遣使來聘丁丑景雲見九月
庚子朔日有蝕之詔徐慶杜稜程靈洗等配食武帝
廟庭章昭達配食文帝廟庭十一月己亥夜地大震
十二月衛尉卿許亨卒　亨字亨道高陽新城人晉
徵君　詢字玄慶六代孫祖勇惠齊冗從僕射父懋
梁始平天門二郡太守太子庶子散騎常侍以學閣
撰毛詩風雅比興義十五卷亨少傳家業有節行博

通群書多識前代舊事解褐梁安東王行軍參軍兼太常博士遷太尉從事中郎晉安王承制授給事黃門侍郎高祖即位拜太中大夫領大著作修梁史初高祖誅王僧辯父子數人同瘞一穴至是無敢言者亨以故吏抗表請葬僧辯世祖許之乃與徐陵張種孔奐等以家財營葬具凡七柩自石頭城改窆於方山東南亨卒時年六十四所撰齊史五十卷文集六卷子善心入隋位至尚書度支郎有應對才遷禮部侍郎有集二十卷後爲宇文化及所害

五年春二月夜有白氣如虹自北斗貫紫微宮三月丙戌西衡州獻馬生角詔吴明徹爲征討大都督共

伐總軍十萬發自白下四月大破齊師於淮南九月壬辰晦夜明乙巳吴明徹剋壽陽斬王琳傳首京師梟于朱雀航王琳太原人少無學業而彊記内敏事多記識軍中萬人盡記名姓累官梁元帝司空梁敬帝太平二年見高祖方盛梁祚漸衰懼梁社稷將亡遂與諸將謀迎梁元帝孫永嘉王莊於北齊歸立爲主號天啓元年正月設壇於南浦之南備法駕即帝位幸江夏新宫臨定武前殿以琳爲都督中外軍事天嘉二年世祖遣侯安都討大破之琳與蕭莊俱奔齊齊以莊爲揚州刺史與王琳鎮壽春至是吴明徹破之是歲諸軍略地所在皆剋捷淮南諸郡悉平之

六年正月壬戌大赦江右淮北諸州甲申周人來聘案梁書自侯景亂江右淮北州郡皆没北齊及江陵陷失高祖輔政而徐嗣徽任約等招引北齊軍襲江南高祖即位王琳復起上流而敗西據壽陽以歸於齊高宗即位五年六年始收淮南之地

二月壬辰耕藉田四月庚子彗星見八月尚書右僕射周弘正卒　弘正字思行汝南安成人晉僕射顗九代孫祖顒父寶弘正幼聰惠年十五爲國子生季春入學孟冬應舉解褐梁晉安王主簿累國子博士初梁武帝於城西立士林館延弘正居之以講授聽者傾朝嘗啓梁主决定周易疑義凡五十條性博物善占大同末知天下將亂謂弟弘讓曰國家厄運數年當有義兵起吾與汝何處逃刑及梁納侯景之降

弘正曰亂階此矣梁元帝平侯景徵弘正爲黄門侍郎累遷散騎常侍與王褒論利害諫元帝下都建康荆峽人士皆去周王比是東人忿求東下恐非良計弘正面折曰若東人勸東下謂非良計即西人欲西豈成良策元帝大笑竟不還都及魏平江陵弘正遁歸建康高祖踐祚拜太子詹事天嘉元年遷侍中國子祭酒使長安迎安成王三年還授金紫光禄大夫進右僕射弘正善玄言明釋典雖名僧碩德皆請質疑滯卒時年六十所著易疏十六卷論語疏十卷莊子疏八卷老子疏五卷孝經疏兩卷文集二十卷子墳官至吏部郎案陳書云弘讓亦博學天嘉初以白衣領太常卿金紫光禄大夫猶子確位南平府長史行揚州事代稱良史也

七年春正月乙亥衛將軍樊毅剋潼州城辛巳祠南北郊三月詔豫二兗譙徐合霍南司定等九州及所部在北諸郡置雲旗義士往與大軍及諸鎮守備防禦四月庚寅豫州刺史陳桃根獻青牛詔還百姓乙未桃根又獻織成羅文錦被表各二詔於雲龍門外焚之六月丙戌詔北征將士死王事者剋日舉哀乙酉改作雲龍神虎二門案宮殿簿雲龍是第二宮墻東面門晉本名東華門東出東掖門梁改之西對第三重墻万春門神虎門是第二重宮墻西面門晉本名中華門西出西華門本晉西掖門宋改名西華門東入對第三重宮墻千秋門秋閏九月壬辰吳明徹大破齊軍於呂梁是月甘露三降樂遊苑丁未幸樂遊苑采甘露宴群臣詔於苑內覆舟山上立甘露亭十一月甲子南康郡獻瑞鐘一口是歲

殷不害自周還傳詔拜司農卿尋遷光祿大夫 不害字長卿陳郡長平人祖汪父高明不害性至孝少知名家世儉約居甚貧窶年十七事梁累遷平北府咨議參軍侯景亂臺城陷文帝奔散惟不害與徐摛侍梁簡文於永福省及簡文幽縶請不害同處侯景許之不害供侍益謹簡文夜夢吞一塊土意惡之以告不害不害曰昔晉文出奔野人遺塊卒返其國簡文曰若神道有知尚冀言之不忘及元帝即位拜廷尉卿尋又江陵陷因失母所在當甚寒雪凍死者填滿溝壑不害涕泣號呼尋見死人在溝者則身自捧視舉體凍僵水漿不入口者七日始得母屍憑屍而哭

行路爲之悲哀及殯後與王襃庾信等同入長安布衣蔬食至此年方得還遝累進給事中案陳書後主禎明三年隋滅陳又西入隋卒於道弟不疑不占不齊不佞

八年春正月庚辰西南紫雲見拜吳明徹爲司空録左僕射王克爲右僕射九月立皇子叔虎爲淮南王叔齊叔文皆爲郡王

九年丁酉春正月後周滅北齊齊主高緯方禪位於其太子恒改元承光周師平鄴緯與恒避長安齊五帝二十八年二月壬子輿駕耕藉田七月庚辰大風雨震万安陵華表癸卯震瓦棺寺重門一女子死十月吳明徹大破周將梁士彥於呂梁脩東宮城十二月移皇太子居新宮案輿地志其地本晉東海王第後築爲永安宮穆章何皇后居之宋文帝元嘉十五年始築爲東宮齊宋爲太

（燹焚盡梁天監五年更修築於故齊地盛加結飾侯景亂又燒盡陳初置太子於永福省至此居新宮）

十年春正月己巳以中領軍廬陵王伯仁爲平北將軍是月散騎常侍太子右衛率韋載卒　載字德基京兆杜陵人祖叡父正載少聰惠好學年十三沛國劉顯問漢書中十事隨問隨答略無凝滯自歷職位常樂退靜有田十餘頃在江乘縣之白山遂辭疾去官築室居焉屏絶人事吉凶慶弔無所往來不入西籬門或十年年五十八卒於家夏六月大雨震大皇寺刹莊嚴寺露盤重陽閣東樓千秋門内槐樹鴻臚寺府門是月司空吳明徹薨　明徹字通照秦郡人父樹梁右軍將軍明徹幼孤性至孝年十四感墳塋未

脩家貧未辨乃勤力耕種遇大旱苗稼焦枯明徹哀憤每至田中號哭仰天告愬居數日有自田迴者云苗已更生明徹疑之及往果如所言至秋大穫足充葬用有尹生善占墓謂其兄曰君家葬日必有乘白馬逐鹿者來經墓所是最小孝子大貴之徵也至時果有應明徹樹之小子也起家梁東宮直後帥侯景亂天下飢明徹有粟麥三千餘斛見鄉里飢乃白諸兄曰當今草竊人不圖生既有粟麥可與鄉里人共之於是計口平分同爲豐儉群盜聞而避之高祖鎮京口深相要結降階執手明徹妙解天文孤虛遁甲高祖奇之以梁承聖三年請爲戎昭將軍高祖踐祚

拜散騎常侍兖州刺史宣帝大建五年加侍中都督征討諸軍事北伐賜女樂一部封南郡公揔戎十萬發自京師所向皆剋捷八月進逼壽陽王琳拒守明徹乘夜攻之中宵而潰琳等退據相國城及金城明徹遏肥水以灌之城中苦濕多腹疾手足皆腫死者十有六七齊遣大將皮景和率兵數十萬來援去壽春三十里頓軍諸將皆曰計將安出明徹曰兵貴在速而彼結營不進吾知其不敢戰也於是躬擐甲冑四面疾攻城中震恐一鼓而剋生擒王琳斬之傳首京師宣帝優詔襃崇加車騎大將軍豫州刺史就壽春授冊明徹於城南設壇士卒二十萬陳其旗鼓戈

甲登壇拜受成禮而退士卒無不踴躍六年率諸將渡淮北七年閏九月大破齊軍於呂梁八年進位司空九年詔明徹北侵軍至呂梁周將梁士彥拒戰頻破之會明徹苦背疾拔軍至清口衆軍皆潰明徹竆蹙就執以憂遘疾卒於長安九月乙巳立方盟壇於婁湖臨壇誓衆乙卯分遣大使以盟誓頒下四方上下相警以備周人

十一年己亥春正月龍見于南兖州永寧樓側池中七月辛卯初用大貨六銖錢丁卯於大壯觀閲武十一月戊午周將梁士彥圍我壽陽剋之又剋霍州是月以始興王叔陵爲征討大都督率水步衆軍以拒

周師十二月乙丑南北兗晉三州及盱眙山陽陽平馬頭秦郡歷陽北譙南梁等九郡民並自拔以歸建康周又進剋譙北徐二州乘勝而前自是淮南之地復盡歸于周矣

十二年庚子六月大風吹壞皐門中闥是月黄門侍郎顧野王卒野王字希馮吴郡吴人也祖子喬父烜野王幼以儒術知名年七歲誦五經略知大旨九歲能屬文十二隨父之建安乃撰建安地記二篇及長遍觀經史精記黙識天文地理蓍龜占候玉篆竒字無所不通起家梁太學博士中領軍府記室陳有天下遷黄門侍郎光禄卿年六十二卒野王少篤學

在物無過辭失色觀其容貌似不能言及其勵精力行皆人莫及又善丹青曾於東府六齋畫古賢命王褒書讃世人稱爲二絶又撰玉篇二十卷輿地志三十卷符瑞圖十卷顧氏譜十卷分野樞要一百卷通史要略一百卷國史紀傳二百卷續洞冥記一卷玄象表一卷文集二十卷並行於世秋八月乙未周郎州揔管司馬消難以所統九州八鎮之地來降詔消難爲大都督充九州八鎮諸軍事遷司空給鼓吹女樂一部率衆江北援之大軍北伐是月遣南豫州刺史任忠率衆趨歴陽陳惠紀趨南兖州庚午散騎侍郎淳于陵剋臨江郡癸酉魯廣達剋郭默城甲戌大

雨霖丙子淳于陵剋祐州城九月周臨江太守劉顯光率衆來降是月天東南有聲如風水相激三夜乃止丁亥周將王延貴率衆來援歷陽任忠擊破之擒延貴以送建康己酉周廣陵義軍主曹㯶率衆來降

十三年辛丑以晉王伯恭爲尚書左僕射袁憲爲右僕射二月乙亥親耕藉田四月乙巳分衡州始興郡爲東衡州以本衡州爲西衡州七月徵君馬樞卒樞字要理扶風郿人寓居京口祖靈慶樞少好學六歲能誦孝經論語老子及長博極經史尤善佛經及周易老子義梁邵陵王綸爲南徐州刺史引爲學士

命講維摩老子周易同日三部一齊發題論者縱横
樞隨問剖判應接如流論者拱默而退綸甚奇之及
征侯景留書二萬餘卷與之常閑居喟然歎曰吾聞
貴爵位者以巢由爲桎梏愛山林者以伊吕爲管庫
束名實則鄙芥柱下之言翫清虚則糠粃席上之論
藉之篤論亦各從其所好乃隱於茅山有終焉之志
陳天嘉元年世祖徵爲度支尚書辭不應命每王公
大人有饋餉辭不獲免者十分受一屬世亂所居盗
賊不入依託者數百家皆得全樞目精洞黄能視暗
中物常有白鷰一雙巢其庭樹馴狎欄廡年八十六
卒撰道覺論行於世九月癸亥夜大風從西北來發

屋拔樹大雨雹十二月辛巳彗星見西南是歲周静
帝文衍遜位於隋文帝楊堅改元開皇元年周二代
五帝二十五年
十四年春正月己酉帝不豫甲寅崩于宣福殿二月
癸巳葬顯寧陵帝年四十即位在位十四年年五十
四謚曰孝宣帝廟號高宗有子四十二人遺詔庶事
務從儉約金銀之飾不以入壙盟器皆令用瓦初帝
在田本有恢弘之度及居尊位寔允天人之望于時
國步初弭創痍未復淮南之地並入于齊帝志復舊
境返侵地而彊弱懸絶適足爲禽及周滅齊乘勝而
舉略地又至江際自此懷懼既而力修城隍爲扞禦

之備獲銘曰二百年後當有癡人修吾破城者時莫測所從云

後主長城公叔寶

後主諱叔寶字元秀小字黄奴宣帝嫡長子梁承聖二年十一月戊寅生于江陵天嘉三年立爲安成王世子大建元年正月甲午立爲皇太子十四年正月甲寅宣帝崩乙卯始興王叔陵今上御名逆叔陵字子嵩高宗第二子承聖中生於江陵天嘉三年封康樂侯少有機辯徇聲名彊梁無所摧屈大建元年封始興王出使江郢晉三州軍事始年十六政自己出寮佐莫敢預焉弟叔堅爭寵招致賓客每朝會鹵薄不肯爲

先後必分道而趨高宗不之知與叔堅後主同侍疾便陰有異志乃命典藥吏曰剉藥刃甚鈍可礪之及高宗崩倉卒之際遽命左右取劒左右不寤乃取朝服木劒以進叔陵怒叔堅在側聞之知有變伺之翌日少殮叔陵取剉藥刀趨進斫後主中項後主悶絶于地太后與後主乳母樂安君吳媪以身蔽之叔堅自掩叔陵并奪其刀將欲殺之後主不能處分叔陵多力自奮得脫突出雲龍門入東府召左右斷青溪橋道放東城囚以爲戰士遣人往新林追所部兵馬仍自被甲着白布帽登城西門以召百姓太后使太子舍人司馬申以後主命召蕭摩訶討之叔陵又遣記

室韋諒送鼓吹與摩訶仍謂曰事捷必以公爲台鼎摩訶不報當日執將軍戴溫譚騏驎二人送臺斬之叔陵自知不濟乃入內沉其妃張氏及寵妾七人于井中部麾下度小航將趨新林蕭摩訶追擒於白楊路斬首送臺流屍于江中丁巳後主即皇帝位於太極前殿大赦如宣帝故事以丹陽尹長沙王叔堅爲驃騎大將軍尊皇妣爲太后居栢香殿太后諱敬淑姓柳氏河東解人父偃尚梁武長公主拜駙馬都尉大寶中鄱陽太守卒官後高宗赴江陵梁元帝以后配焉生後主江陵陷與後主俱留穰城文帝天嘉二年高宗自周還立爲安成王妃及即位爲皇后后美

姿容身長七尺二寸垂手過膝初錢貴妃甚寵后傾心下之每有供奉之物其上者推於貴妃而自御其次者高宗崩叔陵爲亂後主賴后及吳媪救護得免實際新失淮南之地國遭大喪後主又病瘡不能聽政百司衆務假以後主命實皆决於太后也案陳書后陳亡後入長安隋大業十二年薨於東都年八十三甲戌於太極殿設無礙大齋詔內外百官各薦一人是月右衛將軍秘書監傅縡下獄死縡字宜事北地靈州人父彝梁臨沂令縡幼聰敏七歲能誦古詩賦至十餘萬言長爲世祖撰史學士累遷安成王記室縡篤信佛教從興皇寺慧朗法師受三論盡通其學初有大心寺暠法師著無淨論以詆之

綽乃爲明道論用釋其難後主即位拜祕書監中書舍人掌詔誥爲文典麗性敏速雖軍國大事下筆輒成未嘗起草然木彊不持檢操負才使氣凌侮人物朝士多銜之初施文慶沈客卿便佞親幸而綽益疎慶等因共譖毀受高麗使金後主收綽下獄綽素剛因獄中上書曰夫人君者恭事上帝子愛下人省嗜慾遠諂佞未明求衣日旰忘食是以澤被區宇慶流子孫陛下頃來酒色過度不虔郊廟小人在側宦豎弄權惡忠直如仇讎視百姓如草芥公行貨賄衆叛親離臣恐東南王氣自斯而盡書奏後主大怒頃之意解遣使謂綽曰我欲赦卿卿能改過否綽對曰臣

公如面臣面可改則心可改後主益怒命宦者李善度窮治其罪遂賜死獄中年五十五有文集十卷行世四月丙申立子胤爲皇太子賜爲父後者爵一級王公已下賚帛有差七月辛未大赦天下是月自建康至荊州江水色赤如血八月丁酉天赤如火九月設無礙大會於太極前殿捨身及乘輿御服又大赦天下辛亥夜天東北有聲如蟲飛漸移西北乙卯太白晝見

至德元年春正月大赦改元秋八月丁卯以長沙王叔堅爲司空九月丁巳天東南有聲如蟲飛冬十月封弟九人爲郡王案陳書封弟叔平爲湘東王叔敖臨賀王叔宣陽山王叔穆西陽王叔儉南安王叔澄南郡王叔興

沅陵王叔興樂山王叔韶新興王十二月丙辰頭利國遣使朝貢戊午夜天門自西北至東南其内青黃雜色隆隆若雷聲是歲左光禄大夫太子少傅徐陵卒　陵字孝穆東海郯人祖超之父摛梁昭戎將軍太子左衛率母王氏常夢五色雲化爲鳳集左肩上已而誕陵年數歲家人攜見寶誌上人誌以手摩頂曰天上石麒麟也光宅寺慧雲法師每嗟陵早就謂之顔回八歲能屬文十三通莊老長乃口辯縱横起家寧蠻府參軍累遷通直散騎常侍使魏魏人館宴之日甚熱魏之主客魏收謂陵曰今日之熱當由徐公陵答曰昔王肅至此爲魏始制禮儀今僕來聘使卿復知寒暑收大慚留

連數年後隨貞陽侯蕭淵明歸陳有天下累官吏部
尚書領大著作尚書僕射自陳創業文檄軍書及受
禪制策皆陵所製而九錫尤美爲一代文宗亦不以
此矜物於後進者接引無倦世以此重之有集三十
卷子四人儉份儀儔皆至班位陵第三弟孝克少通
玄理曉五經正義解褐梁太學博士性至孝值侯景
亂京邑大餓死者十有八九孝克養母饘粥不給其
妻領軍將軍臧氏女有容色孝克謂妻曰今飢荒
如此交闕供養欲假鄉於富家望其彼此俱濟如何
臧氏初不許之孝克乃私與媒者商量嫁與侯景將孔
景行從左右以逼之臧氏涕泣而去所得穀帛悉以

養母孝克乃自剃鬚爲沙門名法整兼乞食以充給
焉臧氏猶念舊恩亦數私致餉饋故不之絶後景行
戰死世平臧氏伺孝克於塗中累日乃見謂曰往日
之事非爲相負今既得脱當歸供養孝克嘿然無荅
於是歸俗更爲夫妻天嘉中徵爲剡令累遷散騎常侍
國子祭酒每侍宴會無所噉至席散當其前着膳減
損高宗密記伺之見孝克取珍菓内紳帶中歸以遺
母高宗咨嗟久之自後宴饗孝克前饌並遣將歸餉
母後主即位遷都官尚書陳亡隨例入長安家徒壁
立母患思粳米粥不能辦母亡後遂終身噉麥有遺
粳米者對之而泣開皇十九年卒於長安有子萬載

位至隋太子洗馬
至德二年甲申正月丁卯分遣八使巡省風俗夏四
月以江揔爲右僕射七月壬午皇太子加元服在位
文武賜帛有差孝悌力田爲父後者爵一級鰥寡孤
獨不能自存者人穀五石
至德三年正月戊午朔日有食之三月豐州刺史章
大寶舉兵反四月豐州義軍主陳景翔斬大寶傳首
京師八月戊子老人星見十一月詔修孔子廟辛巳
幸長干寺大赦高麗百濟使來朝貢
至德四年九月幸玄武湖肄艫艦閲武宴群臣賦詩
十月以江揔爲尚書令謝伷爲尚書右僕射

御名明元年春正月戊寅大赦改元乙未地震四月光禄大夫毛喜卒　喜字伯武滎陽陽武人好學善草隷書起家爲梁西昌侯叅軍高祖鎮京口命喜與高宗俱往江陵謁元帝帝以喜爲尚書及江陵陷高宗遷關右喜走郢州及高宗還喜自郢州奉迎高宗遣入關以家屬爲請周冢宰宇文護執喜手曰能結二國之好者卿也遂將柳皇后及後主還初世祖謂高宗曰我諸子皆以伯爲名汝諸兒宜以叔爲稱高宗以訪於喜喜即條自古名賢杜叔英虞叔卿等二十餘人以啓世祖世祖稱善世祖崩僕射劉仲舉與右衛將軍韓子高等知朝望有歸乃矯太后令遣高宗

還東府喜入諫高宗曰陳有天下日淺海內未夷[illegible]
邪恐懐皇后深惟社稷之計令主入省共治庶績今
日之言必非太后之意宗社至重伏願三思須要奏
聞亨如其議後主即位山陵未踰年置酒作樂命喜
喜不懌欲進諫及升階後主已醉喜佯爲心疾仆[illegible]
下昇去尋負氣出爲南安內史禎明元年徵還百[illegible]
沐其惠政追送者數百人道卒年七十二秋九月[illegible]
寅梁太傅安平王蕭巖荊州刺史蕭巘以其文武官
寮家屬濟江還十月以蕭巖爲平東將軍乙亥割揚
州吳郡置吳州以錢唐縣爲郡屬焉是歲起部尚書
孫瑒卒　瑒字德璉吳郡吳人祖文惠父僧道[illegible]

倜儻博學經史起家梁臨川王參軍累進平南府司
馬陳高祖即位遷散騎常侍都督荆郢武巴湘五州
諸軍事安西將軍郢州刺史天嘉初封定襄侯世祖
嘗從容謂瑒曰昔朱買臣願爲本郡卿有意乎乃授
持節安東將軍吴郡太守給鼓吹一部將辭乘輿幸
近畿餞送鄉里榮之宣帝太建四年除安西將軍荆
州刺史後主嗣位拜散騎常侍兼起部尚書瑒兄弟
篤睦性通泰有財皆散之親友居處奢豪宅在青溪
東大路北西臨青溪溪西即江總宅瑒家庭穿築極
林泉之致歌鐘舞女當世罕儔賓客填門軒車不絶
及出鎮郢州乃合十餘船爲一大舫於中立池亭植

文翰良辰美景賓寮畢集泛長江置淥酒亦一代之[illegible]賞又立山齋設講肆集玄儒之士冬夏資奉而處已卒乃不以名位驕物又深有巧思多所創立及卒尚書令江摠為之銘誌後主又題銘後四十字遣左戶尚書蔡徵就宅宣敕鐫之其詞略曰秋風動竹烟水驚波幾人樵逕何處山阿今朝日月宿昔綺羅天長路遠地久靈多功名未勒此意如何世論以為榮世子讓早卒案陳書次子訓知名入隋爲高康太守

御名明二年春正月立皇子恮為東陽王恬為錢唐王夏四月戊申群鼠無數自蔡洲岸入石頭緣淮至于青塘兩岸數日自死隨流入江是月郢州南浦水黑

如墨五月甲午東冶鑄鐵有物赤色如火大數外自天墜鎔所隆隆有聲如雷鑄鐵飛出牆外燒人家庭子廢皇太子胤爲吳興王立始安王深爲皇太子丁巳大風自西北激濤水入石頭城淮渚暴溢漂没舩舫己酉帝幸幕府山大獵初隋文帝受周禪甚敦隣好宣帝尚不禁侵掠大建末隋兵大舉聞宣帝崩乃命班師遣使赴弔行敵國之禮書稱姓名頓首而後主益驕怠答書甚慢末云想彼統内如宜此宇宙清泰隋文覽書不悦以示朝臣清河公楊素以爲主[illegible]臣死再拜請罪襄邑公賀若弼等並求致討[illegible]愈驕不虞外難荒于酒色不恤政事左右嬖[illegible]

者五十人婦人羨皃麗服以從者千餘人後主常從
張貴妃孔貴人等八人夾坐江揔孔範姚察等十人
預宴號曰狎客先令八婦人襞采牋制五言詩十客
一時繼和遲則罰酒君臣酣飲從夕達旦以此爲常
而復盛修造起土功稅市稅船徵取百端刑罰酷濫
初霞舟山及蔣山松栢林冬月恒出木醴後主以爲
甘露之瑞俗呼爲雀餳前後災異甚多又有神人自
稱老子以遊都下與人言而不見形言吉凶多驗經
三四年乃去船下有聲云明年亂視之得嬰兒長三
尺無頭又蔣山衆鳥鼓翼拊膺曰奈何帝奈何帝又
建康城自壞又青龍出建陽門井中湧赤霧地生白

黑毛又大風拔朱雀門又臨平湖舊常草塞不通忽然自通此湖孫皓末年已曾開通案吳書江表傳云自漢末年吳郡臨平湖草塞不通吳後主末忽然自開故老相傳此湖開即太平及晉平吳天下一統永嘉初又草穢積明初又忽開通時後主又自夢黄衣圍城有血霑階至臥牀頭而火起又有狐入牀下捕之不見以爲妖精後主乃自賣身於佛寺爲奴以禳之又於郭内大皇寺造七層塔未畢功而火從中起飛向石頭城燒人家無數又使人採木於湘州栰下至牛渚磯盡没水中既而漁人見栰浮於海上乃起齊雲觀未就國人歌曰齊雲觀賊來無際畔始比齊未諸省官人皆稱省主未幾而滅至是朝官亦稱省主識者以爲省主主將見省之兆也隋文帝謂

高頴曰我爲百姓父母豈可阻一衣帶之水不拯蒼生塗炭乃命大作戰船群臣曰伐國大事宜密之文帝曰吾將顯行天誅何密之有使投柹流下於江彼若能改吾又何求後主殊不知悟文帝益忿乃勑晉王廣爲元帥督八十揔管致討先送璽書暴後主二十惡又散寫詔書三十萬紙遍諭江外及隋軍繼下江濵鎮戍相繼奏聞施文慶沈客卿掌機密並抑而不言及隋軍臨江諸防戍船艦悉還都下江中無一鬭艦上流諸軍鎮兵士皆阻楊素軍不得下後主聞隋軍臨江曰王氣在此齊兵三來周人再至皆並摧没今虜雖來必應自敗孔範亦言無渡江之理但

奏伎縱酒作詩不輟有東宮學士張譏因皇太子以
進諫曰彊寇侵境沿江無禦備之敵請停内宴以調
軍事後主大怒　譏字直言清河武城人祖僧寶父
仲悦梁尚書祠部郎譏幼好學愛玄言受業於周弘
正梁大同中召補國子正言生與袁憲侍講於文德
殿勑令論議諸儒莫敢先發譏整容而進咨審循環
辭令溫雅梁帝器之賜裙襦絹等曰表卿稽古之力
進位國子博士後主在東宮新造玉柄麈尾成後主
執之曰當今多士如林至於堪捉此者獨張譏耳即
手自授譏乃令於溫文殿講莊老後主即位荒殆薦
政及隋軍過江孔範等言無渡江之理唯譏知其必

濟又進諫請卹軍士後主大怒收下獄或救者僅獲免城陷隨例入長安終不仕識性恬雅所居宅舍營山池植花果講周易莊老教授門徒年七十六卒所著書易禮詩莊老等疏共一百卷皆入祕閣子孝則嗣

御名明三年春正月乙丑朔朝大霧四塞入人鼻皆辛酸後主昏睡至晡乃醒是日隋將賀若弼從廣陵濟京口韓擒虎從横江濟採石南北俱進緣江鎮戍望風盡走丙辰採石戍主徐子建馳告變是日後主方下詔曰犬羊陵縱侵竊郊畿蜂蠆有毒宜時掃定朕當親御六師廓清八表內外並可戒嚴以驃騎將軍

蕭摩訶爲皇畿大都督樊猛爲上流大都督樊毅爲下流大都督司馬消難施文慶並爲大監軍重立賞格分兵鎮守要害僧尼道士盡皆執役庚午賀若弼陷南徐州辛未韓擒虎陷南豫州後主遽詔司徒豫章王叔英屯朝堂追蕭摩訶屯樂遊苑樊毅屯耆闍寺魯廣達屯白土崗神武將軍孔範屯寶田寺鎮東將軍任忠屯朱雀門辛巳賀若弼進白土崗東南大破陳軍士卒奔北弼乘勝破魯廣達蕭摩訶等於樂遊苑遊騎次宮城燒北掖門是日韓擒虎率衆自新林石子壍進大將軍任忠出降乃引擒虎徑至朱雀航趨宮城自南掖門入文武百司皆遁出惟尚書令江

摠吏部尚書姚察侍中王寬度支尚書王㥫等居省
中尚書僕射袁憲後閤舍人夏侯公韻二人居殿中
以侍後主俄頃隋兵至憲韻二人勸後主端坐殿上
正色待之後主曰鋒刃之下未可交當吾自有計乃
將張麗華孔貴嬪二妃入景陽樓井中憲韻等苦諫
以身蔽井後主不從與之力爭久之方得入二人拜
哭而去　袁憲字德章陳郡人尚書僕射樞之弟幼
聰敏年十四召爲國子正言生在學一年博士周弘
正深重其才舉高第以貴公子選尚梁簡文女南海
公主起家秘書郎累遷南康内史入陳位僕射禎明
三年隋伐陳軍人燒北掖門朝士皆散走獨憲與貞

侯公韻入殿侍後主後主謂曰我從來待卿不先他人今日見卿可謂歲寒然後知松栢之後凋及隋兵入閤後主遑遽避匿憲正色曰北軍兵人必無所犯大事如此陛下安之整衣冠御前殿依梁武見侯景故事後主不從因下榻馳去憲從出後堂至景陽殿後主投下井中憲等拜哭而去國陷入隋文帝嘉其雅操授開府儀同三司昌州刺史開皇十八年卒贈大將軍安成郡公謚曰簡長子承家仕隋至祕書丞是日隋軍雖亂沈皇后居處如常太子深年十五閉閤而坐舍人孔伯魚侍側及隋軍叩閤入深安坐勞之曰戎旅在塗不至勞乎既而隋軍求後主不得因

窺井呼之後主初不應欲下石始聞吳人叫聲乃以繩引之驚其太重俄與張麗華孔貴嬪三人同乘而上隋文帝聞之大驚開府鮑宏曰東井上於天文爲秦今王都所在投井其天意耶丙戌隋晉王廣入據臺城送後主於東宮命斬張貴妃於青溪橋妃姓張氏字麗華襄陽兵家女素貧賤父兄織蓆爲業後主爲太子以選入東宮侍龔良娣給使後主見悅之因得幸生太子深後主即位拜貴妃初始興王叔陵（今上御諱）亂後主被傷卧於承香閣中諸妃並不敢進唯貴妃侍焉至德二年於光昭殿前起臨春結綺望仙等三閣閣高數丈並數十間窗牖戶壁欄檻皆以沉檀香

木爲之又飾以金玉珠翠外施珠簾内有寶帳其服玩之屬瓌寶珍麗皆近古所未有每微風一至香聞數里朝日初照光映後庭其下積石爲山引水爲池植以奇樹雜以花果後主自居臨春閣張貴妃居結綺閣龔孔二貴嬪居望仙閣並複道交相往來又有王李二美人張薛二淑媛袁昭儀何婕妤江脩容等七人並有寵遞代以遊其閣上宮人有文學如袁大捨等並爲女學士後主每引賓客同貴妃等游宴使諸貴人及女學士與諸狎客共賦新詩互相贈答采其尤艷麗者以爲曲詞被以新聲選宮女有容色者以千百數令習而歌之分部迭進持以相樂其主詞

後庭花臨春樂等大抵所歸皆美張貴妃孔貴嬪之
容色其略曰璧月夜夜滿瓊樹朝朝新皆此之類也
張麗華髮長七尺鬒黑如漆其光可鑑特聰惠有神
彩進止閑華容色端麗每瞻視顧眄光彩溢目照映
左右常於閣上靚粧臨軒檻宮中遥望沓若神仙兼
有才理辯識彊記善候人主顔色薦引宮女假鬼道
以惑後主後主怠於政事百司啓奏並因宦者蔡臨
兒等進之後主置張妃於膝上共決之有不能記者
貴妃並爲疏條無所遺脱由是益加寵異冠絶後宮
更於閹宦便佞之徒内外交結轉相引致賄賂公行
綱紀瞀亂及隋軍陷城與後主俱入井中後爲晉王

廣斬於青溪三月己巳後主與王公卿士内外文武百司發自建康而入長安隋文詔京城權分人家第宅以禮接待之遣使迎勞使人還奏曰後主已下在路五百餘里纍纍不絶文帝歎曰一人無良以至於此及至京師列輿服器皿等於庭引後主及二太子諸王弟二十八人及司空司馬消難尚書令江摠僕射袁憲驃騎將軍蕭摩訶征西將軍樊毅安北將軍魯廣達鎮東將軍任忠吏部尚書姚察中書令蔡徵散騎常侍王元規等二百餘人帝使納言宣慰内使宣詔讓後主後主伏地雀息不能祗對並赦宥之賜對長城侯文武皆隨才擢用詔下江南陳文武宣帝

陵各給五戶看守之給賜後主甚厚常引同三公之席勑樂府不奏吳音之樂恐傷其心至仁壽四年冬十一月壬子終於洛陽葬河南之芒山沈皇后自爲哀策詞甚酸楚后諱務華吳興人儀同三司沈君理之女母高祖女會稽公主早亡后年幼哀慟過禮大建三年納爲太子妃後主即位立爲后性端靜好學工書當張貴妃盛寵勢傾後宮澹然居求賢殿未嘗有怨己之容居處儉約衣無錦繡左右近侍纔留五人唯尋閱圖史及佛經陳亡與後主俱入長安及後主薨后感其家國亡滅自爲哀誄詞甚悲切案後主年三十即位立七年年三十七以陳禎三年當隋開皇九年正月二十日國亡入隋封爲長城侯後十五年年五十二薨有子二十二人 初陳高祖即

位日其夜奉朝請史普直宿省中夢有人自天而下導從數十人至太極前殿北面執筞筞金字曰陳氏五帝三十四年又後主在東宮有婦人突入唱曰畢畢國國主主尋而不見又嘗有一足鳥集於殿庭以觜畫地成文曰獨足上高臺茂草化爲灰欲知我家處朱門向水開解者以爲獨足蓋指後主獨行無衆盛草言荒穢也隋承火運草得火故爲灰矣及後主家屬館於都水臺所謂上高臺當水開者其言皆驗初宣帝器宇弘廓有人君之量文帝知冢嗣仁弱早存太伯之心未及而崩既承萎苶之後志篡鴻運拓土開疆晚致呂梁之敗江左日蹙後主

因削弱之餘滅亡之運加以荒淫沉敗湎邑遞慶無
末童謡曰可憐巴馬子一日行千里不見馬上郎但
見黄塵起黄塵汚人衣皂莢相料理及王僧辯滅群
臣以謡言奏高祖曰王僧辯本乗巴馬以擊侯景馬
上郎王字也塵爲陳也世不解皂莢之義及陳滅於
隋隋氏姓楊楊羊也説者以江東人謂羖羊角爲皂
莢言終滅於隋夫興廢之兆其由來定矣

陳朝功臣

江摠字摠持濟陽考城人晋散騎常侍統十代孫字
光禄大夫洪五代孫祖蒨父經皆列職中外摠性至
孝少孤養於外家蕭氏好學年十八起家梁武陵王

曹參軍累遷太子洗馬侯景亂隨舅蕭勃在廣州侯景平後梁元帝徵爲明威將軍入陳累位司徒左長史太常卿尚書令中權將軍入隋爲上開府開皇十四年卒於江都

蕭摩訶字元胤南蘭陵人祖靚父諒卒於始興摩訶少孤姑夫蔡路養收養之少果毅有勇力高祖破路養摩訶出戰敗歸侯安都常從征伐先登陷陣累至巴山太守大建五年隨吴明徹北伐濟江攻秦郡齊軍大至衆十餘萬其前隊有蒼頭犀角大力之號皆身長八尺膂力絶倫又有西域胡人妙閑弓矢弦不虚發衆氣甚鋭衆軍尤憚之明徹自起酌酒飲摩訶

曰關羽斬顏良正今日矣摩訶飲訖馳馬挺身入齊
軍遥擲銑鋧擊中胡人又斬十餘大力者而還齊兵
莫不驚慴後從戰呂梁突衆手奪齊軍大旗屢以戰
功進驃騎大將軍侍中光祿大夫舊制三公黃閤聽
置鵄尾後特詔摩訶開黃閤門施行馬廳事寢堂並
置鵄尾仍納其女爲皇太子妃及隋軍來韓擒虎賀
若弼進至鍾山龍尾後主謂摩訶曰公可爲我一決
摩訶曰從來行陣爲國爲身今日之事兼爲妻子摩
訶引兵於賊軍南偏鎮東大將軍任忠次之護軍樊
毅尚書孔範又次之衆軍南北亘二十里首尾各不
相知遂戰魯廣達率所部俱進陣未合士卒潰散摩

訶無所用力爲隋軍所執及京師陷後主爲隋人守衛於内省摩訶請彌曰今爲囚虜命在須臾願一見舊主死無所恨彌許之摩訶入見後主俯伏號泣仍於舊廚□食進之辭訣而去守衛者皆不能仰視入隋爲開府後同漢王諒反於并州伏誅

樊毅□智烈南陽人祖方興梁同州刺史父文熾梁益州刺史叔父文皎侯景亂戰死於青溪毅陳平入關頃之卒

魯廣達字遍覽吳州刺史悉達之弟廣達少聰悟慷慨愛賓客累至壯武將軍晉州刺史及王僧辯之下平侯景廣達出境候接資奉軍儲僧辯謂沈炯曰

晉州亦是王師東道主人進位散騎常侍陳有天下累以功勞至安南將軍侍中轉安北將軍入隋悲憤本朝淪没發疾而卒

任忠字奉誠小名蠻奴汝陰人少孤微不爲鄉里所齒多計略膂力兼人善騎射侯景之亂率鄉里少年隨晉熙太守梅伯龍討景累遷蕩寇將軍陳有天下進號征南將軍給鼓吹一部尋加侍中信安郡王出爲吳興內史及隋軍到白土崗忠馳入啓白當具舟檝以就上流且以死奉衛後主信之令宮人裝束以待久望不至既而忠已率數十騎往石子崗降於韓擒虎後入隋爲開府儀同三司卒隋文帝嘗因宴集

謂群臣曰我常恨初平陳之日不先斬任蠻奴以懲
不忠
蔡徵字希祥侍中中撫軍景歷之子徵幼聰敏累遷
吏部尚書爲人清簡無事京城陷入隋爲民部尚書
給事中有口辨多所詳究至於仕流官宦皇宗戚屬
及朝儀制度憲章軌則戶口風俗山川土地問無不
對子翼位至司徒
姚察字伯審吳郡武康人六歲誦書萬餘言十二能
屬文起家梁朝司文侍郎梁室傾亂崎嶇采野實以
供給養入於巳分減推諸弟妹乃至故舊亦皆相分
自甘藜藿雖亂離之中篤學不廢陳有天下累遷位

尚書祠部郎中轉祕書監領著作入隋爲祕書郎劉
勸成梁陳二代史隋文帝嘗召察謂朝臣曰我平陳
惟得察一人而已大業二年卒於東都
王元規字正範太原晉陽人祖寶文偉早卒元規八
歲而孤隨母舅氏往臨海郡年十二郡豪劉瑱有財
巨萬欲以女妻之母將許焉元規泣諫曰姻不失其
妻古人所重豈得苟安異壤輒婚非類母感其言而
止孚時山陰縣有暴水流漂居人元規唯有一小船
倉卒引其母妹并姑姪等並入船留其男女三人閣
於樹杪及水退俱獲全濟世人稱其志行少好學起
家爲梁相國左常侍陳有天下累遷散騎常侍南平

王府參軍自梁諸儒治左氏學者皆以賈
虔之義難駮杜預凡一百八十條元規引證通析無
復疑滯（御名）明三年入隋爲秦王府東閤祭酒年七十
卒於廣陵所著春秋發題辭及義記十卷續經典大
義十四卷孝經義兩卷左傳音三卷禮記音兩卷

建康實録卷第二十

江寧府嘉祐三年十一日開造建康實録並案三國志
東西晉書并南北史文字對勘至嘉祐四年五月畢工凡
二十卷總二十五萬七千五百七十七字計一十[illegible]

将仕郎守江寧府溧水縣主簿張 庵[illegible]

登仕郎守江寧府句容縣主簿錢 公鐽 校正

将仕郎守江寧府右司理參軍曾 伉 校正

朝奉郎試祕書省著作郎權監府節鎮 能本 校正

宣德郎守大理寺丞致仕充江寧府府學教授趙 真卿 校正

朝奉郎尚書比部員外郎通判軍府騎都尉賜緋魚袋彭 仲荀

龍圖閣直學士朝散大夫右諫議大夫知軍府事兼管内勸農使兼[illegible]賜紫金魚袋梅 摯

紹興十八年十一月　日荊湖北路安撫使司重別雕印

監轄：下班祗應荊湖北路安撫使司聽候差使韓　學

點檢：下班祗應荊湖北路安撫使司主管文字高　遵

校勘：左從政郎新荊門軍錄事參軍兼安撫使司準備差遣王　廓

校勘官右宣教郎荊湖北路安撫使司幹辦公事張　杰之

校勘官右通直郎荊湖北路安撫使司主管機宜文字万俟　垂

右朝奉大夫添差荊湖北路安撫司參議官趙　逢

右朝請大夫荊湖北路安撫使司[illegible]劉　方平

左朝請[illegible]劉　[illegible]

[illegible]王

金陵全書

乙編·史料類

建康實録校記

（民國）酈承銓　撰

南京出版社

提要

《建康實録校記》二卷，鄺承銓撰。

鄺承銓（一九〇四—一九六七年），字衡叔，號願堂，别署無願居士，江寧書香世家子。少從名師，轉益多家，於小學、史學、詩文諸方面成就斐然。一九二八年任第四中山大學藝術系講師，後在多所高校任教。一九四七年受聘爲故宫博物院專門委員，一九五一年起任浙江省文物管理委員會副主任。著作有《説文解字叙講疏》、《唐詩史》、《願堂讀書記》、《願堂小識》及未刊稿多種。

《建康實録校記》上卷載一九三三年《江蘇省立國學圖書館第六年刊》，下卷載一九三四年《江蘇省立國學圖書館第七年刊》，後合印一册。上卷前有叙例，述《建康實録》内容、傳本情況及校例，以甘元焕轉抄彭元瑞鈔本、丁丙藏明鈔本、徐行可藏舊鈔本、張海鵬翻刻本校甘元焕新刻本，共得校記三千餘條。書尾有跋。此係第一次以五種版本《建康實録》對勘，校記遠超前人，於後世研究者有重要參考價值。本書即據合印本原大影印。

薛　冰

建康實錄校記

建康實錄校記敘例

建康實錄唐高陽許嵩撰嵩之始末已不可考四庫書目提要亦僅據其積算年數迄唐至德元年定爲肅宗時人而已其書編年紀事用實錄體裁引據廣博多出正史之外而尤詳於古蹟考六朝遺事者多援以爲徵如張彥遠歷代名畫記鄭文寶南唐近事王鞏甲申雜錄姚寬西溪叢語等並藉以訂正史册之誤蓋唐宋間其流布固甚廣也書凡二十卷卷一至四記吳卷五至十記東晉卷十一至十四記宋卷十五十六記齊卷十七十八記梁卷十九二十記陳皆都建康者而後梁特附焉其宋以下別用紀傳之體四庫提要譏爲於例不純是矣而後梁之附似亦蛇足姚察梁書固不載蕭詧事詧又不都建康於義果何取乎銓以爲此書之作蓋删舊史而成故未及整齊其例耳自卷一至四夾注中凡引吳志者五條引吳錄者五條引吳書者二條又孫堅四子下引志者一條當亦吳志也則此書記吳一代不據此數書可知舊唐書經籍志乙部編年類吳紀十卷環濟撰或即此書之藍本歟其記東晉六卷夾注中凡引晉書者四十餘條又引晉五行志地志百官志后妃傳宗室傳外戚傳列女傳等復不下二十條又引晉書成帝紀者一條皆所以補正文之缺略或紀載有出入者其非依據官修晉書可知惟孝武帝紀存史臣論一首而餘帝紀並無是又可知爲特增入者但編年晉史著於唐藝文志者不下十數家今無以考其所從出惟晉紀晉陽秋爲較有名於世或爲所據要不可知矣至劉宋一代提要謂其全據裴子野宋略

今按第十一卷中凡錄裴子野論五篇第十二卷中凡錄十篇十四卷末有論一篇亦出裴氏所謂子野論贊尚存十一者也然史事考證甚鮮僅十三卷中有注三五條餘皆述古蹟者矣齊梁兩朝大率删蕭子顯姚督舊史而成梁武帝紀中引有魏徵論無多考辨自裴氏以下三家皆紀傳體裁故此書亦因而不改焉惟記陳事二卷既於編年下附載諸臣傳又別出陳朝功臣傳於卷末其例爲尤不純亦不能知其有無依據而四庫館臣未論及此是可怪也綜而論之吳晉宋三朝爲較密齊以下則疎略殊甚惟頗加意於古蹟自序所云事有詳簡文有機要不必備舉若土地山川城池宮苑各明處所用存古蹟蓋時代不遠多參目驗其說爲有依據甚足取也宋張敦頤六朝事跡編類城闕樓台江河山岡宅舍神仙寺院廟宇墳陵諸門引用此書者幾於太半其餘引圖經寺記等書亦多出其注中韓仲通跋云高陽許嵩作建康實錄文多汗漫參考者疲於省閱新安張養正裒舊史而爲六朝事跡編類部居粲然可知張氏之作全以此書爲主而爲之分門編列但增唐以來此書所無者而已故知此書之於南朝古跡其爲學者所重由來已久矣其書新唐書藝文志載在雜史以非一代之事尚爲近理晁公武郡齋讀書志載入實錄已不免循名失實太平御覽引書目亦與劉彥明敦煌實錄並列馬端臨經籍考載入起居注鄭樵藝文略編年類系諸劉宋則尤爲紕繆四庫屬之別史於例似較允也惟是自宋至今書僅四刻而宋居其二元明以來乃絕無一本亦何寂寥茲略述其刊本源流於次

一　北宋本　本書末云江甯府嘉祐三年十一月開造建康實錄並按三國志東西晉書并南北史校

勘至嘉祐四年五月畢工銓按此本久不傳諸藏家目錄無箸錄者錢遵王云黃子羽家有此嘉祐本楊紹和楹書隅錄疑卽紹興本誤認爲北宋本理或近之

二 南宋本 本書末紹興十八年十一月 日荆湖北路安撫使司重別雕印據楹書隅錄卷二有宋刊建康實錄十六册卽此刻也每半頁十一行行大二十字小三十字此本蓋直翻嘉祐本故禎字亦注今上御名四字此本載在延令崑山兩家書目爲汲古閣毛氏舊藏有毛子晉毛奏叔父子及季滄葦徐健庵印記此書宋本傳世僅此一部其餘影宋鈔本皆從此出也近年聊城大亂海源閣藏書頗散未聞有人收得此書江安傅君沅叔在天津檢視其未散者亦不云中有此本今夏訪之趙君蜚雲亦云未見但聞此書尚在楊氏族人處其詳不得而知也然張刻從顧千里校宋本出當不失宋本面目今惟有據張刻以推宋本是校此書一憾事也

三 影宋鈔本 顧千里得此鈔本於滋蘭堂朱氏復借周漪塘藏宋本校之顧抱沖袁綬堦復據此本影寫皆從紹興本出此鈔本旋歸黃蕘圃後轉入張金吾愛日精廬已箸錄藏書志中顧黃各有跋語在今張刻本後其顧袁二氏鈔本今不知所歸莫郘亭云上海郁泰峯家有舊影宋鈔本或卽顧袁二本之一也

四 張氏影鈔本 張海鵬從貽訓堂得顧千里校宋本刻於嘉慶戊辰張自有跋蓋宋以來第三刻本也此本流傳亦不多里人傅茗生有此本卽甘氏借以翻刊者銓從武昌徐氏假得以校甘刻本

五　甘刻本　同治戊辰甘劍侯先生從運瀆草堂孫氏假得所藏彭文達鈔本（未著明影鈔何本）始有意於重刊至光緒丁酉春乃於同里傅氏借得貽訓堂本而以鈔本校之未及開雕而先生遽歸道山嗣君梓密先生始以付梓又未及觀厥成而逝今板藏梓密先生嗣君貢三丈許

右自宋以來四刻皆以嘉祐祖本爲主凡顧袁諸鈔又皆源出於是銓所得見僅張刻及甘氏新本而已其與宋本異而不知其源者有數鈔本別誌於下

一　四庫全書本　四庫書目提要注云江蘇巡撫採進本而不云是鈔是刻銓按宋本僅傳毛氏藏本一部後歸聊城楊氏決非四庫所據之底本然則四庫當據鈔本提要云蔡謨讀爾雅不熟幾爲勸學死（注謂用荀子勸學篇蟹有六跪二螯之語）晉書誤作勤學姚寬西溪叢語卽據此書駁正是四庫所據之本必作勸學可知而今按張刻甘刻並作勤是又四庫本與宋本非一源之證也惟武昌徐氏藏鈔本正作勸學或徐氏鈔本與四庫本爲一源惜此間不得四庫本一比勘之

二　八千卷樓丁氏藏鈔本　善本書室藏書志卷七載此明依宋鈔本云有嘉祐紹興銜名猶存宋刊面目銓既從盋山親檢見其字跡惡劣不似明寫又卷一至七乃係新鈔緣乞王君覺无校其卷八以下之十三卷其中八九十十一十二十四諸卷各分上下子卷各本皆無分者據此可決其不源於宋本也

三　彭文達影鈔本

四　甘氏傳鈔彭本　此本傳鈔事出急就故字畫甚拙但彭本既不知所歸今惟賴此推見其略彭本其源不可知惟諸本缺文雖互有多寡要以此本爲最足故甘氏新刊據以校補轉校張本爲足也其中異文夥多往往同於徐氏鈔本或與徐本同一祖本歟

五　武昌徐氏藏舊鈔本　此本按其字跡當是清嘉道間寫本亦不知其所從出聞是藝風堂藏書而未見藝風印記此本脱文與甘鈔本有互異處亦有足補甘本者其諸本譌誤不可讀處往往得此而冰釋可寶也矣

右諸本雖各有避宋諱處然與汲古閣所藏之紹興本則頗異或宋時別有傳本抑鈔寫出入之故今不得而詳矣銓得見者甘氏影鈔彭本丁氏明依宋鈔本徐氏舊鈔本張海鵬翻宋本（校記稱甘本丁本徐本張本）皆用以校甘氏新刻本茲述校例五則於下

一　全書校記約三千條茲分爲上下二卷

一　刻本皆源宋本其行格并與宋本同鈔本既不能確知其是否出於刻本則其行格不必爲定式故不記行格

一　校依顧千里諸家舊例疑誤之字亦具載以著各本面目惟去其太甚者

一　筆畫小異而實是一字者如以作㠯然作肰悅作説于作於等不具錄

一　宋諱嘉祐本諱禎刻本作○○或作（今上御名）四字紹興本諱構刻本亦作○○或（今上御名）四字其恒作恒殷作

𦙍匡作臣敬作欿胤作允等不具錄

銓甘氏壻也初求刻本於甘氏而不可得旋知書板尚無恙而印本流布苦甚鮮因請於賈三丈印百數十部以廣其傳復假得底鈔本校之意當更求張刻一勘已巳歲徐君行可過訪談次及此書云藏有張刻又別一舊鈔尤勝刻本時徐君方欲傳校愚藏書數種因乞借此二本一校蒙徐君慨許才歸漢皋即爲郵致因並得校於新刻本中旋又乞王君覺无校盋山所藏丁氏鈔本於是所據得四本矣其後朋輩知有是校多促寫爲校記以詔讀是書者而徐君尤屢以爲言銓則以宋本四庫本並未得見因循未舉今春居盋山龔謀先生復索以實館刊重違其意姑就所已校得者寫爲此編聊用報命一夏苦於病臥值新秋意思蕭然乃得錄出清本周君雁石又特寬以月日使得徐徐蕆事用意良殷嘗憶阮文達序七經孟子考文訾其但能列舉異文未敢決擇是非皆爲才力所限則此舉之事同鈔胥固知貽譏難免惟是書才二十卷已得校記將三千條或於讀是書者不無小補也想海內藏家或別有善本倘異日更得補校則尤是書之幸矣癸酉七月江寧鄺承銓衡叔記

建康實錄校記上

江寧鄺承銓衡叔

序（徐鈔本甘鈔本闕）

卷第一

一葉　五行　吳太祖（徐本祖下有上字）　六行　建業者（徐本甘本業作康）　案周禮（徐本甘本案作按下同）　七行　淮海惟
州（徐本楊作揚下同）　八行注　立爲楊山（徐本楊作錫）　下濕（徐本濕作溼）　北據淮（甘本據作距）　十三行　武王克紂
（克作尅）　十七行　周書（徐本書作禮）　十九行注　瓦棺寺閣在岡東偏也（徐本棺作館岡作其）　十九行　一百
十三年（徐本一百二字空格）　二十二行　置金陵邑也（徐本也作焉）　楚之金陵（甘本陵作城）
二葉　三行注　秦本紀（徐本紀作記）　中山穎川（徐本穎字空格）　北平遼西（徐本遼西二字空格）　四行　於故鄣（徐本於作于下同）
五行　一十三年（徐本甘本無一字）　十一行　秣陵橋（徐本橋作縣）　十三行　始放虞舜（徐本舜作帝）　十五行
輿地志（徐本作地輿）　十六行注　袁逃所偪（徐本甘本逃作術偪作逼）　十九行注　東府西州（徐本甘本府作有）　二十
宛陵縣（徐本甘本宛作苑又甘本校云宋本作苑次行注同）　二十二行　胡熟（徐本胡作湖）　蕪湖黟（徐本黟下有縣字）

三葉　三行　孫曾耳（徐本甘本耳作身又甘本校云宋本作耳）　七行注　白鶴飛去（徐本鶴作雀）　十行　於陽夏（甘本夏作下）　十
四行　伏兵殺之（徐本無伏兵二字）　於堅喪（甘本於字空格疑當作以）　十五行　歸袁術（徐本術作紹）　十六行注　二錄差
術（徐本二字空格）　十九行注　仁卽戲子（徐本戲作庶）　二十行注　策感惟（徐本甘本無惟字）　欲自憑結（徐本無自字）　願
明使君（甘本無君字）　二十一行注　漢獻帝（徐本無漢字）　二十二行注　已五六千濟（徐本甘本濟字空格）
四葉　二行注　復任之（徐本張本甘本任並作仕）　五行注　守皖（徐本皖作碗）　策轉破（甘本作於廬江三字）　六行注　今據豫
章（徐本據作將）　因令國儀（甘本張本儀作議）　策江表傳後（徐本此五字空格疑當作案）　七行注　上巴丘（徐本丘作邱）　九行　陳
登（徐本作發）　十五行　及此兵屯江上（徐本此作北甘本作伏）　二十一行注　見吉在其中（徐本在作於）
五葉　一行　與天下爭衡（徐本作與爭衡天下）　二行　以保江東（徐本作東江）　四行　克昌堂〇〇（徐本〇〇作構下缺諱處徐本並不避）
十九行　共論王霸（甘本王作五）　二十一行　往椒丘（徐本丘作邱）　二十二行　丹陽都尉（徐本甘本尉作督）　邊
洪（徐本邊作邉）
六葉　八行　間訊老母（徐本甘本無間字）　十九行　寧識神亭時也（徐本也作邪）
七葉　一行　攻廬江（徐本江字下有太守陸康四字注）　三行　屈意在公路（徐本在作於）　纔得千餘人乃（徐本纔作才乃作仍）　五

行　作邪諮事（徐本諮作僭）　七行　與論辯之（徐本辯作辨　甘本作辨論）　八行　依隨之否（徐本依作倚）　十一行　所將多少（徐本所作宜）　十三行　其於盡節（徐本其作甚）　十八行　告於策曰（徐本於作于下多同）

八葉　一行　蝬臂（徐本蝬作逡）　六行　年四十二（徐本二作一）　十六行　皆叛汝矣（徐本汝作女下同）　二十二行　置始所（徐本所作新）

九葉　一行　時表已死（徐本表上有劉字）　十行　上往觀豐（徐本無往字　徐本甘本豐作釁）　十三行注　今潤州（張本潤作閏）

十五行　一萬繼之（徐本萬下有以字）　十六行　艨衝鬭艦（徐本艨衝作艨艟　張本作蒙衝　甘本作艨衝　徐本鬭作門）　十九行　延頸觀望（徐本甘本觀作歡）　二十二行　北歸留曹仁（徐本無留字）

十葉　九行　備對曰（甘本無備字）　十行注　再見之矣（徐本無再字）　十六行娑兒（徐本甘本兒作貌下同）　十七行　大宅舍之（徐本宅下有者字）

十一葉　十二行注　時人語曰（徐本語作謂　張本作諮）　瑜常有恩信（徐本瑜下有時字）　十三行注　瑜折節（徐本甘本折作抑）

十五行注　聞絃賞音（徐本聞字空格）　十六行注　還飲宴（張本還作遷）　十七行注　非言辭所聞（張本聞作問）

十八行注　互疑諧之（徐本之字下有備謂權曰四字）　二十二行　出濡須口（徐本無出字）

十二葉 一行 足以張本足以作以復 二行 否聊復覩卿胆耳徐本張本並無此七字 四行 疫入中洲徐本洲作州
八行 嚴仗徐本甘本仗作伏 十行注 弓箭亂發徐本甘本張本箭並作弩 十二行 江濱郡縣甘本郡作州 十三行
令內移人轉相驚徐本甘本人作入 十七行 一十四郡徐本四作七銓按後二十八年亦作十四郡此四字不應作七 二十二行 上鎭
陸口甘本陸作六

十三葉 一行 乃分荆州徐本分作命 六行 而奪之徐本脫之字 以驍果從徐本從下有之字 七行 權嘗曰
徐本嘗作常 八行 合淝徐本淝作肥下同 九行 乃徹軍徐本徹作撤 十一行 橋南已拆丈餘徐本甘本拆作折 二
十一行 餘杭徐本杭作姚 二十二行 嘗有宴會甘本嘗作常

十四葉 一行 勤怒徐本怒下有詈統二字 三行 每隨權甘本隨作從 八行 二子列封徐本列作烈 二十行 乃
薦肅徐本肅上有魯字

十五葉 四行 覩天下之釁張本釁作舋 十行 治身徐本身作軍 思略宏遠徐本宏作弘下同

十六葉 一行注 當斷其首徐本甘本張本首作頭 二行注 共事劉備徐本脫劉字甘本脫備字 五行 劉當徐本劉作鄧
六行 設有功徐本設空格張本作誤 十行 棊斷險道徐本棊作柴甘本作塞次行同 十一行 仁夜遁走甘本遁作逼 十三

行　分其兵與蒙（徐本蒙上有呂字）　十五行　權以其衆（徐本脫權字）　十六行　乃擇師傅（徐本乃作皆）　訓其弟子（張本訓作計）　十九行　竟破羽（徐本竟作以）

十七葉　三行　子霸襲爵（徐本爵作封）　四行　膽略兼人（徐本兼作過）　五行　邈焉難繼（徐本難誤作能）　六行　此一決（徐本決作快）　十行　此二決（徐本決作快）　十一行　借元德地（甘本元作玄）　十六行　羽不足忌（徐本脫羽字）　內不能辯（徐本辯作辨）　外爲大言耳（徐本外下有一空格甘本張本此五字作外爲本耳四字似誤）　二十一行　歸附（徐本附作拊）

十八葉　十四行　於行軍（徐本甘本張本軍作陣）　二十行　有備禦之固（徐本甘本備禦作禦侮）　二十二行　撥羣驅隊（徐本驅作逐）

十九葉　十三行　論天下君臣大節（徐本天下君臣作君臣天下）　十七行　應接（徐本接作援）　十八行　搴旗（張本搴誤塞）　二十二行　桓峙（徐本峙作階）

二十葉　二行　郢州牧（徐本州作江）　四行　步騎數萬（徐本作數萬步騎）　十四行　永修舊好（徐本張本永作求）　十九行　未復書耳（徐本張本耳作爾）　二十行　每閑居（徐本閑作閒）　二十二行　酒有斟升（徐本甘本斟升作斗升張本作斟勝）　不亦快乎（甘本亦作以）

校勘　建康實録校記

二十一葉　四行注　一十九縣張本十誤作土　九行　亦何競焉徐本張本何下有心字徐本競作覺甘本作竸　十三行　來往爲常徐本作往來　二十行　孫韶徐本張本甘本韶作劭　二十二行　四年徐本甘本提行又甘本校云應從鈔提行

二十二葉　二行　廊廟徐本廊誤廓　十行　知命徐本命誤名　十四行　頃之徐本頃誤往　十六行　勅宗正徐本勅作出　十九行　累遷徐本遷誤遣

二十三葉　三行　農畝徐本畝作畮　七行　寫利害科條徐本甘本張本寫作篤　九行　少好徐本誤倒　十五行　妻妾乘徐本乘作棄　十八行　古文大義徐本甘本文作人　二十二行　懸遠徐本懸作縣

二十四葉　七行　七條密表於王徐本作密表七條於王　九行　夾石亭徐本無亭字　十一行　翟丹徐本甘本丹作冊　十六行　江都徐本都作東　共升堂徐本升作陞

二十五葉　五行注　乞降爲都督徐本甘本無爲字　皆有趣甘本趣上有指字

卷第二　吳中徐本無此二字

一葉　三行　黃武徐本武作盂下同　四行　鳳皇甘本皇作凰　九行　太乙徐本乙作一　十行　既布徐本布作有　十

八行　各賜勳五轉徐本勳五轉三字空格甘本五誤王　二十行　斑蘭耳徐本蘭作爛

二葉　三行　吳伐之徐本脫之字　六行　金陵地勢徐本地作形　岡阜連石頭徐本岡誤剛張本作崗次行同　十七行　四

年奉使徐本奉作春　二十行　東部尉徐本部作郡

三葉　六行　野蚕爲蠒徐本甘本蚕作蠶徐本蠒作繭　十九行　謙讓張本謙作儉　二十一行　求視蔬飰張本視作親徐本甘本飰作飯

四葉　四行　嶮路徐本嶮作儉　十二行　豹皮千枚徐本枚作枝　十四行　選曹徐本曹作糟　十六行　姦雄甘本姦作奸　十七行　盤㸦徐本甘本張本㸦作牙　十八行　未有徐本甘本張本未作者

五葉　二行　將馬還徐本還作返　八行　二百匹徐本甘本張本匹作疋　十五行　昭字子布張本昭字上誤增口　十六

行　受春秋徐本秋下有博覽二字

六葉　七行　淵背魏張本甘本魏作漢　八行　司取笑天下徐本甘本無司字　二十一行　意慮愚淺徐本意作思

七葉　九行　道西有張子布宅徐本道下空一格又無張字　十行　有山岡徐本張本岡作崗甘本無岡字　並是地里名徐本並作皆

十二行　郞吏者徐本吏作史　十三行　不得虛詞相飾徐本張本詞作司　十四行　長吏徐本吏作史

八葉　四行　謝四方徐本甘本謝作論　十一行　北抵倉城徐本張本脫抵字　建康宮徐本康作業　十三行　鳥獸死

者太半徐本甘本太作大　十五行　邊鴻徐本鴻作洪下並同　十六行　宛陵徐本張本甘本宛作苑

九葉　一行　知青徐汝沛等軍事徐本等下有諸字　朝見帝徐本甘本無帝字　五行　秦傀等徐本傀作隗　七行　取

湘中地徐本湘作相　殷禮徐本禮字空　十四行　或失便宜徐本張本甘本便宜並作宜便　十六行　非出兵之策也徐本非上有此字　十七行　禮字德嗣徐本禮字空

十葉　四行　頓息又擇空闊之地徐本又作必　六行　咸以爲是張本脫是字　十行　立二十一年徐本一作三

十二行　顧譚徐本譚作謙　十四行　志節外明徐本外作分　十六行　備知愫素徐本愫作情

十一葉　二行　帝卽尊位徐本位作號　五行　好會賓客徐本甘本無會字　九行　傴背平徐本傴作軀　十一行

通城北塹潮溝張本溝作海　其舊跡甘本跡作址　十二行　經閶闔西明等徐本等作寺　東經棲元寺門張本寺作等

十三行　今已湮塞徐本張本湮埋　十四行　至此鷄始鳴徐本無始字　十五行　苑陵徐本陵作城　十七行

延興橋甘本延作建　東度此橋徐本甘本度作渡　十八行　潮溝大巷徐本巷作港　十九行　坊於郭東東逼

青溪徐本不重東字　二十行　王元長徐本元字空　二十一行　江總宅徐本宅作舍　二十二行　京都記徐本都作師

典午時徐本典午二字作於字張本無典字

十二葉　十五行　横目苟身甘本目作蜀　蟲入其腹徐本甘本蟲作虫

十三葉　九行　此間始戒嚴徐本此上有而字　十行　且又治國張本又作人　十一行　人言若不可信徐本若作苦張本作昔　十五行　始仕幕府徐本仕作任　二十一行　意思深長徐本意上有遜字　二十二行　爲右部督徐本部作都　征關羽徐本羽字空卜並同

十四葉　三行　敗曹休於夾徐本夾下有石字

十五葉　二行　梁避太子諱徐本甘本張本幷無避字諱作祠　七行　全綜徐本甘本綜作琮　十行　適南宫徐本甘本張本適作通　宋留欣樂營徐本欣樂營作興樂宫　十三行　妨損農業徐本業作桑

十六葉　四行　及臼藥在徐本甘本無在字　八行　周迴甘本迴作圍　九行　曰神龍甘本神作坤　公車門徐本甘本張本車作事　東門徐本甘本無門字　十行　明揚門徐本甘本張本揚作陽　十二行　之應也徐本甘本應作慮　十三行　朕口臻於兹徐本口作何以二字甘本朕字亦空　十五行　冀州牧徐本無州字　十八行　讀誦經書徐本作誦讀　十九行　郡之豪也徐本甘本之字空　萊茹而已徐本張本萊並作菜　二十一行　累遷位徐本位作使　二十二行　徵爲張本徵作懲

十七葉　三行　衛旌(甘本旌作旗)　四行　上疏奬勸(徐本勸下有曰字)　八行　竄遁(徐本遁作逃)　十行　覽英拔俊(甘本覽作檻)

十八葉　二行　凡一百八十日(徐本無凡字)　威鎮敵國(徐本國字下有耳字)　七行　典校之府(徐本校作牧)　十行　往吳中(徐本中作下)　十九行　招誘降附(徐本誘作攜)　二十二行　恭順善於(張本於作餘)

十九葉　三行　隔絶障海(徐本障字空)　八行　亡肯嗣之應也(徐本亡肯作鄙允)　十行　城嫗見之(徐本嫗作媪)　十四行　見魯王太盛(徐本盛作甚)　十六行　敷讖太子(徐本讖作譖)　十八行　國之本根(徐本作根本)　二十一行　三方鼎峙(徐本方作分)

二十葉　二行　無事何忽忽(徐本甘本忽忽並作忽忽)　還鄉至次行見帝十七字(徐本甘本並脱)　四行　立奚齊(張本無立字甘本奚作夷)　乃左遷(徐本甘本左遷作右出張本作左凹)　六行　賜魯霸死(徐本甘本魯下有王字)　十一行　是月遣軍十萬(徐本月作日)　十三行　王表(甘本表作袁)　二十行　石碑磋動(徐本磋字空)

二十一葉　六行　常說夢(徐本常作嘗)　九行　帝疾甚(徐本甘本無甚字)　十五行　年七十一崩(徐本無崩字甘本一下有歲字)　十九行　顧諸人曰(徐本諸作謂)

卷第三

一葉 一行 吳中下（徐本無此三字） 三行 潘皇后（徐本潘下有氏字甘本皇作氏） 九行 俠築兩城（徐本俠字空） 十一行 乃遣（徐本乃作內） 十四行 唐貲（徐本張本貲並作沓） 十五行 贊等兵少（張本作贊兵等少） 十七行 便鼓噪（徐本便作但）

二葉 二行 吳都（徐本都作郡） 十三行 中書令（徐本甘本無令字） 孫嘿（徐本嘿作默下並同） 二十二行 藍田出玉（徐本出作生）

三葉 四行 臣父知訣所事（徐本無訣字張本空一格） 十一行 則縱兵（徐本無則字） 十五行 獨擅內外事（徐本內作中） 十六行 原逋債（徐本債作負） 十九行 盥嗽（徐本嗽作漱） 二十一行 少閒（徐本閒作頃） 犬復（徐本甘本復作後） 之宮門（徐本甘本之作至）

四葉 六行 上柱屋梁（徐本柱作拄） 十二行 及出行（徐本行作門） 自新城（徐本自字空） 十三行 橫路南是（徐本甘本並無是字）

五葉 三行 引衆軍（徐本引作領） 六行 偏將軍綝（徐本綝作琳下並同） 七行 武烈皇帝靖（張本烈作昌作弟下空一格 徐本靖承銓）（按後十一葉綝傳當作皇帝弟靖） 十四行 又密使（張本又作乃） 十九行 都亭侯（甘本都作御）

六葉　三行　己酉（徐本酉作卯）　十五行　朱成（徐本成作城）　二十一行　加爵賞（徐本加作皆）

七葉　三行　公主從姊也（徐本主下有緋字）　七行　緋怒殺彝（徐本甘本怒下有遂字）　十一行　魯班（徐本甘本班作斑）　十三行　戴顒（甘本顒作顒）　十五行　及即位（徐本無位字）　十九行　帝即持吏（徐本持字空）　二十二行　張邠請收（徐本請作等　甘本請上有等字）

八葉　三行　莫不驚竦矣（徐本不下有爲字）　十二行　召百官（徐本召作會）　十四行　伊霍復見（徐本見作爲）　十九行　己卯（徐本己作乙）

九葉　七行　自拘（徐本拘作己）　十一行　大臣（徐本大作人）　十三行　數月（徐本月作日）　十五行　在郡人家淫放（徐本人家作家人）　二十一行　非但直活而已（徐本甘本直作求）　二十二行　欲爲子孫儲業（徐本甘本無爲字）

十葉　十四行　壬子（徐本子作辰）　二十一行　詔給（徐本給作出）

十一葉　十二行　羣臣有乞（徐本有作皆）　十四行　豎子（張本豎作竪）　十六行　武烈皇帝弟靖之元孫（徐本靖字空　承銓按孫峻傳作曾孫吳志亦作曾孫此元字誤）　十八行　推詰（徐本詰作語）　二十行　嫌之（徐本無之字）

十二葉　十三行　候官（徐本甘本候作侯）　二十二行　乙酉（徐本作乙卯）

十三葉　一行　霙徐本作霓　二行殗徐本作殗下並同　十八行　悅意典籍徐本悅作銳　十九行　大豬徐本大作火

二十行　禪衆寺前徐本甘本前作門

十四葉　十五行　堅敵徐本作敵國

十五葉　八行　年三十一徐本無一字按吳志亦作三十　承銓

卷第四

一葉　一行　吳下徐本無此二字　五行　數叛徐本叛作反

二葉　七行　好酒愛殺人小大失望徐本無人小二字望上有人字甘本殺下無人字望上有人字　八行　而○○○○於帝徐本○○作譜承銓按凡劉本避宋諱皆構字此亦當作構　十二行　輿深相結徐本輿作與　二十二行　口口徐本作隨紹

三葉　二行　入國問俗徐本國作門　九行　八尺之體徐本體作軀　十二行　吳道徐本無道字　十五行　譖害徐本譖作讒　綝益忌徐本無益忌二字　十六行　景帝后徐本帝作皇　十八行　時政多謬徐本謬作艱　十九行　墝埆徐本作磽确　養民徐本下有之所二字　二十一行　苦下空九字諸本並同　二十二行　夫下空九字徐本作丁固右將軍諸葛靚守九字

四葉　十二行　出自溪口徐本口作中　十六行　滕收徐本收作收　二十行　作虎猥爭徐本猥作郞

五葉　四行　北入建業徐本北作比　九行　大臣各塚張本各作名　十三行　零陵北部徐本甘本無北字　二十
行　敗政徭俗徐本甘本徭作淫

六葉　九行　以賢爲本徐本以作有　十七行　策以尊輔徐本策作榮　十八行　越倘舊臣徐本倘下有舊字　智
士赫咤徐本赫作嚇

七葉　一行　中宮萬數徐本甘本作數萬　三行　臨祚以來徐本祚作阼　九行　斗筲小吏張本筲作宵　十一行
懼以不盡之酒徐本以作有　二十行　家唯空戶張本戶字空格　二十一行　國以民爲本以食爲天徐本本下
有民字以食作有食甘本本下有民字

八葉　十六行　是不遵先帝張本脫先帝二字　二十一行　大開苑囿徐本苑作園

九葉　一行　窮極伎巧徐本伎作使　二行　所引湖徐本引作司　三行　闇闔詭譎張本作譎詭　雕欒鏤楶徐本鏤作
樓　四行　列寺七里徐本寺作樹　夾棟陽路徐本夾作狹　五行　淮在北徐本在作出　七行　洲上有小山
徐本洲上作烈山　在前卷徐本甘本無卷字　十四行　備官寮徐本官作宮　二十行　歘歔徐本作歘戲甘本張本作欷戲

十葉　二行　爲安成郡張本自爲字以下缺二十一行盡本頁　三行　三年春徐本自三字下缺二十五行盡本頁甘本三年上有按傳二字　承銓按丁固夢松事見本卷十三頁不應複出疑甘本此頁出後人臆補　十七行至二十二行空甘本不空校云兵五千人下原書缺八行

十一葉　十八行　持仗百人共引徐本持作執張本百作兵　二十行　乃遂追甘本張本遂作逐

十二葉　八行　楊禳徐本甘本禳作稷　十二行　闡字仲思徐本甘本闡上空一格　二十二行　見墓大奢徐本大奢作太奢　何都兒似後主徐本甘本都下有兒字

十三葉　五行　之曰張本曰下空一格　九行　垢汙徐本汙作汗　十七行　薛瑩徐本薛作沈　二十二行　猶是漸見嫌責徐本猶作由　十四行　皆更繕徐本更繕作便膳　十九行　拒有疾徐本甘本拒作抗

十五葉　六行　久爲將徐本久作之　八行　長一赤徐本甘本赤作尺　十三行　將有輿櫬銜璧之事徐本將下有求當二字櫬字空格　十八行　東湖太守徐本湖作吳　十九行　賀邵徐本邵作劭下同

十六葉　二行　邵字興伯徐本邵上空一格

十七葉　二行　文武職位徐本位作任　四行　何○○徐本○○作植　銓按此書諱構不諱植作植非　六行　將兵七千徐本千作萬　七行　修允徐本允作永　十二行　吳之土運徐本土作王　十三行　貴賤懸殊徐本作殊懸　郎其天道徐本其作有

十八葉　十行　以謝天下徐本以作有　十八行　無有戎備徐本戎作戒

十九葉徐本此頁全脫　一行　不能復整甘本能作可　今宜及甘本及作渡江二字　三行　萬字以下張本脫壹本頁　十一行

吳錄曰云云銓按吳錄曰以下當是注文誤作大字

二十葉　三行　何○○徐本○○空格校肇補作構字　五行　以遺天命徐本遺作遣　六行　謂之○○祥徐本作反謂之祥張本○○空格　銓按所避當是諱字　十行　天文元變於上徐本甘本元作縣　十一行　其局哉徐本局作扃　十二行　○○一名植張本一字上空二格

十七行　總蜀兵徐本蜀作屬　十八行　直指建業徐本指字空格甘本張本指作止

二十一葉　五行　朕以不德徐本以作有　八行　銜璧昇櫬徐本櫬字空格張本櫬作襯　九行　焚櫬徐本櫬字空格　十三行　吳亡於後張本作吳後於亡　十八行　白額獸徐本獸作虎

二十二葉　五行　廣陵太守徐本陵作平　決遣之徐本遣作還　處曰徐本曰作白　新舊雜居徐本雜作離　六行　敦以教義徐本以作有　收葬之徐本收作牧　七行　吳彥徐本吳作吾　十行　軍容甚盛徐本甘本無容字　十二行　患衆情不允徐本患下有寡字　十三行　跳躍而來徐本甘本並無來字　十五行　彥堅守徐本甘本無堅字　攻之不下徐本甘本不作上　皓亡始降張本無降字甘本降字空格　十六行　帝常從容徐本常作嘗

二十三葉　一行　常指殿徐本常作嘗　五行　年四十二徐本二作四　六行　文帝徐本甘本文作大　九行　達

河南人徐本達下有本字　十二行　黃象徐本黃作皇　十五行　太卜尙廣甘本卜作僕　二十行　司馬如滅之

徐本無如字　二十一行　案吳云云甘本案以下不提行　至唐至德元年張本無下至字　二十二行　三十五年矣徐本

三作五

卷第五

一葉　一行　晉上徐本無此二字　四行　丹楊南郡徐本楊作陽下同　六行　秦淮徐本秦作東　建鄴徐本甘本鄴作業次行同

九行　石冰甘本冰作水下同　十一行　果入徐本入作來　遂據此地徐本此作北　二十一行　逆賊顧榮徐本甘本無逆

賊二字　二十二行　將軍劉準徐本無軍字

二葉　一行　榮玘徐本榮下有見字　四行　陳敏徐本甘本陳上空一格　五行　廣陵甘本陵下有合字　七行　時在惠帝

徐本無在字　十三行　以顧榮徐本甘本無以字　十七行　壬子徐本甘本壬作王　十九行　簡字徐本甘本簡上空一格　河內

懷人徐本內作南甘本無懷字　二十二行　歲鎭徐本鎭空一格甘本鎭作昰

三葉　一行　榮字徐本甘本榮上空一格　十一行　飲醉徐本甘本醉作酒　飲酒徐本無飲字　十四行　假榮右將軍徐本

榮作名 十五行 敏使徐本敏上有陳字 以圖敏甘本以作曰 十六行 潛謀破敏徐本敏上有歠字

四葉 三行 周宣佩徐本佩作珮 六行 玠字徐本玠上空一格 十一行 衛玠徐本甘本作此子二字 十六行 從此

遂甚甘本遂作益 十八行 未悉徐本張本悉作委甘本作知 二十一行臨漳甘本漳作鄣 二十二行 玘字徐本玘上空一格

五葉 十二行 復爲徐本復作又 十八行 四至守十二守徐本甘本並脫 二十一行 重暈徐本重作日 二十

二行 名元帝徐本無名字

六葉 一行 令王張本令作今 二行愍帝甘本愍作慜 四行 不止甘本止作己 十行 韓績徐本績作續下同 十三

行 改元建武徐本元下有爲字 十五行 宣陽城徐本城字空一格 十六行 右街東徐本右作古 十八行 宜

城公裒徐本甘本裒作衷 張本作裒 二十一行 溫嶠甘本張本嶠作嬌

七葉 九行 坌溢徐本坌作岔 十行 八卦分布成文徐本無八卦分三字布下有列字

八葉 一行 因內憚焉徐本無內字 五行 琨字徐本琨上空一格 十二行 皆悽然徐本悽作淒 十六行 止

是史官徐本止作正 十八行 靳準徐本準作準下同 二十二行 詔旌徐本旌作故 甘本作孜 張本作改

九葉 一行 列聞是歲武昌太守王諒奏徐本甘本張本奏字並在上聞字下 七行 循字徐本循上空一格 傳禮學徐本禮作體

二十行　固讓（徐本讓作辭）

十葉　三行　指字以下至次行卒字二十八字（徐本甘本並脫）　七行　甲戌（徐本甘本戌作戍）　九行　幽平（徐本平作幷）　十一行　遜字（徐本遜上空一格）　二十一行　帝懷（徐本甘本張本帝並作常）　振復之志（徐本振作恢）

十一葉　二行　擊機（徐本機作楫）　九行　以饋桃豹（徐本張本並無桃豹二字）　胥遯（徐本甘本張本遯作遁）　十一行　河上（徐本上作土）　十八行　推鋒（徐本推作摧）　二十行　○○隙（徐本○○作空格）

十二葉　八行　雨大冰（張本大作本）　十二行　移於宮城（徐本宮作京）　十三行　迎擔湖（張本擔誤作檐下並同）　席卷（徐本甘本卷作倦）　客主相迎（徐本張本主作去）　十六行　太妃（徐本太上空一格）　十九行　王太妃（甘本王作皇）　二十行　辛酉（徐本酉作卯）　二十一行　敬皇后（徐本敬上空一格）　二十二行　敬皇后父（徐本作敬后父張本作宋元敬父甘本作敬父）

十三葉　二行　丁未（徐本未作亥）　六行　遝末波（徐本作段末波）　八行　訪字（徐本訪上空一格）　十一行　振乏（徐本張本振作賑）

十四葉　二行　沌陽（徐本甘本沌作范）　八行　乃進（徐本乃作令）　十六行　乃手書（徐本乃下有以字）

十五葉　二行　優劣（徐本優作復）　如廁（徐本張本如作卽）　十四行　徽諸微鎮（徐本作徽檄諸鎮）

十六葉　四行　入於石頭承銓按劉隗奔見下隗傳此云石頭誤也　五行　隗字徐本隗上空一格　七行　籍之徐本籍作藉　十九行
共靜海內徐本靜作靖　二十行　魚相望徐本望作忘　二十一行　人相知徐本知作忘
十七葉　三行　入宮告辭徐本甘本無入宮二字　七行　中外諸軍徐本脫中字甘本脫外字　十三行　王師奔喪甘本
奔喪作喪奔
十八葉　十八行　諸子曰徐本無曰字　戴淵徐本戴上空一格　十九行　淵以徐本淵上有戴字　二十行　舫屋徐本舫作船
十九葉　四行　不朝而去徐本甘本張本朝並作期　九行　唱義徐本唱本倡　十行　初鎮建鄴徐本鎮作都　十五行
將升舟張本升舟二字作發字　十七行　今惟徐本惟作為張本作唯　十九行　騫來徐本騫作蹇　二十二行　背敦說徐本
無說字
二十葉　五行　兄子卬徐本卬作印甘本亦作印校依晉略改卬下同　十五行　似槌徐本槌作搥　十七行　狠愎張本狠作狼
大略甘本略作佃　二十二行　乙酉徐本酉作卯　太寧徐本甘本太作大
二十一葉　二行　案徐本案上空一格甘本提行另起　三行　豺狼當道張本豺作犲道作路　四行　侔於太戊甘本侔作茂　五行
以承中興徐本甘本張本承作隆　六行　令問甘本問作聞　十一行　先是徐本甘本無此二字　十四行　東國徐本無東字

二十二葉　青綀（徐本甘本綀作練）　文彩（徐本張本彩作綵）
二十二葉　三行　望氣云（徐本甘本氣下有者字）　六行　建鄴（徐本鄴作業）　七行　丁酉（徐本酉作卯）　折太社樹（徐本太社二字作大字）

卷第六

一葉　一行　晉上（徐本無此二字）　十二行　屬心焉（甘本心上有歸字）　十五行　謀乃止（張本乃作遂）
二葉　十一行　送葬者（徐本葬作喪）　千數（徐本數作餘）　十二行　患於强逼（徐本逼作迫）　二十一行　義以（徐本義作意）
三葉　一行　此固舊德（徐本作此德固舊）　八行　曰貞也（徐本無也曰）　十三行　中興建（甘本建下有武）
四葉　三行　病亟（徐本亟作急）　六行　少頑凶（徐本作少凶頑）　十行　密覩形埶（徐本甘本覩作觀）　十六行　三萬（徐本甘本作三千）　二十一行　沈○○（徐本作沈禎下同）
五葉　二行　苦勸之（甘本苦作若）　十六行　皆仗敦（徐本仗作使）　十七行　癸酉（徐本酉作卯）　二十行　勇力

絶人（徐本絶作過）

六葉　三行　祕不發喪（徐本祕上有應字）　八行　青溪（徐本青作清下同）　十行　南塘（甘本塘作海）　十三行　王舒子允之（徐本甘本張本子並作字）　嘗隨（徐本無嘗字）　從伯父敦敦與（徐本無下敦字）

七葉　十七行　率衆內向（張本向作白）

八葉　五行　振袖揚枹（張本枹作袍）　七行　乃開後閤（徐本乃上空一格張本乃上有事字）　並放之（徐本並作盡）　八行　羣從（甘本張本羣作從）　九行　所置宮室（徐本宮室作官屬）　十七行　贍少（徐本無贍字）

九葉　一行　多所裨益（徐本裨作庳張本作匪）　二行　忠烈（徐本烈作壯）　七行　六軍（徐本六作多）　十行　少交遊（徐本少作匪）　十三行　自足賞玩焉（徐本自作有）　十四行　今在東府城後（承銓按六字疑是夾注）

十葉　一行　同詔之（徐本甘本張本詔並作召）　八行　杖持梓宮（徐本杖作扶甘本張本作杖）　十一行　雍梁（徐本梁作涼）　十四行　諳識古事（徐本事作字）　十八行　依舊詳處（徐本詳作辭）　以時置祭（徐本置作致）

十二葉　三行　即位（張本位下有立字）　肅宗（張本宗作祖）　承銓按三行至五行夾注依全書通例應作大字

卷第七

一葉　一行　晉中徐本無此二字　八行　八月徐本作七月　十一行　執蠻鏊徐本執作持

二葉　一行　五鼓徐本鼓作更　二行　挽不留徐本張本挽作拖　三行　遭亂徐本遭作因　六行　貶奏徐本作奏貶

九行　九分食之一徐本無之字　十二行　孚字徐本甘本孚上空一格　十五行　復爲徐本復作務　二十一行　至宮門徐本宮作京　徒步甘本徒作徙

三葉　十六行　流字徐本流上空一格　二十一行　六軍徐本軍作師

四葉　二行　壺字徐本壺上空一格　三行　清辯徐本辯作辨　十八行　鄙悕者徐本甘本鄙上有執字徐本甘本悕作悋　十九行　罪莫斯甚徐本莫作實　二十一行　以勳德徐本以作乃

五葉　一行　鴛獮耳徐本鴛作鴽　五行　哭曰徐本曰作之　七行　羊曼徐本羊上空一格　十三行　論者徐本甘本論上有今字　十八行　苟崧徐本甘本張本並無苟字　褚翼徐本甘本張本並無褚字

六葉　三行　后諱徐本后上空一格　五行　羣臣甘本羣作郡　六行　不得已甘本無已字　七行　管詔命甘本詔作朝

十一行　泠之嘗習徐本無之嘗二字

校勘建康實録校記

二九

七葉　五行　共憤(徐本共作所)　峻字(徐本峻上空一格)　子高(徐本高作篇)　七行　結壘(徐本壘作黨)　十二行　邵陵公(徐本甘本邵作郡)　十九行　響振內外(徐本振作震)　二十二行　四年(徐本甘本四年以下提行另起)

八葉　一行　遂使(徐本遂作逸)　十五行　將入吳興(徐本入作歷)　二十一行　帝王(徐本王作皇)

九葉　三行　弘納(徐本張本作宏訥)　子父(甘本作父子)　十六行　管夷吾復何慮(徐本復上有吾字)　十七行　侍郎(徐本作常侍)　二十行　鳳悅之(徐本鳳上有錢字)

十葉　十二行　連于百里(徐本連作鳴)　十四行　固止侃(徐本固作因)　十六行　而照之(徐本照作然)

十一葉　二行　西中郎將(徐本甘本無西字)　十一行　陸嘉(徐本陸作陳)　官米(徐本官作宮)　十五行　抱柩(徐本柩作靈)　二十二行　南面三門(張本無面三門三字)　改名爲(徐本無名字)　世謂之尙方門(徐本世作又張本無之字)

十二葉　一行　門三道(徐本道作進)　懸楣(徐本楣作榻)　皆綉(徐本綉作繡)　東面(徐本面作西甘本面作南)　淸明門(徐本明作陽)　二行　對今(徐本無今字)　湘宮巷(徐本甘本宮下有寺字)　在此門內(徐本此作北)　三行　縣東門(甘本門作開)　東通靑溪(徐本東下有道字甘本作東逼靑溪)　四行　橫街也(徐本橫作大)　十二行　觀陽侯(徐本甘本無此三字)　十八行　假詹天門(徐本詹下有督南平三字)

十三葉　十四行　相傳云(徐本云作曰)　飛去(徐本去作之)　十六行　修宮城(徐本宮作京)　至陳(徐本張本至作自)

十四葉　二行　西掖門徐本掖作苑　九行　餘杭甘本無此二字　大滌山徐本甘本張本滌並作辟　恒著鹿裘徐本恆作常　十行　鯁骨徐本作骨鯁　十一行　寄宿者徐本寄下有室字　十三行　埋藏耳徐本張本耳作者　十四行　以濟時徐本以作有　十六行　座中徐本中作主　十九行　潮溝徐本潮作湖

十五葉　十九行　離阻徐本阻作沮

十六葉　六行　優逸徐本逸作游　八行　荆郢徐本荆作江　十一行　當惜分陰徐本惜下有力字　十三行　捕博徐本捕作蒲徐本甘本博作搏　十九行　戲賊人稻徐本甘本賊作盜　二十一行　顧命之列徐本列作內甘本張本列作例

十七葉　一行　用溫嶠徐本用作同　八行　性纖密徐本纖字空格　十行　何因在此徐本在作至　二十一行　十七人張本無十字

十八葉　三行　雜珠等徐本無等字　四行　白斑徐本甘本張本斑並作旋　十六行　人相賣徐本賣作食

十九葉　四行　從弟徐本甘本張本從並作後　兄何由來徐本兄作是　五行　者接徐本無者字　六行　亦如此也徐本此作是　十四行　鎮東將軍諮祭酒徐本諮上有軍字　十五行　憲章徐本作觸度　二十行　○○逆徐本作拂逆

二十葉　九行　李春徐本春作蕃　十四行　識量清遠徐本量清作見高　十六行　歸潛徐本歸作臨　十七行

建業徐本張本作建鄴　莫有至者廿本至作志

二十一葉　七行　相要廿本要作邀　九行　何至徐本至作致　十五行　仙窟山徐本仙作天　十六行　小石子徐本廿本石作吳　石窟廿本石作尺　十七行　及開善寺廿本張本及作反

二十二葉　二行　有練張本練作練下同　十七行　辛酉徐本酉作卯次行同　二十二行　鎮江左徐本鎮上有卽字

二十三葉　五行　挾輔少主徐本挾作夾少作幼　十行　並小常徐本無小常二字　十一行　往食徐本無往字　傾邊徐本邊作間　令龔徐本無令字　十五行　匠石徐本匠作匹　十六行　管絃徐本作絃管　十七行　石成徐本成作城

二十四葉　五行　皇太子徐本廿本無皇字

二十六葉　二行　自進石城徐本廿本張本石下並有頭字　四行　詔不許徐本詔作帝　六行　三子徐本無三字　九行　己卯徐本己作乙　十一行　后諱徐本后上空一格　二十行　白籍徐本籍作藉

二十七葉　一行　癸酉徐本酉作卯　六行　器玩廿本無器字　亂倫之始徐本始作首　十一行　郗鑒庾亮徐本作庾亮郗鑒　十五行　乏材徐本材作才　十六行　玩雖登八公輔徐本無玩字　十八行　謙若徐本謙作諫

二十八葉　五行　倍復惆悵徐本廿本無倍字　七行　纖介徐本介作芥　二十九葉　三行　射堂徐本堂作臺

卷第八上

一葉　目徐本作兩行低二格丁本脫三行四行目　二行　昞徐本作聮丁本作聃　三行　昱徐本脫此字　十二行　委政中書徐本政下有於字

十七行　振恤徐本振作賑

二葉　三行　揚州徐本揚作豫　四行　二年承銓按二年諸本皆不提行似誤　五行　懸橦甘本橦作擋　皇子明徐本皇作太昞作聮丁本

昞作眪下同　十三行　按以下兩行承銓按此兩行當是注文　在今縣徐本無今字　十四行　今廢也徐本也作焉　十六行

穆宗諱昞徐本作穆皇帝名聮　十九行　時兄亮徐本無時字

三葉　一行　怩然徐本怩作恇　五行　范汪甘本丁本張本汪並作注　十行　甯益梁徐本作梁益甯　領江州徐本無領字　十

二行　清慎徐本清作情　十五行　第三子徐本無第字

四葉　三行　得臘丁本臘作獵　十三行　率叛徐本無率字　十七行　歎曰徐本歎作歌

五葉　三行　利胡丁本利作制　八行　見明年徐本無見字　十二行　內外官徐本官字空格　十四行　乂曰丁本乂作義

六葉　十四行　山下徐本山作上　十五行　七十五丁本無五字　十六行　中子注丁本注作汪　二十二行

開雅徐本張本開作淹

七葉　六行　尋徵徐本徵作遷　辭不拜徐本辭作充　十一行　寢疾徐本疾作病

八葉　六行　謝萬識之云張本萬作万徐本云作曰　九行　領司徒錄尙書徐本作錄司徒尙書　十二行　荆楚徐本荆作江

二十行　范文攻陷張本攻作政

九葉　二行　會稽王導子徐本導作道　三行　第三流耳徐本三作二

十一葉　二行　道明丁本明作能銓按當作明　三行　司空太尉張本空作工　八行　幾爲勤學死徐本勤作勸承銓按四庫提要謂此用荀子勸學篇蟹有六跪二螯語晉書誤作勤是館臣所見之本正與徐藏鈔本同而與宋本張本別一源也　九行　荀道明徐本荀作茍　十行　勝馬也徐本也作耶　十七行　雨水冰徐本張本丁本水作木　十八行　冉閔徐本冉作林下同慤按徐本冉疑原作秝本卷二葉皇子眀穆宗諱眀徐本均作秝而同葉二十行冉智作聑智可證傳寫者不識秝爲冉字之隸古定訛爲林字　慕容雋徐本雋作儁　所滅雋張本甘本此三字脫

十二葉　一行　梗澀丁本澀作濇　六行　永嘉未丁本未作末　洛京不守丁本京作陽　石勒滅劉氏徐本甘本張本劉作趙

七行　冉閔誅石勒承銓按六年冉閔殺石鑒僭天子位此云石勒誤也　十行　阮敷徐本敷作孚　范佛丁本佛字下有終日二字　二十二行

啗羲之徐本作噉逸少

十三葉　四行　王承述之父徐本述之父三字作夾注

十四葉　二行　刮去之（徐本刮作刊）　五行　以求百金耶（徐本無耶字）　十五行　謂諸子曰（徐本甘本丁本並無曰字）　十六行　故耶（徐本耶作耳）　十八行　供修（徐本甘本張本供作共）　十九行　一名映（徐本此三字在丹陽人也句下一作又）

十五葉　七行　對曰（張本此二字脫）　十六行　乘輿而行（徐本甘本行作來）　獻之（徐本無此二字）　十七行　獻之（徐本獻之上有弟字）　二十行　謂術人（徐本無此三字）　二十二行　與弟（張本與作俱）

十六葉　三行　自集至悅三十五字（張本脫以下脫文諸本同）　二十行　送客（徐本送作欵）　一座（徐本座作坐）　自十八行之半至二十二行盡凡九十字（張本脫）

十七葉　一行　常童（徐本童作兒丁本無常字）　七行　共射（徐本共作兵）　破的（徐本的作敵）　十二行　石磬（徐本丁本磬作聲）　十三行　臨秦淮（徐本作臨淮河）　嘗夢（徐本嘗作常）　行當（徐本張本行作竹）　一全（徐本張本全作至）　二十二行　熒鳥（徐本甘本丁本並無鳥字）

十八葉　四行　弃每（甘本每作無）　七行　所逼（徐本所下有云字）　八行　升平五年（丁本五作元）　自七行注尚字以下至九行（徐本脫）　十二行　豫州刺史（徐本無此四字）　二十一行　尋召還（徐本召作詔）　二十二行　賊遣（徐本遣作使）

校勘　建康實録校記　三五

十九葉　三行　明請（徐本請作謀）　十一行　澤中（徐本澤作溪）　十六行　銅鍾（丁本鍾作鐘）　有二四字（徐本二作文）

二十二行　按帝時云云（承銓按此下三行當是夾注）

二十葉　一行　彭城（徐本彭作鼓）　二行　西大門（徐本無西字）　古御街（徐本古作右）　三行　運瀆東岸也（徐本瀆下有之字）

丁本以節下有八卷上終四字以下另爲一卷前有三行錄如下

建康實錄卷第八下

哀皇帝丕（成帝長子）　廢皇帝奕（成帝次子）

太宗簡文皇帝昱（元帝幼子）

七行　帝奄不救疾（徐本無疾字）　十三行　射宮也（徐本無也字）　十五行　壬子朔（徐本無朔字）　十九行　退走（徐本走作守）

二十一葉　七行　故將官（徐本將下有莅字）　八行　夢穢（徐本穢作薉）　十三行　始綜萬機（徐本無始字）　十六行　浩旣參朝權（徐本無浩字）

二十二葉　一行　專鎭（徐本專作等）　二行　蕢反（徐本蕢作襄）　九行　作令口（徐本令下作僕驟本作射甘本作時）　十行

儀型徐本甘本型作刑張本作形　口無怨言徐本無口字　十一行　流放之慼徐本慼作感　二十行　帝聞徐本帝作常

二十三葉　一行　大將軍徐本甘本丁本並無大字　丁丑徐本丁本丑作酉　十三行　中郞將張本作西中郞　十五行　丁卯徐本卯作亥　赭圻甘本圻作沂　十六行　陶官張本丁本官作宮　淮水北丁本北作圯　十七行　瓦官寺徐本官作棺

二十四葉　一行　自入肆徐本肆作市　六行　和暢徐本暢作恬　七行　濛病徐本濛作恢　八行　燈下丁本燈作嶠　十四行　疾篤徐本疾上有帝字　十八行　雖復盜徐本復下有改興二字　轉後徐本張本後作復　十九行二十行　按云云承銓按此兩行當是夾注文

二十五葉　十四行　入海冬十月徐本冬作東　二十行　在東米價徐本在作東

二十六葉　七行　不及也徐本不上有定字　十行　畏溫面丁本面作靣　乃辭他故徐本辭下有曰字　十八行　嘗忿逃徐本甘本丁本張本忿並作忽

二十七葉　五行　七月徐本作八月甘本張本作九月　七行　慕容軍徐本軍作垂　追敗溫徐本甘本丁本並無溫字　十六行　聖王徐本無王字　十七行　周彪徐本彪作虓　十八行　膚有燕地徐本膚下有暐盤二字　二十行　晉陵吳郡徐本作吳郡晉陵

二十八葉　八行　署北徐本北作比　十七行　溫因具事徐本具作其　讀經徐本讀作誦

二十九葉　二行　弟子（徐本作子弟）　七行　天年（徐本年作命）　九行十行　按云云（承銓按此二行當是夾注）　十五行　瑯琊（甘本下有王字）　二十行　敬王恬（徐本無敬字）　奏劾溫（徐本劾下有桓字）　二十一行　乃致彈我耶（徐本無致字張本無耶字）

三十葉　二行　苞藏（徐本苞作包）　四行　連結（徐本作結連）　七行　孚輔（徐本張本並無輔字）　十五行　悅之（徐本甘本並無此二字）　十八行　自尾至末（張本丁本末作本）

三十一葉　一行　鄣身（丁本鄣作障）　二行　按謝畫品（徐本謝下有赫字）　三行　尺度（徐本尺下有寸字）　四行　輿盌中（甘本盌作京）　五行　直打剎（徐本打字空格）　十七行　絕重張衡（徐本重作愛）　二十二行　糠粃（徐本作糠秕）

三十二葉　十三行　賜給（徐本賜作周）　十六行　入居（徐本居作於）　二十行　何得私與人（徐本私上有以字）

三十三葉　三行　墳典（徐本張本典作籍）　六行　及溫仗（徐本仗作伏）　十八行　按云云（承銓按此行當是注文）

卷第九

一葉　一行　晉中下（徐本丁本無此三字）　五行　太宗後聞（徐本後作始）　六行　在爾耶（徐本在作乃）　七行　己未（徐本己作乙）　八行　皇妣（徐本妣作妃）　十三行　是至給凡十八字（徐本脫）　十七行　將欲出奔（徐本無將字）

二十行　壁後置人（徐本後作間）

二葉　一行　顧謂從者（徐本無顧字）　三行　從竹格度（徐本從作以）　四行　溫嶠燒絕之（徐本無嶠字）　舶航（徐本航作船）　五行　道子立（徐本子作之）　十九行　魚復（徐本復作腹）　二十行　實靈異也（甘本實作寔）

三葉　十五行　舟軍（徐本軍作事）　十八行　洌洲（徐本州作洲）　二十一行　竊視之（張本視作窺）　二十二行　次斷兩足（徐本次作砍）

四葉　七行　安曰（徐本安下有石字）　臣揖于後（甘本揖作拜）　十一行　憤怨（徐本怨作怒）

五葉　一行　□□□（三空格徐本甘本丁本並作布其次三字）　八行　既至（徐本既作即）　十二行　祖不如孫孫不及父（徐本作祖不及孫孫不如父　甘本作祖不及孫孫不及父）　十三行　尚書令（徐本尚作中）　俊茂（甘本俊作後）

六葉　三行　不可爲（徐本無可字）　雅旨（徐本旨作者）　五行　公私二三（丁本三作言）　十七行　苟萇（丁本苟作荀）　二十二行　世表之交（丁本表在外）

七葉　五行　爲上相（徐本甘本相字空格）　六行　一名眦（徐本眦字空兩格　甘本空一格）　一名融（徐本融字空兩格　甘本空一格）　爲於山（徐本無爲字）　朱陽觀（徐本無朱字　甘本朱空格）　七行　郭朝築（徐本築字空兩格　甘本築字空一格）　以雍柳名（徐本甘本柳名二字並空格）　曰公泉

徐本甘本泉字空格　雷平山徐本平字空格　八行　許掾徐本甘本掾字空格　十二行　累遷徐本甘本丁本並無遷字　二十二行　起謝

彬張本脱此三字

八葉　十行　桓溫甘本無此二字　十五行　苻健徐本健作堅　應接徐本作接應　十八行　內史張本無內字

九葉　二行　溫歎曰甘本歎作難　五行　未敢立嗣徐本未作不　九行　太皇臨朝徐本皇下有太后二字　十七行

奪之徐本無之字　二十一行　會稽王第徐本甘本張本王並作正

十葉　二行　流至石頭徐本至作止　三行　上以表瑞甘本張本上字下重一上字　四行　上重徐本重作層　銅雀徐本張本

銅作桐　五行　宣陽門甘本陽作楊　六行　大航橋也徐本無也字　八行　與槐也徐本無也字

十一葉　二行　賢明甘本明作名　少酷徐本酷字空格　九行　后諱法慧承銓按后字上應空一格　十七行　賑甘本作振　十

八行　卹徐本作恤

十二葉　五行　衛將軍徐本衛作會　十二行　安成人徐本甘本張本並無成字　十四行　涪城甘本張本涪作治　二十一

行　乃使呂光徐本甘本乃作及　張本作乃

十三葉　二行　既殯徐本殯作歸　十一行　汝南灣徐本灣字空一格下同　十二行　家於此地徐本甘本丁本地作也　十

五行　自來寇（甘本目下有東字）　十九行　淮南（徐本南作水）　張蛑（徐本甘本張本蛑作地）

十四葉　五行　率軍（徐本無軍字）　七行　城壁（徐本壁作壘）　十四行　緩轡（徐本轡作與）　十七行　鼓譟決戰（徐本譟作噪決作決　張本作決）　大破秦軍（甘本破作戰）　十八行　踐藉（甘本藉作踏）　二十行　飢凍死者（徐本飢下有食字）

十五葉　七行　梁益（徐本梁作揚）　九行　少家貧（徐本甘本家作安）　十六行　恆盡心力（徐本恒作常）　專都督（徐本專字空格）

十六葉　一行　謝安（徐本安下有石字）　廊廟之用（甘本作廟廊之用）　天下事可知（徐本事下有已字）　三行　愛士（甘本愛作受）　十一行　病將死（徐本死作危）　二十一行　己卯（徐本己作乙）

十七葉　四行　上奏（徐本奏作疏）　十七行　焦遠（丁本遠作遂）　二十一行　愔子口（徐本甘本口作超　詮按超下應空一格）　承

十八葉　一行　深惡以誠超（徐本以作之）　五行　自超（徐本無自字）　六行　未亡見愔（徐本亡下有見字）　九行　楊州（徐本無州字）　十二行　來降（甘本降作奔）　二十二行　溫覬覦（徐本甘本丁本溫上並有桓字）

十九葉　一行　晉愍帝（甘本愍作慜）　二行　禪晉（徐本無晉字）　五行　陷襄陽（甘本陷作破）　六行　賜遺（徐本遺作遣）　以其篤疾（甘本無其字）　十二行　異日（徐本異作翼）　十三行　星人馳（徐本馳下有諧字）　乞爲（徐本爲作與）

校勘　建康實錄校記　四一

丁本十六行末有卷九上終四字下另起前有兩行録如下

建康實錄卷第九下

烈宗孝武皇帝太元

十七行　右御街徐本右作古

二十葉　二行　呼爲太子丁本無太子二字　五行　皆竭徐本竭作渴　十一行　爲來逼人徐本爲作雖　十二行　佐著作郎徐本作著作佐郎　二十行　將何歸耶徐本何作毋　二十一行　弟萬徐本張本萬作万下同

二十一葉　六行　不肯出甘本無肯字　七行　安出徐本無出字　八行　有如此客否甘本丁本張本客並作容　十二行　王坦之徐本無坦字　十三行　使召徐本召作詔　十五行　與安齊名徐本安下有石字　方知優劣徐本知下有其字

十九行　加九錫徐本加下有己字　見輒改之徐本無之字　二十二行　尋薨徐本薨作死　詠史詩徐本史下有諸字　疚同泊徐本同下有渚字

二十二葉　二行　稱謂徐本甘本謂作位　四行　弼諧徐本諧作詣　之益甘本益作力　五行　敵境徐本敵字空格　七行

夏禹（丁本禹作王） 十行 耶又（徐本無此二字空一格甘本無又字） 十二行 盡配大府（徐本張本盡作書） 十五行 征討
大都督（甘本討作北）

二十三葉 一行 答曰（徐本甘本無答字） 四行 弟万喪（甘本無万字） 八行 專城（徐本城作政） 十三行 志（甘本脱志字） 十八行 殆不起乎（徐本乎作矣） 二十一行 五万（徐本丁本甘本万並作萬） 捉之（徐本捉作提） 二十二行 以數之（徐本甘本數作效）

二十四葉 一行 乃先（徐本無此二字） 二行 既至安門（甘本門下空一格） 三行 帝位（徐本位作號） 四行 謝石（徐本謝上有封字） 十三行 高於猛獸（徐本無猛字） 十五行 敗万衆之中（徐本甘本丁本万並作萬）

二十五葉 三行 東一里（徐本里下有也字）

二十六葉 二行 採虆（徐本虆作藥） 八行 潛往（徐本潛作前） 十四行 天猶（徐本甘本丁本猶作狗）

二十七葉 三行 未拜卒（徐本卒作薨） 五行 文刻（徐本此二字脱） 十七行 吾嘗（徐本嘗作常） 二十一行 八千（徐本八上有兵字） 二十二行 康樂縣公（徐本縣字空格） 北固河上（徐本固下有軍字）

二十八葉 三行 表乞（徐本作疏求） 四行 便還（徐本還作遷） 十四行 理（徐本理字空格） 十六行 木冰（徐本木作大）

江蘇省立國學圖書館第六年刊　四四

十九行　北河徐本甘本丁本並作西北

二十九葉　一行　徐廣甘本徐作除　三行　遷卜徐本作卜遷　欲依甘本依作振　六行　伊字徐本甘本丁本伊上並空一格　十四行　踞胡牀徐本踞作據　二十二行　召之徐本之作奴

三十葉　八行　詔嘉其忠徐本詔作帝　九行　唱樂徐本樂作歌　能行路徐本能下有歌字路下有難字　十三行　在宮西徐本宮作京　今去臺城徐本無今字　十四行　爲太子徐本子下有時字　壞其林徐本無林字甘本林作材　十五行　癸酉徐本酉作卯

三十一葉　一行　女丁徐本丁作子　四行　屯洛陽張本甘本屯作中　八行　大水徐本水作郡　二十二行　因從張本從字空格

三十二葉　五行　七月徐本七作九　有蓬星徐本無蓬字張本甘本並作之　六行　歷女虛徐本虛下空一格　十二行　八月徐本八作七

三十三葉　三行　天泉池徐本池作地　四行　遂聞徐本無聞字　五行　攀龍舟徐本攀作扳　其實甘本實作寔　非繆也丁本繆作謬　七行　二十四年徐本二上有立字　八行　不有徐本有作猶

三十四葉　二行　小邦徐本小上有而字　百六之秋徐本秋作期

卷第十

一葉　一行　卷第十丁本十下注上字　晉下徐本丁本並無此二字　二行　安皇帝丁本帝下注隆安二字　恭皇帝丁本無此三字　三行　長子徐本子下有也字　十行　皇后徐本無皇字　十四行　惡其徐本惡作恐　十七行　專朝徐本專作當　扇動徐本扇作煽　十九行　女子徐本子作人

二葉　六行　惶遽徐本惶作遑　九行　同舉徐本舉作濟　十三行　收其兵拒徐本兵下有以字　王恭道子既不能距徐本張本並無此八字　十八行　楊佺期甘本張本佺並作詮　僭即皇帝位徐本無僭字

三葉　六行　因求焉徐本因作將　送之徐本無之字　七行　大驚徐本驚下有也字　十二行　虞珧徐本珧作姚

四葉　二行　遠鄭聲放佞人徐本作放鄭聲遠佞人　九行　尅期徐本尅作剋　十行　軍遂敗徐本軍作兵　十四行　姿儀徐本儀作容　十七行　養之徐本養作善　抗直徐本抗作伉

五葉　三行　面徑三寸徐本張本面作而　九行　王凝之丁本之下空一格　工草隸書徐本甘本工作攻　十一行　靖室

徐本靖作靜　十六行　太傅徐本傳作守　十七行　之宗甘本宗作孫徐本宗下有也字　十八行　輒焚甘本張本輒作轍　二十
一行　在先徐本張本在先下有吳字

六葉　一行徐本甘本丁本張本同缺　五行　殷仲堪徐本無殷字空一格張本殷字上不空格　六行　道德論便覺徐本論便二字作經字　二十
一行　蟻甘本作螘　十七行　既任受腹心之任徐本受作授受字下任字作受甘本無下任字承銓按上任字疑衍丁本無上　十九行　之
先是徐本先字上不空

七葉　六行　按字以下夾注徐本無　可憂丁本可字空格　八行　轉破徐本破作攻　九行　攻殺內史徐本攻下有會
稽二字　十一行　所破徐本破作殺　十二行　琰子琨徐本琨作混下同　七月徐本作八月　十四行　賤徵徐本作徵賤
十六行　當有徐本甘本張本有並作育　十七行　寵帝徐本作帝寵　二十行　乃令徐本令作召　二十一行　織坊
徐本坊作紡

八葉　一行　意爲徐本意作覺　三行　模之徐本丁本模作摸　十九行　風姿徐本風作丰

九葉　一行　博學徐本甘本張本並作博士　六行　檀權徐本甘本丁本檀並作擅　十行　轉破以東諸郡徐本破下有江字　十五
行　堂皇徐本甘本作皇堂　二十一行　會稽道子承銓按稽下應有王字

十葉　九行　天下甘本張本下作所　十三行　乃正徐本正作止　十四行　溧洲徐本溧作漂下同　十八行　密議甘本密作謀　十九行　平桓徐本桓作元　二十一行　既見徐本見作至

十一葉　三行　冠軍將軍徐本無將軍二字　六行　元顯知徐本知下有之字　七行　不之覺徐本之作知　十行　作亂徐本作之亂　十二行　於時徐本時作是

十二葉　二行　時堅徐本堅上有苻字　六行　及王恭徐本無王字　十一行　桓公徐本公作元　十七行　皆諮元徐本諮作諮　廿一行　鉢徐本作鉢

十三葉　六行　道子徐本道上空一格字至次行王字脫二十四字張本自道　九行　竊弄權徐本甘本弄下有其字張本弄下空一格　十九行　言專恣徐本言下有其字

十四葉　二行　奴猗徐本猗作狗　六行　登聖徐本登作澄　十五行　末移徐本移作遷

十五葉　四行　劉向云徐本云作傳　五行　冶山徐本張本作治出甘本作冶出　六行　城西甘本西作而　八行　濤入徐本濤下有水字　十一行　桓修甘本張本修作脩下同　十五行　苦爭徐本甘本張本苦並作否　二十行　憑之徐本憑上有適字

十六葉　一行　你徐本作爾　三行　義兵舉也徐本兵下有之字　四行　宜深徐本深作公　所害也徐本無所字　十七

行　破元徐本破作殺　十八行　崢嶸州徐本張本州作洲
十七葉　一行　二寸甘本無二字　五行　踈朗徐本踈作爽張本朗作朖　八行　歸國徐本無國字　議謂甘本張本謂作請　十
九行　切笑之徐本切作竊
十八葉　七行　元甚喜徐本喜作善　十行　二年徐本作元年　十三行　咸繫徐本咸作累　十四行　百姓徐本
姓作官
十九葉　一行　器用徐本用作物　兵力甘本張本力作刀　三行　法命丁本作法令　五行　對日徐本對作答　九行
枚囘甘本作放囘徐本作枝回　費恬張本作賓恬　毛祐徐本祐下有之字甘本無毛字有之字　十二行　諸軍徐本軍作將　十五行　長竿徐本
竿作干　長干徐本甘本干作竿
二十葉　三行　何無忌徐本忌下有等字　六行　移居徐本居作后　十九行　柞溪徐本甘本張本並作祚溪　二十行　江
陵徐本陵作東　二十一行　臨陣徐本陣作陳　二十二行　振字張本振上不空格
二十一葉　十一行　冲徐本張本冲作沖　十三行　謙奔徐本奔作走　十六行　瑯琊德文徐本德上有王字　十八
行　朕獲徐本獲作復　十九行　斯祜徐本張本祜作祐　二十一行　百姓徐本姓作官

二十二葉　三行　自稱成都王（徐本甘本張本丁本自稱並作進破）　八行　未足（徐本作未及）　固縱（徐本固作因）　十八行　劉裕（徐本無劉字）　十九行　比晝見（徐本無比字）　二十行　丁本此行下注卷第十上終下另起前有兩行錄如下

建康實錄卷第十下

安皇帝　恭皇帝

二十一行　二年（丁本二年上有義熙二字）

二十三葉　三行　有差（徐本甘本丁本張本並作有㿽）　五行　道叔（徐本叔作奴）　仲文（徐本丁本仲字上並空一格）　十五行　遂令（丁本遂作送）　十六行　數日遇害（徐本數日作歎曰下空二格　甘本作歎曰二字）　十七行　班固（甘本無班字）　十九行　九月（張本九上有秋字）　二十二行　吹飯（丁本吹作炊張本飯作飰）

二十五葉　三行　剡人也（徐本無也字）　四行　軏形（徐本形作見）　十一行　裕初（徐本無初字）　十二行　遂要結（張本結作殺）　十三行　京口（甘本無口字）　義起衆（徐本義下有兵字甘本丁本作義衆起）　屏風上（徐本甘本丁本並無上字）　十四行　及無忌等（徐本及下有何字）　十六行　僧石（徐本張本僧作檐）

二十六葉　二行　癸未（甘本癸校改作戊）　劉毅（承銓按疑當作劉裕）　五行　北伐（徐本伐作征）　十六行　自君（甘本君作居）　十七行　非常之謀（張本非作幷）　奚官（徐本官字空格）　十八行　妻云（徐本云作曰）　十九行　獲舉（甘本獲作畢）　大尉（徐本丁本張本大並作太）　二十一行　廷尉（徐本甘本張本廷並作建）　二十二行　瑯琊王德文（徐本甘本並無王字）

二十七葉　四行　迴（徐本無之字）　十行　循軍（徐本軍作兵）　十一行　諸葛（徐本諸葛二字作輿字）　十三行　花作荻（徐本張本花作化）　吹耳起（徐本耳作爾）　十五行　河間（徐本甘本張本間並作澗）　十六行　自總（徐本總作率）　二十行　七年（徐本年下有春字）

二十八葉　一行　罔徹（徐本罔作同）　八行　循又（徐本無循字）

二十九葉　三行　將士（徐本將作軍）　四行　焚書（張本作禁書）　二十行　晝作烏駁（徐本作作爲駁作駮）　二十二行　言之（徐本之下有曰字）

三十葉　一行　陵雲臺（徐本陵字空格）　八行　儁輔（徐本儁作儁）　十三行　便驅出門（徐本驅下有之字）　十六行　王珣曰但（徐本脫此四字）　十七行　雖不及（徐本不及作逝）

三十一葉　一行　慠慢（徐本慠作敖）　二行　今日可謂（甘本張本可作何）　五行　應天（徐本應下有命字）　璽紱（徐本紱作綬）

十二行　堂邑徐本堂作棠　十五行　往止張本止作上　十六行　相推耳徐本推作助

三十二葉　三行　黑犢徐本犢字空格　六行　厲叱之徐本甘本張本厲並作勵　八行　終不爲下徐本爲字下有人字　九行　江甯徐本甯作陵　十八行　置湘州徐本甘本置字空格　十九行　數日徐本日作月　二十行　連㻋徐本㻋作堞

三十三葉　三行　西討徐本西上有之字　八行　未發徐本發作決　十一行　輒差徐本輒作輕　十四行　絕人徐本絕作過　十九行　跳踉徐本兩字並空格甘本張本作推良　二十行　椽桷徐本張本桷作桶

三十四葉　二行　縱巴西徐本縱上空一格　兗人徐本張本兗作充　三行　平西徐本平作安　縱與徐本縱上有遣字　四行　白帝徐本白上有於字　六行　義熙徐本熙作興承銓按當作熙　十二行　尙書令徐本甘本無令字　十三行　走如徐本如作必　十四行　一等死徐本無一字　十六行　鄄城徐本鄄作甄

三十五葉　三行　無被口徐本甘本丁本被下皆不空格　四行　前後刺史徐本無後字　十二行　去其魚徐本去作多　攻驛甘本驛作繫　十三行　循書徐本書作善　十四行　仄陋甘本作反陋　六問徐本甘本六作亦　十六行　恒自布衣徐本自下空一格　十八行　貧素徐本貧作清　十九行　太守甘本守作官　二十行　銅頭徐本銅作鋼甘本作鋼　二十二行　十年徐本年下有身字

三十六葉　二行　以東府徐本府作州　三行　所築徐本張本築下並有也字　十一行　輔國參軍徐本參作將　十五行　宗之徐本宗上有稱字　十六行　才氣甘本氣作器　二十一行　魯軌徐本甘本軌作朹下同

三十七葉　五行　七月徐本七作八　十行　使上表徐本甘本上表作士女張本作工女　十七行　奔石橋門降徐本橋下有明日將妻子詣壘七字甘本丁本橋下空七格

三十八葉　二行　壞布帷爲袴甘本帷作惟　能自屈甘本能上有鄉字　四行　在京口徐本在作入　六行　若忽假他徐本假他作他假　九行　聽察徐本作視聽　十一行　不閒徐本閒作閑　十七行　北征徐本征作鎮　十八行　壅滯徐本壅作雍甘本張本作擁　輻輳徐本張本輳作湊　十九行　酬對甘本對作答　二十二行　戲之徐本作譏之甘本作訊之　君乃常儀甘本乃字空格

三十九葉　十一行　壯軍張本壯作狀　十四行　撫慰徐本慰作令　十九行　西權强兵不進徐本西權作而擁

四十葉　十四行　將欲禪代甘本無欲字　十七行　緯德文丁本緯作諱

四十一葉　一行　王領甘本張本王上重有瑯琊二字　北伐口口口上疏甘本伐字下空一格甘本徐本丁本第三格作帝字　十行　君臨徐本甘本君作居　十五行　太微甘本無太極　夏五月以下至此節盡凡一百五字徐本脫

四十二葉　十三行　秋七月甘本無秋字

四十三葉　五行　一百二年徐本年作十承銓按當作年　六行　筵之云徐本云作曰　九行　蓋倒其言徐本言作辭　十五行　元帝張本作元年　大興徐本作太興

建康實錄校記上終

建康實錄校記下

江甯酈承銓衡尗

卷第十一

一葉 一行 宋上（徐本丁本無此二字丁本卷十一下旁注小上字） 二行 高祖武皇帝（丁本高上無宋字） 六行 風骨奇偉（徐本骨作格）

十二行 丹徒間（徐本無間字） 十五行 亦或覩焉（徐本廿本覩作視）

二葉 五行 去甲冑（徐本張本甲作介） 六行 戰雖連勝（徐本戰作兵） 七行 偃旗臥鼓（徐本臥作門） 九行 海

鹽鮑陋（徐本鹽下有介字） 十五行 恩浮海入江（徐本恩作賊） 十八行 恩率大衆（徐本恩下有深字） 十九行 猶

恃其衆（徐本恃作存）

三葉 一行 次栗洲（徐本作溧州） 十行 明年春（徐本年字空格） 十二行 關隴平定（徐本隴作壠） 十四行 帝

因遊獵（徐本因作用）

四葉 三行 是夜（徐本夜作日） 四行 人情云何（徐本云作如） 七行 此兵輕猾（徐本此作北） 九行 按甲堅

陣徐本陣作陳　十一行　閫諫不然徐本然作從　十五行　一世之雄徐本世作代　家無儋石之儲儋徐本作擔張本作檐

摴蒱一擲百萬摴徐本張本並作樗　十六行　酷似舅酷下徐本有其字

五葉　六行　桓敬通徐本通作道　七行　肅命六合甘本命作合　規謀凌取徐本謀作模　十一行　一匹夫也張本匹作疋　十三行　掖衰晉于已顚徐本顚作顯　義軒已來徐本已作㠯　十七行　與高祖故丁本故上有有字　十九行　則遶輕徐本遶作刁　長民以宿憾徐本民作史憾作恨

六葉　二行　遷鎮東府東徐本張本甘本丁本並作南銓按此據他書改之字　三行　旣以之徐本以之二字空兩格　五行　百司致敬徐本司作官　六行　天子徐本子作下　爲從父以下徐本脫三百二十六字

七葉　三行　勳臣臣徐本甘本張本並作民　四行　用此道也徐本作此用道也　五行　遣馮該徐本遣作使　七行　三城徐本此二字空格　十行　走沮川沮徐本張本甘本並作狷

八葉　九行　運漕不繼徐本漕作遭　二十行　俱起布衣徐本俱作同　二十一行　非有安體心腹徐本安作委

九葉　十八行　人無遺乏之憂張本丁本並無人字　十九行　賀剌盧剌徐本張本並作賴　二十行　巨蔑水蔑徐本張本並作夢卽難敗徐本敗作取　二十一行　有車四千輛輛徐本張本並作兩

十葉　二行　向日昃徐本昃作晏　三行　胡蕃徐本蕃作藩　五行　日我前出我徐本張本作吾徐本張本作云　出兵海道
往張本往作住　十行　牛酒日至徐本日作食　十六行　馬千疋張本疋作匹　二十行　西羌人至徐本人作又　二
十二行　始將內懼徐本始作殆
十一葉　一行　治攻具成丁本攻下有城字　二行　不能爲害張本無爲字　三行　得肆力焉徐本肆作勢　五行
來者數千丁本千作十　六行　蒼鶊徐本作蒼梧誤　七行　獨賀徐本獨作稱　十三行　溪子徐本溪作豁　十四行
告我而下徐本告作舍
十二葉　一行　尋陽徐本陽下有溪字　六行　定霸取威徐本霸作伯　竟則以甚竟徐本作兢張本甘本作覽以徐本作已　十行
如朝陽徐本如作若　十五行　石頭守徐本無守字
十三葉　二行　劉藩藩張作番甘作蕃　六行　分牛騎徐本牛字空格　八行　水軍乘流甘本軍作陸　十行　覆舟
之役甘本舟作州　十三行　而歸京師歸京徐本作旋軍　十六行　杜慧度甘本度作慶　十九行　至州病甚至字張本
甘本並無病徐本作疾　二十二行　長民張本民作史
十四葉　二行　盤龍劉毅也徐本作盤龍毅小字也　三行　淩上取禍徐本淩作陵　八行　城內二字徐本作之其　十行

寧朔將軍（張本無軍字）　十三行　位出其下（甘本下作右）　十四行　無功而退（徐本退作返）　十六行　令軍
令（徐本甘本並作今）　二十行　欲謀爲亂（徐本欲作將）　又常詶人（徐本詶作詰）

十五葉　四行　民多遠本（本字徐本無）　五行　分疆晝境（徐本晝作盡）　十一行　寧民雖治（徐本雖作維）　十四
行　王化所以未純（徐本未作不）　十八行　庶存所弘（弘徐本作私張本作宏）

十六葉　二行　黃武（黃字徐本空格張本作廣）　董兵（董徐本甘本並作重）　涪城（甘本涪作浩疑誤）　七行　不敢捨（徐本捨作舍）　十一行
蜀子虜耳（徐本耳作矣）　十六行　太守檀祉（甘本祉作祗）　十七行　果懼而走（張本懼作遽）　二十二行　禮
太史子義（張本無子字）　天下（張本天作未）

十七葉　六行　懼不容（徐本作不懼容）　十行　抱止帝（徐本作抱帝止）　十九行　四海爭秦（徐本爭下有徒字）　二十行
故能遂荒南土（能字徐本無）　二十二行　禍將日尋（甘本尋作[illegible]）　戡黎之伐（徐本伐作代）

十八葉　一行　丁本此節下有卷十一上終五字以下另爲一卷前有二行錄如下

建康實錄卷第十一下

宋高祖武皇帝　八行　乃言（徐本乃作內）　九行　獲六鐘（鐘徐本張本並作鍾）　十一行　劉義府（丁本府作符）　十三行

告老居家甘本作家居又校云宋本作居家室　十七行　趨牛城丁本牛作陽　二十一行　仰贊洪基贊張本丁本並作纘

十九葉　三行　振厥弛維弛字徐本空格　十二行　介恃遐阻徐本恃作時　十九行　劉毅叛換徐本叛作判　二

十二行　揚旍江濆濆徐本甘本並作潰

二十葉　一行　魚潰鳥散丁本鳥作而　十五行　東慚西被慚徐本張本甘本並作漸　邁予種德予徐本作於張本作子甘本作于

十八行　亦賴匡霸徐本霸作伯

二十一葉　三行　堪授徐本堪作湛　十三行　軒縣之樂徐本縣作懸　十四行　遠人胥萃丁本萃作率　二十

一行　致虔禋祀徐本祀下有之字　儀刑四方刑甘本校云翻宋本作形　二十二行　丞相以下以甘本校云翻宋本作已　一遵舊

儀甘本儀作義

二十二葉　二行　諸侯王之上徐本甘本丁本並無王字　三行　高祖靖一徐本祖下重祖靖字　九行　蒲城徐本城作坂　十

四行　或謂濟徐本濟上有道字　十五行　宜梟之宜徐本作應張本甘本作高　十六行　且國及伐國張本甘本作固又徐本作是

食而徐本食作釋　十七行　丁夀甘本夀作胙　二十一行　姚平等横門徐本等下有於字

二十三葉　一行　年十一徐本作十二張本十一二字作上　十行　歸詣京師徐本詣作指　十五行　慣塹徐本塹作闉　十

九行　萬戸封侯徐本無封字

二十四葉　一行　在勤必書徐本在作左　六行　左右手爾徐本無爾字　八行　具聞徐本無聞字　及居東府徐本無居字　十二行　自與徐本自字下有呂嶋柳之提五字　十六行　專戮徐本專上有呂字　十七行　憑陵徐本淩作陵

二十五葉　一行　寮佐徐本寮作僚　二行　求之以下張本共缺一頁　三行　舉字以下缺徐本甘本丁本並同

二十六葉　八行　十一月一徐本丁本並作二　二十行　再造區夏丁本造作復　二十二行　著于幽顯徐本著作署

二十七葉　二十行　允執其中徐本其作厥

二十八葉　七行　主異姓輿焉徐本主上有其字　十七行　舊根復萌徐本萌作盟　二十行　食邑一郡徐本作全食一郡

二十九葉　五行　尙書令司空徐本無司空二字　九行　召太子甘本召作詔　十行　難禦之氣張本甘本作禦難之氣徐本禦作御　十一行　若有異徐本異上有同字　十三行　後世若有少主甘本世作起校云宋本仍作起南史作世　十五行注　周闔甘本校云闔宋本作回　十六行　珠玉徐本作玉珠　十九行　不習耳徐本耳上有之字　二十行　將北伐徐本伐作征

二十二行　時遺（徐本時作特）

三十葉　二行　常獻（徐本常作嘗）　六行　錦繡金玉（徐本作金玉錦繡）　十四行　何以知（徐本無此三字）　十六行

上挂葛燈籠（徐本無上字）　十九行　滎陽王（徐本滎作營）

三十一葉　八行　拓跋圭（丁本圭作嗣）　平安涉（徐本涉作陟）　十行　言執政（徐本言下有於字）　十二行　五十餘

載（甘本校云翻宋本作載五十）　十七行　戰柯亭（丁本戰下有于字）

三十二葉　一行　雖不獲命（徐本獲作復）　二行　刺史（張本無刺字）　四行　德祖曰（張本脫祖字）　十二行　賦

十城（徐本十字空格）　十四行　太守（徐本守作宗）　十八行　新安郡（徐本新作流）　十九行　草介（介徐本甘本丁本並作芥）　二

十二行　紹統（徐本作統紹）

三十三葉　五行　田宥（徐本作曲宥）　十五行　范晏（丁本晏作㬎）　十六行　悟賞故（張本賞故作嘗政）　十七行

遊耳矣（徐本甘本丁本無矣字）　及主無（徐本主無作廢立）

三十四葉　一行　嘉容（徐本容作客）　三行　四遠（丁本作四達）　十行　一依（甘本作一如）　十二行　纂承皇統

（徐本無承字）　十八行　隨後（徐本隨作在）　東掖門開（徐本甘本作開門）　二十二行　拜送（徐本拜作進）

三十五葉　八行　必異徐本異作冪　十一行　如値徐本値作隘　十二行　令問徐本問作聞　十五行　罔克由之徐本克作弗云翻宋本作罔弗由之甘本校　十八行　領之甘本無之字　二十行　莖實徐本莖作根

三十六葉　一行　降及甘本及作其　六行　邦家徐本甘本作家邦　七行　奉荷丁本奉作負　城闕闕徐本張本甘本作圂　九行　既而問丁本問作聞　十七行　但長驅驅徐本甘本作是　十八行　天人甘本人作下　二十二行　至三徐本三作見

卷十二

一葉　一行　宋中丁本無此二字十二下有上字　卷　二行　太祖文皇帝丁本太上有宋字帝下注元嘉元年起至九年止九字　十五行　豈有異志甘本志作心

二葉　一行　在疚疚徐本張本甘本並作疾字　七行　京師精甲甲徐本張本甘本並作田　十七行　熙寧徐本寧作陵　二十二行　元陽徐本元作亢

三葉　四行　包桑徐本包字作空格　十二行　見識徐本無見字　十五行　王休泰説休至説三字徐本甘本並空格　十六行　尠有徐本尠作鮮　甚哉徐本哉作矣　十九行　辛未丁本提行

四葉　十五行　當朝徐本當下多一空格　十七行　穆之並稱徐本穆之下重穆之二字　十八行　器其小子徐本其作其

四歲器徐本器作神氣二字　二十二行注　泥素徐本素作繁　法師造徐本造上有所字

五葉　四行　無端徐本端作耑　十三行　無慮徐本慮作患　十七行　使以詔謂張本謂作子　以公徐本以作臣

六葉　十三行　無辯逆順徐本辯作辨　十五行　激箭徐本激作𣿅　十八行　存亡矣徐本矣作哉　追贈丁本甘本提行

七葉　十二行　相亞徐本亞作照　十九行　退道濟軍退下徐本有劉字　二十行　還退徐本退作超　二十一行

故吏也徐本吏作叟　二十二行　晝見徐本晝作盡

八葉　三行　乃堅籬徐本堅作竪　四行　檀道濟徐本檀作劉　七行　將命甘本命下多一空格　十行　各爲徐本各甘本無

作名　昭然甘本昭作照　二十行　謝晦甘本晦作宥

九葉　五行　咸與焉徐本咸作皆　二十行　傷茲徐本甘本丁本茲並作慈

十葉　三行　東西徐本西作面　劉懷肅徐本無劉字　四行　曾爲張本無爲字　衞將軍徐本甘本丁本並作衞軍參軍　五行

弘之弘之曰張本脫兩之字　八行　未謝丁本謝作識　九行　非辯徐本作未辨　十七行　池隍徐本隍作瀆　二十一

行　以照徐本照作昭　二十二行　餘波徐本餘作流　素心徐本素作繁

十一葉　一行　其嘌徐本嘌作勦　其直徐本直作異　三行　徵士丁本徵作處　五行　吏有丁本吏作更　餉餞徐本餞作餞

九行　永豐寺徐本永作水甘本校云宋本作水　十行注　南林寺丁本林作陵　十四行　惟憂徐本惟作爲　十七行

四月徐本四作五　二十行　謂所知甘本謂作爲

十二葉　四行　癸酉徐本酉作亥　十二行　成粲徐本粲作祭　十五行　顯徹徐本徹作轍　二十一行　太盛徐本太作大

十三葉　二行　所美徐本美作徽按徽當是繖之誤銓　四行　臧文徐本文作人　六行　西夏徐本無西字張本甘本作西魯　九行

撫軍丁本作撫南　十三行　池堂徐本堂作塘

十四葉　二行　遺炤徐本丁本炤作照　十三行　孟顗甘本顗作顥　十五行　靈秀徐本甘本作秀靈　二十二行

寇戎徐本戎作賊

十五葉　一行　夏四月甘本丁本提行　二行　董陽徐本陽作易　七行　彭城王徐本甘本無王字　十一行　庫悉

吉徐本甘本作悉煩庫結丁本作悉煩庫張本作庫悉告　銓按丁本庫下落結字下頁有　十二行　大赤歇末徐本張本末作未　十三行　王元謨徐本甘本謨作謀

二十一行　壬辰徐本辰作寅

十六葉　三行　湘陸民(徐本民作氏)　五行　交州(徐本交誤作兗)　六行　庫悉吉(徐本甘本丁本作悉頌庫結張本作軍悉二字疑誤)　七行　虜執以下至九行既陷徐本脫三十八字　十二行　全軍(張本全作今誤)　十七行　遠役(徐本役作戍)　之歌(丁本歌作欲)　十八行　牢洛(徐本甘本洛作落)　二十二行　大雩(徐本張本大作又)

十七葉　一行　不闞(徐本甘本丁本闞作開)　二行　原本(徐本張本原作源甘本無原字)　六行　廟廷(張本廷作庭)　十二行　託體(徐本託作乳)　十五行　感者哉(甘本感作感)　二十行　不禁(徐本不作所)

十八葉　六行　認有司(徐本司下有表字)　八行　霧歇(徐本歇作散)　十行　塵有(甘本校云翻宋本無有字)　十一行　所以報(徐本報作達)　二十一行　天下也(徐本也作而)　二十二行　知禮也(徐本之字上有卯金二字)

十九葉　二行　無悛(丁本悛作復)　夏四月(甘本丁本提行)　六行　仇池(徐本仇作伏)　此行破陰以下至次行參軍止諸本各異另錄於下　徐本破陰平州益州刺史劉道濟遣軍斬之道濟欲臣白氏奴梁顯爲參軍　張本破平陰州聲之時益州刺史劉道濟將五城人帛氏奴爲參軍　甘本破平陰州益州刺史劉道濟遣軍斬之道濟欲以白氏奴梁顯爲參軍　銓按甘本略同徐本徐本欲臣者欲以之誤也(懋按疑徐之祖本以原作㠯與臣形近致誤)　九行　湯泉山(徐本甘本湯作陽下同)　五日(二字徐本無)　十行　遂入(入徐本空格)　十

七行 舍諸正寢（徐本作寢注） 十八行 部從事（徐本部作郡）
二十葉 三行 侍者（徐本侍作從） 七行 朱循之（徐本甘本丁本循作修亦作脩下同 毛循之亦作脩） 初循之（徐本初下有朱字） 八行
不敢問其家（徐本無其字） 十行 朱至處七字（張本空七格） 十一行 不能復言（徐本能作敢） 後至燕七字（張本空七格） 十二行 宏以爲（徐本宏字下空二十格） 邊人至舫柂（徐本人字下空二十格接舫字 甘本丁本人字下舫字上空七格 張本人字下至柂字空九格） 十二行 垂長索（此三字徐本甘本張本丁本皆空三格 銓按十二行遺至萊八字此行垂長索三字梓溎先生校記亦云缺是刊時補入者） 十四行 將正（正徐本張本甘本丁本並作王） 十五行 此節末丁本有卷十二上終六字下另卷首有二行錄如下

建康實錄卷十二下

宋太祖文皇帝（元嘉十年至三十年止） 十九行 咸如所言（丁本所作其）
二十一葉 一行 王准之（准徐本作準甘本作淮） 三行 便足（徐本便作使） 遺抄一篋（徐本遺作道篋作冊） 九行 宸居（徐本宸作神） 十行 正體（甘本體作統） 十三行 遷郡（郡徐本作鎮張本甘本作都） 十四行 扶南訶諸國（徐本訶字下有羅單二字） 西北（徐本西北作南誤） 十七行 辛酉（丁本酉作卯 銓按徐本酉多作卯不具錄 懋按卯疑原作丣係酉之古文）
二十二葉 七行 引酒（徐本酒作飯張本作飲） 十一行 辛未（徐本無此二字） 二十一行 卒仲德（徐本甘本並脫此三字）

二十三葉　九行　斜遙近賢徐本四空格　十三行　冬十月甘本丁本提行　十四行　居之居徐本作修甘本作脩　十五行　尙書尹徐本作丹陽令　十七行　集門徒徐本集作習　十八行　閭恥徐本閭作里

二十四葉　四行　以爲徐本以作乃　八行　己酉徐本酉作丑　二十二行　以待徐本侍作侍

二十五葉　二行　賜位徐本賜上有各字　太守徐本無此二字　五行　逃存而班死甘本丁本作逃亡而班存徐本存死二字並空格　十行　考終之禮徐本禮作理　十二行　西州徐本州作土　十五行　不逆徐本此二字作夾注　切諫徐本諫字下空二格　十七行　所以孝惠徐本作孝惠所以

二十六葉　一行　疾務徐本疾下多一空格務作矜　五行　是欲徐本欲作故　六行　殊間矣徐本矣作哉　七行　自斯以後徐本作自是之後　八行　抑王徐本王作主　十行　三月甘本丁本提行　十二行　烏甲申烏徐本作鹿張本作身甘本空格　甘露徐本甘作白　十九行　蒨玉丁本甘本玉字下並有夾注球字二字

二十七葉　四行　構近侍張本甘本構作構　迄夕罷徐本甘本夕作文　五行　混一殊風丁本殊作儒　十一行　佐吏徐本吏作史　十五行　因爲彗徐本無彗字　十八行　嶺巒嶺張本甘本作巖徐本空格　不賓賓張本甘本作實徐本空二格

二十八葉　五行　四月徐本四作五　十九行　詔大赦徐本詔作殿　二十二行　使使徐本作遣使

二十九葉　十四行　應在牛（張本牛作午）
三十葉　三行　九將將軍（徐本無此四字）　七行　羣蠻（徐本羣作郡）　十行　乙酉建宇（四字徐本作癸卯宴三字）　十一行
食不至（徐本不作未）　十五行　欲其（徐本甘本並作其欲）　萁若（丁本若作甚）　十七行　播稼（徐本稼作穡）　二十一行　九
服矣（徐本矣作也）
三十一葉　一行　既不是緊（徐本既作能）　冬藉（丁本甘本提行）　二行　范曄（徐本曄空格下同）　三行　彭城王（徐本王下有義
康二字）　六行　帝嘗（徐本帝上有文字甘本校云翻宋本帝上有文字）　九行　信臣（徐本信作俊）　十二行　含垢（徐本垢作詬）　十五行
義康（張本作義慶）　二十一行　熙先先（徐本甘本無下先字）
三十二葉　一行　乃上書（徐本無乃字）　十五行　有司（甘本丁本提行）　昵比（徐本作比昵）　十八行注　又名（徐本又字空格）
二十行　申維（徐本維作悟）
三十三葉　四行　奔迸（徐本作奔逸）　五行　於其至也（徐本至作志甘本作至校改作志）　八行　嘗遇炳曰（丁本遇作語）　十
一行　棄衆南（徐本無南字）　十二行　試諸子（子徐本張本丁本並作生）　十六行注　因改爲景雲樓（甘本脫此六字）　十
七行注　又造芳香堂（徐本無造字）　築蔬圃（甘本蔬作菜）　醴泉堂（徐本無堂字）

三十四葉　十行　漏勅（徐本無勅字）　十一行　盜殺豫章太守（徐本盜下有賊字章太守三字作州刺史三字）　十七行　皇子渾（徐本甘本渾作澤）　二十一行　當今宣武場（徐本當作行宣作宜）　大習（徐本習作操）

三十五葉　七行　炳之罪（張本無之字）　去其（徐本作出爲）　八行　臣乏（甘本乏作無）　十行　如炳之者（徐本無如字）　審之（徐本審作知）　十四行　校獵（張本獵作狗）　十七行　見於（張本無於字）　十九行　出適（徐本無出字）　二十二行　病死（徐本作疾死）

三十六葉　二行　不過（二字徐本無）　九行　以敵（徐本無敵字）　十行　秋八月（丁本甘本提行）　皇子彧（徐本彧作或）　十四行　復除（除徐本作丹徒二字張本甘本並作一徒字是上落丹字也）　十五行　司空肅公（徐本肅上有忠字）　十六行　婆皇國（徐本皇字空格）　十七行　南郡王（徐本南作隨）　以揚州（徐本無以字）　二十一行　三分之一（徐本一作二）　二十二行　同內（徐本同作因）

三十七葉　四行　荷檐（徐本丁本檐作擔）　十四行　解嚴（甘本作戒嚴校云宋本仍作戒嚴）　十五行　婆皇國（徐本皇作達）　已卯（徐本已作乙）　二十一行　彭城（丁本作越城）　二十二行　西平（徐本西作正）

三十八葉　一行　仍連（徐本連作逢）　五行　丁酉（徐本酉下有省字）　監宮（徐本宮作官）　六行　封河南王（徐本無封字作吐谷渾拾）

寅爲六字　七行　戊申徐本申作辰　九行　大國皇子徐本國作武子作帝下又多崩字　十一行　陸麗徐本無陸字　魏武徐本作文成　十二行　青黑氣徐本氣作色　十四行　南徐州刺史徐本甘本無刺史二字　十六行　統衆軍徐本統作總　十九行　八赤徐本無赤字甘本作尺　二十行注　雅重文儒徐本重下多一空格　二十一行注　江左已來徐本已作自　奢侈徐本侈作華　二十二行　卷第十二丁本二下有終字

卷第十三

一葉　一行　宋下上徐本無上字丁本無此三字　二行　中宗徐本無此二字丁本中上有宋字　三行　字龍休徐本作休龍　五行　關河徐本作關河　七行　西中郎將徐本西作南　十三行　軍事徐本事作士　顏峻徐本峻作竣下同　十五行　衆軍集徐本無軍字　十六行　以謝慶之甘本無慶字　十八行　軍門徐本門作事　二十一行　衆兵徐本兵作軍　二十二行　溧洲徐本洲作州

二葉　六行　冶渚徐本渚作浦　十六行　特加特徐本無甘本張本作和　二十行　卜天與天徐本甘本張本丁本並作之　二十二行　闔門闔徐本甘本丁本並作閤　諸司張本司作可

三葉　四行　洮陽侯徐本陽作易　九行　採捕徐本甘本張本並無採字　十二行　偏覽徐本作偏鑒甘本張本丁本作偏監　十四行

厚祿徐本厚作重　十五行　書奏徐本書作者愍按徐本多存古字疑寫官誤以書爲者耳　帝帝丁本不重帝字　二十二行　論之張本之作

衣

四葉　十一行　帝弟徐本無帝字　十五行　匙能全者徐本甘本張本並作能全衆者　十九行　建業丁本作建白　二十二

行　復何及也徐本何作可

五葉　一行　徐遺寶遺寶二字徐本張本甘本丁本並作賓字　二行　自進徐本自作日　八行　癸亥徐本作辛亥　十二行　慶

之等徐本甘本無等字　十七行　赴之徐本作起之　十九行　精鋭徐本鋭作卒

六葉　一行　朱循之徐本循字空格　十四行　進賢里徐本里作星　十五行　安陸郡徐本陸作陵　十七行　帳

幡丁本作幡帳　二十一行　長寧陵徐本甘本並無陵本　年會稽人徐本甘本無年字

七葉　五行　何公張本甘本丁本公作可　七行　改姓甘本姓字空格　十三行　元光元年張本無元字　十四行　百

官長史甘本百作石徐本史作吏　二十一行　辛丑徐本丑作巳

八葉　九行　詔顔峻徐本詔下有起字　十一行　四年甘本丁本提行　大明徐本提行　十四行　以爲囗郡徐本爲下空兩格

甘本不空格　十五行　紫氣徐本氣作色　十八行注　子灘徐本灘作維　才氣徐本氣作色　劉安衆衆徐本張本甘本丁本並作泉

二十一行　興殿徐本興作與　二十二行　林氣徐本氣作色

九葉　一行　羸徐本空格　八行　初置徐本初字空格置作立　九行　負謗丁本謗作誨　十九行　丙戌徐本戌作辰　二十二行　黃氣徐本氣作色

十葉　五行　伐北徐本作北伐　七行注　范義□曰徐本義下不空格張本空格下無曰字　八行注　人生徐本無生字　康曰□不徐本曰下空三格甘本曰下空一格無不字　爲高木縛康毋徐本高乇縛空三格毋字空兩格　十一行　煩壯少徐本甘本丁本並作煩少壯　十二行　侯千戶徐本甘本侯作使　十三行　縣侯徐本侯作男　十四行　桑里徐本里作田　十五行　宣武堂徐本甘本武堂二字並作城字又甘本校云宋本仍作宮城　銓按此據景定建康志改　十六行　皇弟徐本弟作帝誤　十八行　乃斬徐本乃作後　二十一行　功人徐本功作工

十一葉　三行　睡旣覺徐本睡作眊　十行　西城徐本城作域　僕射官徐本官作宮　闕十四行　瑯琊郡徐本無郡字　二十行　私財償之徐本財下空一格

十二葉　四行　孫薛徐本薛作薩下同　九行　絡憂徐本憂作旨　十行　二兒徐本兒作子　何恨徐本恨作憾　十二行　幸江乘徐本甘本此三字並空格　十三行　衆星徐本甘本衆字並空格　十五行　十萬二字徐本作一空格　十八行　置沛郡

徐本置字空格 十九行 庠序旃延徐本甘本丁本無庠字丁本旃作班 二十一行 甲寅徐本甲作壬 二十二行 淮南徐本淮作雍

十三葉 三行 始懷徐本懷作壞 七行 秀士徐本張本甘本並無士字 十行 乙未徐本乙作己 五月丁本五作三 十八行 青臺徐本青作清

十四葉 二行 時帝張本帝作常 四行 以禮徐本以作臣 十三行 和寧陵徐本和作初 十七行 太子徐本太上有皇字 二十二行 行所徐本所作在

十五葉 七行 貫珠玉徐本甘本貫作寶 八行 賦之丁本賦作賑 九行 紵麻徐本甘本無麻字 十一行 獻白徐本甘本無白字

十六葉 十七行 顏師伯等徐本無等字 十八行 素不協徐本素誤繁 二十行 端麗丁本麗作嚴 二十一行 荆湘徐本湘作襄 戒之徐本無之字 二十二行 之類徐本甘本類作累

十七葉 六行 密中徐本密作蠡 八行注 聲酒徐本聲作縱 有之徐本無此二字 十三行 丁卯徐本卯作亥 十六行注 追恨矣徐本矣作焉 十七行 詔莊徐本詔作召

十八葉　五行　還宮丁本宮上有殺字　八行注　王藻二字徐本甘本空兩格張本無此二字　常裸二字徐本作一空格　排闥闥徐本作闔張本甘本作闥　十六行　雅步徐本張本甘本雅作雖　十九行　被御名成徐本成作戎

十九葉　四行注　將立徐本將作郎　八行　誣言徐本誣作證　十四行　跣至徐本跣作跪　二十一行　妃江氏張本甘本無妃字

卷第十四

一葉　一行　宋下二字丁本無四下旁注上字　十三行　諱准徐本甘本准作準　十二行　殿省徐本省作宿　十六行　烏帽徐本帽作紗　十七行　令書徐本書作事

二葉　一行　十二月丙寅徐本二作一丁本寅作辰　八行　甲申徐本甘本無此二字　十二行　征諸軍事徐本無征字　十三行　孟虯徐本甘本虯作蚪　十四行　沈文秀徐本無文字　冀州徐本冀作廣　崔道固徐本作袁曇文　湖州徐本作冀州　行軍何慧文此五字徐本作崔道固三字　十五行　廣州徐本作湘州　袁曇文徐本作行軍何慧文　十六行　於中興堂徐本於上有頓字　十九行　並舉兵反徐本作舉兵並反　二十行　皇太后丁本作王太后　二十二行　以吳興徐本無以字　太守守字下張本有張永右將軍五字

三葉　一行　五郡徐本郡作都　吳嘉公徐本嘉作喜　六行　會稽徐本稽字空格　三行　東討徐本東作北　四行　撫
軍徐本撫作輔　六行　蕪湖徐本蕪作濃　九行　雜錢徐本雜作新　十一行　循寧陵徐本循作修　仇池張本仇作仇
十二行　秦州張本甘本丁本秦作泰　武都張本甘本丁本都作郡　十六行　守宰徐本宰作職　十七行　解嚴徐本解作戒
十八行　王元徐本元下有謨字甘本丁本有謀字　鎮軍徐本鎮作護　二十行　子輿徐本輿作興
四葉　九行　陽肅侯徐本陽上有洮字　武廟廷丁本廷作庭　十行　廬江徐本江作陵　劉韞徐本作韜甘本作韞　子銚徐本銚作
銚　十一行　豐王張本甘本丁本豐作封　昭王王字下張本甘本多南哀王二字　丙申徐本申作辰　十二行　崇陵徐本崇下有景字　十
五行　遣吏部張本遣作遷　十六行　千枚張本枚作牧　十七行　徐兗靑冀徐本作靑兗徐冀　二十行　澤拾
寅徐本無澤字　二十一行　伯仁徐本仁作猷
五葉　二行　王昜徐本王下有司馬二字　五行　廬陵徐本陵作江　七行　自今徐本自作者　十二行　斷徙徐本無徙字
十四行　楊南徐徐本作南徐楊　四州徐本脫州字　十九行　立晉平王徐本立作以　二十行　宣曜爲徐本爲上有立
字
六葉　三行　初制二年徐本二上有間字　四行　一年徐本一上有間字　七行　追東平王徐本追下有封字　十二行

校勘　建康實錄校記　二一

江蘇省立國學圖書館第七年刊　二二

巽域甘本域作城　十七行　魏人至次行辛丑十七字徐本甘本並無　二十行　楮彥回徐本楮上有以字　二十二
行　子蹟徐本蹟作濟
七葉　一行　庚寅徐本寅作申　二行　安成王成徐本張本作誠甘本丁本作城　五行　見西池徐本見下有于字　六行　丑
朔徐本無朔字　十行　劉員徐本員作勛　十九行　誦周易徐本誦作講　二十一行　改騧馬徐本無騧字　馬傍徐本
傍作旁
八葉　一行　宣陽門甘本陽作揚　二行　不祥徐本祥作詳下多同　江溢徐本溢作謚下同　嘗誤徐本誤作撰　三行　家門
甘本門作閒　五行　職扃徐本甘本扃作局　九行　進奏徐本作奏進張本作通奏　十行　上也徐本上作王　十四行　内外徐本
無此二字　又令徐本無又字　十五行　鱁鮧徐本鱁作餒　十六行　噉猪肉徐本噉作啖　每有徐本作所有張本作乃
九葉　一行　太子改名徐本子下多二空格　二行　朝貢甘本貢作賀　八行　祕書監徐本祕作中　十行　朝貢甘本朝作
致　十四行　南安王徐本安作平
十葉　一行　罍蠭徐本張本蠭作蠡　二行　右將軍徐本作右軍將軍丁本作右將將軍張本作尤將將軍甘本作二空格　四行　蕭恬徐本蕭作茅
六行　黨羽徐本張本無羽字　九行　張興世張本甘本作張世興　蠕蠕二字張本作一空格　二十一行　景辰景甘本空格

十一葉　八行　王禕（徐本禕作禕）　始興（一本興作建）　十行　進號（徐本無號字）　大將軍（甘本無大字）　十三行　祀南郊（張本祀作祠）　二十一行　漆帳竿（徐本無帳字）

十二葉　一行　帝所生（徐本甘本丁本無帝字）　六行　營署（徐本署作罝）　七行　解僧智（徐本作解智僧）　張五兒（甘本五作互下）

同　八行　夕去（徐本去作出）　晨出暮還（徐本作晨去夜還）　十二行　搥陰（徐本搥作鎚）　十三行　始爲樂嘗以（徐本始作後無嘗字）　二十行　殺之（徐本作攻之）　矛鋋（徐本作鋋矛）　二十一行　嬰孩（徐本孩作兒）　二十二行　兄叔（徐本叔下有文字）

十三葉　一行　數十人（徐本無數字）　三行　汝罪（徐本汝作尔）　九行　內史（徐本張本史作外）　十二行　馬墜湖（甘本作墜馬無湖字　徐本作墜湖無馬字）　二十行　閉且（徐本閉作寐）

十四葉　三行　仲謨（徐本謨作謀）　六行　南豫（徐本南作東）　九行　昇平（徐本平作明）　十六行　稅調（徐本稅作租）　十七行　太后（徐本后作妃）　司徒（徐本徒作空）　十八行　尚書（徐本書下有事字）　十九行　搜揭（徐本揭作揚）

十五葉　三行　懷政（徐本作瓌攻）　六行　出新亭（徐本出下有屯字）　八行　斬攸之（徐本斬下有沈字）　九行　解嚴（甘本解作戒）　十行　領東府（甘本領作鎮）　十二行　軍將軍（上軍字張本無）　西武撫軍揚（西武徐本作丙戌軍作州　揚甘本作撫）　十九行

熙王徐本甘本熙作安

十六葉　二行　蕭頤徐本頤作賾　七行　爲齊王徐本無齊字　九行　闔豎徐本闔作門　十行　投之徐本投作殺

十八行　徐本每行列三人　二十行　朱循之徐本循作脩下同　二十一行　沈慶之下丁本無以下人名

十七葉　一行　童太一徐本張本作童太一甘本作童太乙　四行　蕭惠開徐本惠作慧　九行　郯人徐本郯作剡　十一行

常與徐本常作嘗　十三行　納布甘本納作衲　十六行　飽食甘本食作飯　十七行　服色徐本甘本色作食

十八葉　四行　人也徐本無也字　五行　著作徐本作下有郎字　八行　叫噪徐本叫空格噪作譟　取之徐本張本丁本取作收　十

四行　篡弑徐本弑作逆　十五行　徐湛徐本張本甘本並無此二字　末決徐本甘本張本丁本末並作未　十六行　尋以徐本以作得張本無

十七行　因此張本因上有以字　二十一行　正達徐本甘本丁本正作政

十九葉　二行　居貧自負南郭敷頃徐本作貧居負郭無自南敷頃四字甘本南郭作南園　七行　性眞徐本眞作直　十四行

文士徐本士作才　顏延之徐本無顏字　十五行　謝靈運徐本無謝字　十九行　與質書曰徐本曰字上有質答書三字　二

十行　也哉徐本無哉字　二十一行　乃退張本退下有後字

二十葉　四行　子執徐本執作執下同　六行　平元凶徐本作鎮襄陽

二十一葉　十行　惠召見徐本惠作慧　十三行　元凶平徐本無元字平下有後字　十七行　顏峻徐本峻作竣下同　瑯琊

臨沂人徐本無此五字

二十二葉　六行　憒怨徐本怨作怒　七行　徽之徐本徽作徵　十一行　朱循之徐本循作脩下同　十六行　敬

嘉徐本敬作熹　十八行　失柂徐本柂作航

二十三葉　六行　湼陽徐本湼作涅　十三行　世宗徐本甘本宗作祖　十八行　中兵徐本兵作軍

二十四葉　三行　之風徐本風字下有時勛要三字　多事徐本事作時　產業居南岸徐本業下有元景二字岸下有僅字　十行　同誅

徐本誅下有時字　此行末丁本注卷第十四上五字次行另卷前有二行錄如下

建康實錄第十四下

列傳　十二行　參軍徐本甘本參作將　十四行　拔爲徐本張本拔作板　十六行　𦀚縛袴徐本作𦀚縛褌　十八行　劉

斌徐本斌空格　二十行　每見徐本見下有沈字　二十一行　蒼頭徐本張本丁本頭下並有公字　年間徐本張本無間字　二十二行

如治家徐本如作始

二十五葉　三行　淮汝丁本汝作西　五行　五州張本州作洲　九行　郎日徐本甘本無日字　十五行　軍平徐本軍下

多一空格

二十六葉　十一行　元凶弑張本弑作滅　十二行　世祖登三字徐本作及即二字　十五行　東昌徐本作南昌　右僕射書本右作左　十八行　道寂徐本寂作實

二十七葉　一行　令尹徐本張本丁本並作尹令　五行　弘瑋徐本瑋作偉　不好徐本不上有琛字　七行　愷之字偉人愷徐本作顗下同人徐本丁本並作仁　九行　辭脚疾免之徐本作辭脚疾自免無之字甘本作辭脚免之無疾字　張　十四行　召收徐本召作日　負三郎徐本無負字　十六行　安城人徐本城作成　十八行　參軍徐本張本軍下並有累字　因職甘本因下有田字　二十二行　范凱之修徐本凱作覬修作條

二十八葉　六行　作難徐本難作亂　九行　尙可徐本尙作自　十三行　東管張本管作菅　十四行　名喜徐本喜作嘉　喜初徐本初作越　十五行　軍府白衣沈演之甘本無府字演張本作濱　十六行　至世祖徐本張本無至字　十七行　平定徐本定作安　二十一行　功至徐本至字下多二十空格　二十二行　河朔徐本河作寧

二十九葉　三行　建平王景素徐本張本甘本並無建平王三字景素張本甘本作侯景　八行　南海徐本海作昌　十三行　使子勛徐本使作進勛字下多號車騎將軍開府儀同三司十一字　十四行　鵠尾徐本鵠作桑　十八行　名坳胡張本坳作坳　二十一行　天子

徐本甘本天作太
三十葉　五行　星惡徐本作惡星　冒耶丁本甘本冒作昌　九行　異志矣徐本無矣字　十行　詐被甘本詐作作　十一
行　一萬甘本無一字徐本萬下有衆字　十二行　尋逋徐本無尋字
三十一葉　三行　臨死徐本死作殺　四行　時年徐本時上有死字無年字　九行　宇内張本丁本宇作寓　十三行　始知
甘本無始字　十四行　答曰甘本無答字　十五行　沒爲久不歸徐本沒作死久作常張本久作長　累拜甘本拜作爲　十七行
以爲至下詔八字徐本無此八字另加時至曹三十八字錄如下
時慮權移臣下以吏部尚書選舉所由欲輕其勢乃下詔
曰吏部尚書可依郎分置並詳省閑曹　二十二行　于颱徐本颱作颶
三十二葉　一行　樅瀛徐本張本樅作樅張本瀛作淪　二行　淑妃徐本淑作貴　八行　吏部徐本部下有尚書二字　十二行
大事徐本張本大作六　十八行　長平徐本作平長
三十三葉　四行　縣侯徐本無侯字　十五行　宅名徐本無名字　十六行　名曰徐本無名字　十八行　子發
徐本無發字　十九行　大意徐本意作志　二十二行　萱草徐本萱作蘳　子叡徐本甘本丁本叡作濬
三十四葉　二行　所知徐本甘本知作居　八行　未及徐本及下有燃字　九行　塹欲滿徐本塹作漸　流深二字徐本甘本作滑

作珠深二字 十行 宥之（甘本作有之） 十一行 被圍攻（三字徐本甘本並空三格） 十六行 求北（徐本北下有還字） 十七行

下平（徐本無下字） 十九行 弃散（甘本散作敗徐本散作走） 二十一行 步騎（甘本步作部）

三十五葉 六行 時年（徐本無時字） 八行 累遷（甘本遷作仕） 十四行 歸順則（甘本則作徐） 十五行 爲主

進軍（四字徐本無另作文至月七十四字錄如下） 文秀遣軍主解彥士攻北海陷之太宗遣青州刺史明僧暠東莞東安

二郡太守李靈謙率軍伐文秀元邈乘民僧暠等並進軍攻城每戰輒爲文秀所破離而復合如

此者十餘泰始二年八月 崔元孫（徐本崔作孫無孫字） 十七行 遣兵（徐本兵作軍） 十八行 無援（徐本援下有軍字）

二十二行 答曰（徐本張本無答字）

三十六葉 一行 偏溥（徐本作裸縛甘本作偏縛） 二行 元明（徐本元作永） 四行 陳郡陽夏人也（徐本無此六字） 五行

幼孤（張本孤作居） 七行 少好學（甘本無好字） 立操（甘本操下有守字） 九行 嘗爲（徐本爲作與） 十二行 此泉（徐本

甘本作此永） 十八行 將軍仗（徐本仗作使） 二十一行 遷尚書（徐本遷作轉）

三十七葉 二行 加兵自衛（甘本無加字徐本無自字） 左史及平（徐本左下有右字徐本張本丁本並無平字） 四行 尤壯（徐本尤作哀）

六行 不可（徐本可作肯） 七行 劉道（徐本道作秉） 八行 每往（徐本每作或） 九行 及順（徐本張本無及字） 十二行

德重丁本重作大　十三行　不欲徐本無欲字甘本空一格　十四行　結反徐本張本甘本反並作及　二十二行　無年甘本年作軍

三十八葉　二行　何子平丁本何作沙　十行　吳隱徐本隱下有三字　不康徐本康下有也字　十二行　茂景徐本作景茂

二十二行　等常甘本無常字

三十九葉　九行　銍人丁本銍作鍾　十一行　並受至次行勃十八字徐本無　十四行　因居焉徐本因作固

十六行　逍遙篇張本無篇字　十九行　竹林園園徐本甘本張本丁本並作精　二十行　因憩張本因上有願字

四十葉　一行　漢世徐本無世字　形制丁本制作著　其事甘本其作之　十七行　嘗解徐本嘗作爲

四十一葉　三行　子陵爲人徐本無子字陵下有之字　五行　買易徐本買作貿　八行　悉分徐本悉作輒　十二行　盛云徐本盛作或　十六行　騎校尉徐本騎上有越字　十八行　中事徐本事作書　二十二行　出身甘本無身字

四十二葉　一行　初出甘本初下有年字　四行　華林園甘本無園字　五行　山陽王徐本王下有休字　六行　王道成徐本張本甘本並作隆　八行　羅錦女伎徐本錦作綺伎作使　冠絶徐本絶下有當時二字　九行　開瀆徐本開作闢　十一行　不次張本次作八　促車人張本促作捉　十五行　朱幼徐本甘本無此二字　十六行　不成甘本無成字　二十二行　速

也張本迷作疾 皇帝至次葉一行魏武徐本脫二十四字

四十三葉 二行 功施徐本張本並作施功 九行 重器徐本丁本張本器作寶 十行 百年徐本丁本甘本百上有二字 十三行

訓焉徐本焉作與 魏孟徐本魏字空格 十七行 必呈徐本必作畢 二十行 端平平徐本甘本並空格 二十一行 西苞

徐本苞作包

四十四葉 三行 郎年徐本郎作師 四行 大成徐本大下多一空格 五行 寧氏撓徐本張本撓作堯 九行 不足

徐本足作及 十行 初徐傅徐本無初字徐下有物字丁本傅作溥 十一行 以中徐本中下空一格 十三行 高閈徐本閈作開 十

五行 □□徐本無此二空格 十六行 建言徐本言下有傳字 十七行 南昌徐本張本丁本昌作平 或倩以下至本卷

末甘本闕

四十五葉 三行 象酒徐本酒作郡 愛鼇徐本張本愛作爰 七行 方疆徐本張本丁本疆並作彊次行疆胡並同 伐有徐本丁本伐作代

十四行 始自徐本自作曰 十五行 殿至聞八字徐本並空格 十七行 震位徐本震作宸 二十一行 生

頪徐本丁本頪作類

四十六葉 二行 而有徐本而字空格 於才丁本於字空格 四行 促迫徐本張本丁本促並作趗 六行 委重徐本重作任 溝

近徐本溝字空格　七行　道歸徐本道下有同字　九行　若懦徐本作濡滯二字　胥變徐本作國張本作骨　十行　輿衰易覲徐本
輿作盛覲作覲　十一行　而已徐本丁本已作赧張作赧　十三行　脆促二字徐本空一格張本促作從　十五行　前載徐本載作代　驅
馳徐本馳作除　十六行　既壓徐本壓作壓　十七行　而復徐本無復字　二十行　拯厥張本拯作極　當路張本路作署
二十二行　何則徐本則作其
四十七葉　六行　十三年張本無年字　十行　因宗徐本宗作宋　十四行　頒見徐本頒作類

第十五卷

一葉　一行　卷第十五丁本五下旁注上字下齊上二字無　二行　太祖丁本太上有齊字　四行　初居甘本無初字　九行　峨
山徐本作娥公山下同　十行　梁士徐本士作土甘本丁本作王　十八行　徵赴徐本赴作起　二十一行　一萬徐本萬下有發字　分
兵徐本甘本張本並作軍
二葉　五行　文豪徐本豪作秀　十五行　迎立徐本無迎字　馳蒼梧首徐本馳下有送字　十九行　額擔湖額張本甘本並
作額　二十一行　步屧甘本步作走
三葉　三行　君肉中徐本君作吾　四行　中興壘徐本中上有築字　七行　飾翫丁本飾作御　十二行　王公丁本公下

有之字　二十一行　將作匠徐本匠下有陳字

四葉　三行　永和徐本張本和作初　五行　儀位徐本位作注　六行　甲午徐本午作子　十四行　立主徐本無立字主張本甘本並作末　十五行　太子𧨳張本甘本並作𧨳　十六行　太子徐本無太字　遂寧陵張本甘本無遂字　十七行　租南徐本作租布

五葉諸本同闕

六葉　十行　隨分徐本分作方　十二行　四戶甘本作四月下同　十三行　失度徐本度下有時字　十四行　禍由張本禍作禮　十八行　正月甲申徐本正上有閏字申作寅　十九行　登商飈館徐本登作宴張本丁本商作高　二十行　館所徐本館下有上字　二十一行　二百獄囚徐本百下有里內二字

七葉　二行　王摛徐本張本甘本並作王擒　熒惑二字徐本作榮字　金也徐本金下有天字　三行　占曰張本甘本作古曰　人君張本君作主　四行　茅室室張本甘本作屋　十三行　頗好徐本頗下有不字　二十行　虛疾徐本虛作瘧　二十行　全瘥甘本無全字　二十二行　大拯徐本作太極

八葉　三行　之望徐本望作功　七行　鮮人徐本作人鮮　十五行　笑曰徐本笑作答　十八行　出入徐本作文惠

二十一行　市井徐本甘本井作邊

九葉　六行　亦亂徐本亦下有淫字　八行　蕭諶諶甘本作湛下同　十行　失履甘本作朱履　拔劍甘本拔作取　十一行　輿接甘本輿作與　十四行　三十三徐本作二十一張本作二十三　徐龍駒宅張本甘本無宅字

十葉　八行　替命甘本作替命徐本作賫命銓按此贊之誤　降海陵王徐本降下有爲字　十行　寶誌徐本張本誌作志　十五行　光熹徐本甘本熹作熹　十七行　初平徐本甘本初作中

十一葉　四行　將軍軍徐本張本並無　左僕射徐本甘本無左字　五行　廢帝徐本無帝字　十二行　冬封徐本冬作各　十三行　六月徐本六作四

十二葉　二行　江祏徐本祏作祐下同　劉暄甘本暄作暐　十三行　淮流甘本淮下有水字　十八行　皇太子張本無皇字

十三葉　四行　蕭懿甘本無此二字　七行　蕭衍甘本衍下有慶字　十行　張瓌甘本瓌作瓖　十二行　敗新亭徐本敗作邑　十四行　不喜書徐本喜作善　十五後　在人後三字甘本作任人二字　十七行　戲叫呼徐本戲下有馬字　十九行　時遣出徐本作時際閫二字　奏案徐本作案奏甘本無案字　二十二行　高爲徐本作爲高

十四葉　一行　仗人徐本仗作伎人張本甘本作入　三行　燭天徐本作照天張本脫燭　七行　服御徐本御作飾　十三行

判決徐本判作荆　十七行　光尚甘本作尚光

十五葉　一行　珍國甘本作國珍　叫聲叫徐本空格丁本作呼　五行　金錢徐本錢作銀　七行　防城甘本城作賊

十六葉　五行　城南南甘本空格　十一行　詔可張本可誤司　十三行　魯山城主甘本主作王　十七行　單

字以下至十七葉十五行天子止徐本闕

十七葉　五行　景辰丁本辰作午　十八行　征虜徐本此二字作建武中三字　二十一行　方爲徐本無方字　二十二行

[illegible]狹徐本作狹[illegible]

十八葉　五行　孔翠徐本翠作雀　十八行　卷名卷丁本作危　名徐本甘本丁本並作矣　十九行　此行丁本有卷第十

五上五字下另卷式錄如下

建康實錄卷第十五下　齊

十九葉　六行　愛賞甘本無賞字　十二行　天深徐本天作純甘本深作生　十四行　加榮徐本榮作勞

二十葉　三行　孫沖徐本甘本孫作張　六行　十餘人徐本餘作數　十三行　帛山徐本甘本丁本帛作昫

二十一葉　一行　狗兒徐本狗作苟張本作猗　二行　蜀郡徐本脫蜀字　七行　府開徐本府作廳　十行　閹人張本人作

入　十三行　可矣（徐本可作足）　十五行　餘善（徐本無餘字）　十七行　鳥豆（徐本鳥作烏）　十八行　卜云（徐本卜下

有之字）

二十二葉　二行　吴輿（徐本輿作郡）　三行　此枅（徐本無析字）　五行　散輩（徐本輩作騎）　七行　出其（丁本無其字）

十二行　憂惶上知（甘本惶作懼無知字）　仲雄（徐本雄作雍）　十三行　起兵（徐本起作舉）　十四行　浙江（江下丁本有帝將二字）

京省帝盡（省徐本丁本作者帝徐本甘本丁本並無）　十八行　高宗（張本作高祖）　二十二行　人也（徐本張本丁本無也字）　驅使（使下甘本有累

字）

二十三葉　一行　杜姹（徐本甘本姹作姥）　二行　潘嫗（徐本嫗作嫗下同）　五行　江州（徐本江作荆）　六行　十餘人（丁本

無餘字）　我本（徐本我下有志字）　八行　督平北將軍（徐本督上有命字無平字甘本無北字）　崔惠景（徐本惠作慧）　十行　以軍（徐本無以字）

（張本甘本無軍字）　布囊裹擔而僅免（張本無裹字徐本無此七字別作等至許四十二字錄如下）　等以烏布幔盛顯達數人擔之僅得免御

史中丞范岫奏免顯達官優詔答之顯達乃表解職求降號皆不許　十五行　注稍（甘本注字空格）　血

灑（徐本灑作湧）　十七行　平原（徐本平作太）　二十二行　尋轉（徐本丁本尋上有而字）

二十四葉　一行　靈哲（徐本無靈字甘本二字並無）　六行　帝自謂（甘本無帝字）　九行　細覽（徐本甘本細作相）

二十五葉諸本同闕

二十六葉　五行　冠軍（丁本軍下多將軍二字）　七行　局副（徐本局空格）　十七行　角城（徐本角作甬）

二十七葉　四行　淮陰（徐本淮作汾）　宋州（徐本宋下有徐字）　九行　高平（丁本作北平）　十八行　安氏（甘本作安平）　十
九行　略陽（徐本張本甘本略並作洛）　二十一行　輔國府（徐本無府字）

二十八葉　一行　官亭湖（徐本張本甘本官並作宮）　五行　庾杲之（徐本杲作果下同）　六行　王儉（甘本無王字）　十四行
從理（甘本理作裡）　竟不乏衣（徐本竟下有于字甘本無衣字）　十六行　獻王（徐本無獻字甘本空格）

卷第十六

一葉　一行　列傳（徐本無此二字甘本另行頂格）　四行　劉瓛弟琎（徐本甘本琎作璡）　六行　沈文季兄子昭略（甘本季作秀無略字）
七行　陸惠曉（徐本惠作慧）　八行　崔惠景（徐本惠作慧景作巨甘本景作宗）　丘靈鞠（徐本丘作邱甘本鞠作鞫）　檀超（甘本超作起）　九
行　齊宗室及諸王（徐本甘本無室及二字）　二十一行　私屬（徐本屬作囑）

二葉　一行　攀畫（徐本攀作兆）　十一行　輕薄（徐本脫薄字）　十四行　月餘（甘本月空格）　二十二行　二公（徐本公作王）

三葉　一行　治平徐本治作持　善之徐本善作喜　二行　阮韜甘本阮作江　五行　陳留徐本無留字　十一行　侍中中書書張本空格　十二行　張緒徐本無張字　張本甘本空格　十四行　靈和靈甘本作雲　校云宋本仍作雲　十五行　咨歎徐本張本歎作嗟　少年徐本少作當　二十行　私屬徐本張本屬作囑

四葉　一行　父玫徐本玫作考　二十一行　妓妾徐本妓作奴

五葉　二行　鞭之之徐本甘本空格　三行　小店使使徐本無　張本甘本空格　四行　埽箒徐本作掃帚　六行　好學徐本作讀書　七行　並得上上徐本得下有爲字　下上字無　另作超宗議不同嘗六字　九行　四座徐本座作坐　十二行　常醉徐本常作嘗　二十行　及收徐本及作反

六葉　六行　黜于黜甘本作照　徐本作出　二十二行　賜賻甘本賜作轉

七葉　三行　起義與穎胄徐本甘本與上并有書字　六行　并襲甘本并下有州字　七行　岷山徐本作汶陽　九行注　東昏年號四字徐本作大字誤　十行　初荆州三字徐本甘本並無　十二行　嘉瑞徐本瑞作祐　十四行　上明甘本上字上多一空格　十五行　穎胄囚徐本囚下多一問字　十六行　時年徐本甘本時作始　知天命知甘本空格

八葉　一行　當朝徐本朝作時　五行　華宇徐本宇作邑　宅也徐本也作哉　八行　弟璡璡徐本甘本並作璉　下同　子璥甘本璥作

散畢參軍畢徐本上畢字作畢下畢字空格　十四行　祖邵徐本邵作劭　十五行　起家張本起作知　十七行　八勝
徐本甘本勝作升　十八行　器底徐本器作腹　二十二行　陸修靜徐本靜作靖
九葉　一行　以奉徐本以作有　仕宋徐本仕作事　三行　終無甘本終作略　六行　熬波張本波作汲　十三行　世
祖徐本世作太　十七行　頻蹙徐本頻作嚬　十八行　始行畢徐本無行字
十葉　四行　三宗甘本宗作敎　八行　何味徐本味作物　秋末徐本秋作冬　十一行　有勳徐本甘本勳作功　二十行
異之徐本異作奇
十一葉　一行　鬱林徐本林下有王字　王晏等與徐本晏作宴與作輿　五行　江祏徐本作祐甘本作祜　七行　東海甘本海作郡
父聿之徐本父字上多祖湛之宋司空六字　九行　而挺立徐本而字上多一幼字　十行　縣侯徐本侯作公　樂康徐本作康樂　十四
行　袖中徐本袖作裏　十七行　童子徐本童作僮
十二葉　二行　武康徐本空二格張本甘本武字空格　五行　嗣子琨徐本不提行琨作緄　將婦徐本婦作歸　七行　功成徐本作成
功　九行　吳興武康人徐本無此五字　十行　文季家徐本家上有起字　兵人徐本人作入　十二行　五㪷徐本㪷作斗
下　十八行　五子也徐本甘本子作少

十三葉　八行　王鍏徐本鍏作鋒　九行　字超宗徐本字作子　十二行　陸惠曉徐本惠作慧下同　自玩徐本玩下有之字

十八行　慶耶甘本慶作度　十九行　劉珽徐本張本甘本珽並作璡

十四葉　一行　不可卿甘本卿作輕　二行　輕人生徐本輕作卿　四行　恒如徐本恆作常　七行　王融甘本融

九行　毛惠秀徐本甘本惠作爽　十三行　鄧禹笑殺人徐本鄧上有使字無殺字張本笑作美　十七行　濛谷徐本濛作蒙

十九行　長東隅甘本長下有于字　居然應嗜此居然二字徐本作自字

十五葉　三行　父偉徐本偉作緯　五行　常云徐本常作嘗　九行　御史甘本御上有都字　十四行　隱机徐本机作几

十九行　雖矣徐本矣作也

十六葉　五行　崔惠景徐本惠作慧下同　六行　樂安侯徐本甘本樂作東　十行　頓白下徐本頓徐屯　十三行

停二日徐本停空格　十四行　竹坎人徐本坎作塪　十五行　捕虎　說惠景空格作本作投字　臺軍張本甘本臺作全

十六行　鍾山鍾甘本校云翻宋本作蔣　十七行　鼓叫臨城徐本叫作器臨城二字張本甘本並無　十九行　使擒徐本擒作禽　二

十一行　帝密詔徐本無密字詔作召　二十二行　鼓叫徐本叫作器

十七葉　二行　單馬單張本甘本作乃　皆詣徐本皆字上有崔恭祖等四字　十八行　文學徐本甘本無文字　二十二行　甥舅

張本蚓作生　烈女徐本烈作列

十八葉　一行　卒官徐本卒下有于字　不偹甘本不作未　三行　古書徐本古作廣　金櫃甘本櫃作匱　五行　內明徐本明作潤　十三行　始安張本甘本無安字　十九行　史事徐吏作史　二十二行　劉瑄徐本瑄作暄

十九葉至三十葉諸本同闕　甘本校云原闕二百六十四行銓按亦十二葉也

三十一葉　九行　四十至二隱此十一字甘本無　出門徐本門字下多一戶字　十一行　府云徐本云作曰　十二行　身自徐本甘本自作貧　十三行　山壑徐本山作邱　十五行　鳥慕徐本作慕鳥　十七行　子賓臣臣甘本校云宋本作官　二十行　長笑笑徐本張本作嘯

三十二葉　二行　之屍徐本屍作軀　四行　潔靜徐本靜作淨　十行　樫柏甘本樫作怪　二十行　中從事徐本中上有治字甘本無中字　二十一行　江泌徐本無江字

三十三葉　八行　錫趺徐本鈇作趺　十二行　太祖拜太祖二字徐本作拜字　十五行　開墓徐本張本墓作基　十六行　內史卒甘本無卒字

三十四葉　一行　永先甘本光作元　四行　虜魏二字徐本空格　什翼主徐本主作珪　末始土徐本末始作木末張本土作上　五

行　涼州徐本涼作梁　六行　女牆徐本牆下多一門字　七行　二十一闕十一二字徐本作士字闕作門　闕内立廟四門徐本闕作門四字上多一開字　二十一二十兩字徐本作一世　八行　土社徐本土字空格　塞居徐本作雲母　十三行　殺牛馬徐本甘本無牛字

十七行　泰始張本始作如　十八行　改號承明張本改作故承作丞　十九行　以太和徐本以作改

三十九葉　六行　歲使來徐本來上有往字　七行　稍漸徐本漸作僭　索千水徐本甘本千作干次行同　定襄徐本定上有出字　八行　凝寒徐本甘本作寒凝　十一行　交結徐本無結字　細水裌帳徐本作紐木枝根　十二行　于此下宴徐本宴下多一息字

十七行　行尙書徐本無行字另作府至所十字錄如下　府長史鹿樹生移行在所　十八行　詔皇師徐本詔下有曰字

二十行　止輅張本止作上　弔齊問諱徐本問作國　二十一行　劉勃徐本勃作數

三十六葉　二行　三廊徐本廊作郎　有梨二字徐本空格　眞肫徐本肫作肫　三行　出軍徐本出作步　五行　太子洵徐本洵作恂下同　六行　河陰徐本無河字　執之徐本無之字　七行　無皋城徐本皋作鼻城下多一在字　十一行　輦角呼徐本輦作輦呼作吹　南陽自徐本自下多一向字　十四行　臨水徐本水上有洒字　十五行　凡有九品徐本無有字重一品字　十七行　主也主張本作皇甘本作王

三十七葉　一行　諸蠻甘本不提行　種數徐本數作類　二行　蠻侯徐本無侯字　或丘徐本作蟲生　田野徐本野作治

三行　山爲徐本山作生　五行　汪狎兼貫徐本狎作狹兼作魚貫下有而字　桓元甘本桓作植徐本元作温　爲都徐本都作郡　六行

以畏徐本畏作威　七行　剪髮徐本剪作前　使努射徐本使作便　九行　三年使貢徐本使上有遣字　十二行　國有

徐本無國字　十五行　弁都徐本弁作牟下同　十九行　臨邑徐本臨作林　二十行　范陽徐本陽作楊

三十八葉　一行　倮形徐本倮作裸　焦其舍徐本焦作集　五行　灣中徐本灣作彎　七行　瑱所破徐本瑱作塡　八

行　憍溙如徐本憍作僑　趺摩徐本日本趺作跋　永熙徐本甘本熙作明　九行　闍耶徐本無此二字　十行　座像徐本座作坐

十一行　蘇鉉徐本鉉作鈜　十二行　作屋徐本甘本無作字　二十一行　洪範使徐本使下多蠕蠕二字　二十二行

相國刑基徐本作國相邢基　回表徐本作回奏

三十九葉　一行　二年徐本二作元　四十萬徐本萬下多一騎字　二行　平城徐本平字上多一去字　縱獵徐本獵作觀　六行

爲資徐本資作貲下同　九行　犬戎徐本二字空格　十行　慕賀川徐本慕作纒　十一行　初始徐本初上多一宋字　河南

徐本南下多一王字　十三行　子易度徐本子上多一世字　休留殘徐本殘作茂下同　十四行　丘冠徐本丘作邱張本作治　十五行

丘冠先徐本無丘字　吳興徐本興作郡　十六行　王楊至十八行末此五十八字徐本空四行又十字　十九行　宕冒羌徐本

張本冒作昌羌字徐本無　二十行　彌機徐本機作机

四十葉　一行　爲之賀徐本無之字

卷第十七

一葉　一行　卷十七徐本卷下有第字　梁帝紀上徐本無帝紀二字　十二行　在左手徐本左作右　十五行　衛軍徐本衛下有將字　東門徐本門作閣

二葉　三行　冠軍徐本軍下多將軍二字　五行　使持節徐本節下多都督二字　七行　將軍徐本將上多一右字　八行　更直徐本直作置　十行　御刀徐本刀作刁　十二行　晅之徐本甘本晅作暄　十五行　益州還徐本還作遷　穎州徐本穎作郢　十七行　制王徐本王作主　十九行　才稱徐本稱作非

三葉　二行　呂僧珍徐本呂作吕　四行　昏虐暴主徐本作昏主暴虐　九行　沔南徐本南作陵　以集徐本以作臣　十一行　郎藏知韓徐本作郭儼知轉　十三行　將軍徐本無將字　十四行　張沖張本無張字　十六行　二年徐本二作三　十八行　前次徐本前下有軍字　十九行　姑孰徐本孰作熟　二十一行　擊破徐本無擊字

四葉　一行　屯籬門徐本屯作據　五行　於航南甘本航作舫　死戰徐本無死字　八行　營署徐本署作置　十二行　勒兵徐本勒作遣　孌庶徐本孌上有收字　十五行　揚徐本揚上多都督二字　十九行　身藉徐本藉作籍　推轂萬里徐本

甘本無此四字　二十行　受戈徐本作援戈

五葉　四行　承制徐本承上多一解字　六行　長史司馬張本甘本無史司二字　七行　梁王徐本王作公　八行　王公張本王作主　十行　得鏤徐本得下有玉字　十一行　玉璧徐本玉上有金鏤二字　十二行　皇后徐本皇作太　十五行　遂行徐本行字空格　詩衒徐本詩作夸　十七行　戢履履徐本空格張本甘本作縷　十八行　無爽徐本爽作損

六葉　一行　敬請正徐本敬作數正作三　二行　戴平徐本平作車　四行　三月徐本作二月　七行　一物徐本無物字　八行　郢州徐本甘本州作城　九行　何意徐本意字空格　十二行　鍾虡宮縣徐本虡作簴縣作懸　十四行　今歸徐本甘本今作令　十六行　國侯侯徐本下侯字作亮　十八行　王綝徐本王下有元字　二十二行　太極徐本太上多一臨字

七葉　四行　汝南徐本南作陰　八行　成王徐本甘本成作城　弟澹徐本澹作憺　九行　一切徐本切作皆　放還徐本還作遣已巳徐本張本甘本並作戊巳誤　十二行　論復徐本論作詔　十七行　多餓徐本餓作飢　十九行注　髮青紺甘本髮上多一其字　屈爲徐本爲作如　比吳朝比徐本空格　二十一行注　四望徐本無四字　二十二行注　郎還徐本張本還作選

八葉　一行注　近北對徐本作比邱修三字張本作比丘二字　二行注　瑠璃椀椀得徐本椀作琬　瓷罌徐本張本瓷作及　五行注　又簡文徐本又下有晉字　六行注　昔于天徐本無于字　七行注　乃送徐本送作逆　見像徐本見作得　八行注

光耀徐本無耀字　九行注　三歲□□徐本無藏字空三格張本無藏字空二格甘本無空格　郝跌摩徐本郝下有都字甘本作那求跋摩　寺域徐本張本域字空格　十行注　□丹青張本作三空格無丹青二字　焚燼徐本燼作盡　殊妙徐本甘本此二字作二空格　十一行注　□□□金徐本多兩空格甘本金字亦作空格　歷宋齊三字徐本甘本作三空格　忽面徐本無面字　供養徐本作供奉　十二行注　崇敬寺徐本甘本敬字作空格

十八行注　沈約爲寺碑徐本無沈字約字上作兩空格寺字作空格

九葉　五行　大䙆徐本張本䙆作穫　七行　正月徐本正作四　丙午徐本午作申　十三行　乙亥徐本乙作丁上有九月二字　議賢堂徐本議作儀

十葉　八行　五里改陵徐本里下有內居民三字　十行　日暖徐本日字空格　十三行　正月徐本正作五　十四行　九年徐本年下多九月庚寅四字　東南徐本東下有冶字　渚籬徐本甘本籬作離　十九行　親祠部祠部二字徐本作祀字　二十一行　鮮卑徐本作仙埤　二十二行　十萬徐本十下有餘字　後尅朐城徐本無後字尅下有復字朐下有山字甘本朐作煦

十一葉　二行　癸丑徐本癸上有十一月三字　四行　正月徐本正作二　六行　增爵徐本增作賜　七行　乙亥徐本乙上有七月二字　十一行　乙巳徐本巳下多一朔字　十二行　有差徐本有上多班賚二字　十四行　辛未祀南郊徐本辛未作親　十五行　月調徐本無月字　十六行　辛亥籍田徐本亥下有躬耕二字籍作耤

十二葉　一行　正月徐本正作二　二行　景寅徐本作丙辰　六行注　背畔徐本畔作叛　九行　曾通徐本不提行　高麗遣使徐本遣上有國各二字　十行　丹滑國徐本無丹字　十一行　夜有日三字作本作空格　十二行　西南去縣徐本作去縣西南　二十一行　辛巳祠南郊徐本祠上有親字　獨孤闍徐本作孤獨闍

十三葉　三行　始平郡石鼓村徐本郡作縣村作邨　三徐本作二　四行　十二徐本二作五　遣使徐本遣上有各字　六行　連帥徐本帥作率　七行　白堤國堤徐本作題甘本作提徐本國下有各字　九行　紹泰徐本泰作太　十四行　征北徐本征上有庚子二字　元澍徐本澍作樹　二十二行　大赦改徐本改下多一元字

十四葉　十五行　來奔徐本奔作降　十七行　兵以徐本無此二字　十八行　大赦徐本大上有正月二字

十五葉　一行　無㝵徐本㝵作礙　七行　朝貢徐本作貢獻　九行　遣使徐本遣上有並字　十三行　歡譽徐本譽下多一譽字　國使徐本國下有遣字　十五行　及忠孝徐本甘本無及字　十九行　號中興徐本無號字　二十一行　皇子徐本甘本無此二字

十六葉　五行　朝貢徐本作貢獻　七行　隨風張本甘本作陵風　十行　海南徐本海上有是歲二字　遣使朝貢徐本作並遣使貢獻　十一行注　張文達徐本達字空格　十二行　大賜徐本大下有赦字　力田徐本田下有爵一級三字　十三行　信都徐本都作武

十五行　文黍（徐本無文字）　十八行　止地（此二字徐本作二字）　二十行　丹滑（徐本重丹字）

十七葉　五行　十一月（徐本無一字）　六行　北侵（徐本侵作伐）　十七行　造在（在徐本空格張本作莊）　二十二行

哲造（徐本無造字）

十八葉　五行　所造（徐本無所字）　六行　春至官十字（徐本作十空格）　十七行　二月（徐作二上有十字）　十八行

貢物（徐本物作獻）　二十行　安城郡（徐本郡下有民字）　二十一行　參軍討平（徐本軍下有曹子郢三字）

十九葉　二行注　幷大（幷徐本作潤甘本作開）　三行　春李賁（徐本春下有正月二字）　九行　五月新（新徐本張本甘本並作辛）　十五

行　改年（徐本作改元）　十六行　中大（徐本不提行）　壁邪（徐本作辟邪）　十八行　楊瞟（徐本瞟作標）　走入（二字徐本作竄字）

十九行　三惠經（徐本惠作慧下同）

二十葉　八行　應接（徐本接作援）　九行　以億萬（徐本以下有錢字）　十行　三答（徐本答下有書字）　三十二行　討

景（徐本討作許）

二十一葉　五行　正月（徐本甘本正作三）　火守心（徐本火作熒惑）　七行　供以（徐本無以字）　九行　皇帝（徐本帝作有梓宮二字）

十行　自捨身（張本自下有初字）　十一行　盡日（徐本作晝日）　十四行　初爲（徐本初作昔）　十六行　間答（徐本作答）

問　十九行　聘讚聘徐本作躬製二字

二十二葉　三行　興重徐本作重興　八行　帝改元徐本無帝字元下有爲字　九行　大寶徐本不提行　十三行注

徐本無作空格二行又二字

二十三葉　十行　望官軍徐本望作察　十三行　三柵徐本張本三作立　十四行　敕首尾徐本尾上有敕字

二十四葉　六行　淵歸徐本淵下有明字　十一行　異同徐本同作圖　十三行　徐慶徐本慶作度下同　二十行

如故徐本無此二字　時義與徐本無時字義上作並如故事　韋載徐本韋作章

二十五葉　二十二行　仁虎徐本作白虎　食言徐本食作發

二十六葉　二行　上淮橋徐本上作立　城下徐本下字下有都邑二字　四行　粟之徐本無之字　五行　幕府山徐本甘本無山

字　六行　長明水軍長徐本張本作錢水字上徐本有領字　運糧徐本作糧運

二十七葉　四行　余須徐本須作孝頃二字　七行　諸侯王徐本甘本王作之　十行　雲罕徐本罕作竿　十九行　肆逆

徐本張本逆作虐　糺合徐本作收合　二十一行　拾遺徐本作拾芥

二十八葉　一行　澤浸徐本浸作流　二行　未若徐本未下有有字　三行　制物徐本制作濟　四行　警愚徐本張本作驚

愚　六行　殿宇張本宇誤字　九行　躁險徐本作險躁　踰甚徐本踰作愈　利而後動徐本作見利而動　十一行　災
被徐本被作及　十四行　父標標張作摽甘作摽　十五行　戍兵張本戍作戎　十七行　委之典軍徐本之典二字作以字
會榮徐本會下有葛字　十九行　入洛徐本甘本無洛字　二十一行　人人徐本無下人字
二十九葉　三行　多智徐本智作計　七行　士卒散三字徐本作兵潰二字　十四行　大春徐本春作椿　十八行
綸馬步綸上徐本有邵陵王三字馬上徐本有率字　以據徐本無以字　二十行　御街徐本街作道
三十葉至本卷末諸本同闕

卷第十八

一葉　一行　梁下丁本無此二字　二行　后妃傳略丁本后上有梁字　八行　王　茂甘本校云宋刊本單名皆聯書不空　十一行
鄧元超徐本超作起　張弘策丁本無策字　十二行　鄭紹叔丁本無叔字　十六行　孝明皇帝徐本甘本丁本無孝字
十九行　岑善方丁本無方字　二十一行　尚柔甘本柔作景　祖惠徐本祖下有次字
二葉　二行　昭灼徐本昭作照　四行　昭義徐本作義興　五行　舍葬徐本甘本丁本並作合葬　六行　武晉徐本晉作進
九行　煜太子舍人煜徐本甘本作燁丁本作爈銓按爈當亦燁之誤　十五行　騰湧徐本作湧騰　十八行注　歷陳享祀徐本作入陳祠

江蘇省立國學圖書館第七年刊　五〇

享　十九行注　大龍神象徐本大作天象作像　二十一行　祖儉徐本儉下多太尉二字　二十二行　父暕徐本暕作暕

三葉　三行　褰字思叔徐本褰作騫叔作寂　五行　八十徐本十作千　評田價徐本無評字　八行　滿室徐本室作堂　十一行　若見徐本無若字　十四行　貴妃張本甘本妃作嬪　十五行　父仲徐本無仲字　二十行　元帝徐本作元年下又多郎位二字　文皇宣后丁本作文宣皇后　二十二行　琨侍中徐本琨作緄

四葉　一行　三二年徐本作二三　五行　嬪以徐本嬪作妃　六行　聰惠徐本丁本惠作慧　九行　朔旦徐本無旦字　十行　金博徐本博下多一山字　十二行　惠義徐本惠作慧　十三行　三緯緯徐本作諦張本丁本作絺　十六行　纖髮髮徐本作毫丁本作悉　十七行　墳籍丁本作墳典

五葉　一行　疾恐徐本疾上有癡字　二行　四十一徐本四作三　三行注　縣北三十五里甘本無縣字　徐本里字下多太子仁德素著及羌八字　四行注　文言爲正序徐本無言字序作席　又文選集徐本無又集二字　張本丁本作又集文選　六行　大通徐本大上多一中字　八行　屬意徐本作屈意　十一行　爲太子徐本爲作王　元年徐本年下多一立字　十五行　矣乎暨處徐本矣作況無暨字　十六行　遠之徐本之字下多有哉二字　十九行　梓桐甘本桐作檑　二十行　成門戶徐本成下有吾字

六葉　四行　史善徐本史下有景宗二字　好讀史書好讀二字徐本作愛字　九行　封竟陵徐本作進爵爲三字　十一行　位望

重徐本重上有隆字　十三行　霹靂徐本靂下多一聲字　十六行　欲開徐本無欲字　十八行　謚壯徐本謚下有壯字　十九
行　累仕至三字徐本作起家郢州主簿六字　二十二行　庇人甘本人作民
七葉　二行　雲安徐本雲作重　三行　謂曰徐本無謂字　五行　吾亟徐本吾下有遂字　吾以徐本作以吾　十二行
明帝徐本無此二字　十三行　年初徐本無年字　十五行　輿太守徐本輿作棐　十七行　覩之徐本之作其　十九行
圍守圍徐本作攻張本甘本作國　實反問實徐本作賓縱二字甘本作寘
八葉　一行　因浚萬人四字徐本作役萬人浚　火防徐本作防火　金帶鉤甘本帶作革　四行　父郴郴徐本作那甘本丁本作彬　十
四行　曰列侯徐本列侯二字作烈字　十五行　鄧元超徐本超作起下同
九葉　二行　子斂徐本斂作鏗　五行　高祖入徐本入上有遊處二字　六行　時加徐本時作特　七行　家國吉凶徐本
國下有之字　十七行　至夜亂徐本亂上有作字　二十一行　南鄭徐本鄭作定
十葉　一行　而和帝徐本而下多一空格　四行　高祖徐本作義師　五行　起兵徐本無兵字　從東下徐本從下有高祖二字
六行　載陽徐本載作義　七行　南鄭徐本作關南　九行　卒贈徐本贈作給　十行　寒賤幼徐本幼下多一時字　十一
行　奇聲徐本聲作骨　十五行　義兵徐本兵作師　十八行　賞之徐本賞作棨　二十行　國厚徐本厚作重　二十

一行　汝等徐本甘本無等字　二十二行　市西徐本作西市

十一葉　三行　柳掞丁本掞作琰　人也徐本無也字　四行　高祖二字徐本作及踐祚三字　六行　引爲徐本引下有叡字　十行　乘麒麟乘徐本作弃　麒麟甘本作騏驎　十一行　乘馬徐本無馬字張本作戒馬　十三行　昌義昌張本甘本丁本並作呂　十五行　軍大破徐本無軍字　軍人徐本無人字　十六行　金貲徐本張本作軍貲　十七行　鄉里徐本里作中　二十一行　家倖徐本官作家　子於徐本於作放

十二葉　三行　東昏誅徐本誅上有既字　五行　懍乎徐本懍作凜　甘本重懍字　十二行　范增已畏其大徐本已作以其下有志字　張本畏作爲　甘本增作曾畏作爲　十五行　意許之徐本甘本意作竟　十八行　有策略徐本作有集　張本作有策並無畧字　二十二行　繫于徐本作擊于

十三葉　四行　始爲徐本爲作謂　六行　不賣徐本賣作買　十二行　坐貽甘本詒作詔　二十一行　被名甘本名作召

十四葉　七行　陽原徐本作原易　而已徐本無已字　十九行　而伐徐本伐作討　二十一行　而無丁本無字下多二空格

十五葉　一行　卽位二字徐本作初字　四行　高祖二字徐本無　七行　大夫卒徐本卒上有四年二字　八行　名顯徐本

無名字　十行　歸舩徐本甘本無舩字　十五行　美矣徐本無美字　十九行　石頭戍徐本戍作城

十六葉　二行　校尉二字徐本作雍州刺史四字　五行　綏養徐本養作惠　河東甘本東作南　六行　張纘甘本纘作讃　十

二行　今戴丁本今作令　二十二行　七父甘本七作叔

十七葉　一行　旋旆徐本旋作返　三行　夜遣徐本遣作遁　五行　相周國公徐本作相國周公　十三行　號元

年張本無此三字　十五行　万紐徐本張本甘本丁本並作萬下同紐徐本作鈕　二十二行　東城東徐本空格

十八葉　三行　唯江陵徐本唯作收　八行　詧乃徐本無詧字　十一行　武帝二字徐本無　四年徐本作二年　十二

行　雖名徐本名作多　十四行　去之徐本無之字　二十二行　即位號徐本號上有改字

十九葉　三行　勢援徐本勢作聲　五行　共以徐本無以字　八行　章昭遠徐本遠作達銓按下卷天嘉四年作章昭達　十行

平都徐本都作郗　十一行　周武丁本武下有帝字　十六行　楊堅徐本甘本無楊字　二十行　相持徐本無持字

二十葉　三行　人君徐本甘本人作仁　四季徐本季作年　四行　邦國徐本國作內　七行　帝崩徐本帝上有明字　廣運

徐本運作陵　十二行　嶔巖徐本作嶔岩　十四行　甄元成徐本甘本元作立　二十一行　記室徐本室作注　伐河徐本

甘本河作湘

校勘　建康實錄校記　　五三

二十一葉　三行　卒性（卒下徐本有大寶二字）　詞贍（徐本詞字空格）　詁令（徐本令作命）　十行　江陵（陵徐本作甯）　十三行
爲謗法華（爲徐本空格張本作謂徐本無法華二字）　十四行　出言（徐本無言字）　十六行　乃悟（張本乃下有如字）　寬雅（張本無寬字）
十七行　希顏（徐本顏作賢）
二十二葉　一行　乃招（徐本張本招作詔）　二行　入隋（甘本無隋字）　七行　稱旨拜（徐本無拜字）

卷第十九

一葉　一行　陳上（丁本無此二字）　二行　高祖（丁本高上有陳字）　四行　準準生（徐本無下準字）　五行　丞相椽（丁本椽作掾下
同）　六行　山川（徐本川作水）　十行注　安城（徐本張本城作成）　十六行　後逃（甘本逃作巡）　二十一行　雄子（徐本子上
有弟字）　二十二行　子孫（徐本作子姪）
二葉　一行　杜僧明（徐本張本甘本並無杜字）　深異之（徐本深下有嘆字甘本深下多一空格張本異字作空格）　二行　入觀之（徐本入作而）　六行
憚其（徐本其作于）　八行　自前（徐本自作目）　九行　死生（徐本作生死）　十一行　十六（徐本六作一）　十二行　于
蘇麻（徐本無于字麻作歷）　江口城柵（徐本口下有立字）　十五行　歲月（徐本歲作數）　十六行　恐非（徐本非作所）　十七行
人情（徐本情作心）　二十行　兵衆（徐本無衆字）　二十一行　洞中洞中人（徐本無上中字）　李賁（徐本無李字）

三葉　一行　平之（徐本平作討）　四行　胡穎（丁本穎作頴）　六行　鍾休悅（丁本休作林下同）　十二行　譚遠（徐本譚下有世字）　十六行　垂覆（徐本覆作履）　結事之（徐本無事字）　十九行注　軍人（徐本人作民）

四葉（諸本同缺）

五葉　四行　談爲（徐本無爲字）　六行　謚曰（徐本無曰字）　各邑（徐本各下有食字）　七行　章夫人祖（四字徐本作高祖祖爲四字）　八行　高祖母（徐本母上有祖字）　九行　余孝頃（徐本余作徐後天嘉六年作余　銓按）　十三行　覓至次行車二十四字（徐本無）　十郡至次行旆頭二十九字（徐本無）　十四行　旆頭（徐本無）　十五行　舊式（徐本式作典）　十六行　梁敬帝（徐本不提行）

六葉　二行　丁丑冬十月乙亥（七字徐本無）　五行　行梁正朔（徐本甘本梁下有王字）　六行　優假（徐本假作隆）　十行　景太后（徐本作安皇后）　十二行　園邑（徐本作園陵）　十三行　母弟（徐本無母字）　十四行　蒨（甘本作蒨）　十五行　遙襲（徐本無遙字）　祀昭烈（徐本祀作嗣）　十六行　遙襲（徐本無遙字）　曇朗嗣（徐本嗣作爲）　南康王後（徐本後上有嗣忠壯三字）　十七行　正月（徐本正作三）

七葉　八行　育字（育字上張本多一空格）　十行　貢方物（方物二字徐本作獻字）　十三行　衆死（死徐本甘本不空格張本作口）　十九

行　休暇（徐本暇作假）　二十一行　西階（丁本作殿西）

八葉　二行　膳進（徐本無進字）　三行　肴庶珍羞（徐本作肴核庶羞）　四行　歌童（徐本作鐘張本作鐘）　五行　躬儉（徐本躬作恭）　七行注　兄子（徐本無子字）　十二行注　使收（徐本甘本無收字）　十五行　襲蒨（丁本蒨作將）　十六行　言笑處分（徐本笑下有自若二字）

九葉　一行　可膺（張本可作何）　二行　一等（徐本等作級）　四行　東宮直（徐本直下多閣將軍三字）　五行　王生（徐本王下重一王字）　六行　安成（甘本作安城下同）　遷于（徐本遷上多隨例二字）　七行　襲封安成王爲始興祀（此九字徐本無另作遙至後十二字錄如下）

遙以頊襲封始興王嗣昭烈後　之饗（徐本作之饗）　八行　奉昭烈祀（徐本烈下有之字）　初東征（徐本無東字）

九行　北軍丹徒（徐本軍下有人于二字張本軍下有於字）　十九行　壘朗（徐本壘上多一空格）　二十行　少年卒（甘本無卒字）

十葉　三行　新塗（徐本塗作淦）　十一行　國用（徐本用作容）　十八行　山坡（徐本張本坡作披）　十九行　幾十條（徐本張本幾作凡）　二十行　遺誤（徐本誤作失張本作設）　二十二行　寄寓（徐本作寓寄誤）

十一葉　一行　我有（徐本我下有亦字）　三行　亦感疾（徐本亦作因）　年五十九卒（徐本卒字在年字上）　五行　必定（徐本定作常）　八行　天嘉（徐本無此二字）　九行　于歸代立（丁本于作子）　安成（丁本作安城）　十五行　善書（徐本書作工）　好騎

射徐本好作善　十七行　下平徐本下作克　十八行　石城徐本城作頭

十二葉　一行　胡孰徐本張本胡作姑丁本孰作熟　十一行　還都于石頭徐本于上有入字　十二行　坐上徐本作于坐

十八行　殊死張本殊作誅　二十行　少豪徐本豪下多一傑字張本甘本豪下多雄字

十三葉　二行　南州徐本南下有徐字　三行　王漸徐本作玉漸　八行　侯官久徐本張本作侯久徐本甘本張本丁本並作人　九行

陳寶應徐本無陳字　十行　因官軍徐本因下有爲字　十五行　湖際丁本際作陰　十六行　達命徐本達作但　十

七行　水柵徐本柵作塞　十八行　是日二字徐本作十二月三字

十四葉　二行注　東南角張本角作用　七行　趨唐連唐字徐本作工塘二字　周迪徐本無周字　九行　送至徐本張本無至字

建康市徐本無市字　十二行　出湓城徐本出下有鎮字　十四行　相結徐本結作給　方輿徐本輿作輿　二十行

誘迪徐本誘作請

十五葉　七行　傳籤徐本傳下有更字　八行　眠唾徐本無唾字　十二行　焚火徐本火作燼　十五行　安成甘本丁本成作城

十六行　始輿公徐本公作王　二十行　封英徐本英作荚　二十一行　尙書郎徐本尙作祕

十六葉　五行　光天徐本張本天作大　祠南郊徐本祠作祀　七行　平之徐本無平字　十一行　三年二字徐本作光大二年誤

十五行　並使（徐本並下有遣字）　十六行　劉師智（徐本甘本智作知）　恒在（徐本恆作常）　十九行　安成王（丁本王作君）

二十行　出外（徐本外作位）　二十一行　譬他（徐本張本丁本他作如）　二十二行　矯詔（徐本無詔字）

十七葉　十行　以輿駕奉迎（徐本無以字作奉迎輿駕）　十一行　乙卯（徐本乙上有太建二年四月六字）　薨年（徐本年上有時字）　十三行

積年（徐本年作載）　及將大漸（徐本及下有疾字）

卷第二十

一葉　一行　陳書下（徐本無書字丁本無陳書二字）　二行　高宗孝宣皇帝頊（丁本高上有陳字無頊字）　後主長城公叔寶（丁本無叔寶二字）　四行　二年辛酉（徐本年下有七月二字）　十行　遙改（徐本作改封）　十三行　光天（徐本作光大不提行丁本不提行）　十四行　召帝入（徐本入下多一纂字）　十五行　三年（徐本丁本不提行）　太建（徐本丁本提行）　太皇太后（四字張本甘本丁本作太后二字）　尊號（徐本無號字）　皇太后（三字張本甘本丁本作太皇太后四字徐本作太后二字）　十七行　爲文皇后后沈氏（徐本張本沈氏二字在爲字上丁本無沈氏二字）　妙姬（甘本作妙姫）　十八行　策爲（徐本策作册）　二十二行注　初自長安（徐本張本甘本初下有又字自長二字張本甘本空一格）東歸（徐本作歸于）　立妃柳（丁本柳作楊）

二葉　一行　王丁（二字張本甘本空二格）　二行　使御史出四方觀行（八字徐本作分命大使巡省六字四方張本作西方）　徐陵（徐本作王勱張本甘本

作二空格　銓按太建三年徐陵自著作爲僕射故决不應作徐陵據陳書宣帝紀及王勱傳勱幷以太建元年爲僕射與徐本合　五行　父頠徐本頠下有嘗隨二字　六行　紇隨徐本無此二字

征東獠徐本東作夷　七行　山陽徐本甘本並作陽山　九行　越定徐本越下有戍字　愛建宜黃徐本建下有德字　十行

雙石等徐本作石雙無等字　州軍事徐本州下有諸字　十一行　西越徐本作百越　大疑之大徐本作頗張本甘本空格　十二行　未

敢就徐本就下有徵字　十三行　州衡州上州字甘本作陽　十四行　年三十三徐本年上有伏誅二字　藝宣徐本作藝文類聚四字

皇朝位徐本作官至　十五行注　大夫也徐本無也字　十七行　要兒丁本作嬰兒　章氏養徐本氏下有所字　二十行

紅白徐本紅上有色字

三葉　二行　元年徐本作二年　三行　五月徐本作五人誤　四行　辛卯二字徐本作春字　九行　耳後徐本耳作尔　十

二行　文帝徐本作平帝誤　杜泰甘本丁本泰作恭　十五行　武源徐本源作沅　二十一行　一年徐本作二年

四葉　一行　乘輕舟甘本無乘字　三行　仰割徐本無仰字　五行　丁丑徐本作丁酉　六行　徐慶徐本慶作庋　七

行　地大震徐本無大字　九行　徵君徐本君作士　許詢張本許字空格　元度張本丁本度作慶　勇惠徐本惠作慧　宂從徐本宂作

穴　十行　以學聞徐本學下有藝字　十行一　比興義徐本義下有類字　十三行　太常徐本作太學　十七行　改

乏徐本乏作瘗　十八行　亨卒徐本無亨字　十九行　度支郎徐本支下有侍字

五葉　三行　王綝徐本無王字　八行　中外軍事徐本外下有諸字　十行　壽春徐本春作易　十二行注　而敗
徐本敗作賊　十四行　正月徐本正上有春字　十六行　安成人徐本成作城　十七行　聰惠徐本惠作慧　十八行
累國子徐本累下有遷字　二十一行　善占徐本占下有候字　二十二行　義兵徐本無義字　逃刑徐本作逃之

六葉　三行　周王徐本作王周　比是徐本作皆是　怸求徐本怸作志　四行　面折曰徐本曰上有之字　東下徐本無下字　良
計徐本無良字　九行　疏十卷徐本十下有一字　十行　孝經疏兩卷徐本兩作二　十一行注　良史也徐本史作吏
十二行　辛巳祠徐本祠作祀　十四行　在北諸郡徐本在下有江字　守備徐本無守字　十五行　禦四月徐本無禦字
百姓乙徐本乙作巳　十六行　被表徐本表作裘　各二詔徐本二下有百首二字　十八行注　是二重徐本張本並無是字下重字
張本有第字　十九行注　晉本西掖門晉本丁本作本晉　宋改名西華門六字徐本無　東入對第二重徐本甘本張本丁本二並作三
二十一行　覆舟山徐本覆作龍　二十二行　上立丁本無上字　瑞鐘徐本張本鐘作鍾

七葉　二行　祖汪徐本汪作任　三行　事梁徐本事作仕　七行　卒反張本反作返　八行　不忘徐本忘作妄　九行
甚寒雪徐本作甚寒冰雪交下六字　十一行　憑屍甘本無憑屍二字　十三行　累進徐本進作遷　道中徐本無中字　十五行
司空錄徐本錄字作陸糟爲三字　十八行　丁酉徐本無此二字　齊王高緯丁本王作主　其太子徐本無太字　十九行　五

帝二十八年（徐本帝作主二上有一共字） 二十一行 東宮城（徐本城作成） 二十二行注 穆帝何皇后（帝徐本張本甘本丁本並作章徐本無何字）

八葉 十二行 家貧未辨（未辨徐本作無以取給四字） 十六行 墓所是（徐本是上有此字） 之徵也（徐本無也字） 十七行 後師（徐本師作及）

九葉 十一行 陳其旗鼓（徐本無其字） 十四行 北侵軍（丁本侵作征） 十六行 以憂遘疾（徐本憂下有憤字） 十九行 己亥（徐本無此二字） 側池中（徐本側作傾）

十葉 二行 歷陽北譙（徐本陽下有沛字） 九郡（徐本郡作州） 三行 周又進克（徐本無周字克作尅） 五行 庚子（二字徐本作夏字） 七行 野王幼（徐本無幼字） 九行 熟識（熟徐本張本丁本並作默） 玉篆（徐本玉作虫） 十二行 在物（徐本作在朝） 失色（甘本作失物） 十三行 皆人莫及（徐本人下有所字） 十六行 史記傳（徐本記作紀） 十八行 詔涓（徐本詔下有目字） 十九行 充九州（徐本充作統） 二十行 樂一部（徐本樂下有各字） 二十一行 陳惠紀（徐本惠作慧）

十一葉 二行 是月（徐本作是夜） 五行 辛丑（二字徐本作春正月三字） 晉王（徐本晉下有安字） 八行 東衡州（徐本無州字） 十行 老子（徐本甘本丁本並無此二字） 十三行 剖判（徐本判作析） 十六行 束名（徐本張本束作東） 玩清虛（徐本張本玩作翫）

之論徐本論作說　二十一行　白鷺徐本作白鷰張本作白鷺　欄廡徐本欄作欄
十二葉　一行　振樹徐本張本甘本丁本並作拔樹　二行　宇文衍徐本無宇文二字張本甘本無宇字　遜位徐本遜作禪　八行　於時徐本
作是　十二行　吾破徐本作破吾　十八行　逆叔陵徐本逆下有伏誅二字及一空格　十九行　承聖中徐本承上有梁字
十三葉　四行　木劍徐本木上有所佩二字　六行　東安徐本安作樂　十三行　執將軍戴洫徐本作執其將戴溫　十四行
七人於徐本於作沈　十五行　蕭摩訶徐本無蕭字　十八行　敬淑徐本淑作肅　十九行　長公主徐本長下有城字
二十行　鄱陽徐本鄱上有爲字　二十一行　文帝徐本無此二字
十四葉　一行　乖手徐本作手乖　甚寵徐本甚下有有字　四行　是際徐本際作時　大喪徐本喪作亂　五行　百司徐本
作司官　假以徐本假上有雖字　陳書后徐本后下有傳字　後入長安徐本無後長安三字　六行注　十三年徐本作十一年　十一行
初有徐本初作時　無淨論徐本淨作諍　十五行　親幸徐本幸作倖
十五葉　二行　慶窮治徐本慶作度　十二行注　武陵徐本作沅陵　樂山徐本作岳山　頭利國徐本利作和　十五行
昭戎徐本作戎昭　十七行　以手摩頂徐本摩下有其字　十八行　早就徐本早下有成字
十六葉　一行　陵數年徐本張本甘本陵作連　九行　交關供養徐本作供養交關　相濟張本相作俱　十一行　從左右

(徐本從上有多字) 十二行 乃自(徐本乃作又) 十三行 餉饋(丁本作饋餉) 之絕(丁本作乏食) 二十行 家徒壁立(丁本作家徒四壁)

十七葉 二行 甲申(二字徐本作春字) 八使(徐本八作大) 三行 七月(徐本七上有秋字) 六行 正月(徐本正上有春字) 七行 陳景翔(徐本翔作詳) 九行 使來朝賀(徐本作遣使朝貢) 十九行 宜以(徐本以作用) 二十行 即條自古(徐本條下有牒字) 二十一行 劉仲舉(徐本劉作到)

十八葉 二行 皇后(徐本作皇太后) 令王入省(徐本王作主) 四行 山陵(徐本陵下有畢字) 六行 尋貿氣(徐本尋下有以字) 八行 梁太傅(徐本梁上有後字) 蕭巖(徐本作蕭岩下同) 十二行 博學(徐本學作涉)

十九葉 二行 勝賞(徐本賞下有焉字) 五行 戶尚書(徐本戶作民) 其詞略曰(丁本無畧字) 七行 功名(徐本作功臣) 八行 子讓(張本子上有世字) 高康(徐本作高唐) 十行 羣鼠(徐本羣上有有字) 十二行 數升(徐本作數斗) 十三行 人家(徐本家下有六月二字) 十六行 己酉(徐本己上有冬十月三字) 十九行 宜此(徐本作此宜)

二十葉 二行 張貴妃(丁本妃作人) 孔貴人(徐本人作嬪) 九行 長三(徐本無長字) 十四行 時後主(徐本無時字)

二十一行 而滅(徐本作而絕)

二十一葉 三行 投桲徐本桲作梯 八行 船艫丁本艫作艫 十八行 賜裾徐本裾作裙
二十二葉 一行 或救者僅獲免六字徐本空格 二行 舍磬甘本丁本磬作欒 七行 後主張本主作三誤 十三行
施文慶丁本慶作慶 大監軍重立賞六字甘本空六格 十四行 格至執十四字甘作空 盡皆徐本盡作並 十五
行 州至豫十七字甘本空 後主遽詔司徒六字徐本作遣驃騎大將軍六字 十六行 章王叔三字甘本空 朝堂追堂徐
本作室張本作追徐本丁本無追字 樂至寺九字甘本空 十七行 魯至將十字甘本空 神武徐本神作忠 鎮東徐本鎮上有己卯二字
十八行 屯至進十字甘本空 屯朱雀門四字徐本作自吳興入援五字 進白土岡徐本進下有頓字 二十一行 石子
墩徐本墩作岡
二十三葉 一行 王援徐本援作瑗 五行 將張麗華徐本將作攜 二妃入徐本入作將投 景陽樓井中徐本樓作殿無中字
十三行 然後徐本無此二字 十四行 追據徐本張本據作遽 北軍兵人徐本作北兵之入 十五行 整衣冠徐本整上
有頓字
二十四葉 一行 如聞張本如作始 四行 分王都徐本分作今張本作令 八行 始興王張本始上有初字 九行 閤
中徐本中作下 十行 光昭殿徐本昭作照 望仙等徐本無等字 十一行 臆牖徐本臆上有其字 十三行 瓌寶徐本

實作奇　十八行　其閤徐本無閤字　二十二行　而譌之徐本譌作歌　其玉樹徐本其下有曲有二字

二十五葉　一行　大抵徐本作大指　二行　容色徐本色下有也字　三行　鬒黑鬒徐本作髯張本丁本甘本作鬢　四行　閑

華徐本作閒暇　七行　蔡臨徐本臨作脫　八行　張貴妃徐本張本無貴字　九行　疏條徐本作條疏　十三行　百司

徐本無此二字　京城徐本作京師　二十一行　屏息徐本甘作雀息　祗對徐本作抵對

二十六葉　二行　吳音丁本作吳晉　四行　哀策詞徐本作哀辭文　務華徐本務作婺　沈君徐本無沈字　五行　毋高

祖徐本毋下有卽字　年幼徐本年下有倘字　六行　爲后徐本爲下有皇后二字丁本爲下有皇字　八行　怨已徐本已作忌　十一行注

五十二徐本無二字　二十二人徐本無人字　初字以下至二十七頁八行陳朝功臣止徐本缺二十二行　十八行

茂草張本甘本茂作盛　十九行　至京師與其家張本甘本此六字空格

二十七葉　十行　大夫洪徐本洪作湛　祖奮徐本奮作衛　父經徐本經作紑　十七行　少果毅徐本少作稍長　二十行

大刀徐本張本丁本刀作力　二十一行　胡人徐本無人字

二十八葉　四行　黃閤廳徐本廳下有事字　五行　後特詔徐本作後主特賜　八行　引兵徐本兵作軍　十二行

後至次行省十字徐本無別作賀至守十四字錄於下　賀若弼置後主於德敎殿令兵衛守　十六行　後同徐本無後字

十七行　同州徐本同作司

二十九葉　五行　多至年十九字徐本甘本無　六行　討景徐本景上有侯字　七行　信安郡王徐本信上有封字郡作都王作公丁作王作公　十六行　士流徐本士作仕　二十行　崎嶇徐本崎上有毋字　二十一行　入於徐本入作又　弟姊徐本甘本丁本姊作妹

三十葉　四行　祖寶徐本寶上有道字　父偉徐本偉作瑋　五行　隨毋舅氏徐本毋下有依字　年十二徐本年上有時字　六行　姻不失其親徐本姻作因無其字親作昏張本作姻不失其妻　十行　全濟徐本無濟字　其志徐本志作至　十二行　諸儒口口甘本儒作侯下空三格徐本作相傳二字　十四行　年七十徐本十下有四字　十五行　十卷徐本十下有一字　十六行　孝經義徐本有記義下字　十八行　江寧至二十一行策止此三行張本接王元規傳不空在實錄大題後徐本甘本丁本在另葉與銜名接

三十一葉　一行　口口口口口口六空格徐本無　四行　口口口口四空格徐本無　六行　口口二空格徐本無　彭仲荀丁本彭顧作　十二行　口徐本無下十三行十五行十八行二十行二十一行並無空格　二十一行　龍神尉徐本無神字　永州二字徐本張本無　荆南徐本張本作關南　軍府事三字張本徐本作兩空格　農營田三字張本徐本空兩格　馬步軍徐本張本空兩格　王瑋瑋徐本張本空格

建康實錄校記卷下終

跋

去夏草此校記上卷竟旋有燕都之行人事旁午下卷遂終不得寫出清稿今秋周君雁石又以此見促崎嶇飢饉間乃更竭十日之功成此無益之舉知不免有識者之笑矣然在燕都獲聞徐林玉先生語及海源閣宋槧本今尚在琉璃廠估人手雖未得寓目但書能長留人間終當供學人讎勘未遭刦火亦自可慶也又頃者李少微先生過訪蒙見告以吾鄉孫先生文川藏彭文勤公鈔本今在木犀軒中且謂就愚所校勘之勝處亦略具焉此二者并向所未及知故於此聊加蛇足云甲戌十月承銓校竟記

詞話叢編甲編發行預約露布

每部連郵十六元

本書由江寧唐圭璋先生彙編精選自宋及今名家詞話六十種爲甲編披揀極精如宋代吳曾之能改齋漫錄胡仔之苕溪漁隱叢話魏慶之之詩人玉屑周密之浩然齋雅談元代吳師道之吳禮部詩話中所有關於樂府詩餘之評論悉爲摘出單行明代楊愼之詞品陳霆之渚山堂詞話悉依嘉靖本校印誠屬希見之書卽在清代亦多精本如田同之之西圃詞說用古懽堂家刊本杜文瀾之憩園詞話用費念慈校鈔本他可推見全書用江南連史精印線裝二十册預約連郵十六元卽日發行二十三年底截止是書爲類刻叢書中之有目標而精於選擇者公私收藏以及承學之士均不可不備用特露布於此

總代發行預約處　南京龍蟠里國學圖書館